# Te devo
## *uma*

## OBRAS DA AUTORA PUBLICADAS PELA EDITORA RECORD

### Como Sophie Kinsella

*Fiquei com o seu número*
*Lembra de mim?*
*A lua de mel*
*Mas tem que ser mesmo para sempre?*
*Menina de vinte*
*Minha vida (não tão) perfeita*
*Samantha Sweet, executiva do lar*
*O segredo de Emma Corrigan*
*Te devo uma*

### Juvenil
*À procura de Audrey*

### Infantil
*Fada Mamãe e eu*

### Da série Becky Bloom:
*Becky Bloom — Delírios de consumo na 5ª Avenida*
*O chá de bebê de Becky Bloom*
*Os delírios de consumo de Becky Bloom*
*A irmã de Becky Bloom*
*As listas de casamento de Becky Bloom*
*Mini Becky Bloom*
*Becky Bloom em Hollywood*
*Becky Bloom ao resgate*

### Como Madeleine Wickham

*Drinques para três*
*Louca para casar*
*Quem vai dormir com quem?*

# sophie kinsella

# Te devo *uma*

Tradução de
Natalie Gerhardt

1ª edição

EDITORA RECORD
RIO DE JANEIRO • SÃO PAULO
2019

CIP-BRASIL. CATALOGAÇÃO NA PUBLICAÇÃO
SINDICATO NACIONAL DOS EDITORES DE LIVROS, RJ

K64t    Kinsella, Sophie.
        Te devo uma / Sophie Kinsella; tradução de Natalie Gerhardt. – 1ª ed. –
        Rio de Janeiro: Record, 2019.
        23 cm.

        Tradução de: I Owe You One
        ISBN 978-85-01-11701-4

        1. Ficção inglesa. I. Gerhardt, Natalie. II. Título.

19-55743                              CDD: 823
                                      CDU: 82-3(410.1)

Vanessa Mafra Xavier Salgado – Bibliotecária – CRB-7/6644


TÍTULO ORIGINAL:
I OWE YOU ONE

Copyright © Madhen Media Ltd 2019

Publicado originalmente na Grã Bretanha em 2019 por Bantam Press, um selo da
Transworld Publishers.

Texto revisado segundo o novo Acordo Ortográfico da Língua Portuguesa.

Todos os direitos reservados. Proibida a reprodução, no todo ou em parte, através de
quaisquer meios. Os direitos morais da autora foram assegurados.

Este livro é uma obra de ficção e, exceto no caso de fatos históricos, quaisquer
semelhanças com pessoas vivas ou mortas é mera coincidência.

Direitos exclusivos de publicação em língua portuguesa somente para o Brasil
adquiridos pela
EDITORA RECORD LTDA.
Rua Argentina, 171 – Rio de Janeiro, RJ – 20921-380 – Tel.: (21) 2585-2000,
que se reserva a propriedade literária desta tradução.

Impresso no Brasil

ISBN 978-85-01-11701-4

Seja um leitor preferencial Record.
Cadastre-se no site www.record.com.br
e receba informações sobre nossos
lançamentos e nossas promoções.

Atendimento e venda direta ao leitor:
sac@record.com.br

Para minha amiga e editora, Joy Terekiev

# UM

Eu simplesmente não consigo deixar as coisas pra lá. Fico irritada. Quando vejo problemas, quero logo resolvê-los. Na mesma hora. Não é de se estranhar que meu apelido seja "Fixie".

Mas, tipo... isso pode ser uma coisa boa. Por exemplo, assim que cheguei à festa de casamento da minha melhor amiga, Hannah, percebi que só havia arranjos de flores em metade das mesas. Corri para resolver isso antes que o restante dos convidados chegasse e, em seu discurso, Hannah me agradeceu por ter lidado com o "caso das flores". Acabou dando tudo certo.

Mas teve uma vez que fui tirar um fiapo de cabelo da perna de uma mulher que estava sentada do meu lado na piscina em um spa... Eu só estava tentando ajudar... Só que não era um fiapo, e sim um pelo pubiano que chegava à metade da coxa dela. E ainda acabei piorando as coisas quando tentei me desculpar, dizendo "Desculpa! Achei que era um fio de cabelo". Ela ficou roxa de vergonha, e duas mulheres que estavam perto de nós se viraram para olhar...

Pensando nisso agora, eu não devia ter falado nada.

Enfim, eu sou assim. Esse é o meu defeito. As coisas me incomodam. E, neste exato momento, o que está me incomodando é uma lata de refrigerante que foi deixada em uma prateleira na seção de artigos de lazer da nossa loja, em frente a um tabuleiro de xadrez em exposição. Para piorar, tem uma mancha marrom no tabuleiro. Obviamente alguém abriu a lata ali ou a colocou em cima da prateleira com muita força, sem nenhum cuidado, espirrando o líquido para todos os lados. E a pessoa não teve nem a decência de limpar. Mas quem poderia ter sido?

Observo atentamente à minha volta com os olhos semicerrados. Suspeito de Greg, nosso assistente sênior. Ele está sempre bebendo alguma coisa. Se não está com uma latinha na mão, está com uma caneca de café camuflada, como se fosse do Exército, e não um funcionário de uma loja de utilidades domésticas em Acton. Ele vive largando a caneca pelos cantos e, às vezes, a coloca na mão de algum cliente, dizendo "Segura isso aí rapidinho", enquanto pega uma panela na vitrine. E eu já disse para ele *não fazer isso*.

Enfim, não é hora para recriminações. Quem quer que tenha largado a latinha de refrigerante ali (Greg, com certeza foi o Greg) deixou uma mancha horrível bem na hora que estamos prestes a receber visitas importantes.

E, sim, eu sei que está em uma prateleira alta. Sei que não está tão visível. Sei também que a maioria das pessoas nem se importaria. Diriam apenas: *não é nada de mais. Vamos colocar as coisas em perspectiva.*

Mas nunca fui muito boa nesse lance de perspectiva.

Estou me esforçando muito para não olhar para a mancha e me concentrar no restante da loja, que está imaculadamente limpo. Um pouco caótico talvez, mas temos de levar em conta que esse é o estilo de uma loja de utilidades que atende toda a família. (*Uma loja familiar desde 1985,* como diz a nossa vitrine.) Nosso estoque é bem diversificado, contendo itens que variam de facas até aventais e castiçais, e tudo isso precisa ser colocado em algum lugar.

Percebo de repente um idoso usando uma capa de chuva na seção de artigos de cozinha. Ele está estendendo a mão trêmula para pegar uma caneca branca comum, e me apresso para ajudá-lo.

— Aqui está — anuncio, com um sorriso amigável, ao pegar a caneca para ele. — Posso levar para o caixa, se o senhor quiser. Precisa de mais uma caneca? Ou de alguma outra coisa?

— Não, minha querida. Obrigado — responde ele com voz trêmula. — Eu só preciso de uma caneca mesmo.

— Sua cor favorita é branco? — insisto, tentando ser gentil.

É tão comovente ver alguém comprando uma caneca branca e simples que não consigo me controlar.

Ele olha para a prateleira, meio na dúvida.

— Bem, eu gosto de canecas marrons.

— Como essa aqui, talvez? — Pego uma caneca de cerâmica marrom que ele provavelmente não considerou por estar fora de seu alcance. É maciça, com uma asa grande. Parece uma caneca acolhedora.

Os olhos dele se iluminam e penso: "eu sabia." Quando você tem uma vida restrita, algo simples como escolher uma caneca se torna muito importante.

— É uma libra mais caro — digo. — Essa custa £4,99. Tudo bem para o senhor?

Porque nunca devemos presumir nada. Nunca se deve supor nada, meu pai me ensinou.

— Tudo bem, querida. — Ele sorri para mim. — Tudo bem.

— Que bom! O senhor pode me acompanhar então.

Eu o guio cuidadosamente pelo estreito corredor, mantendo o olhar atento nos pontos perigosos, o que não é um gesto *unicamente* altruísta como pode parecer — este homem é um derrubador de coisas. Dá para perceber só de olhar para ele. Mãos trêmulas, olhar vago, o carrinho velho que está puxando atrás de si... Enfim, todos os sinais de um derrubador clássico. E a última coisa de que preciso no momento é que o chão esteja coberto de cacos de cerâmica. Não com as visitas de Jake prestes a chegar.

Abro um sorriso simpático para o homem, escondendo o que está passando pela minha cabeça, embora pensar no nome *Jake* seja o suficiente para fazer sentir um aperto no estômago. É sempre assim. Eu penso *Jake* e meu estômago se contrai. Já estou acostumada com isso, mas não sei se é normal. Não sei como as outras pessoas se sentem em relação aos seus irmãos. Minha melhor amiga Hannah não tem irmãos, e normalmente não saímos por aí perguntando "Como você se sente em relação aos seus irmãos? Um pouco nervosa, ansiosa e desconfiada?". Mas é exatamente assim que eu me sinto em relação ao Jake. Com Nicole não fico ansiosa, mas ela me deixa ligeiramente inquieta e quase sempre com vontade de socar alguma coisa.

Para resumir, nenhum dos dois faz com que eu me sinta *bem*.

Talvez o fato de os dois serem mais velhos tornou mais difícil para mim chegar ao nível deles. Quando entrei para o ensino fundamental II, aos 11 anos, Jake tinha 16 e era a estrela do time de futebol. Nicole tinha 15 anos e era tão linda que foi abordada por um olheiro de modelos. Todo mundo na escola queria ser amigo dela. As pessoas me perguntavam, fascinadas: "Jake Farr é seu irmão *mesmo*? Nicole Farr é sua *irmã*?"

Nicole era tão distraída e aérea como agora, mas Jake sempre dominou tudo o que fez. Era focado. Olhar esperto. Pavio curto. Nunca vou me esquecer da noite em que brigou com a nossa mãe, foi embora de casa e saiu chutando uma lata pela rua enquanto gritava palavrões. Assisti a tudo aquilo da janela do andar de cima, absorta e um pouco assustada. Tenho 27 anos agora, mas a garotinha que você foi aos 11 anos nunca sai de dentro de você, não é?

E é claro que existem outros motivos para eu me sentir uma bosta quando estou perto de Jake. Motivos reais. Motivos financeiros.

Sobre os quais eu *não* vou pensar agora. Em vez disso, sorrio para o idoso, tentando fazer com que ele sinta que tenho todo o tempo do mundo. Exatamente como meu pai teria feito.

Morag registra o valor, e o homem pega um velho porta-moedas de couro.

— Cinquenta — diz ele, ao olhar para uma moeda. — Essa moeda é de cinquenta centavos?

— Deixa eu ver, querido — pede Morag em seu tom de voz tranquilizador. Ela trabalha com a gente há sete anos. Era uma de nossas clientes e se candidatou à vaga quando penduramos o anúncio na loja. Agora é subgerente e a responsável pela compra de cartões de felicitações. Ela tem um ótimo olho para isso. — Não, essa moeda é de dez centavos — explica, em tom gentil. — O senhor tem outra moeda de uma libra?

Meus olhos se voltam novamente para a lata de refrigerante e a mancha no tabuleiro. Isso não tem a menor importância, digo a mim mesma. Não tenho tempo para resolver isso agora. E os visitantes nem vão notar. Eles estão vindo para apresentar o sortimento de azeite deles para nós, e não para fazer uma inspeção na loja. Ignore isso, Fixie. *Ignore.*

Ai, meu Deus. Eu simplesmente não consigo. Isso está me deixando *louca.*

Não consigo parar de olhar para aquela bagunça. Meus dedos estão fazendo aquele *negócio* que fazem quando eu fico desesperada para resolver uma coisa; quando uma situação começa a me enlouquecer. Eles ficam tamborilando sem parar. E meus pés também começam a se agitar: *um passo para a frente, um passo para trás, um passo para a frente, um passo para trás.*

Sou assim desde pequena. É mais forte que eu. Sei que seria loucura pegar uma escada e um balde para limpar a mancha agora que os visitantes estão prestes a chegar. Eu *sei* disso.

— Greg! — Ele aparece atrás da seção de cristais e grito antes de conseguir me conter: — Rápido, pega a escada. Preciso limpar aquela mancha.

Greg olha para cima, para a direção em que meu dedo aponta, e se sobressalta de culpa ao ver a lata de refrigerante.

— Não fui eu — declara ele na hora. — Com certeza não fui eu. — Ele faz uma pausa, antes de acrescentar: — Tipo... Se fui eu, nem percebi.

Greg é tão dedicado à loja e faz tantas horas extras que eu sempre o perdoo.

— Não importa quem foi — digo rapidamente. — Vamos só resolver isso.

— Está bem — concorda ele, como se estivesse digerindo o que acabei de dizer. — Mas aquelas pessoas não vão chegar a qualquer momento?

— Sim, e é por isso que precisamos ser *rápidos*. Precisamos *correr*.

— Está bem — repete Greg sem mover um músculo sequer. — Entendi, mas onde está o Jake?

Essa é uma ótima pergunta. É Jake quem conhece o pessoal do azeite. Falou com eles em um bar, aparentemente. Foi ele quem marcou a reunião de hoje. E nem está aqui.

Mas a lealdade à família me impede de dizer tudo isso em voz alta. Lealdade à família é uma coisa muito importante na minha vida. Talvez a mais importante. Algumas pessoas dizem que ouvem Jesus Cristo os guiando; eu ouço meu pai, antes de morrer, dizendo com sotaque do East End: *família é tudo, Fixie. Família é o que nos move. Família é tudo.*

Lealdade à família é basicamente a nossa religião.

— Ele está sempre colocando você em roubadas — resmunga Greg. — Você nunca sabe quando ele vai aparecer. Não pode confiar nele. E hoje estamos com menos funcionários na loja. Sua mãe está de folga.

Tudo isso pode até ser verdade, mas ouço a voz do meu pai na minha cabeça de novo: *família vem em primeiro lugar, Fixie. Proteja a família em público. Roupa suja se lava em casa, em particular.*

— Jake faz o próprio horário — declaro. — É o combinado.

Todos nós da família Farr trabalhamos na loja — minha mãe, Jake, minha irmã Nicole e eu —, mas só minha mãe e eu em período integral. Jake se autodenomina "consultor". Ele tem outro negócio e está fazendo um MBA on-line, então aparece quando dá. E Nicole está fazendo um curso para ser professora de yoga de segunda a sexta-feira, então ela só trabalha nos fins de semana. Às vezes.

— Imagino que já esteja a caminho — acrescento rapidamente. — Enfim, precisamos resolver isso. Rápido! A escada!

Enquanto Greg arrasta a escada pelo piso da loja, corro até os fundos e encho um balde com água quente. Só preciso subir na escada, limpar a mancha, pegar a lata, descer e arrumar tudo antes que os visitantes cheguem. Fácil.

A seção de artigos de lazer é um pouco destoante em uma loja que vende panos de prato e kits para fazer geleia. Mas foi meu pai quem a criou, então nunca mudamos nada. Ele amava um bom jogo de tabuleiro. Sempre dizia que esses jogos são tão essenciais em uma casa quanto colheres. Os clientes entravam para comprar uma chaleira e saíam com uma caixa de Banco Imobiliário também ·

E, desde sua morte, há nove anos, tentamos manter a loja exatamente como ele a idealizou. Ainda vendemos balas sortidas de alcaçuz. Ainda temos uma pequena seção de ferramentas. E ainda compramos jogos, bolas e pistolas de água para a seção de lazer.

O lance do meu pai era que ele conseguia vender qualquer coisa para qualquer pessoa. Ele encantava todo mundo. Mas não de um jeito superficial e desonesto. Era uma coisa genuína mesmo. Ele realmente acreditava em cada produto que estava vendendo. Queria fazer as pessoas felizes e *conseguia* isso. Criou uma comunidade neste cantinho na zona oeste de Londres (ele se descrevia como "imigrante" por ter nascido na região de East End), e essa comunidade continua viva. Mesmo que a clientela que conhecera de fato meu pai seja menor a cada ano que passa.

— Tudo bem — digo, correndo pela loja carregando o balde. — Só vai levar um segundo.

Subo os degraus da escada e começo a esfregar a mancha marrom. Consigo ver Morag lá embaixo mostrando uma faca de legumes para um cliente e resisto à tentação de me meter na conversa. Sei tudo sobre facas de cozinha, pois fiz um curso para ser chef. Mas não dá para estar em todos os lugares ao mesmo tempo, e...

— Eles chegaram — anuncia Greg. — Tem um carro estacionando na vaga.

Foi Jake quem insistiu que reservássemos nossa única vaga para o pessoal do azeite. Eles devem ter perguntado "Tem lugar para estacionar?", e ele não quis responder que tínhamos apenas uma vaga, porque é presunçoso demais, então deve ter falado em tom alegre, "Mas é claro", como se tivéssemos uma garagem no subsolo.

— Sem problemas — respondo, sem ar. — Já acabei. Está tudo limpo.

Jogo o pano úmido no balde e começo a descer rapidamente, segurando a lata de refrigerante em uma das mãos. Pronto. Foi rápido e agora não vai ter nada me incomodando e...

— Cuidado aí na escada.

Ouço a voz de Greg lá embaixo, mas, como ele está sempre tagarelando sobre as regras de saúde e segurança no trabalho que lê na internet, não paro nem diminuo o ritmo até ele gritar:

— Para! — Ele parece assustado de verdade.

— Fixie! — grita Stacey lá do caixa. Ela é nossa outra assistente de vendas e tem uma voz nasalada cortante e inconfundível. — Cuidado!

Olho em volta e demoro alguns instantes para entender o que acabei de fazer. A manga da minha blusa enroscou no aro de uma cesta de basquete, que estava presa a um enorme pote de bolinhas saltitantes, que agora está escorregando da prateleira... Não há nada que eu possa fazer para impedir. *Merda...*

— Ai, meu *Deus!*

Levanto minha mão livre para me proteger da chuva de bolinhas de borracha. Elas quicam na minha cabeça, nos meus ombros e pela loja toda. Por que raios temos tantas dessas bolinhas?

Chego ao último degrau da escada e olho à minha volta, horrorizada. É um milagre que nada tenha se quebrado. De qualquer forma, o chão parece ter sido coberto por um tapete de bolinhas saltitantes.

— Rápido! — exclamo para Greg e Stacey. — Trabalho em equipe! Juntem todas elas enquanto vou receber os visitantes.

Enquanto corro para a porta, Greg e Stacey não parecem formar uma boa equipe; na verdade parecem estar em times opostos. Ficam esbarrando um no outro e xingando o tempo todo. Greg começa a enfiar bolinhas na camisa e nos bolsos da calça, e eu grito:

— Coloquem as bolinhas no pote!

— Eu nem notei a mancha de refrigerante — declara Stacey, encolhendo os ombros enquanto passo por ela. — Você deveria ter deixado tudo como estava.

*E isso faz alguma diferença agora?*, é o que quero perguntar. Mas não faço isso. Para início de conversa, Stacey é uma boa vendedora e vale tê-la conosco. Só precisamos lidar com o que minha mãe e eu chamamos de CIS (Comportamentos Inapropriados de Stacey).

Mas é claro que o verdadeiro motivo para eu ficar calada é o fato de ela ter razão. Eu realmente devia ter deixado pra lá. Mas simplesmente não consigo fazer isso. Não consigo me impedir de consertar as coisas. Esse é meu defeito. Eu sou assim.

# DOIS

Nossos visitantes são elegantes. É claro que eles são. Meu irmão Jake gosta de andar com gente elegante. Ele sempre foi ambicioso, desde pequenininho. No início, sua ambição era entrar para o time de futebol. Depois, no final da adolescência, começou a andar com um pessoal cheio da grana — e, de repente, não estava mais satisfeito com a nossa casa, com a nossa programação de férias e uma vez até criticou o sotaque do nosso pai. Foi horrível. (Motivo de uma outra discussão horrorosa também. Mamãe ficou muito chateada. Ainda me lembro dos gritos que vinham do andar de baixo.)

Ele trabalhava como corretor de imóveis em Fulham — até três anos atrás, quando abriu a própria empresa —, e ali a elegância se tornou algo ainda mais importante para Jake. Ele gosta de andar com caras que usam sapatos caros, que têm cortes de cabelo da moda e vozes polidas. Ele basicamente se ressente do fato de não ter nascido em Chelsea. De não ser um daqueles caras ricos que vemos na TV, que estão sempre festejando junto com a realeza e tiram férias seis vezes por ano. Mas, como não é um desses sortudos, ele passa o tempo livre em pubs na King's Road, com caras chamados Rupert.

É evidente que os dois homens que estão saindo do Range Rover, com camisa polo, mocassim e pele bronzeada, são exatamente assim. Acho esse tipo de gente um pouco intimidadora, para ser bem sincera, mas digo a mim mesma: *cabeça erguida, Fixie!* E vou recebê-los. Vejo que um deles está olhando ao redor com o cenho franzido e fico logo na defensiva. Tudo bem, não é a fachada mais linda de todas — trata-se de uma construção da década de 1970, feita para abrigar uma loja —, mas o vidro da vitrine está impecável e os artigos de cozinha estão bem expostos. Temos muito espaço para uma loja em uma rua comercial e o usamos muito bem. Temos muitas bancadas de exposição na frente da loja e três corredores, e tudo funciona.

— Olá! — O mais alto me cumprimenta. — Clive Beresford. Você é a Felicity?

Muita gente ouve *Fixie* e pensa em *Felicity*. Já estou acostumada com isso.

— Fixie. — Sorrio e aperto a mão dele. — Bem-vindo à Farrs.

— Simon. — O outro homem acena com uma das mãos enquanto tira da mala do carro uma caixa que parece bem pesada. — Achamos! Vocês têm um ótimo espaço.

— Sim. Temos muita sorte — respondo, acenando com a cabeça.

— Mas não é exatamente Notting Hill, não é?

— Notting Hill? — pergunto, sem entender.

— Jake disse que a loja da família ficava em Notting Hill.

Contraio os lábios. Isso é a cara do Jake. É claro que ele disse que a loja ficava em Notting Hill. Ele também deve ter falado que o Hugh Grant está sempre aqui.

— Não, nossa loja fica em Acton — digo, em tom educado.

— Mas vocês estão pensando em abrir uma filial em Notting Hill em breve? — insiste Clive, quando entramos. — Foi isso que o seu irmão nos falou.

*Abrir uma filial em Notting Hill?* Mas que bobagem. Sei que Jake só queria impressionar dois estranhos em um bar, mas consigo ouvir a voz do meu pai em minha cabeça: *família em primeiro lugar, Fixie.*

— Talvez — respondo em tom agradável. — Quem sabe? — Eu os conduzo para dentro da loja e abro os braços entre panelas, caixas organizadoras e toalhas de mesa. — Então... essa é a nossa loja.

Ficamos uns instantes em silêncio. Sinto que não é o que eles estavam esperando. Simon está olhando para os potes da Kilner que estão expostos. Clive dá alguns passos e lança um olhar curioso para uma caixa do Banco Imobiliário. Logo depois, uma bolinha de borracha vermelha cai na cabeça dele.

— Ai! — Ele olha para cima. — Mas o que...

— Me desculpe! — apresso-me a dizer. — Não sei como isso foi acontecer!

Merda. Essa bolinha deve ter ficado perdida.

— Então vocês querem transformar essa loja em uma *delicatéssen* mais chique? — Simon parecia confuso. — Vocês vendem algum tipo de comida aqui?

Volto a ficar na defensiva. Não sei exatamente o que Jake andou contando para ele, mas não tenho nada a ver com isso.

— Claro! — respondo, assentindo. — Azeite, vinagre, temperos e esse tipo de coisa. Coloque sua caixa aqui, por favor.

— Perfeito. — Ele a coloca dentro de uma outra caixa para exposição que deixamos livre exatamente para isso. (Costumamos fazer isso numa salinha nos fundos da loja, mas há várias caixas de velas aromatizadas lá que ainda não abrimos.) — Bem, permita que eu apresente a você o que nós fazemos. Fizemos uma seleção de azeites de oliva muito especiais — declara ele de um jeito bem polido (*muuuuuuuito* especial). — Prove.

Enquanto ele fala, os dois homens estão tirando grandes garrafas de azeite de caixas de madeira menores. Simon rapidamente pega alguns potinhos, e Clive separa algumas fatias de pão.

Ele está falando sobre alguma plantação de oliveiras na Itália, mas não estou prestando atenção. Estou olhando horrorizada para Greg, que acabou de aparecer — com os bolsos ainda lotados de bolinhas.

Todas concentradas na região da virilha, que parece inchada e simplesmente... *estranha*. *Por que* ele não se livrou delas?

Furiosa, reviro os olhos para ele como se estivesse perguntando *mas por que essas bolinhas ainda estão no seu bolso?* Greg logo responde com um revirar de olhos que claramente significa *tenho um bom motivo para isso. Pode acreditar.*

Não acredito nele nem por um instante. Greg é uma pessoa bem-intencionada, disso ninguém duvida, mas sua lógica é arbitrária e irritante.

Ele é como um computador caindo aos pedaços que funciona perfeitamente bem até, de repente, decidir mandar toda a sua caixa de entrada por e-mail para a Venezuela.

— Quer experimentar?

Percebo abruptamente que o discurso de Clive chegou ao fim e ele está me oferecendo fatias de pão para mergulhar no azeite.

Molho o pão no azeite e provo, enquanto penso: isso é a cara do Jake. Marcar uma reunião no único dia que a nossa mãe não está na loja? Ele acha mesmo que vai conseguir enganar os olhos de águia dela? Que ela não vai perceber? Ela percebe tudo. Cada venda, cada devolução, cada e-mail. *Tudo.*

De repente noto que os dois caras elegantes estão disfarçadamente tentando olhar para a virilha inchada de Greg. Nem posso culpá-los por isso. É uma visão muito perturbadora mesmo.

— Peço desculpas pela aparência estranha do Greg — digo, dando uma risada para descontrair. — Ele não é assim! Acontece que ele...

— Eu tenho distúrbio hormonal — interrompe-me Greg, assentindo, e eu quase engasgo com o pão. Por que... O que ele quer dizer com... *distúrbio hormonal?* — É horrível — acrescenta ele com um olhar pesaroso.

Eu já estou acostumada com as idiossincrasias de Greg, mas às vezes ele consegue me deixar sem palavras.

— É uma história engraçada — acrescenta ele, encorajado pela atenção. — Meu irmão nasceu com metade do pâncreas. E minha mãe tem problemas no rim...

— Obrigada, Greg! — eu o interrompo em tom de desespero. — Obrigada por... Obrigada.

Os dois homens elegantes parecem ainda mais horrorizados, e Greg me lança um olhar convencido que significa "Salvei o dia, não foi?".

Pela centésima vez eu me pergunto se não poderíamos mandar Greg para um curso. Um curso para Deixar de Ser o Greg.

— Enfim — começo, quando Greg se afasta. — Esses azeites são maravilhosos. — E não estou dizendo isso só para ser educada, é verdade. O cheiro é incrível, o sabor é intenso e delicioso, principalmente o verde-escuro picante. — Qual é o preço para revenda?

— Os preços estão todos aqui — explica Simon, me entregando uma folha impressa.

Dou uma olhada nos valores — e quase caio para trás. Costumo ser muito boa nesse tipo de situação, mas essa me pegou de surpresa:

— *Noventa e cinco libras?*

— Obviamente é um produto fino e de altíssima qualidade — responde Clive sem se deixar abalar. — Como explicamos, trata-se de uma plantação muito especial, cujo processo de fabricação exclusivo...

— Mas ninguém vai gastar 95 paus num azeite! — Quase dou uma risada. — Não nessa loja. Sinto muito.

— Mas e quando vocês abrirem a filial em Notting Hill? — intervém Simon. — É um mercado bem diferente. Nós até achamos que "Empório Notting Hill" é um ótimo nome.

Tento esconder que estou chocada. Que nome é esse? O nome da nossa loja é Farrs. Foi batizada pelo meu pai porque o nome dele era Michael Farr, e nunca vai ter outro nome.

— Esse é o azeite que vendemos aqui. — A voz de Greg nos pega de surpresa, e ele coloca um vidro de azeite em cima da mesa. — Custa £5,99. — Seus olhos cinzentos penetrantes analisam os dois homens elegantes. — Só pra vocês saberem.

— Sim — diz Simon depois de uma pausa. — Bem, na verdade, esse produto é bem diferente do nosso. Não quero ser rude, mas, se vocês dois provarem, vão notar a diferença de qualidade. Posso?

Percebo a habilidade dele em atrair Greg para a discussão. Agora ele está colocando o nosso azeite de £5,99 em um potinho e mergulhando fatias de pão lá dentro. Quando provo, percebo o que ele quer dizer. O nosso azeite parece menos espesso que o deles. Mas é preciso conhecer seus clientes. É preciso conhecer seus limites. Estou prestes a dizer a Simon que a nossa clientela é formada por pessoas práticas e pragmáticas e que não existe a menor possibilidade de nossos clientes gastarem 95 paus em um vidro de azeite, quando a porta se abre. Quando eu me viro, vejo Jake entrando na loja.

Ele tem um porte impressionante. Sempre teve. Tem o maxilar protuberante do nosso pai e os mesmos olhos brilhantes dele. Está usando roupas finas. Roupas de um corretor de imóveis elegante. Terno azul-marinho, gravata, sapatos caros e reluzentes. Abotoaduras.

Só de olhar para ele, sou atacada por uma onda de sensações familiares, como uma revoada de corvos. *Inadequada. Culpada. Inferior. Lixo.*

Isso não é novidade. Meu irmão mais velho vive despertando essas sensações em mim, e por que seria diferente? Acredito em duas coisas: *família em primeiro lugar* e que devo ser *justa*. Sempre sou justa e sincera, por mais doloroso que isso seja.

E a dolorosa verdade é que Jake é o sucesso, e eu sou o fracasso. Foi ele quem começou uma empresa de importação e exportação sem pegar nem um centavo emprestado com ninguém. Foi ele que ganhou uma grana preta vendendo uma marca de calcinhas cor da pele e sem costura para uma loja popular. É ele que tem um carro chamativo, cartão de visita e um MBA (quase).

Eu sou a filha que pegou um empréstimo com a mãe ("nossa herança", como Jake costuma dizer) para abrir um bufê e fracassou. A filha que ainda não conseguiu pagar o empréstimo.

Não sou a ovelha negra da família. Isso seria até glamoroso e interessante. Sou só a ovelha burra e idiota que ainda tem uma pilha de aventais verdes embaixo da cama com minha logomarca bordada: *Bufê Farr*. (Vendi todo o resto, só não consegui me livrar disso.) E, sempre que estou perto de Jake, me sinto ainda mais burra e idiota. Tipo, burra *mesmo*. Mal consigo abrir a boca e, quando abro, começo a gaguejar.

Eu tenho opiniões, tenho ideias. De verdade. Quando estou gerenciando a loja sozinha — ou junto com minha mãe —, consigo dizer às pessoas o que elas devem fazer. Sou confiante. Mas, quando estou perto de Jake e, às vezes até mesmo de Nicole, penso duas vezes antes de arriscar a dar alguma opinião. Porque a mensagem silenciosa que paira no ar é: *bom, o que você sabe? Sua empresa foi à falência.*

A única pessoa que faz com que eu sinta que nada disso importa e que ainda tenho valor é minha mãe. Se não fosse por ela, não sei como eu teria lidado com tudo isso.

— Vocês já estão aqui — diz Jake cumprimentando os visitantes. — *Ciao*.

*Ciao*. É assim que meu irmão fala com eles. Nós crescemos juntos, fomos criados na mesma família, mas não consigo me imaginar falando *ciao*.

— Jake! — Clive dá um tapinha nas costas do meu irmão. — Esse é o cara.

— Você chama isso de Notting Hill? — caçoa Simon, apertando a mão de Jake. — Estamos em Acton!

— É apenas o começo do império — declara meu irmão com um sorriso no rosto. Então olha disfarçadamente para mim, e entendo exatamente que ele quer dizer "Suponho que você não tenha estragado tudo, não?".

Meu olhar pergunta "Empório Notting Hill"? Mas ele agora está me ignorando.

Jake costuma fazer isso quando está com seus amigos chiques. Ele provavelmente está com medo de que eu possa revelar algumas das lorotas que já o ouvi contar. Eu nunca faria uma coisa dessas — *família em primeiro lugar* —, mas percebo quando ele está enfeitando a verdade, digamos assim. Como quando se refere aos estudos (ele diz que frequentou uma escola com rigoroso processo seletivo, mas, na verdade, foi uma que aceitava qualquer um). E às vezes menciona a "nossa casinha de campo". Não faço ideia a qual "casinha" ele se refere — à velha latrina externa nos fundos do jardim da mamãe, talvez?

— Ah, então esses são os famosos azeites! — exclama Jake. — *Fantástico*!

— Você tem que ir ver a plantação, Jake — diz Simon, cheio de entusiasmo. — É absolutamente incrível.

— Eu adoraria — responde Jake. — Eu adoro aquele cantinho do mundo.

Não me lembro de Jake já ter ido à Itália, embora eu obviamente não vá dizer nada.

— Você sabia que o vidro custa 95 paus? — arrisco perguntar a Jake. — Acho que nossos clientes não podem arcar com isso, concorda?

Vejo Jake estremecer de irritação e sei exatamente o motivo. Ele não quer pensar em clientes preocupados com o preço. Está visualizando clientes imaginários e milionários.

— Mas, se vocês querem uma clientela mais refinada, esse é o produto certo. — Clive dá tapinhas no vidro. — O sabor é incrível. Tenho certeza de que a Fixie concorda comigo.

— Sim, é ótimo — respondo. — Uma delícia. Eu só... bem, você sabe... Será que nossos clientes vão apreciar?

E é claro que minha voz começou a tremer. Estou fazendo perguntas em vez de afirmações. A presença de Jake tem esse efeito em mim. E eu me odeio por isso, porque faz com que eu pareça insegura, quando na verdade não sou. Não sou *mesmo*.

— Eles vão aprender a apreciar — retruca Jake, sem me dar muita atenção. — Vamos organizar algumas degustações, esse tipo de coisa... — Ele volta a falar com Clive e Simon. — Nós vamos fazer um pedido. Só não sabemos ainda de quantas unidades.

Sinto uma onda de pânico. Não podemos fazer um pedido desses, principalmente sem nossa mãe estar presente.

— Jake, talvez seja melhor a gente conversar sobre isso primeiro — arrisco.

— Não há nada pra conversar — retruca ele, lançando-me um olhar que diz claramente que é melhor eu calar a boca.

Ai, meu Deus. Mesmo sentindo o revoar dos corvos começar em minha mente, preciso perseverar. Pela minha mãe.

— Eu só... — Minha voz está trêmula novamente, então pigarreio. — Nossos clientes vêm até a loja em busca de produtos com preços razoáveis e justos. Não estão procurando artigos alimentares de luxo.

— Bem, talvez a gente tenha que *educá-los* — Jake está claramente irritado. — Ensiná-los. Fazer com que suas papilas gustativas medíocres provem sabores melhores. — Ele pega um pedaço de pão, mergulha no nosso azeite de £5,99 e o coloca na boca, antes que alguém consiga dizer alguma coisa. — Isso, sim, é sublime — elogia ele, em tom abafado enquanto mastiga. — É outro nível. Tem um toque aveludado de nozes, é intenso.... dá pra *sentir* a qualidade... Gente, o que eu posso dizer? Parabéns. Estou realmente impressionado.

Ele estende uma das mãos, mas nem Simon nem Clive a pegam. Parecem chocados demais para se mexer.

— Então, qual foi o que provei? — pergunta Jake ao engolir. — O mais caro?

Segue-se um silêncio constrangedor. Não consigo olhar para ninguém. Cada *fibra* do meu ser está se contraindo.

Mas tenho que dar a mão à palmatória pelos almofadinhas: eles são de uma educação impecável. Clive nem pisca ao tentar salvar a situação.

— Não *sei* exatamente qual foi — diz ele olhando para Simon, com o cenho franzido.

— Nem eu. — Simon pega a deixa. — Acho que talvez tenhamos misturado os pratinhos. Talvez então...

— A culpa é nossa por termos trazido tantos.

— Com certeza — concorda Simon. — Depois de um tempo, todos começam a ter o mesmo gosto.

Eles estão sendo tão gentis com Jake, que não faz ideia do que está acontecendo, que fico tentada a dizer: *valeu, seus almofadinhas. Valeu mesmo por serem tão legais com o meu irmão, quando ele nem sabe o que está acontecendo.*

Mas é claro que não faço isso. Simon e Clive trocam um olhar e parecem chegar a um acordo tácito de encerrar a reunião. Nós continuamos sorrindo e conversando enquanto eles guardam tudo e sugerem que a gente converse depois, garantindo que vão entrar em contato.

Quando eles vão embora, Jake e eu respiramos fundo antes de falar — mas ele é mais rápido.

— Parabéns, Fixie. Você mandou muito bem — ironiza ele, parecendo irritado. — Você assustou os caras e eles foram embora. Bom trabalho.

— Olha, Jake. Sinto muito — começo e, no mesmo instante, me xingo mentalmente por estar me desculpando. *Por que* sempre faço isso? — Eu só acho...

— Eu sei muito bem o que você acha — interrompe-me ele, sem me dar atenção. — Mas *eu* estou tentando pensar estrategicamente sobre o futuro da loja. Crescer. Melhorar. Ter produtos refinados. Aumentar os lucros.

— É, mas 95 paus por um vidro de azeite, Jake? Você não pode estar falando sério.

— Por que não? A Harrods vende.

Não sei nem como responder. A *Harrods*?

Estou ciente de que Greg está olhando para nossa direção e rapidamente coloco um sorriso no rosto. Papai nos *mataria* por estarmos discutindo na loja.

— Jakey?

Escuto alguém chamar meu irmão e, quando me viro, vejo Leila, a namorada dele, entrando na loja usando um lindo vestido rodado amarelo e óculos de sol na cabeça. Leila sempre me faz pensar no

Bambi. Ela tem pernas longas e esbeltas e usa sandálias altas de plataforma que fazem um barulho de cascos, e vê o mundo através de cílios longos como se não soubesse ao certo se há algum caçador à espreita. Ela é um doce e não existe a menor possibilidade de discutir com Jake na frente dela.

Não só porque ela é um doce de pessoa, mas porque *família vem sempre em primeiro lugar*. Leila não é da família. Não de verdade. Pelo menos não ainda. Ela e Jake estão juntos há três anos — eles se conheceram em uma boate —, e eu nunca vi os dois discutindo. Leila não parece ser o tipo de pessoa que discute. Mas deve se irritar com Jake em algum momento, não? De qualquer forma, ela nunca comentou sobre nenhuma discussão. Na verdade, ela uma vez soltou "Jake é um fofo, não é?", e eu quase caí para trás. Jake? Um *fofo*?

— Oi, Leila — cumprimento-a, dando-lhe um beijo no rosto. Ela é tão magra e pequena quanto uma criança; na verdade, estou impressionada com o fato de ela conseguir carregar todas aquelas sacolas brilhantes de compras. — Estava fazendo compras?

— Estou mimando minha mulher — declara Jake suavemente. — Compramos um presente para a mamãe também.

Jake sempre chama Leila de "minha mulher", embora eles não sejam nem noivos. Às vezes eu me pergunto se ela não se importa, mas a verdade é que nem sei se ela se importa com alguma coisa. Uma vez, Jake chegou à loja para uma reunião de família e só depois de uma hora é que nos demos conta de que ele tinha deixado Leila no carro para o caso de um guarda de trânsito aparecer. Ela não se importou nem um pouco com isso — ficou lá mexendo no celular e cantarolando. Quando nossa mãe exclamou "Jake! Como você foi capaz de fazer isso com a Leila?", ele deu de ombros e respondeu: "Foi ela que se ofereceu."

Leila me mostra uma sacola lustrosa da Christian Dior, e olho o que tem dentro dela. Sinto uma leve pontada no coração. Não tenho condições de comprar um perfume Dior para minha mãe. Ainda. Ela gosta das coisas da Sanctuary também, que foi onde comprei o presente dela. E só de pensar na minha mãe, sinto que estou me acalmando. Não preciso me preocupar com nada disso, claro — minha mãe vai resolver tudo. Ela vai conversar com Jake daquele jeito firme e calmo dela. Não vai permitir que ele encomende um azeite tão caro.

Nossa mãe gerencia a família, a casa e os negócios... basicamente tudo. Ela é a nossa CEO. Nosso porto seguro. Quando papai morreu de um ataque cardíaco fulminante, algo explodiu dentro dela. Como se toda a energia negativa causada pelo luto tivesse se transformado em forte determinação de *não* deixar que a perda destruísse os negócios, a família, nada. Ela deu força para todos nós durante esses nove anos e *ainda* aprendeu a dançar zumba. Ah, e ninguém faz massa folhada como ela. Minha mãe é incrível. Ela diz que canaliza o papai em tudo o que faz e que ele conversa com ela todas as noites, o que é estranho — mas acredito nela.

Ela normalmente fica na loja do amanhecer ao anoitecer. O único motivo de não estar aqui hoje é porque a festa de aniversário dela é esta noite e ela resolveu tirar o dia de folga para cozinhar. E, sim, algumas mulheres da idade dela — ou de qualquer idade — poderiam deixar outras pessoas cozinharem *para elas* no seu aniversário. Mas não minha mãe. Ela prepara rolinhos de salsicha, salada Waldorf e torta de maçã todo dia 2 de agosto, desde que me entendo por gente. É uma tradição. A família Farr é fã de uma boa tradição.

— Aliás, eu dei um jeito na sua conta da oficina mecânica — avisa Jake para Leila. — Liguei para o cara e disse: "Você está tentando passar minha namorada para trás. Nem pensar!" Ele voltou atrás em tudo.

— Jake! — exclama Leila. — Você é meu herói.

— E eu acho que você devia trocar seu carro por um melhor — acrescenta Jake, como quem não quer nada. — Vamos comprar um carro novo pra você. Procuramos no fim de semana.

— Oh, Jakey. — Os olhos de Leila brilham, e ela se vira para mim.

— Ele não é um doce?

— Hum... é. — Abro um sorriso para ela. — Com certeza.

Neste momento, Morag e sua cliente — uma mulher de meia-idade — chegam ao caixa. Jake assume imediatamente o modo funcionário padrão e olha para ela.

— Você encontrou tudo o que estava procurando? Ah, uma faca de legumes. Me desculpe, mas tenho que fazer uma pergunta delicada: você tem mais de 18 anos?

A mulher ri e enrubesce, e até eu dou um sorrisinho. Jake é muito charmoso quando quer. Quando a mulher vai embora, todos dizemos "tchau" várias vezes e ficamos sorrindo para ela até a porta se fechar. Então Jake pega a chave do carro no bolso e começa a girá-la no dedo, algo que faz desde que comprou o primeiro automóvel.

Eu sei exatamente o que quero dizer para ele. É quase como se eu conseguisse ver as palavras se formando na minha frente em uma balão de quadrinhos. Palavras coerentes e passionais sobre os negócios da família. Sobre o que fazemos. Sobre nosso pai. Mas, de alguma forma, não consigo romper o balão para que as palavras se libertem e para que todos as escutem.

Jake parece distante, e sei que é melhor não o interromper. Leila está exatamente como eu, esperando, as sobrancelhas unidas em uma expressão de ansiedade.

Ela é tão bonita. Bonita e gentil, e nunca julga ninguém. A coisa que ela leva mais a sério na vida é o cuidado com as unhas, porque esse é o negócio dela e sua paixão. Mas ela nem pisca diante das minhas unhas desleixadas, muito menos debocha delas. Ela aceita as pessoas do jeito que elas são, inclusive meu irmão.

Por fim, Jake para de balançar a chave e parece despertar de seu torpor. Não faço ideia do que o fez ficar tão absorto. Cresci com ele, mas realmente não consigo entendê-lo muito bem.

— Vamos pra casa então — declara ele. — Vamos ajudar a mamãe.

Quando ele diz "ajudar a mamãe", sei que significa "pegar uma cerveja e assistir ao canal de esportes", mas não discuto.

— Está bem — concordo. — Encontro você lá.

Nossa casa fica a dez minutos a pé da loja. Às vezes parece que uma coisa é extensão da outra. Estou prestes a me virar para arrumar um conjunto de jogo americano que ficou torto, quando Leila pergunta:

— Que roupa você vai usar, Fixie? — Ela parece animada, como se fôssemos adolescentes às vésperas do baile de formatura.

— Ainda não sei — respondo, sem entender o porquê da pergunta. — Um vestido, eu acho. Nada especial.

É a festa de aniversário da minha mãe. Amigos, vizinhos e o tio Ned estarão lá. Tipo assim, quero estar bonita, mas não é exatamente o grande baile da rainha.

— Ah, tá. — Leila parece surpresa. — Então você não vai...

— Não vou o quê?

— Eu só achei que por causa...

Leila se interrompe, como se eu soubesse exatamente do que ela estava falando.

— Por causa de...?

Fico olhando para ela, que de repente se vira para Jake.

— Jakey! — exclama Leila em sua versão reprovadora. (Basicamente choramingando de forma adorável.) — Você não contou pra ela?

— Ah, é. Isso. — Jake revira os olhos e se vira para mim. — Ryan voltou.

*O quê?*

Fico olhando para ele sem me mexer. Não consigo falar porque meus pulmões parecem ter encolhido, mas meu cérebro já tinha começado a analisar a palavra "voltou" como um programa de computador incansável. "Voltou." O que isso significa? Voltou para o Reino Unido? Voltou para casa? Voltou para mim?

Não. Ele não voltou para mim, *obviamente* que não.

— Ele voltou à Inglaterra — explica Leila com um olhar cheio de empatia. — As coisas não deram certo com aquela garota americana. Ele vai à festa. E perguntou por você.

# TRÊS

Não sei quantas vezes um coração pode se partir, só sei que o meu vivia se despedaçando, várias e várias vezes, e todas por causa de Ryan Chalker.

Não que ele soubesse disso. Sempre fui muito boa em esconder meus sentimentos. (Bom, eu acho.) Mas a verdade é que sou apaixonada por Ryan desde que eu tinha 10 anos, e ele, 15. Eu me apaixonei quando dei de cara com ele, Jake e um grupo de amigos no Burger King. Fiquei instantaneamente obcecada por ele. Como poderia *não* ficar, com aquele cabelo louro, aquele porte, aquele brilho?

Quando entrei no fundamental II, Ryan era o melhor amigo de Jake e costumava ficar lá em casa todos os fins de semana, fazendo piadas e flertando com minha mãe. Diferente de todos os outros garotos daquele ano, a pele dele era perfeita. Ele sabia como pentear o cabelo. Conseguia até fazer o uniforme da escola parecer sexy. Sim, ele era gato a esse ponto.

Além do mais, era rico. Todo mundo comentava sobre isso. Algum parente tinha deixado uma pequena fortuna para ele. Ryan vivia organizando festas e ganhou um carro quando fez 17 anos. Um conversível. Estou com 27 anos e tenho certeza de que nunca vou ter um conversível na vida. Ryan e Jake costumavam dirigir por Londres com a capota abaixada e ouvindo música alta, como dois astros do rock. Na verdade, foi Ryan quem apresentou aquele mundo elegante, chique e badalado a Jake. Os dois costumavam frequentar aquelas boates sobre as quais você só lê nos tabloides e ficavam se gabando sobre isso na nossa casa no dia seguinte. Quando cresci mais um pouco, minha mãe passou a me deixar ir com Jake e Ryan, e eu sentia como se tivesse ganhado na loteria. Havia um *frisson* em volta deles e, de repente, eu fazia parte daquilo também.

Ryan conseguia ser verdadeiramente bondoso. Sempre me lembro de uma vez que fomos ao cinema quando eu tinha acabado de terminar um namoro com um garoto chamado Jason e alguns amigos dele se sentaram atrás de nós. Eles começaram a rir e a debochar de mim, e Ryan rapidamente se virou para trás e deu um fora neles. No dia seguinte, a escola inteira ficou sabendo e, de repente, todo mundo estava falando "Ryan ama a Fixie!".

É claro que ri daquilo. Tratei o assunto como piada. Mas, por dentro, estava deslumbrada. Sentia como se tivéssemos finalmente nos conectado. Ficava pensando *"Claro* que vamos acabar juntos. *Claro* que era para ser, não?"

Durante todos esses anos, em inúmeros momentos, achei que tivesse chance. Uma vez, numa pizzaria, ele me deu um beijo mais demorado no rosto quando veio me cumprimentar. Lembro-me de uma vez em que ele apertou a minha coxa. De outra quando me perguntou se eu estava solteira. No enterro do meu pai, ele ficou sentado ao meu lado por um bom tempo me ouvindo falar sobre o papai. Na minha festa de 21 anos, ele cantou "I Don't Want To Miss A Thing" no caraoquê olhando diretamente para mim, o que fez meu coração saltitar loucamente no peito enquanto eu pensava "É isso, dessa vez vai...". Mas, naquela noite, ele foi embora com uma garota chamada Tamara. Durante anos, eu observava Ryan e chorava em segredo enquanto ele parecia namorar todas as garotas da zona oeste de Londres e nunca olhava para mim.

Então, há cinco anos, ele se mudou para Los Angeles para trabalhar como produtor de cinema. Como *produtor de cinema* de verdade. É claro que ele tinha de escolher uma profissão glamorosa. Ainda tenho o cartão de visita que ele me deu antes de ir embora, com uma logo abstrata e um endereço de Wilshire Boulevard.

Teria sido mais fácil esquecê-lo se ele tivesse desaparecido para sempre — mas Ryan não desapareceu. Estava sempre em Londres e, toda vez, vinha visitar o Jake, todo animado. O cabelo louro estava sempre queimado de sol. Ele tinha infinitas histórias sobre celebridades. Mencionava, como quem não quer nada, "Tom", e eu pensava "Tom? Que Tom?". Então de repente percebia que ele estava falando do Tom Cruise, e meu coração se sobressaltava e eu pensava "Ai, meu Deus, eu conheço alguém que *conhece o Tom Cruise?*".

Nesse meio-tempo, é claro que saí com outros caras. Mas Ryan continuava no meu coração. Então, no ano passado, depois de 16 anos que nos vimos pela primeira vez, ele chegou à festa de Jake completamente bêbado e triste — eu nunca soube exatamente toda a história, mas parecia que um executivo de algum estúdio tinha feito alguma sacanagem com ele.

Sou uma ótima ouvinte, então deixei que ele desabafasse sobre o cara, enquanto assentia e dizia coisas que demonstravam minha empatia. Por fim, ele perdeu o ímpeto, e percebi que estava olhando para mim. Tipo, realmente olhando para mim. Como se tivesse acabado de perceber que eu tinha crescido e me tornado uma mulher. Ele disse:

— Sabe de uma coisa... sempre tive uma queda por você, Fixie. Você é tão sincera. Você é um sopro de ar fresco. — E, então, acrescentou, parecendo perplexo: — Por que a gente nunca ficou junto?

Meu coração disparou, mas uma vez na vida consegui me controlar. Apenas olhei para ele sem dizer nada por um instante e depois falei:

— Bem...

E ele abriu um daqueles sorrisos preguiçosos e disse:

— Bem.

Ai, meu *Deus*. Foi incrível. Nós fomos embora uns três minutos depois. Ele me levou para o apartamento onde estava hospedado e nós passamos a noite realizando todas as fantasias adolescentes que eu tinha e mais algumas. Meu cérebro não parava de gritar: "Está acontecendo! Estou com Ryan! Realmente aconteceu!" Durante dez dias, fique em um transe de felicidade.

E, então, ele voltou para Los Angeles.

Tipo, é claro que ele voltou para Los Angeles. O que eu esperava? Que ele fosse me pedir em casamento?

(Não vou nem responder a essa pergunta. Nem na minha cabeça. Porque eu talvez descubra minha fantasia mais patética: que nós somos um desses casais que "um nasceu para o outro" e que de repente percebe isso e fica junto para sempre.)

Quando ele foi embora para o aeroporto em uma manhã cinzenta de abril, me beijou, parecendo realmente se lamentar, e disse:

— Você foi tão boa para mim, Fixie. — Como se eu fosse algum suco detox ou uma série de palestras motivacionais.

Respondi no tom mais leve que consegui:

— Espero que você volte pra me ver. — O que não era verdade. O que eu *realmente* queria que acontecesse era que ele falasse de repente: "Só agora me dei conta! Fixie, minha querida, não posso viver sem você. Quero que você entre nesse avião comigo, *agora*."

Enfim, por mais surpreendente que possa parecer, isso não aconteceu.

Então fiquei sabendo por Jake que Ryan estava namorando uma garota de Los Angeles chamada Ariana e que eles brigavam muito, mas que o relacionamento era sério. Às vezes eu entrava no perfil dele no Facebook. (Tá, vai. Eu entrava o tempo todo.) Eu escrevia mensagens de texto casuais para ele e depois apagava. E o tempo todo eu fingia que estava bem em relação a tudo aquilo. Para minha mãe, para Jake, para todo mundo. Que opção eu tinha?

Mas não passava de uma mentira. Nunca superei o fato de tê-lo perdido. Eu ainda tinha uma esperança secreta e louca de que ele iria voltar.

E agora Ryan estava de volta. Ele voltou. As palavras ficam martelando no meu cérebro — *ele voltou, ele voltou* — enquanto estou experimentando prendedores de cabelo em uma loja de acessórios como se fosse uma adolescente de 14 anos apaixonada. Como se o acessório certo fosse magicamente fazer Ryan se apaixonar por mim.

Eu não podia sair da loja e ir direto para casa. E se ele já estiver lá, sentado no sofá, pronto para me conquistar com aquele sorriso irresistível? Eu precisava de tempo. Precisava me preparar. Então, às cinco da tarde, pedi a Greg que fechasse a loja e fui para a rua. Comprei um batom novo. Agora estou em frente a um balcão promocional, tentando fazer uma inacreditável transformação com um prendedor de cabelo de pedrinhas brilhantes de £3.99. Ou talvez eu devesse escolher uma flor?

Ou uma tiara brilhante?

Sei que isso é uma fuga. Não consigo lidar com o fato de que vou ver Ryan de novo, então acabei ficando obcecada por algum detalhe irrelevante que ninguém mais vai notar. Essa é a história da minha vida.

No fim, acabo escolhendo dois prendedores de contas, algumas presilhas de pedra e brincos dourados para dar sorte. Pago e saio para a rua agradável. Minha mãe deve estar colocando a mesa agora. Empilhando os copos de papel, enrolando garfos e facas em guardanapos. Porém, mesmo sabendo disso, preciso de mais tempo. Preciso organizar meus pensamentos.

Por impulso, entro no Café Allegro, a cafeteria local preferida da minha família. Compro um saquinho de grãos para a máquina da minha mãe — estamos sempre precisando de café e o Allegro é o melhor de todos —, peço um chá de hortelã e me sento a uma mesa perto da janela. Estou tentando decidir qual é a melhor forma de cumprimentar Ryan e que tipo de impressão quero causar. Não quero parecer emocionada ou carente, e sim confiante e sedutora.

Com um suspiro, pego minha sacola de compras, tiro dois prendedores de contas de dentro dela e os experimento, estreitando os olhos para enxergar no meu espelhinho de bolsa. Nenhum deles parece sedutor o suficiente. Aproximo os brincos dourados da minha orelha e faço uma careta. Ai, meu Deus. Um horror. Talvez eu os devolva.

De repente, noto um cara na minha frente, me observando e parecendo achar graça por cima da tela do laptop, e fico vermelha na hora. O que estou fazendo? Normalmente eu jamais ficaria experimentando prendedores de cabelo em uma cafeteria. Perdi toda a minha dignidade.

Enquanto enfio os prendedores e os brincos de volta na sacola, um pingo de água cai na minha mesa e olho para cima. Pensando bem, já havia uma goteira pingando desde que me sentei, só que os pingos estavam caindo em um balde no chão.

Uma garçonete está servindo um sanduíche a um cliente, e eu a chamo.

— Oi. Tem uma goteira no teto — digo, apontando para cima.

Ela olha para o teto e dá de ombros.

— A gente já viu. Por isso esse balde no chão.

— Mas está pingando na mesa também.

Quando olho para o teto, analisando melhor a situação, vejo duas goteiras e uma mancha de umidade. Aquela área toda parece bem problemática. Olho para o cara da outra mesa para ver se ele também notou, mas o rapaz está no celular agora, parecendo bastante preocupado.

— Sim — diz ele em uma voz que parece educada e sofisticada. — Eu sei, Bill, mas...

Noto o terno elegante. Sapatos caros e lustrosos.

— O andar de cima está em obras. — A garçonete não parece nem um pouco preocupada. — Já ligamos para eles. Você pode mudar de lugar se quiser.

Eu deveria ter desconfiado quando vi uma mesa desocupada perto da janela, sendo que o café estava bem cheio. Olho em volta procurando outro lugar disponível, mas não há.

Bem, não sou exigente. Posso aguentar alguns pinguinhos. E daqui a pouco vou embora mesmo.

— Tudo bem — respondo. — Era só para avisar mesmo. Talvez tenha que colocar outro balde.

A garçonete dá de ombros de novo com um olhar que reconheço — é o famoso *meu turno está acabando, então não estou nem aí* — e volta para o balcão.

— Putz! — exclama o cara à minha frente de repente. Sua voz ficou mais alta, e ele está fazendo gestos exasperados com a mão.

A palavra *putz* me faz sorrir por dentro. Meu pai costumava falar muito isso. E não costumo mais ouvi-la por aí.

— Sabe de uma coisa? — diz ele. — Estou farto desses intelectuais cheios de diplomas de Cambridge. — Ele ouve mais um pouco e acrescenta: — Não deve ser tão difícil conseguir algum novato pro emprego. Não deve *mesmo*. Mas todo mundo que a Chloe encontra pra mim... Eu sei. É de se imaginar. Mas eles só querem falar sobre teorias mirabolantes que aprenderam na universidade. Eles não querem *trabalhar*.

Ele se inclina para a frente, pega sua caneca e toma um gole de café, então nossos olhares se encontram por um instante. Não consigo deixar de sorrir. Ele não faz ideia, mas estou ouvindo meu pai de novo.

Mas só que este homem não tem nada a ver com meu pai. Meu pai era um homem desgastado pelo tempo que trabalhou como vendedor. Este cara é um engravatado elegante de 30 e poucos anos. Mas consigo perceber a mesma energia nele; o mesmo pragmatismo; a mesma impaciência com os sabe-tudo da vida. Meu pai também não tinha tempo para teorias. *Arregace as mangas e mãos à obra*, era o que ele costumava dizer.

— Tudo o que eu quero é achar uma pessoa inteligente, experiente e obstinada, que saiba como o mundo funciona — declara o homem, passando a mão pelo cabelo. — Alguém que já tenha trabalhado de verdade, e não só escrito uma dissertação sobre o assunto. Não precisa nem ter um diploma! Só precisa ter bom senso! Bom senso!

Ele é magro e de aparência enérgica, tem um bronzeado de fim de verão e cabelo castanho, com mechas mais claras queimadas pelo sol. Quando ele pega a caneca novamente, as flores do arranjo lançam uma sombra em sua face. As maçãs do rosto são proeminentes e lisas. Os olhos são... não dá para ver direito. Castanho-claros ou castanho-esverdeados, eu acho, olhando disfarçadamente para ele. Então, de repente, noto que eles são verdes. Olhos de floresta.

Isso é uma mania minha, classificar os olhos. Os meus são um *espresso* duplo. Os de Ryan, azuis como o céu da Califórnia. Os da minha mãe, o oceano profundo. E os desse cara, a floresta.

— Eu sei — declara ele em tom mais calmo, a raiva aparentemente se esvaindo. — Terei outra reunião com a Chloe na semana que vem. Tenho certeza de que ela está ansiosa. — Seus lábios se abrem em um sorriso repentino e contagiante.

Ele é capaz de rir de si mesmo. Nisso ele é melhor que meu pai, que era a pessoa mais doce e manteiga derretida do mundo, mas nunca conseguiu entender como alguém podia rir de si mesmo. Mandar um cartão de aniversário com alguma piadinha para o meu pai era algo inaceitável. Ele certamente se sentiria magoado ou ofendido.

— Ah. Isso. — O cara se remexe na cadeira. — Olha, eu sinto muito. — Ele passa a mão no cabelo de novo, mas dessa vez não parece cheio de energia, e sim chateado. — Eu só... Isso não vai rolar. Eu conheço a Briony. Ela acaba se excedendo, então... não. Nada de academia em casa. Pelo menos por enquanto. As propostas da Tanya são ótimas, ela é muito talentosa, mas... É. Eu vou pagar pelo tempo dela, é claro...

Não, *não* com um jantar — acrescenta ele com voz firme. — Quero uma cobrança com nota fiscal. Eu insisto. — Ele assente algumas vezes. — Tudo bem então. Até mais. Tchau.

A nota de humor irônico está de volta à sua voz, mas, ao colocar o celular em cima da mesa, ele olha para a janela como se estivesse tentando se recuperar. É estranho, mas sinto que o conheço. Tipo, eu *entendo* esse cara. Se não fôssemos dois ingleses tensos em um café londrino, eu talvez até puxasse um papo com ele.

Mas nós somos. E isso não é uma coisa que os ingleses normalmente fazem.

Então ajo de uma maneira bem londrina e finjo que não ouvi nada da conversa dele, olhando de um jeito distraído para o nada, tomando o cuidado para não atrair o olhar dele. O cara começa a digitar no laptop e olho para o relógio. São cinco e quarenta e cinco. Daqui a pouco tenho de ir.

Meu telefone vibra com uma mensagem e eu o pego, ansiosa, esperando que seja Jake dizendo "Ryan está aqui". Ou, melhor ainda, uma mensagem do próprio Ryan. Mas é claro que não é nada disso. É Hannah respondendo a uma mensagem que mandei para ela mais cedo. Leio rapidamente o que ela escreveu:

**Ryan voltou? Achei que ele estivesse em Los Angeles.**

Sorrindo, digito logo uma resposta:

**Ele estava!!! Mas agora está aqui, livre e desimpedido, e perguntou por mim!!!!**

Pressiono Enviar e rapidamente percebo meu erro. Usei muitas exclamações. Hannah vai interpretá-las como um aviso. Ela vai me ligar em menos de um minuto.

Sou amiga de Hannah desde os 11 anos, quando nós duas fomos escolhidas como monitoras da turma. E então percebemos exatamente naquele momento que éramos parecidas. Nós duas somos organizadas. Amamos listas. Resolvemos as coisas. Embora, para ser justa, Hannah resolva as coisas de forma *ainda mais eficiente* do que eu. Ela nunca procrastina nem inventa desculpas. Seja qual for a tarefa, ela faz na hora, seja a declaração de imposto de renda ou a arrumação na geladeira ou até mesmo dizer a um cara que não gostou do beijo dele bem no primeiro encontro. (Ele foi legal e aceitou bem. Perguntou "De que tipo de beijo você *gosta* então?". E ela mostrou para ele. E agora eles estão casados.)

Ela é a pessoa mais sensata e direta que conheço. Trabalha como atuária e começa a fazer as compras de Natal em julho e... não falei? O nome dela está brilhando na minha tela. Eu sabia.

— Oi, Hannah. — Atendo o celular como se não soubesse o motivo da ligação. — Tudo bem?

— E o Ryan, hein? — pergunta ela, ignorando meu cumprimento. — O que aconteceu com a garota de Los Angeles?

— Parece que acabou. — Tento manter a voz calma, embora esteja cantarolando por dentro: *acabou! A-ca-booou!*

— Hum. — Ela não parece convencida. — Fixie, achei que você tivesse *finalmente* esquecido o Ryan.

Não a culpo pela ênfase no *finalmente*. Sempre desabafei sobre o Ryan com Hannah, desde o instante em que nos conhecemos. Quando tínhamos 18 anos, eu a arrastava comigo para vários pubs de Londres, na esperança de esbarrar com ele em algum lugar. Ela costumava chamar isso de Caça ao Ryan. E seria justo dizer que, na primavera passada, depois que Ryan voltou para Hollywood, quase todas as nossas conversas eram sobre ele.

Tudo bem, todas as conversas.

— Eu esqueci! — Baixo a voz para que os outros clientes do café não escutem. — Mas parece que ele está perguntando por mim. — Só de pensar nisso já me sinto animada, mas me obrigo a manter o tom casual. — Então, isso é interessante. Só isso. Só interessante.

— Hum — diz Hannah novamente. — Ele mandou alguma mensagem para você ou entrou em contato?

— Não. Mas talvez ele queira fazer surpresa.

— Hum — diz Hannah pela terceira vez. — Fixie, você se lembra de que ele mora em Los Angeles?

— Eu sei.

— E a sua vida é a loja da sua família.

— Eu sei.

— Então não há nenhuma perspectiva de vocês ficarem juntos, de terem um relacionamento nem nada disso. Isso não vai acontecer.

— Para de ser tão direta! — sibilo no telefone, virando-me para a janela para ter um pouco mais de privacidade. — Por que você sempre tem que ser tão direta?

Não é a primeira vez que me pego desejando que minha melhor amiga fosse uma super-romântica que diria "Nossa, o Ryan voltou! Vocês dois *nasceram* um para o outro!" e que me ajudasse a escolher uma roupa.

Nicole é bem excêntrica e romântica, eu acho. Mas ela não está nem aí para o que acontece na minha vida.

— Eu estou sendo direta assim porque *conheço* você — retruca Hannah. — E o que me preocupa é que no fundo você ainda esteja esperando algum tipo de milagre.

Ficamos em silêncio. Não vou dizer "Não seja ridícula", porque não faz sentido mentir para sua melhor amiga.

— É tipo... Uma esperança de dez por cento — confesso por fim, olhando para a guarda de trânsito fazendo a ronda. — Não tem mal nenhum.

— Claro que tem — argumenta Hannah de forma enérgica. — Isso faz com que você nem *olhe* para outros homens. Tem muito cara legal por aí, Fixie. Legal mesmo.

Sei por que ela está dizendo isso. Hannah tentou me juntar com um colega de trabalho dela no mês passado, mas eu não estava a fim dele. Tipo, ele era legal e tal. Mas era muito *sério*.

— Eu consigo entender — continua ela. — O Ryan é lindo, charmoso e sei lá mais o quê. Mas você vai desistir de encontrar um cara legal em troca de dez minutos com o Sr. Hollywood?

— Não, é claro que não — respondo depois de uma pausa, mesmo que a frase *dez minutos com o Sr. Hollywood* tenha despertado lembranças de quando eu estava com Ryan na cama no ano passado, e, só de pensar nisso, começa a me subir um calor.

— Acho que você tem que dar um basta nessa história, virar a página e seguir com a sua vida — declara Hannah.

Eu a imagino sentada à mesa de trabalho, traçando uma linha firme sob uma coluna de números com uma régua e, então, virando a página, sem problemas.

Mas Hannah sempre foi imune ao charme de Ryan. Durante o ensino médio, ela namorou todos os caras do preparatório de física, um por um, até chegar ao Tim, o segundo mais inteligente. (Ela era a mais inteligente.) Eles namoraram ao longo de todo o ensino médio, terminaram, foram para a faculdade, namoraram outras pessoas, reataram e se casaram. Ao que tudo indica, o beijo dele melhorou bastante depois do primeiro encontro. Os dois têm excelentes empregos e estão tentando ter um filho, e tudo está basicamente dando certo.

— Então, o que devo fazer? — pergunto em um tom um pouco rude porque sei que ela está certa e me ressinto disso, mesmo que a ame por se preocupar comigo a ponto de me ligar e me passar um sermão. — E se ele aparecer hoje à noite e... — Eu paro de falar porque não quero dizer isso em voz alta para não dar azar.

— Tipo, se ele estiver lindo, maravilhoso e sexy e quiser continuar de onde vocês pararam no ano passado?

— Isso.

— Bem. — Hannah fica em silêncio por alguns segundos. — Vou fazer uma pergunta. Você consegue ir pra cama com ele e *não* ficar chateada quando ele voltar pra Los Angeles? Seja honesta.

— É claro — respondo, confiante. — É só sexo.

— Não, não é! — exclama Hannah com uma risada incrédula. — Não para você. Não com Ryan. Ele mexe com você. Eu sei disso. E você vai acabar chorando no meu ombro depois.

— Bem, talvez eu não me importe — respondo em tom de desafio.

— Você está me dizendo que o sexo é tão bom que vale a pena acabar chorando no meu ombro? — pergunta Hannah, que sempre gostou de analisar as coisas como se fossem equações.

— Exatamente. — Uma lembrança do corpo bronzeado de Ryan entrelaçado ao meu vem à minha mente. — Vale.

— Tudo bem, então — diz ela, e consigo perceber que está revirando os olhos. — Bom, vou comprar lenços de papel então.

— Talvez ele nem apareça hoje à noite — comento. — Essa conversa toda pode até ter sido em vão.

— Bem, vejo você mais tarde. Com ou sem o Ryan.

Desligo o celular e fico olhando melancolicamente pela janela. Agora que eu disse aquilo em voz alta, percebo que é o cenário mais provável. Ryan deve ter um milhão de programas mais interessantes do que ir à festa de aniversário da minha mãe. Ele não vai aparecer. Comprei todos esses prendedores de cabelo à toa.

— Oi, Briony. — O cara da mesa da frente atende o telefone e me viro para olhar. — Ah, você falou com a Tanya. Certo. Então.... Não... Não é isso. — Ele parece estar procurando as palavras. — Veja bem, Briony... — Ele para de falar, parecendo encurralado. — Querida, não estou tentando estragar... Não, nós *não* concordamos com nada.

Ah! Pelo menos não sou a única aqui com uma vida amorosa complicada.

— É isso que você acha? — Ele está alterado agora. — Será que você se lembra de que o apartamento é *meu*, e sou *eu* que... — Ele ergue o olhar e de repente nota que estou ouvindo. Rapidamente tento disfarçar, mas ele se levanta mesmo assim. — Com licença — pede ele em tom educado para mim. — Vou sair um minuto para atender essa ligação. Será que você pode ficar de olho no meu laptop?

— Claro.

Concordo com a cabeça e o vejo passar entre as mesas, com a atenção já na conversa, dizendo:

— Eu nunca prometi nada! Isso tudo foi ideia *sua*...

Tomo um gole de chá e olho para o laptop algumas vezes. É um MacBook. Ele o deixou fechado, com uma pilha de pastas reluzentes ao lado. Inclino ligeiramente a cabeça para ler o que está escrito. *AISE: Oportunidade de investimentos futuros.* Nunca ouvi falar de AISE — nada a ver comigo —, mas fundos de investimento também não despertam meu interesse.

Pessoas que investem em fundos e ações são como países estrangeiros para mim. Na família Farr, fazemos três coisas com o dinheiro: gastamos, investimos no próprio negócio ou abrimos um outro negócio. Não confiamos em um cara de terno e gravata com uma pasta reluzente que deve custar umas 10 libras para produzir.

Não há nada de interessante na mesa do cara, então continuo tomando meu chá enquanto penso nas opções de roupa para esta noite. Estou me perguntando onde foi parar minha blusa azul de renda quando minha mente fica alerta. Alarmes começaram a soar. Tem algo errado.

Algo está acontecendo.

Ou está prestes a acontecer.

Minha mente não consegue captar exatamente o que está havendo, mas meu sexto sentido toma conta de mim por completo. Preciso agir. Agora.

Rápido, Fixie. *Vai.*

Antes de me dar conta do que estava de fato acontecendo, mergulho na mesa da frente como uma jogadora de rúgbi prestes a marcar um ponto para proteger o laptop do cara. Um segundo depois, uma parte do teto desmorona em cima de mim em uma torrente de água e reboco.

— *Argh!*

— Ai, meu Deus!

— Socorro!

— Foi um *ataque*?

— Alguém ajuda aquela garota!

Os gritos à minha volta me deixam atordoada. Sinto alguém me puxar dizendo "Afaste-se daí!", mas estou tão preocupada com o laptop que não saio daquela posição até sentir algumas folhas de papel toalha serem passadas para mim. A cascata de água cessou, mas pedaços de reboco ainda caem do teto. Por fim, levanto a cabeça e vejo um grupo de clientes assustados olhando para mim.

— Achei que você estivesse morta — declara uma adolescente com voz chorosa, e não consigo segurar o riso, o que parece fazer todos acordarem.

— Eu vi a goteira! Sabia que isso ia acontecer.

— Você poderia ter morrido, não é?

— Você tem que processar esse estabelecimento. Isso não está certo. O teto não pode cair assim.

Um minuto antes, éramos apenas um grupo de estranhos em um café, ignorando deliberadamente uns aos outros. Agora é como se todos tivessem se tornado melhores amigos. Um cara mais velho estende a mão para mim e diz:

— Pode deixar que eu seguro o seu computador enquanto você se seca, querida.

Mas não quero entregá-lo para ele, então tento me enxugar com uma das mãos, pensando "Logo hoje..."

— Mas o que foi que aconteceu aqui?

É o cara. Ele acabou de entrar e está olhando para mim, boquiaberto. Aos poucos os comentários animados começam a silenciar, e todos permanecem quietos na cafeteria. Todos estão olhando para nós dois, cheios de expectativa.

— Ah, oi — digo, falando pela primeira vez depois que o teto desabou em cima de mim. — Aqui está o seu laptop. Espero que não tenha molhado.

Eu o estendo para ele — não está nem um pouco molhado —, e o cara dá um passo para pegá-lo. Ele olha de mim para o teto destruído e depois para as poças de água e reboco, com uma expressão cada vez mais incrédula.

— O que *foi* que aconteceu?

— Um pequeno incidente com o teto — respondo, tentando não dar muita importância para aquilo.

Mas, como um coral grego, todos os outros clientes começaram a contar o que aconteceu ao mesmo tempo.

— O teto desmoronou.

— Ela mergulhou na mesa como um raio!

— Ela salvou seu computador, não há a menor dúvida. Teria ficado destruído também.

— Senhoras e senhores. — A garçonete bate no balcão para chamar nossa atenção. — Pedimos desculpas pelo incidente. Por questões de saúde e segurança, teremos que fechar o café agora. Por favor, venham até o balcão pegar um café para viagem e um biscoito por conta da casa.

Todos se dirigem para o balcão ao mesmo tempo e uma atendente que parece ter mais experiência se aproxima de mim com o cenho franzido.

— Senhora, gostaríamos de pedir desculpas pelo que aconteceu — começa ela. — Gostaríamos de presenteá-la com um *voucher* de 50 libras e esperamos que não... — Ela pigarreia. — Vamos cobrir os custos de lavanderia das suas roupas.

Ela está olhando para mim com ar suplicante e de repente entendo o que está querendo me dizer.

— Não se preocupe — respondo, revirando os olhos. — Não vou *processar* o estabelecimento. Mas seria ótimo se eu pudesse tomar mais um chá de hortelã.

A atendente fica visivelmente relaxada e se apressa para preparar o pedido. Nesse meio-tempo, o cara do laptop abre o computador e verifica algumas coisas. Ele olha para mim com uma expressão surpresa.

— Não sei como agradecer. Você salvou a minha vida.

— Não foi a sua *vida* que eu salvei.

— Tudo bem. Você salvou o meu ganha-pão. Não é só o computador, se bem que isso por si só já seria péssimo... mas as coisas que *estão* no computador. Não fiz *backup* de tudo ainda. — Ele fecha os olhos por um instante, balançando a cabeça como se não acreditasse.

— Acabei de aprender uma lição.

— Bem, essas coisas acontecem — comento. — Por sorte eu estava aqui.

— Sorte a minha — continua ele, falando calmamente e fechando o computador para olhar para mim. O sol de fim de tarde está batendo em cheio no rosto dele. Seus olhos são verdes como uma floresta, e logo me vejo pensando em cervos em clareiras verdejantes; galhos frondosos; aromas terrosos. Então pisco e estou de volta ao café. — Você não teve sorte alguma — diz ele. — Está toda molhada. E é tudo culpa minha. Eu me sinto péssimo.

— Não foi culpa sua — respondo, constrangida sob o olhar dele, quando de repente me dou conta de que minha camiseta está molhada. Mas será que está muito molhada? Tipo concurso da camiseta molhada? Será que foi por *isso* que todo mundo no café estava olhando para mim? Porque minha camiseta está totalmente transparente? — O teto caiu — continuo, cruzando os braços de maneira casual. — Eu me molhei. Isso não tem nada a ver com você.

— Mas você não teria mergulhado em cima da mesa se não tivesse prometido tomar conta do meu computador — argumenta ele. — Claro que não. Dá para ver que você tem reações rápidas. Você teria tentado fugir do perigo e não mergulhado em direção a ele.

— Ah, está tudo bem.

— Nada disso. Estou em dívida com você. Posso.... Sei lá... Pagar um café pra você?

— Não precisa, obrigada.

— Um muffin? — Ele olha para a vitrine estreitando os olhos. — O de gotas de chocolate parece bem gostoso.

— Não! — Dou uma risada. — Sério.

— E que tal... um jantar?

— Não sei se Briony iria gostar disso. — Não consigo resistir. — Desculpa. Acabei ouvindo a sua conversa.

Um sorriso amargo aparece em seu rosto e ele diz:

— *Touché*.

— Enfim, foi legal conhecer você — declaro, pegando meu chá de hortelã com a atendente. — Mas tenho que ir agora.

— Deve ter alguma coisa que eu possa fazer pra te agradecer — insiste ele.

— Não, sério mesmo — respondo com a mesma firmeza. — Estou bem.

Dou um sorriso educado para ele e sigo até a porta. Estou quase lá quando o escuto:

— Espera! — Ele grita tão alto que sou obrigada a me virar. — Não vá embora. Por favor. Espera... Tenho uma coisa pra você.

Fico tão intrigada que volto na direção de onde estava antes. Ele está parado ao balcão segurando um protetor de copo e uma caneta. Agora está escrevendo alguma coisa.

— Eu sempre pago minhas dívidas — declara, por fim, vindo na minha direção. — Sempre. — Ele me mostra o protetor de copo e leio o que está escrito nele:

**Te devo uma**
**Válido para sempre.**

Enquanto observo, ele assina — um rabisco que não consigo entender — e coloca a data.

— Para o caso de você precisar de um favor — explica ele olhando para mim. — Algo que eu possa fazer por você. Qualquer coisa mesmo. — Ele enfia a mão no bolso e pega um cartão de visita, olhando em volta e franzindo as sobrancelhas. — Preciso de um clipe de papel... Ou de alguma coisa para prender...

— Aqui. — Coloco meu copo em uma mesa e enfio a mão na sacola da loja de acessórios para pegar um grampo de cabelo com pedrinhas brilhantes.

— Perfeito. — Ele prende o cartão ao protetor de copo de papelão com o grampo de cabelo. — Esse sou eu. Sebastian Marlowe.

— Eu sou Fixie Farr.

— Fixie.

Ele assente, sério, e estende a mão para mim.

— Muito prazer.

Trocamos um aperto de mãos e Sebastian me entrega o protetor de copo.

— Por favor, fica com isso. Estou falando sério.

— Percebi. — Não consigo evitar um sorriso. — Bem, se eu precisar de dicas de investimentos, entro em contato. — Meu tom é um pouco debochado, mas ele não percebe. Na verdade, seus olhos verdes se iluminam.

— Sim, é claro! Se for o caso, podemos marcar uma reunião. Vai ser um prazer te dar uns conselhos...

— Esse não é o caso — interrompo. — Longe disso, na verdade. Mas obrigada mesmo assim.

É só então que ele nota que eu estava brincando e abre um sorriso.

— Então alguma coisa que você precise de verdade.

Ele ainda está segurando o protetor de copo, então, por fim, eu o pego.

— Tudo bem. Obrigada.

Para agradá-lo, coloco o protetor na bolsa e dou uns tapinhas nela.

— Pronto, são e salvo. Agora preciso ir mesmo. Tenho uma festa de família.

— Você acha que eu estou brincando — insiste ele, observando enquanto pego meu copo. — Mas não estou, não. Eu te devo uma, Fixie Farr. Lembre-se disso.

— Ah, pode deixar! — respondo, dando um sorriso alegre, mas sem um pingo de sinceridade. — Vou me lembrar disso.

# QUATRO

Ryan não está em casa ainda. Nem Jake.

Assim que entro, sigo furtivamente em direção à sala de estar e olho por uma fresta, pronta para correr. Se eles já estivessem em casa, seria ali que estariam — sentados no sofá — tomando cerveja. Mas não estão ali. Então, estou a salvo.

Sigo para a cozinha e cruzo com Nicole, que está fotografando uma guirlanda de papel presa na parede. Creio que seja parte da decoração da festa, embora nossa casa definitivamente não precise de mais enfeites. Ao longo de todos esses anos, minha mãe cobriu todas as paredes com fotos de família, colagens e quadros emoldurados cheios de lembranças. Ela é muito talentosa, assim como Nicole, mas esse gene passou bem longe do meu DNA, assim como o de beleza nível supermodelo. Jake e eu herdamos o combo cabelo e olhos escuros do meu pai, que algumas pessoas inclusive consideram "impressionante". Mas Nicole é linda de morrer, mesmo que nunca tenha chegado a ser modelo. O contorno do queixo, os olhos turquesa, as sobrancelhas arqueadas... tudo nela combina perfeitamente entre si de uma forma mágica. Até *eu* quero ficar olhando para ela o dia inteiro, e eu sou irmã dela.

— Oi, Nicole — cumprimento minha irmã, e ela apenas balança a cabeça, encarando o celular com os olhos apertados.

Embora seja casada, ela está passando um tempo aqui porque seu marido, Drew, foi escalado para trabalhar em Abu Dhabi por seis meses para instalar um sistema de computador para alguma multinacional, e Nicole se recusou a ir com ele.

— *Abu Dhabi?* — perguntou ela, como se isso fosse motivo suficiente para sua decisão. — *Abu Dhabi?* E o meu curso de yoga? — Como se isso fosse o argumento mais contundente de todos.

Então, quando Drew foi para Abu Dhabi, eles sublocaram o apartamento, e é por isso que Nicole está passando um tempo na nossa casa. A geladeira está sempre cheia de iogurtes probióticos e os colares étnicos dela vivem espalhados pela casa, por todos os cantos, e todas as manhãs eu a ouço escutando um *podcast* com uma narração suave sobre a importância de não se julgar, enquanto uma música de flauta toca ao fundo.

Sei que Nicole está achando esse lance do Drew estar longe mais difícil do que imaginou, porque ela suspira muito e fica olhando o telefone o tempo inteiro. Ela diz para todo mundo que está sofrendo de ansiedade de separação. Também sinto pena de Drew. Ele liga para o telefone fixo quando não consegue falar com Nicole no celular e sempre acaba conversando comigo ou com minha mãe. Já sei tudo sobre o calor insuportável, sobre seus problemas de insônia e das brigas corporativas que ele anda tendo com alguém chamado Baz. Ele parecia estar bem mal na última vez que ligou, então minha mãe acabou pesquisando algumas doenças no Google e mandou os links para ele.

Ele e Nicole estavam juntos havia um ano quando se casaram, e Drew dá um duro danado no seu trabalho de TI, então eu não o conhecia *tão* bem na época do casamento, que aconteceu no ano passado. Mas tenho conversado tanto com ele por telefone desde que viajou a trabalho que agora sinto que o conheço bem. Drew tem um ótimo senso de humor. Dá para entender por que Nicole se casou com ele.

Embora eu não consiga entender por que ela não o acompanhou em Abu Dhabi. Certamente deve ter algum curso de yoga lá, não?

— Ah, Nicole, você recebeu minha mensagem? — pergunto. — Conversei com o Drew ontem à noite e, ao que tudo indica, *não é* malária.

— Ah, que bom — diz minha irmã, distraída. — Não é linda? — pergunta ela com mais animação, levantando a guirlanda. — Vou postar no Pinterest. É como, é...

Espero minha irmã terminar a frase — mas percebo que isso é tudo que vai dizer. Nicole costuma deixar as coisas no ar enquanto você fica parado esperando educadamente que ela conclua o raciocínio.

— Incrível — completo. — Cadê o Jake?

— Não vi.

— Mas tem umas duas horas que ele disse que estava vindo para cá ajudar a mamãe.

Nicole dá de ombros enquanto tira outra foto da guirlanda.

— Então *quem* está ajudando a mamãe? — Sei que meu tom é acusador, mas a verdade é que estou na defensiva. Eu deveria ter vindo ajudar, e não ter saído para fazer compras, muito menos ter feito hora naquele café.

— Eu! — exclama Nicole, parecendo ofendida. — Estou ajudando na decoração.

— Tá, mas e a comida, a arrumação e todo o resto?

— Preciso de uma válvula de escape artística, tá legal? Ando muito estressada ultimamente, Fixie. — Nicole me fulmina com o olhar. — Meu marido está do outro lado do mundo, caso você tenha se esquecido, e estou sofrendo de ansiedade de separação. Preciso cuidar de mim.

— Sim, eu sei, mas...

— Meu professor de yoga disse que, se eu não encontrar uma forma de cuidar de mim mesma, posso desenvolver *problemas de saúde mental.* — Ela usa a expressão como se fosse uma cartada final.

— Está bem — digo, depois de uma pausa. — Tudo bem. Hum...
Foi mal.

Corro para a cozinha e, quando abro a porta, vejo minha mãe debruçada sobre a bancada, exatamente como imaginei que estaria. Ela ainda está de avental e calça jeans, o cabelo grisalho preso com um elástico, trabalhando em uma camada de pasta americana cor-de-rosa com um cortador de plástico. Está com um pouco de cobertura de bolo no lóbulo da orelha e com a aparência de sempre, ou seja, sem nenhuma maquiagem.

Será que ela reservou um tempo para lavar o cabelo e aplicar uma máscara de hidratação facial? Não, é claro que não. Aposto que também não pensou na roupa que vai usar. O grande desafio das festas de aniversário da minha mãe todos os anos é fazer com que ela *vá à festa*.

— Oi, mãe! — cumprimento, mas ela continua com o cenho franzido, completamente concentrada no que está fazendo. Ela é naturalmente bonita, seu rosto é fino e vivaz e as maçãs do rosto são definidas e proeminentes. Dá para ver de quem Nicole puxou toda a beleza. — Posso ajudar?

— Psiu! Espera!

Toda a sua atenção está centrada em criar uma peônia de pasta americana. Ela corta a pasta no formato da flor e cola uma folha verde também feita de pasta americana.

— Lindo.

Bato palmas.

— Está muito bonito, não acha? — Mamãe coloca a peônia em cima do cupcake e tamborila na bancada. — Está muito bom. E dá para fazer um preço legal. Acho que deveríamos vender.

Minha mãe nunca faz uma coisa só. Então, neste momento, ela não está apenas preparando cupcakes para a própria festa de aniversário, está também criando simultaneamente um novo produto para a loja. Mamãe jamais venderia algo no qual não acredita. Então, cada panela, cada pote de mantimentos, cada utensílio de cozinha, tudo tem de passar pelo teste dela. Funciona? O preço é bom? Os clientes realmente vão usar?

— Acho que a Vanessa vai amar isso — acrescenta ela.

— Com certeza.

Aceno com a cabeça, enquanto penso em Vanessa, com seus coletes de *patchwork*, sua capa de chuva vermelha e seu entusiasmo infinito. Vanessa é uma de nossas clientes mais assíduas e participa do Clube do Bolo que oferecemos nas noites de terça-feira. Morag faz a demonstração em uma cozinha portátil, e todo mundo participa. Temos um Quadro de Clientes na loja, cheio de fotos de bolos, além de um perfil no Instagram. Essa é uma das coisas que tornam a Farrs tão especial: a nossa comunidade.

— Pode deixar que eu termino isso pra você — ofereço, aproveitando a chance enquanto minha mãe faz uma pausa. — Pode subir pra se arrumar.

Ela ergue o olhar pela primeira vez — e fica boquiaberta.

— Fixie, o que aconteceu com você? O tempo está *tão* ruim assim?

Ela olha pela janela e vê caindo uma chuvinha fina de verão, que começou quando eu estava voltando para casa.

— Não! Foi só um pequeno incidente. Nada de mais.

— Ela está um horror, não está? — pergunta Nicole, entrando na cozinha.

— Mãe — faço mais uma tentativa. — Por que você não vai se arrumar? Toma um bom banho e relaxa um pouco.

— Vou fazer só mais dois desses — declara ela, abrindo mais pasta americana.

— Tudo bem. Então vou subir e tentar arrumar o cabelo. Mas vai ser rapidinho.

— Então será que você poderia preparar um café pra mim, querida? — pede minha mãe a Nicole. — Se não estiver ocupada.

— Ah. — Nicole enruga o nariz com ar de dúvida. — Café? Você sabe que eu não sei mexer na cafeteira.

Foi Jake quem deu a cafeteira de presente de Natal para nossa mãe. É toda moderna, mas *dá* para entender como ela funciona se você tentar. Nicole, porém, parece mentalmente incapaz. Ela olha para a cafeteira e pergunta:

— O que quer dizer "Esvazie o compartimento de café"?

Aí você explica o que fazer e mostra para ela três vezes e, mesmo assim, Nicole não entende. Então você mesmo acaba fazendo.

— Pode deixar que eu faço — apresso-me para pegar uma caneca.

— Oi, mãe. — Jake entra na cozinha exalando um cheiro de loção pós-barba e cerveja. — Feliz aniversário. — Ele dá um beijo no rosto dela e lhe entrega a sacola da Dior.

— Querido! — Ela arregala os olhos ao ver a embalagem brilhante. — Não precisava!

Quando as pessoas dizem "não precisava", o que elas realmente querem dizer é "precisava, sim", mas não a mamãe. Ela fica incomodada quando as pessoas gastam dinheiro com coisas para ela, principalmente nós, seus filhos. É claro que ela fica tocada — mas também ansiosa, porque acha que é desnecessário.

Minha mãe acha que várias coisas neste mundo são desnecessárias. Raramente se maquia. Nunca viaja para o exterior. Na verdade, raramente tira férias. Nunca lê jornal. Nem tenho certeza se ela vota. (Ela diz que sim, mas acho que é só para não passarmos um sermão nela.)

Os únicos sites que ela visita são os dos fornecedores, de lojas de utensílios de cozinha e de eletrônicos. Ela assiste a *EastEnders*, gerencia a loja e faz aula de zumba — e isso é tudo. Já sugeri a ela que fizesse uma viagem para outro país ou que fosse para um spa no interior. Mas ela sempre abre um sorrisinho e responde "isso é para as outras pessoas, querida".

Quanto a homens, pode esquecer. Ela não olhou para outro homem ou saiu com ninguém desde que papai morreu. Diz que ele ainda está com ela e que conversa com ele sempre, e por isso não precisa de outra pessoa. Quando Jake tentou cadastrá-la em um site de encontros para "pessoas da terceira idade", ela ficou bem zangada, o que não é nada a cara dela.

— Jake, *você* prepara o café pra mamãe — determina Nicole. — Onde está a Leila?

— Foi comprar mais cerveja. Eu pedi — responde ele, e tenho uma visão repentina da coitada da Leila carregando vários fardos de cerveja pela rua com seus bracinhos esguios.

Eu não ia perguntar nada, mas não consigo impedir as palavras de saírem da minha boca:

— O Ryan já chegou?

Minha voz está rouca e fico vermelha quando todo mundo se vira para mim. Eu jamais teria mencionado Ryan — mas de repente fiquei preocupada com a possibilidade de ele aparecer na cozinha. Meu cabelo ainda está encharcado, e ainda estou com a calça jeans de trabalho. Resumindo: eu teria de me esconder dentro da geladeira, se o visse.

— Ainda não. — Jake me olha de cima a baixo. — Minha nossa. Esse é o seu look pra festa? Está parecendo uma doninha afogada.

Ao ouvir isso, Nicole começa a rir.

— Ai, Fixie! Você *realmente* parece uma doninha afogada.

— O teto do café desmoronou em cima de mim — conto, na defensiva. — Não foi culpa minha.

— Querida, é melhor você subir e tomar um banho. Em dois minutos você vai ficar linda — sugere minha mãe naquele tom tranquilo que só ela tem, tranquilo e com um toque suficiente de autoridade para repreender Jake e Nicole.

Minha mãe parece esses treinadores de animais que vemos na TV. Ela muda o tom de voz e todos nós obedecemos na hora, como cavalos olímpicos treinados. Até o Jake.

— Está tudo bem, Fixie? — pergunta Nicole, parecendo arrependida. — Desculpa, eu não sabia.

— Fixie, eu só estava brincando — desculpa-se Jake. — Pode ir se arrumar sem pressa. Eu seguro as pontas aqui.

Ele parece tão sincero que eu me acalmo. Jake consegue ser legal quando quer.

— Está bem. — Pego minha sacola com os prendedores de cabelo.

— Vou tomar um banho então. Mãe, por que você não vem comigo agora? A gente pode escolher uma roupa pra você.

— Já vou — responde ela, novamente distraída enquanto faz outra peônia.

Bom, acho que vou estar em uma posição melhor para ajudar minha mãe a escolher a roupa para a festa quando eu estiver pronta. Corro para o andar de cima, arranco a calça e a camiseta molhadas e tomo um banho rápido no nosso boxe pequeno e antiquado.

Nem sempre morei aqui — eu e Hannah moramos juntas durante um tempo. Ela arrumou um apartamento em Hammersmith e cismou que eu *tinha* de morar lá também e que iria subsidiar o aluguel com o salário ridiculamente alto dela. Mas, quando as coisas entre ela e Tim ficaram mais sérias, comecei a me sentir estranha lá.

Depois, meu bufê faliu e eu acabei tendo de me mudar mesmo. Foi minha mãe que disse: "Várias garotas da sua idade ainda moram com os pais, querida", e isso fez com que eu me sentisse bem para voltar para casa por pelo menos um tempo. Para ser sincera, fiquei muito grata por ter essa opção.

Eu me enrolo na toalha e vou para o corredor para tentar secar o cabelo, porque há mais espaço ali e um espelho maior. Entre uma lufada de ar e outra, escuto uma conversa no andar de baixo que chama minha atenção. É Jake falando.

Nossa casa não é muito grande, e as paredes e a laje entre os andares são bem finos. Não consigo ouvir exatamente *o que* Jake está falando na cozinha, mas dá para entender a *entonação* dele. Ele não para de falar, e ninguém o interrompe, então sou tomada por uma desconfiança repentina e desço correndo, ainda enrolada na toalha.

Agora consigo ouvir Jake claramente. Ele está falando em um tom bem calmo:

— Como eu disse, é uma oportunidade incrível, e o azeite parece algo *de outro mundo*, de tão gostoso. Mas eu não quero preocupar

56

você com os pormenores, mãe. Você já está muito ocupada. Então eu mesmo faço o pedido. Dez unidades?

*O quê?*

Estou ofegante de raiva quando chego ao pé da escada. Jake deliberadamente me tirou do caminho, ele deliberadamente escolheu o momento que nossa mãe estaria distraída.

Merda. Deixei a toalha cair.

Enrolo a toalha de qualquer jeito no meu corpo novamente e sigo em direção à cozinha.

— Mãe! — Quando entro, minha respiração está tão pesada que dá para ver meu peito subindo e descendo. — Sobre a questão do azeite... — Os corvos estão batendo as asas à minha volta, mas tento desesperadamente ignorá-los. — Já conversei com o Jake e eu... Eu realmente acho que não...

Ai, meu Deus, minha voz está trêmula de novo. Minha coragem se desintegrou. Eu me *odeio*.

— Isso não tem nada a ver com você, Fixie — declara Jake, me fuzilando com o olhar.

— Tem sim.

Olho para ele de forma desafiadora.

— Jake. Fixie. — A voz calma da mamãe corta o ar. — Vocês sabem muito bem que eu nunca encomendo um novo produto sem avaliá-lo antes. Vou ver isso, Jake.

— Mas hoje é a sua festa! — Ele está obviamente tentando ganhá-la na conversa. — Você não vai querer ver isso agora.

— Eu adoraria ver isso agora, na verdade. Me dá logo isso.

— Está bem — concorda Jake, por fim. Ele entrega algumas folhas de papel para ela, e nós dois ficamos parados ali enquanto mamãe analisa as anotações. Vejo quando ela chega à lista de preços e arregala os olhos, chocada.

— É caro demais, filho — afirma ela, devolvendo os papéis para Jake. — Muito caro. Isso não é pra nós.

— É uma aposta — argumenta Jake. — É um produto *diferente*. Mas mamãe faz que não com a cabeça.

— A nossa aposta é um pote de purpurina comestível. Não isso.

— Mãe, você precisa ser um pouco mais ambiciosa — insiste Jake. — As pessoas compram esse tipo de coisa! Compram mesmo. Na Harrods...

— Talvez eles vendam todo tipo de produto na Harrods — diz nossa mãe com a voz calma. — Mas, se colocarmos um vidro de azeite de £100 na nossa prateleira, nós não vamos vendê-lo, e ainda vamos deixar nossos clientes chateados. E até ofendidos.

Ao ouvir isso, percebo que ela está certa. Consigo imaginar Vanessa andando pelos corredores, pegando o azeite e dizendo: "Cem libras por isso? Isso é assalto à mão armada!"

— Mas...

— Não, Jake. — Nossa mãe usa o mesmo tom severo que usava quando ele tinha 10 anos e começou a falar palavrões. — Já chega. Minha resposta é não. Seu pai teria dito o mesmo.

Quando nossa mãe evoca o nosso pai, significa que a discussão acabou. Jake olha para mim com raiva, como se tudo fosse culpa *minha*, mas eu não me importo. Na verdade, me sinto aliviada. E idiota. Como pude pensar que meu irmão seria capaz de convencer a nossa mãe? Ela é a mamãe. Ela é a capitã do navio.

— Vou terminar de arrumar o cabelo — declaro, e minha mãe olha para mim de cima a baixo. Não sei o que ela vê, mas, de repente, mamãe me dá um de seus sorrisos especiais e calorosos.

Sempre que minha mãe sorri, aparecem rugas em seu rosto. Elas chegam até seus olhos, como raios de sol, marcam a bochecha e a testa com sulcos profundos. O luto lhe deu mais rugas. Eu vi isso acontecer. Talvez algumas pessoas achem essas marcas de expressão feias, mas vejo amor e vida em cada uma delas.

— Por que você não pede a ajuda da Nicole? Ela tem um modelador especial de cachos — sugere mamãe, lançando um olhar para minha irmã.

— Ah — diz Nicole em tom indiferente, erguendo o olhar do telefone. — Pode deixar que eu te ajudo. Vamos lá pra cima.

Sei que mamãe queria que Nicole e eu fôssemos mais próximas. Ela adoraria que estivéssemos sempre uma ao lado da outra, como as irmãs que vemos no cinema, que se abraçam e confidenciam seus segredos uma para a outra e coisas do tipo.

Para falar a verdade, eu até tento me aproximar mais de Nicole. Mesmo. Mas é como se fôssemos água e óleo. Nós simplesmente não *combinamos*.

— E, Jake — chama nossa mãe, assim que ele abre a geladeira para pegar uma cerveja. — Antes de começar a beber, será que você pode me ajudar a decorar esses cupcakes? Mas com cuidado, pra não estragar a cobertura.

— Claro — responde ele sem um pingo de animação, largando a cerveja em cima da mesa.

Sorrio por dentro.

Mais ninguém nesse mundo conseguiria fazer Jake largar uma cerveja para decorar cupcakes. Mas ninguém é igual à nossa mãe.

# CINCO

O quarto de Nicole é como um perfil no Instagram ao vivo e em cores. Para onde quer que você olhe, há uma foto dela ou um pôster com alguma frase motivacional ou algum acessório da moda. Paro diante da montagem em preto e branco das fotos do casamento dela e novamente suspiro por dentro por constatar quanto ela é naturalmente adorável. Como deve ser acordar todos os dias e ser ela?

Em todas as fotos, Drew está olhando para ela como se não conseguisse acreditar na própria sorte. Ele é alto e bonito, tem uma farta cabeleira castanha e um rosto sincero e simpático — mas não chega aos pés de Nicole em termos de aparência. Até a mãe dele admitiria isso. Olho para a foto que eles escolheram para estampar o cartão de agradecimento. Os dois estão debaixo de uma árvore, e Drew parece completamente inebriado, ao passo que Nicole parece...

Bem, carinhosa. Com certeza, carinhosa.

Eu nunca consegui entender bem o relacionamento de Nicole com Drew, mas minha irmã é assim mesmo. Ela não é de conversar muito, não conta nada para ninguém, nem mesmo para a mamãe. Se alguém a confronta e tenta arrancar alguma coisa dela, ela se fecha e muda de assunto ou finge que não entendeu.

Ela conheceu Drew por intermédio de uma amiga e, no início, ele ficou de ajudá-la com uma nova empresa digital de estilo de vida. Ele vinha até a nossa casa e os dois foram ficando bem animados com a ideia e todos nós dávamos sugestões. Então Nicole desistiu da ideia, mas, àquela altura, eles já estavam juntos e, logo depois, ficaram noivos. Acho que nossa mãe ficou preocupada com a rapidez com que tudo aconteceu — por outro lado, Drew parecia ser um cara legal, equilibrado e cheio de boas intenções... E o casamento foi *incrível*.

Desvio o olhar da montagem e vejo algumas almofadas novas na cama. Todas têm alguma frase bordada, tipo *Ame-se* e *Tempo para mim*. Tem uma enorme, inclusive, que diz *Saco vazio não para em pé: cuide de você em primeiro lugar.*

Nicole está acendendo várias velas perfumadas em copinhos de vidro que também têm palavras pintadas: *amor, astral, compaixão.*

— Eu agora estou na onda da compaixão — afirma minha irmã em tom sério, acompanhando meu olhar. — A compaixão alimenta a alma. A compaixão é o que nos torna *humanos*.

Pisco, tentando esconder minha surpresa. Compaixão? Nunca a ouvi falando assim antes.

— Concordo plenamente — apresso-me a dizer, enquanto ela pega o modelador de cachos na gaveta. — Sabe... Tenho pensado muito numa coisa... Acho que nós poderíamos fazer mais na loja pra ajudar as pessoas. Tipo, montar um grupo de culinária para a terceira idade, ou algo assim.

Talvez a gente *consiga* se aproximar mais, como duas irmãs, no fim das contas, penso. Talvez possamos pensar um projeto juntas, para a comunidade, e realmente nos conectarmos. Mas Nicole se senta e me lança um olhar vazio.

— Isso não tem nada a ver com a *loja* — retruca ela em tom de pena. — Você e a mamãe são obcecadas por essa loja idiota.

Loja idiota? Sinto uma onda de indignação. A loja idiota que está pagando pelo teto sobre a cabeça dela? Que pagou o casamento dela?

Não digo nada, porque estou tentando ser positiva e criar laços sinceros com a minha irmã.

— Compaixão é sobre *você* — continua Nicole em tom de sabedoria. — É sobre a sua jornada. É sobre a sua luz e o que a faz brilhar.

— Certo — concordo, ligeiramente confusa. — É que acho que alguns dos nossos clientes mais velhos se sentem um pouco solitários...

Percebo que Nicole não está ouvindo.

— Compaixão, na verdade, é um conceito budista — declara ela, ligando o modelador. — *Se sua compaixão não inclui a si mesmo, então ela é incompleta.* Essa é uma citação de Buda. Acho que você deveria ser adepta do budismo, Fixie. É tipo...

Espero Nicole terminar o raciocínio, mas percebo que ela já encerrou a fala.

— Quem sabe? — respondo, acenando com a cabeça. — Pode ser.

— Anita, minha professora de yoga, diz que afirmações são essenciais pra mim agora. Isso é muito importante pra estimular minha endorfina, porque estou muito vulnerável com o Drew tão longe. — Ela me olha com a expressão séria. — Eu poderia surtar.

— Claro — apresso-me a concordar. — Que horrível isso. Tadinha de você.

— Ela fala que eu preciso me colocar em primeiro lugar — continua minha irmã. — Cuidar de mim, sabe? Tudo o que fazemos é sempre pros outros, mas às vezes temos que dizer "Que se danem os outros, preciso pensar em *mim*. Eu *mereço*". Sente-se aqui.

Nicole indica uma cadeira e eu me sento. Ela penteia meu cabelo, espirra alguma coisa nele e começa a enrolar uma mecha.

Noto um livro na penteadeira chamado *Seu animal psicológico*, e Nicole acompanha meu olhar enquanto modela um cacho bem firme.

— Também tenho estudado perfis psicológicos — diz ela. — Eu sou uma libélula. Posso passar o questionário pra você. Você vai ter que, tipo, reorganizar a sua vida toda de acordo com... — Ela lança um olhar crítico para o segundo cacho. — Seu cabelo não tem *brilho* mesmo, não é?

— Não — admito. — Não tem.

Meu cabelo é do mesmo comprimento que o dela — passa um pouco dos ombros. Mas, enquanto o da minha irmã tem umas ondas e cintila com uma combinação de luzes e brilho natural, o meu só *cai*. Minha irmã borrifa mais alguma coisa no meu cabelo e o puxa com tanta força que sinto até lágrimas nos olhos.

— Você sabe que Ryan tem namorada, não sabe? — pergunta ela.

— Ariana. Tipo, eu não sei o que você espera, Fixie, mas...

— A Leila me falou que eles terminaram — digo rápido demais.

— Sério? — Nicole faz cara de quem não acredita muito no que eu falei e solta outro cacho. — Eu sigo a Ariana no Instagram. Ela é incrível. E cheia de compaixão também. Compaixão pela culinária.

— Sei. — Tento soar despreocupada. — Bem, mas eles não estão mais juntos, então...

— Olha, ela é essa aqui. — Pra minha tristeza, vejo o celular de Nicole no meu campo de visão. — Ela é realmente inspiradora. Postei um comentário na salada de romã que ela fez e ela respondeu.

Sinto vontade de choramingar: "Não faça isso. Não precisa me mostrar fotos da namorada, ex-namorada, ou seja lá o que ela for do Ryan!" Mas isso poderia parecer insegurança da minha parte, então fico calada. Sei que Nicole não está tentando me *alfinetar*, ela só não consegue pensar nas outras pessoas. Então está passando as fotos agora, provavelmente procurando o próprio comentário. Quase fecho os olhos, mas não tenho para onde fugir, então, olho para a loura californiana na tela diante de mim, fazendo yoga, cozinhando e andando de patins de short curtinho.

Eu já tinha visto o perfil da Ariana no Instagram. É claro que já. Até comecei a segui-la, depois parei. Depois voltei a seguir e desisti de novo umas dez vezes. Ela provavelmente deve achar que sou uma louca varrida, se é que um dia me notou, o que duvido muito, já que ela tem 26.600 seguidores.

— Aqui está. — Nicole finalmente clica numa foto de Ariana usando um top cor-de-rosa e calça de ginástica, em pé em uma pose excêntrica, mostrando uma salada para a câmera.

— Ela está malhando ou cozinhando? — pergunto por fim.

— As duas coisas — responde Nicole. — É a nova mania dela. Ela cozinha e malha ao mesmo tempo.

— Entendi — respondo, tentando não ficar olhando fixamente para o sorriso branco de Ariana nem para a bunda perfeita dela. — Bem, que bom pra ela.

Quando Nicole solta outra mecha, o celular dela faz um barulho e ela o pega.

— Ah — diz Nicole ao ler a mensagem, franzindo as sobrancelhas. — Tenho que ir. — Ela larga o modelador de cachos e pega a bolsa. — Desculpa — acrescenta ela depois. — Julie da minha aula de yoga está no metrô. Eu disse que a encontraria lá porque ela nunca veio pra esses lados.

— Você vai sair *agora*? — pergunto, horrorizada. — Mas e o meu cabelo?

— Eu comecei — disse Nicole. — Você pode terminar.

— Não posso, não!

Olho para meu reflexo no espelho e faço uma careta. Metade da minha cabeça é uma massa de cachos. O restante está solto, lambido e sem vida, como uma adolescente que não foi chamada para dançar no baile.

— Por favor, termina pra mim — suplico. — Não vai demorar muito.

— Mas a Julie já está *esperando* — argumenta Nicole. — Ela já está *lá*.

— Ela consegue encontrar o caminho, com certeza...

— A questão não é essa! — Nicole parece bem ofendida. — Fixie, você poderia ser um pouco menos egoísta? Meu marido está do outro lado do mundo, esqueceu? Estou passando por um momento muito difícil.

O celular dela toca, e Nicole atende.

— Ah! Oi, Drew — cumprimenta ela, meio irritada. — Estou um pouco ocupada aqui, está bem? Ligo pra você mais tarde.

Ela desliga e me fulmina com o olhar.

— Minhas amizades são vitais pros meus níveis de endorfina nesse momento. E você quer que eu fique aqui pra arrumar o *seu cabelo*?

De repente, começo a me sentir fútil.

— Foi mal — desculpo-me em tom humilde. — Acho que consigo terminar. Pode ir.

— *Obrigada* — Nicole me agradece em tom cortante. — E apague as velas quando sair. Caso contrário... — Ela para de falar daquele jeito vago.

— Pode deixar. E obrigada!

Quando ela sai do quarto, pego o modelador, separo uma mecha do meu cabelo e o enrolo na base de metal, tentando — sem sucesso — não queimar os dedos. Quando a solto, fico completamente desanimada.

Eu fiz o cacho ao contrário. Ficou muito estranho.

Tento mais uma vez — queimando novamente os dedos — e desisto. Não posso ficar sentada aqui lutando com o meu cabelo quando minha mãe está lá embaixo fazendo todo o trabalho sozinha. Vou prender o cabelo e vai ficar ótimo.

Desligo o modelador, apago as velas e, antes de sair, olho para uma plaquinha que diz: *Acreditar em si mesmo é o primeiro passo para o sucesso.* Vou até o meu quarto, pego um dos prendedores de cabelo novos e faço um coque. Coloco meu vestido preto mais curto, porque Ryan uma vez disse que eu tinha pernas lindas. Faço uma maquiagem rápida e olho minha imagem no espelho, tentando não pensar em como sou pálida e inglesa comparada a Ariana.

Então, ouço um barulho no quarto da minha mãe e dou um passo para trás, olhando irritada para meu reflexo. Chega de ficar remoendo as coisas. Vou ver se minha mãe precisa de ajuda.

Minha mãe só tem dois vestidos para sair e nunca compra nada para ela. ("Não é para mim, querida.") Mas ela é tão esguia que não tem como não ficar adorável quando coloca o vestido soltinho de linho azul e os sapatos de salto que comprou em um bazar. Está sentada em frente à penteadeira e eu me acomodo na cama, tirando as maquiagens da minha *nécessaire* e passando tudo para ela. (Minha mãe tinha a mesma paleta de sombras desde sempre, e todas as cores boas já haviam acabado.)

— Como foi o seu dia? — pergunta ela, enquanto aplica a base no rosto com os dedos.

— Ah, foi ótimo! Atendi um casal que foi à loja pra renovar a cozinha inteira hoje cedo. Eles compraram *de tudo*.

— Que maravilha!

Os olhos dela cintilaram com aquele brilho especial que aparece quando fazemos uma boa venda.

— Só que tive que me livrar do Greg. Ele queria saber com que frequência os dois cozinhavam em casa e o que costumavam preparar. E não parava de fazer perguntas sobre risoto. Ele estava tentando ajudar, mas acabou assustando os clientes.

— Coitado do Greg. — Minha mãe balança a cabeça com pesar. — Ele se esforça.

— E aí apareceu aquele pessoal que o Jake indicou... Sabe, mãe, ele tem várias ideias grandiosas — comento, sentindo um nó de tensão crescendo dentro de mim. — Ele quer abrir uma filial da loja em Notting Hill. E quer mudar o nome da loja para "Empório Notting Hill". Dá pra acreditar nisso? Nós nem somos um empório!

Achei que minha mãe fosse se mostrar tão magoada com essa ideia quanto eu, mas ela apenas balança a cabeça pensativamente e comenta:

— Isso nunca vai acontecer. Você conhece o Jake. Ele precisa dessas coisas. Ele sempre fez isso. — Ela ergue os olhos e sorri para mim. — Não se preocupe, Fixie. Vou conversar com ele.

Ela parece tão tranquila e calma que o nó na minha garganta começa a se desfazer. Minha mãe tem esse poder. Ela é como esses massagistas terapêuticos que conhecem de cor todos os pontos de tensão. Uma palavra aqui, um abraço ali, e tudo se resolve. Só de ficar ali com ela faz com que eu sinta todas as ameaças desaparecerem. Nossa loja nunca terá outro nome que não seja Farrs. E Jake nunca vai conseguir convencer mamãe a colocar um de seus pretensiosos planos em ação.

— Fiquei sabendo que o Ryan vai aparecer aqui hoje — comenta ela, enquanto aplica sombra nas pálpebras com um ar de quem não se importa muito com o resultado. Não que ela não saiba se maquiar. Ela costumava me maquiar quando eu participava de competições de patinação no gelo. Aplicava sombra, *glitter* e fazia toda a minha maquiagem. Mas quando é nela mesma, ela não se esforça.

— É. — Tento soar despreocupada. — Parece que sim. Fico imaginando o que o fez voltar pro Reino Unido.

— Fixie, querida... — Minha mãe hesita, segurando o pincel. — Tenha cuidado. Eu sei que ele magoou você no ano passado.

Minha mãe também?

— Não foi nada disso! — Levanto a voz, não consigo me controlar. — Meu Deus! Tipo... eu não fiquei *magoada*. Nós ficamos juntos, mas acabou... Nada de mais.

Ela não parece nem um pouco convencida. Não sei por que ainda me dou ao trabalho.

— Eu sei que o Ryan sempre fez parte da sua vida — continua ela, aplicando o iluminador. — E todos nós gostamos muito dele. Mas existem outros homens no mundo, filha.

— Eu sei — respondo, embora a voz no meu cérebro proteste na hora, dizendo *"mas nenhum como o Ryan"*.

— Ele pode até ser bonito — continua minha mãe em tom decidido — e ter uma carreira de sucesso em Hollywood, mas, quando se trata de relacionamentos, sempre foi um pouco... — Ela para de falar e sua expressão fica pensativa. — Ah, querida, minha cabeça não está funcionando direito. Qual é a palavra que a gente costuma usar? Vazio?

— *Vazio?* — Fico olhando para ela sem entender até a ficha cair. — Você quer dizer *evasivo*?

— Evasivo! — Nossos olhares se encontram, e minha mãe começa a rir. — Isso! Escorregadio.

Não consigo evitar cair na gargalhada também, mesmo que esteja pensando "Talvez Ryan fosse mesmo evasivo. Mas as pessoas mudam, não é?".

— Enfim. — Minha mãe obviamente deu o sermão por encerrado. Ela fecha a embalagem do iluminador e olha para o próprio reflexo como quem não quer nada. — Pronto?

— Rímel? — sugiro.

— Ah, querida. Dá muito trabalho.

— Oi, Fixie! Oi, Joanne! — Nós duas nos viramos e vemos Hannah parada na porta, usando um vestido vermelho justinho incrível. Hannah tem o guarda-roupa mais sexy do mundo, e ela justifica isso dizendo que é para compensar o fato de ter o emprego menos sexy do mundo. Quando ela diz para as pessoas o que faz, todos ficam boquiabertos perguntando "Você é *atuária*?".

— Oiê! — Dou um abraço nela. — Não ouvi a campainha.

— Nicole estava saindo e me deixou entrar — explica Hannah. — Alguns convidados chegaram junto comigo. Todo mundo veio mais cedo pra ajudar.

Isso é a cara dos amigos da minha mãe. Talvez em alguns grupos de amigos seja legal chegar um pouco mais tarde, mas, nas reuniões dos amigos da minha mãe, você chega mais cedo e pergunta se tem alguma coisa que possa fazer para ajudar. Todas as mulheres vão arregaçar as mangas e brigar para ver quem vai servir os *vol-au-vents*. Todos os homens vão ficar tomando cerveja e fumando, relembrando como Mike era gente boa.

— Tim já está vindo — acrescenta Hannah.

— Ótimo! — respondo rapidamente.

Eu sempre tenho o cuidado de parecer animada quando falamos do Tim. Ele é um cara legal e fiel. Tem o mesmo tipo de raciocínio lógico que Hannah, mas não tem a empatia dela. Ele sempre leva a conversa um pouco longe demais e diz coisas grosseiras sem nem se dar conta.

Nunca vou me esquecer de quando ele disse: "Mas, Fixie, talvez você simplesmente não tenha estudado o suficiente", quando tirei nota baixa em uma prova de inglês na escola. Quem *fala* uma coisa dessas? (O Tim fala.)

Mas Hannah não se importa. Ela diz que gosta do fato de ele ser direto e não fazer joguinhos. (Eu nem consigo imaginá-lo jogando alguma coisa, a não ser que esteja participando de um campeonato de super QI no qual ele não pare de corrigir seus adversários.)

— Você já pegou alguma coisa pra beber, querida? — pergunta minha mãe para Hannah, e minha amiga acena para ela pelo espelho.

— Um suco de toranja.

— Ah — assente mamãe de forma sábia.

Nós duas sabemos que Hannah está seguindo uma alimentação mais saudável agora que está tentando engravidar. Tem quatro meses que ela e Tim estão tentando, e Hannah já é perita em licença-maternidade, berço e conselheiras de amamentação. Também já leu um milhão de livros sobre criação de filhos e decidiu seguir um híbrido dinamarquês e francês. Parece que as crianças ficam mais tranquilas e comportadas *além de* comerem verduras e legumes. (Uma vez perguntei: "Por que você não cria seus filhos no estilo britânico?". E ela olhou para mim e perguntou: *"Britânico?"*, como se eu fosse louca.)

— Então... O que posso fazer pra ajudar? — pergunta ela agora. — O que ainda precisa ser feito? Vamos dividir as tarefas.

"Vamos dividir as tarefas" é a frase favorita de Hannah. É só dar uma tarefa para ela, desde preparar um relatório para um cliente ou lavar o cabelo, que ela vai subdividi-la em tarefas menores. Sua lista de afazeres para o Natal tem 926 itens, começando com "encomendar papel de presente para o Natal seguinte" já no dia 26 de dezembro.

— Está tudo bem, querida — responde minha mãe com carinho.

Uma vez Hannah deu para ela de presente de aniversário um calendário organizado por cores. Minha mãe o usava para ficar rabiscando enquanto falava ao telefone. Ela não curte muito esse lance de sistema de organização, gerencia a loja usando um caderno de capa dura, no qual escreve mensagens criptografadas como "Garfos — 68" ou apenas "Greg?" e sempre sabe o que aquilo significa.

A campainha toca e sinto um frio na barriga. Ai, meu Deus. Talvez seja...

— Pode deixar que eu atendo! — exclamo sem conseguir me controlar.

Percebo a troca de olhares entre minha mãe e Hannah, mas ignoro as duas e desço correndo, quase caindo, enquanto ensaio na minha cabeça como vou cumprimentá-lo.

*Oi, Ryan.*

*Olá, Ryan.*

*Quem é vivo sempre aparece.*

Mas quando me aproximo da porta, sinto o coração afundar no peito. Já estou vendo o cabelo grisalho pelo vidro canelado e, quando abro a porta, uma voz rouca me cumprimenta.

— Vamos logo, vamos logo. Vai me deixar plantado aqui na porta?

*Que ótimo. É o tio Ned.*

Uma hora mais tarde, Ryan ainda não tinha dado as caras, e eu já estava quase esfaqueando tio Ned.

Sempre quero matá-lo nas festas de família. Mas sou obrigada a sorrir educadamente para ele. Tio Ned é irmão do meu pai e o único membro da família dele que ainda nos resta. E minha mãe fica chateada quando damos um fora nele.

Estamos todos reunidos na sala de estar, e a maioria dos amigos da minha mãe está batendo papo. Colocamos música para tocar, as pessoas estão comendo enroladinho de salsicha e fumando na sala, porque minha mãe não é daquelas que compram o discurso "fumar do lado de fora". Meu pai costumava fumar dentro de casa e, embora ela não seja fumante, praticamente encoraja as pessoas a fumar.

— Tudo bem com a loja, Joanne? — pergunta tio Ned.

— Nada mal. — Minha mãe sorri para ele com uma taça de Cava na mão. — Nada mal mesmo.

— Isso não me surpreende — comenta tio Ned. — Mike sempre dominou tudo o que fez. Ele deixou você muito bem.

— Com certeza. E acho que ele continua vivo naquela loja.

— Ele tinha um *instinto* — explica tio Ned para Pippa, uma amiga da minha mãe, mesmo ela conhecendo a loja tanto quanto ele. — Ele sabia o que as pessoas queriam, entende? Era um homem muito inteligente. E agora Joanne pode simplesmente continuar o legado dele.

Estou fervendo de raiva por dentro. Sei que foi meu pai quem fundou a loja, mas o que o tio Ned está dizendo? Que minha mãe vem empurrando o negócio com a barriga por todos esses anos?

— O Bob me ajuda muito — acrescenta minha mãe, fazendo um gesto para nosso gerente financeiro, que está se servindo no bufê com um olhar ansioso.

Ele quase pega um pedaço de salsicha, reconsidera, lança um olhar de dúvida para a quiche, depois pega duas batatas fritas e as coloca no prato. (Bob Stringer: o homem mais cauteloso do mundo.)

— Bob! — exclama meu tio, como se isso esclarecesse as coisas. — Ele é muito gente boa. Bob toca os negócios.

Sinto outra pontada de indignação. Bob nos ajuda bastante, é claro, mas não é ele quem gerencia a loja.

— Bob é ótimo — afirmo. — Mas é claro que é a mamãe que manda...

— Toda empresa precisa de um homem no comando — interrompe-me tio Ned. — Um homem no comando — repete ele, com grande ênfase. — E, como o pobre Mike nos deixou tão cedo... — Ele dá uns tapinhas na mão da minha mãe. — Você superou muito bem, Joanne.

Consigo ver minha mãe se contrair com o toque. Mesmo assim, ela não o confronta. E, embora eu esteja morrendo de raiva, também não faço isso. Já fiz muito isso no passado e não adiantou absolutamente nada. Só serviu para deixar minha mãe chateada.

Fiquei muito zangada no último almoço de Natal quando tio Ned tratou minha mãe de forma arrogante. Eu o confrontei naquele dia. Ele ficou vermelho na hora e veio com aquele *depois de tudo o que fiz por vocês*, então minha mãe acabou colocando panos quentes dizendo que eu tinha me expressado mal. Mas, mesmo assim, não desisti. Arrastei minha mãe, de chapéu de papel na cabeça, até a cozinha e listei todas as formas que ele usava para diminuí-la, terminando com: "Como é que você consegue ficar calada diante de tudo isso, mãe? Você é uma mulher forte! Você é a chefe de... tudo!" Eu queria fazer com que ela ficasse revoltada, mas não foi o que aconteceu. Ela apenas me ouviu, fez cara feia algumas vezes, mas respondeu:

— Ah, ele não está falando sério, querida. E isso não tem importância. O que importa é que ele me ajudou quando eu precisei.

— Sim, mas...

— Ele me ajudou a resolver a questão da renegociação do contrato de aluguel quando seu pai morreu, lembra? Eu estava em frangalhos, e Ned interveio e negociou. Eu sempre serei grata a ele por isso.

— Eu sei que ele fez isso, mas...

— Ele conseguiu um bom negócio pra nós — continuou ela, resoluta. — Ele acabou com os caras. Ned é uma pessoa muito melhor do que você imagina. Ele não é perfeito, é claro, mas quem é? Todos nós temos nossas esquisitices.

Pessoalmente, eu não consideraria o fato de você ser um misógino de carteirinha uma "esquisitice". Mas, no fim das contas, acabei desistindo porque era Natal, e quem ia querer chatear a própria mãe no Natal?

E, desde então, parei de tentar discutir. Minha mãe deve ter os próprios motivos para querer enxergar tio Ned da melhor forma possível. Ela não quer brigar com ele. É uma mulher forte de tantas formas — mas prefere fingir que não vê o que ele faz.

E eu sei por quê. Porque tio Ned é família. Ele é a única parte do meu pai que restou. E ela valoriza isso, mais do que tudo.

— Como estão indo os namoros, Ned? — pergunta ela, mudando de assunto, daquele seu jeito tranquilo. Tio Ned se divorciou recentemente, pela terceira vez. Não consigo entender o que as mulheres veem nele, mas o mundo tem lá seus mistérios.

— Ah, Joanne. Essas garotas... — Ele balança a cabeça. — Algumas são lindas por fora, mas *falam* demais. Eu preciso de um tampão de ouvido.

Mais uma vez, eu me pergunto como esse homem pode ser irmão do meu pai. Meu pai era um sujeito antiquado para certas coisas — achava que tinha de ser o provedor da família e não gostava de palavrões —, mas respeitava nossa mãe. Ele respeitava as mulheres.

Minha mãe uma vez me contou, depois de alguns drinques, que tio Ned puxou ao meu avô, que era um "homem difícil". Porém não deu detalhes. Não cheguei a conhecer bem meu avô antes de ele morrer. Então, até onde sei, tio Ned é apenas um desses mistérios indecifráveis de família, tipo "onde foi parar a chave do barracão?".

— Você vai encontrar alguém — declara minha mãe com toda a calma. — E como vai a pescaria?

Nããããlo! Pescaria não. Quando ele entra nesse assunto, fica horas falando disso.

— Bem. Eu estava no rio outro dia... Ah, Jake! — Ele para de falar assim que meu irmão se junta ao grupo. — Como vão os negócios, meu garoto?

Graças a Deus! Fui salva de mais uma história de seis horas de duração sobre uma truta.

— Tudo bem, tio Ned. — Jake abre um sorriso radiante para ele. — Tenho alguns negócios interessantes em vista, na verdade. Estive na Conferência Global de Finanças em Olímpia nessa semana. Você já foi a alguma?

É claro que tio Ned não foi. Ele trabalhou para uma empresa de seguros, mas como administrador na filial de Woking. Acho que ele nunca chegou a ser chefe, quanto mais a ir a uma conferência internacional. Mas ele jamais vai admitir isso.

— Ah, aquele tempo — comenta ele, como se tivesse ido todos os anos. — Negócios, drinques, e todo o resto. — Ele dá uma risada. — O que acontece na conferência fica na conferência, não é, Jake?

— Amém! — exclama Jake, erguendo o copo.

Eles não passam de dois charlatões. Sei muito bem que Jake só foi à conferência porque um amigo dele tinha uma entrada extra.

— Nós fomos algumas vezes, na época da firma — continua tio Ned, soprando a fumaça. — As histórias que eu tenho pra contar... — Ele faz um gesto amplo com o cigarro e derruba um copo que estava no aparador. O vidro se espatifa no chão, espalhando cacos para todos os lados, e ele franze o cenho, irritado. — Droga — reclama. — Acho melhor uma de vocês, meninas, limpar isso.

*Uma de vocês, meninas?* Fico pau da vida de novo, mas minha mãe intervém, tocando o braço de Nicole.

— Querida — diz ela. — Você se importa?

— E o MBA? — pergunta tio Ned a Jake. — Está indo bem?

— Maravilhosamente bem — responde Jake de forma enfática. — Vai abrir muitas portas para mim.

— Nada como ter um título antes do nome — afirma tio Ned.

Eles continuam debatendo qualificações e oportunidades, mas não estou prestando atenção em nada. Fico observando Nicole limpar o chão. Ela não tem jeito para isso. Está com uma vassoura, mas varre os cacos sem o menor vigor, espalhando-os ainda mais, vidrada no telefone. Será que ela não consegue prestar atenção no que está fazendo? Ela está espalhando cacos para todos os lados. São cacos de *vidro*. Alguém pode acabar *se machucando*.

Começo a tamborilar daquele jeito. Meus pés já estão se agitando: *um passo para a frente, um passo para trás, um passo para a frente, um passo para trás*. De repente não consigo mais suportar.

— Pode deixar que eu limpo isso — digo, do nada, pegando a vassoura da mão da minha irmã. — A gente tem que embrulhar os cacos em um papel. — Pego uma cestinha de pão vazia e começo a catar os cacos com a ponta dos dedos.

— Ah, Fixie, você é demais — elogia Nicole de forma vaga. — Você sempre sabe o que fazer.

Eu ia pedir a Nicole que pegasse jornal velho, mas ela já estava digitando novamente no celular, então continuo fazendo tudo sozinha. Estou inclinando a cabeça para pegar os caquinhos que estão brilhando no piso de madeira e embrulhá-los no *Radio Times*, quando ouço a voz de Tim acima de mim.

— O *Ryan* voltou?

Não percebi que Tim tinha chegado, então me levanto e digo:

— Oi, Tim! — Mas ele não parece ouvir, apenas me encara com aqueles olhos atentos, o cabelo escuro penteado por cima da testa.

— Então vocês estão juntos de novo? Você e o Ryan? — pergunta ele.

É claro que tinha de ser o Tim a me colocar em uma situação constrangedora na frente de todo mundo.

— Não! — respondo, tentando soar animada. — Tipo, não é um *não* tipo nunca, mas...

— Então você está pensando no assunto?

— Não! — Quase grito.

— Está, sim — intervém Nicole, erguendo os olhos do celular. — Você estava conversando com a mamãe sobre isso.

*Nossa, valeu mesmo, Nicole*, penso, com raiva. É melhor eu tentar mudar de assunto, mas Tim insiste:

— Por quanto tempo vocês ficaram juntos?

— Não foi muito tempo. — Tento dar uma risada. — Dez dias. Não foi nada. E ele mora em Los Angeles, então...

— Pois é. — Tim concorda com a cabeça bem devagar. — Tipo, Los Angeles. É outro padrão, não é? Quer dizer... as mulheres. Elas *fazem* coisas. Nos lábios, nos seios... Além disso, elas não envelhecem. Já se foi um ano inteiro desde a última vez que você viu o Ryan. Em Los Angeles isso corresponde ao quê? Uns dez anos?

— Ah, então quer dizer que sou uma idosa, agora? — pergunto.

Estou tentando achar isso engraçado, mas Tim simplesmente não sabe como parar, parece um *terrier*. Ele não consegue perceber que está magoando você. Nessas horas, Hannah costuma intervir, mas não a estou vendo. Onde foi que ela se meteu?

Então, como se tivesse lido meus pensamentos, a campainha toca, e escuto Hannah vindo no corredor.

— Pode deixar que eu atendo! — Segue-se uma pausa, então ouço a voz dela novamente, como uma trombeta: — Ah! Uau, Ryan! Bem-vindo de volta.

Sinto os olhos de todos pousarem em mim, cheios de curiosidade. Horrorizada, de repente percebo como devo estar, parada ali, segurando uma vassoura e sem ter tido tempo de retocar o batom, e *ai, meu Deus! Ele está aqui.*

Ele está na porta. O cabelo queimado de sol, a pele bronzeada e a camiseta simples destoam de tudo e todos na sala. Enquanto ele caminha diretamente na minha direção, a festa fica no mais absoluto silêncio. Eu nem consigo respirar. Só consigo pensar "Mantenha a calma, Fixie. Não fique toda cheia de esperanças..."

Mas, meu Deus! Como ele é lindo. Ele está *radiante*.

— Oi, Fixie — ele me cumprimenta, seus olhos azuis californianos fixos nos meus enquanto dá um sorriso preguiçoso. — Senti saudade.

Enquanto todos observam em silêncio, ele solta meu cabelo com um gesto sexy, fazendo as mechas caírem nos meus ombros.

*Não, não faça isso!* Quero gritar, mas já é tarde demais. Enquanto meu cabelo se desfaz, meio enrolado, meio liso, Ryan pisca, surpreso — e não é de se estranhar, não é? Estou vendo meu reflexo no espelho e pareço uma estranha total.

Meu rosto fica vermelho, alguém atrás de mim tenta segurar o riso. *Ótimo.* Esperei um ano inteiro para rever Ryan e é assim que o recebo. Com o cabelo todo esquisito.

Mas, antes mesmo que eu tenha a chance de me explicar, Ryan envolve meu rosto com as mãos. Fita meus olhos no mais absoluto silêncio e depois me beija, com paixão. Como se não se importasse com o cabelo; como se não estivesse preocupado com mais ninguém. Através do zunido nos meus ouvidos, ouço Nicole exclamar: "Oh!", e Tim dizendo "Minha nossa!".

Por fim, nós nos afastamos. Estou ciente de que todos na sala estão olhando para nós dois e uso todo meu autocontrole para falar com ele como se eu não estivesse nem aí.

— Bem-vindo de volta, Ryan. Então... por quanto tempo você vai ficar dessa vez? Um dia?

Ryan me observa em silêncio por um instante, e sua boca se retorce como se eu tivesse feito uma piada. Então, ele responde:

— Não. Eu voltei.

— Estou vendo. — Uso o mesmo tom leve e despreocupado.

— Não, eu *voltei* mesmo. — Ele olha ao redor, percebendo que temos plateia. — Estou de saco cheio de Los Angeles. Então dei um basta e voltei de vez.

Ele... *o quê?*

Fico olhando para ele, sentindo o sangue latejar na minha cabeça. Não consigo processar as palavras dele. Muito menos acreditar nelas. *De vez?* Ele voltou *de vez?* Penso desesperadamente numa resposta inteligente e descolada, mas minha boca não articula as palavras.

— Então é melhor eu pegar uma bebida pra você — consigo dizer por fim, e Ryan olha para mim com o cenho franzido. Ele sabe que estou surpresa.

— Isso — concorda ele, dando um beijo na minha mão. — É melhor mesmo.

Vou até a mesa de bebida, tentando me recompor. Nunca passou pela minha cabeça que ele fosse voltar para o Reino Unido de vez. Nunca nem me atrevi a *sonhar* com essa possibilidade.

E, enquanto pego uma lata de cerveja no balde de gelo, uma euforia toma conta de mim. Milagres não acontecem, eu sei que não. Mas só dessa vez — essa única vez — a magia do milagre aconteceu.

# SEIS

A festa está correndo solta, exatamente como em todos os anos. Eu sei que deveria estar ajudando minha mãe com os profiteroles. Sei que deveria recolher os pratos sujos. Só que, uma vez na vida, penso: "Nicole pode fazer isso. Jake também. Qualquer um pode ajudar." O Ryan quer conversar comigo, e nada mais importa.

Estamos sozinhos no quartinho dos fundos que tem uma janela que dá para o jardim. Foi onde entulhamos os móveis que tiramos da sala para abrir espaço para a festa — estamos sentados no chão entre dois sofás —, mas acho que nenhum de nós dois se importa com isso. Estamos hipnotizados em nossa bolha mágica particular. Ryan está falando há uma hora, e ouço tudo em estado de choque, porque ele não está me contando nada do que eu esperava.

Todas as outras vezes que Ryan voltou para casa, ele só falou do glamour de Los Angeles, da animação, das celebridades. Mas agora ele resolveu contar o que realmente acontece lá. Todo o sofrimento. Não parece o velho Ryan. Ele está derrotado. Cansado da vida. Como se não aguentasse mais.

E, quanto mais ele fala, mais percebo o que está querendo dizer: ele não aguentava mais *mesmo*. Estava farto de Los Angeles. Não sei como conseguiu passar tão rápido de *meu melhor amigo é o Tom Cruise* para este momento, mas, depois de tudo o que ele acabou de relatar, acho que nunca mais vai querer pisar naquela cidade.

— Todo mundo lá é falso — repete ele toda hora. — Todo mundo!

Não consegui compreender direito a história dele — tem duas pessoas chamadas Aaron, o que não ajuda muito —, mas, pelo que entendi, ele entrou em um negócio com dois caras, porém ninguém cumpriu o combinado e Ryan acabou sem dinheiro.

— Você acaba gastando muito — conta ele, deprimido. — Todo mundo quer fazer reuniões em um restaurante japonês ou em um barco. É tudo um exagero. Uma loucura.

— Mas quando você diz que "está sem dinheiro"... — arrisco. — Bom, você não quer dizer...

— Estou quebrado, Fixie. — Ele estende as mãos. — Falido. Não tenho nem onde morar.

— Merda — praguejo, com um suspiro.

Sinto um aperto horrível no estômago. Como é possível que Ryan Chalker esteja falido? Eu me lembro de quando ele e Jake tinham 17 anos e andavam de conversível. Ele era cheio da grana. Ele *tinha* muito dinheiro. Como conseguiu perder tudo?

— Então, o que você vai...? Onde...?

— Vou ficar na casa do Jake por um tempo. Seu irmão é ótimo. Mas, depois... — Ele balança a cabeça, as ondas do cabelo louro brilhando sob os raios do sol poente. — É difícil. Quando você tem um sonho, dá seu melhor e mesmo assim as coisas não saem conforme o esperado.

— Eu sei — digo, com convicção. — Eu sei *exatamente* o que você quer dizer.

Ouvir tudo isso está trazendo todo o meu sofrimento de volta. Começo a pensar na pilha de aventais verdes embaixo da minha cama. Ainda me lembro exatamente da vergonha do fracasso.

— Eu passei pela mesma experiência — confesso, com a cabeça baixa. — Você sabia que eu tinha um serviço de bufê? Eu fazia vários trabalhos pra um casal de sobrenome Smithson. Eles tinham uma agência de relações públicas e ofereciam vários jantares para os clientes. Mas eles nunca me pagaram e, de repente, eu me vi endividada e foi... — Tento me recompor. — Eu servia filés orgânicos de primeira linha, pagava toda a equipe, os clientes comiam tudo, mas eles nunca me pagaram um tostão...

Apesar de tentar me controlar, minha voz sai trêmula. Não costumo falar sobre os Smithsons porque fico me sentindo uma completa idiota. Pior: morro de vergonha, porque não ouvi minha mãe. Ela sabe muito sobre pequenos negócios, conhece os riscos, e tentou me alertar. Ela vivia me perguntando sobre nota fiscal e fluxo de caixa, mas eu queria tanto que tudo desse certo que enfeitava um pouco as respostas.

Nunca mais vou cometer o mesmo erro de novo. Nunca mais vou me deixar não ver a verdade. Nunca mais vou cruzar os dedos e torcer. Nunca mais vou entrar em um negócio com base em conversa fiada, promessas e apertos de mão. Se teve uma coisa boa nisso tudo foi que aprendi e fiquei bem mais esperta.

— Houve outras questões também — continuo, soltando o ar. — O cenário financeiro não era tão bom. Eu escolhi atuar em um mercado luxuoso demais, e é muito mais difícil entrar nesse nicho do que eu pensava na época. E os Smithsons não ajudaram em nada.

— Você processou esse pessoal? — pergunta Ryan, parecendo interessado. — Você poderia arrancar um dinheiro deles agora, não?

Nego com a cabeça.

— Eles faliram.

Foi a última cartada deles. Depois de ignorarem as minhas notas fiscais, meus avisos de vencimento, e-mails e até mesmo minhas visitas ao escritório deles, os dois entraram com um pedido de falência. Estou em uma lista de credores em um computador em algum lugar.

E não consegui seguir adiante com o meu negócio. Não podia mais tentar nenhum empréstimo e definitivamente não ia pedir mais dinheiro à minha mãe. Foi o fim da Bufê Farr.

Foi quando decidi focar todas as minhas energias na loja da família. Porque eu amo a nossa loja... ela é a nossa herança. E posso usar meus pontos fortes a favor dela. Às vezes lanço mão do que aprendi no meu curso de chef na hora de aconselhar os clientes sobre utensílios de culinária. E, quando me pego pensando no sonho que tinha de ter um serviço de bufê, me lembro de que já tive minha chance.

— Ninguém entende, a não ser as pessoas que já passaram por isso — concluo. — Ninguém.

— Exatamente. — Ryan olha diretamente nos meus olhos, e vejo um brilho intenso neles. — Eles não entendem. Fixie, você é a única pessoa que consegue me entender de verdade.

Sinto meu coração saltar no peito — *Eu sou a única pessoa que entende o Ryan de verdade?* —, mas, de alguma forma, consigo não derreter.

— Eu terminei com a minha namorada — declara ele abruptamente.

— Um dia você de repente descobre como as pessoas de fato são. — Ele esfrega o rosto como se estivesse tentando se livrar das lembranças. — Eu me esforcei muito. Eu quis conversar... Mas garotas como ela são superficiais, não estão nem aí pra quem você é como pessoa, só pro que você pode fazer por elas, sabe? Quanto você tem pra gastar com elas, como pode ajudar na carreira delas... Assim que ela percebeu que eu estava com problemas... — Ele estala os dedos. — Acabou.

— Que pessoa horrível! — exclamo com raiva, e ele abre um sorriso de gratidão. — Então... E agora? O que você vai fazer?

— Só Deus sabe. Mas tem que ser alguma coisa *diferente*, sabe? — responde ele com bastante ênfase. — Não quero mais saber de enganação. Quero pessoas de verdade. Trabalho de verdade. Quero arregaçar as mangas e mandar ver.

— Você pode fazer qualquer coisa! — respondo. — A experiência que você teve... É incrível!

Ryan dá de ombros.

— É, eu sei muita coisa.

— Então você só precisa descobrir o que quer fazer — sugiro, tentando encorajá-lo. — Encontrar uma nova linha de trabalho. Talvez tenha que dar um passo pra trás pra começar por...

— É claro. — Ryan abre um sorriso irônico. — Eu não posso esperar entrar como um CEO de alguma empresa. — Ele fica olhando para o nada por algum tempo e depois continua, em voz baixa: — Se aprendi alguma coisa com isso tudo, Fixie, foi ser uma pessoa humilde.

Sinto outra onda de afeição por ele. Ryan é como eu. Foi subjugado e castigado pela experiência... mas não derrotado. *Nunca* derrotado.

— Que bom — digo com sinceridade. — Você é muito corajoso por estar disposto a recomeçar do zero. Eu sei exatamente como é isso.

Tomo um gole do meu drinque, tentando pensar em opções de carreira para Ryan enquanto olho discretamente para seus ombros largos. Se ele já estava gato no ano passado, este ano está fenomenal. Os braços grandes e musculosos. A pele macia. Ele parece uma propaganda ambulante da vida saudável de Los Angeles.

— Então... Tem alguma coisa que eu possa fazer pra ajudar?

— Só de falar com você já ajuda. — Ryan ergue os olhos azuis e me encara, e sinto um frio na barriga. — Acho que o próximo passo é entrar em contato com alguns *headhunters.*

— *Headhunters?* — Repito a palavra. — É claro. Meu Deus. Eles vão amar você. Afinal, você já negociou com grandes estúdios de Hollywood. Você pode fazer qualquer coisa! Eles vão ter muita sorte de ter você.

— Ah, Fixie. — Ryan fica olhando para mim e me dá outro sorriso irônico. — Você sabe fazer um cara se sentir bem.

— Bom... Só estou dizendo a verdade — declaro sem fôlego.

Eu meio que espero que ele me beije agora, mas ele não faz isso; Ryan se levanta e se vira para uma estante cheia de troféus. Nós raramente usamos este quarto, então eu já me acostumei com os troféus sendo ignorados. Desconsiderados por todos, exceto pela minha mãe. Mas agora Ryan está olhando para eles com admiração.

— Eu tinha esquecido que você patinava no gelo — comenta. — Era um grande sonho seu, não era. O que aconteceu?

— Ah, isso. — Sinto aquela pontada dolorosa e familiar. — Ah, sei lá. Não deu certo.

Eu me levanto também e, relutantemente, acompanho o olhar dele.

— Olha isso! Você era boa. Nunca entendi por que você desistiu.

Ele pega uma foto minha emoldurada, de quando eu tinha 13 anos, usando um vestido azul-claro, com uma das pernas erguida acima da cabeça enquanto deslizava pelo gelo.

— Ah, acho que perdi o interesse — comento com um sorriso amarelo, afastando o olhar.

Aquela foto sempre traz à tona uma sensação bem ruim, porque foi tirada no dia que tudo mudou. Passei meses treinando minha apresentação de solo livre. Minha família toda apareceu para me assistir e torcer por mim.

É só fechar os olhos que estou de volta ao rinque. O lugar que foi como uma casa para mim durante muitos anos. Ainda me lembro do ar frio e cortante. O toque macio da minha roupa na pele. E Jake, de mau humor, com um olhar zangado enquanto minha mãe me arrumava e tirava fotos. Ele estava com raiva porque ela havia descoberto que ele andava bebendo escondido no quarto e cortou sua mesada. E ele descontou tudo em cima de mim. Quando ele se aproximou de mim, achei que fosse dizer "Boa sorte". Fui totalmente pega de surpresa com o que aconteceu em seguida.

— Quantas horas? — perguntou ele no meu ouvido. — Por quanto tempo eu vou ter que ficar sentado vendo você deslizar pela porra do gelo? A mamãe está obcecada com isso, e o papai aceita tudo. Mas e quanto a mim? E quanto a Nicole? Você estragou as nossas vidas, sabia?

E, antes que eu pudesse respirar, ele já tinha me dado as costas, deixando-me trêmula e chocada.

Eu podia ter jogado em cima dele toda a culpa pelo tombo que levei naquele dia. Podia ter falado que ele me desequilibrou. E, de certa forma, seria verdade. Enquanto eu patinava no gelo, minhas pernas estavam trêmulas. Eu nunca tinha visto, *nem uma vez sequer*, a patinação como algo negativo em nossa vida. Sempre achei que Jake e Nicole sentiam orgulho de mim. Exatamente como a nossa mãe sempre disse.

Mas, naquele momento, tudo o que eu conseguia enxergar era o ponto de vista do meu irmão. Toda a atenção da minha mãe era voltada para mim. Meus pais gastavam dinheiro com as aulas e as roupas. Todos os holofotes estavam voltados para mim. Tudo ficou claro de repente. Então, eu me distraí, perdi a concentração e caí. E me machuquei feio.

Depois disso, todo mundo disse que eu não precisava me preocupar — *você conseguiu fazer um salto perfeito durante os treinos e vai conseguir na próxima vez.* Mas meu coração não estava mais no esporte. Acabei desistindo de vez da patinação três meses depois, apesar de o Jimmy, meu treinador, tentar me convencer a voltar.

Mas a culpa não é só de Jake. É minha também. Da minha personalidade. As melhores patinadoras são artistas naturais. Elas veem o público e desabrocham. Elas não se importariam com um irmão ciumento — isso até as estimularia. Elas dariam cada salto pensando "Vai se foder" e iriam ainda mais alto. Depois que Jake jogou aquela bomba em cima de mim, sempre que eu ia dar um salto, pensava "Me desculpem".

A questão é que "Me desculpem" não dá força a ninguém, pelo contrário, só coloca você para baixo. No final, eu quase não conseguia mais tirar os pés do gelo.

— Você ainda patina? — pergunta Ryan, e eu me retraio ao ouvir aquilo.

— Não — respondo de forma direta, mas percebo que fui veemente demais. — Até voltei a patinar no meu ano sabático — acrescento. —

Não entrei em nenhuma competição nem nada, mas fiz um exame para ser treinadora e comecei a dar aula para iniciantes.

— Imagino que você deve ter se cansado dos rinques. — Ele dá uma risada.

— Exatamente — concordo, embora não seja verdade. Ainda amo rinques de patinação.

Todos os anos, assim que abrem a Somerset House para patinação, vou até lá para ver as pessoas patinando no gelo — ou caindo, na maioria dos casos — e adoro ficar observando. Só não preciso me juntar a elas.

Pego a foto da mão de Ryan e dou uma olhada em volta tentando encontrar outro assunto, mas, antes que eu consiga pensar em qualquer coisa, Jake aparece segurando uma cerveja.

— Aqui está você! — exclama ele em tom acusador.

— Você está ajudando a mamãe? — pergunto, mas Jake simplesmente me ignora.

Ele vê a foto na minha mão e revira os olhos.

— Exibindo seu passado de glória, Fixie? Você devia ter visto o *tombo* que ela levou. Ela caiu de bunda no chão — conta ele para Ryan com uma risada. — Clássico. Queria ter filmado.

— Não acredito nisso — declara Ryan, piscando para mim. — Aposto que você nunca caiu de bunda no chão.

Em silêncio, coloco a foto de volta em cima da cômoda. Nunca mencionei aquele dia para Jake. Nós nunca mais falamos sobre a conversa que tivemos naquele dia. Será que ele ao menos *sabe* o impacto que suas palavras tiveram em mim?

Enfim, vida que segue.

— Tive uma ideia — anuncio, assim que um pensamento surge em minha mente. — Ryan, você poderia trabalhar na loja com a gente por um tempo, aprender um pouco sobre a área comercial. A gente pode te ensinar tudo! E aí você poderia procurar algo maior depois.

Tentei dizer isso como se fosse apenas uma simples sugestão, embora meu coração estivesse cheio de esperança. É a solução perfeita! E eu o veria todos os dias... Ele sentiria que faz parte da nossa família...

— Hum, não sei. — Ryan franze o nariz bronzeado. — Talvez seja estranho trabalhar pra vocês. Jake, você não trouxe uma cerveja pra mim?

Eu me obrigo a continuar sorrindo, determinada a não deixar que ele veja minha decepção. Por que ele acha que seria estranho? Não seria nada estranho! Mas não adianta insistir nisso. Se ele não quer trabalhar na loja, então tudo bem.

— Você está ajudando a mamãe? — pergunto novamente para Jake. — Você ou a Nicole?

— Minha nossa, Fixie. — Ele revira os olhos. — Larga do meu pé. Eu nem *vi* a mamãe.

Agora que Jake está aqui, nossa bolha mágica e particular estourou. Sou tomada pelo sentimento de culpa. Fugi de todo o trabalho. Eu me esqueci completamente da festa. Eu me esqueci de todo o resto e só pensei em mim e no Ryan.

— Vou ver se a mamãe precisa de alguma coisa — aviso. — Você sabe como ela é. Deve ter voltado para a cozinha.

Isso não é exatamente um ato de nobreza da minha parte. Senti uma necessidade repentina da presença calmante da minha mãe. Jake me deixa nervosa, e eu já estava abalada demais por causa de Ryan. Preciso ouvir a voz calma, equilibrada e amorosa da minha mãe. Preciso que ela diga algo que me faça sorrir e que me faça dar um passo para trás para que eu possa ter uma visão geral de tudo.

Quando entro no corredor, olho para a sala e vejo que todos os convidados desistiram de ficar de pé. Agora eles estão sentados por todos os lados, em cadeiras e até no chão, conversando, fumando e beliscando os petiscos. Mas não vejo minha mãe em lugar nenhum. Eu *sabia*.

— Mãe? — chamo, enquanto sigo pelo corredor em direção aos fundos da casa. — Mãe, você está aí?

Vejo o tecido azul do vestido pela porta entreaberta, mas noto que tem alguma coisa estranha. Acelero o passo, franzindo a testa enquanto minha mente tenta processar o que meus olhos estão vendo. Alguma coisa está errada, mas não consigo entender o que é...

— Mãe? — Empurro a porta e sinto o coração gelar, horrorizada.

Minha mãe está caída sobre a mesa, o corpo imóvel. O saco de confeiteiro ainda nas mãos; o cabelo está espalhado sobre o rosto.

— Mãe? — Minha voz está estrangulada de medo. — Mãe?

Cutuco seu ombro com cuidado, mas ela não responde — e agora sinto o pavor me tomar por inteiro.

— Mãe? *Socorro!* — grito na porta, dando tapinhas no rosto dela, tentando descobrir se ela está respirando. Não consigo sentir o pulso, mas não sei como se faz isso. Eu devia ter feito um curso de primeiros socorros.

— Mãe, por favor, acorde! Por favor... *Socorro!* Alguém me ajuda. Por favor! SOCORRO! — grito novamente com voz rouca enquanto lágrimas de medo escorrem pelo meu rosto. — SOCORRO!

Ouço passos no corredor. Pego meu celular com mãos trêmulas e dedos desajeitados achando aquilo tudo surreal demais. Nunca precisei ligar para a emergência e sempre me perguntei como seria. Agora eu sei. É a coisa mais apavorante do mundo.

# SETE

Quando tudo acontece de uma vez só, é muito difícil assimilar. É difícil não ficar com cara de aterrorizada, usando apenas uma parte do cérebro porque o resto está ocupado tentando entender "o que aconteceu. O que *aconteceu*?".

Primeiro Ryan apareceu do nada, o que já foi muito para eu lidar. Logo depois, minha mãe desmaiou e achei que meu mundo tivesse desmoronado. Então, fomos para a emergência e descobrimos que ela estava bem, e aquilo foi um choque de tanto alívio.

Só que é claro que ela não está bem de verdade. Ela não está bem mesmo. E não está bem há anos.

Ela nunca mencionou que sentia dores no peito, o que é *a cara da minha mãe*. Eu só queria gritar quando descobri. Ela sofre do coração há um tempão e nunca disse nada? Falaram que muitos dos problemas dela são por conta do cigarro. Ela já foi fumante e, claro, papai fumava uns trinta cigarros por dia. Mas também tem o fato de que ela continua trabalhando 14 horas por dia na loja. E ela já não tem mais idade para isso.

*Mude seus hábitos* foi a frase mais usada pelos médicos durante os dias em que minha mãe ficou internada no hospital. *Mude seus hábitos.* Quando minha mãe respondeu "Não vou mudar meus hábitos! Amo a minha vida do jeito que ela é!", eles simplesmente insistiram: *"A senhora precisa fazer algumas mudanças."* Mas dessa vez olharam para nós — Nicole estava comigo — ao dizer isso. Eles deram a *nós* a responsabilidade de fazer com que nossa mãe mudasse seus hábitos. (A Jake também, eu acho, só que ele não ficou muito tempo por lá. Parece que tinha umas reuniões agendadas.)

Já se passaram duas semanas desde a festa. E, se tudo tivesse ficado só por minha conta e da Nicole, mesmo com todo o nosso esforço, acho que não teríamos conseguido mudar nada. Mas isso é irrelevante agora. Porque, na última sexta-feira, tivemos uma novidade e tanto: a irmã da mamãe, Karen, apareceu para ficar.

A gente nem *conhece* a tia Karen. Ela pode até ser nossa tia, mas mora na Espanha há 27 anos. Nunca vem para o Reino Unido porque "é frio demais". Não manda e-mails porque "é um saco". Ela não veio ao casamento de Nicole porque ia "fazer um procedimento". Mas ela está aqui agora. E não foi só nossa mãe que mudou, a *casa* inteira mudou.

Tia Karen entrou na casa como um tufão, com a pele bronzeada e puxando uma mala cor-de-rosa de rodinhas, o cabelo com luzes preso em um rabo de cavalo desgrenhado.

— Cheguei! — exclamou ela para minha mãe, que estava sentada no sofá. — Não se preocupe! Vou cuidar de tudo! Vamos começar pelo começo: flores pra doente.

Nós todos ficamos olhando para ela, um pouco chocados, quando minha tia tirou um buquê de rosas vermelhas artificiais da bolsa, como se tivesse feito uma mágica.

— Eu não compro flores naturais — explicou ela. — É um desperdício de dinheiro. Coloque-as em um vaso, vão fazer o mesmo efeito, e vocês ainda vão poder usá-las em outra ocasião. — Ela entregou as flores de plástico para mim, deu uma olhada na minha mãe e balançou a cabeça. — Oh, Joanne. Que droga. Olha só pra você. Quanta ruga. Eu sei que também sou enrugada... — Ela acariciou o rosto bronzeado. — Mas essas rugas são de *diversão*. Olha pra você. Trabalha tanto que vai acabar morrendo antes do tempo! Isso tem que acabar. Se você não consegue se divertir, qual é a razão de viver? Eu vou levar você *embora*.

No início, eu nem sabia o que tia Karen queria dizer com "embora". Então percebi que ela estava querendo dizer que ia levar mamãe para a Espanha. Aí pensei: "Mas é *claro*! Minha mãe deveria mesmo tirar umas férias." Depois, pensei melhor: "Minha mãe jamais tiraria férias. Ela não vai mesmo."

Mas isso foi antes da tia Karen. Não sei bem como, mas ela tem um poder sobre minha mãe. Ela consegue convencê-la a fazer coisas que ninguém mais consegue. Tipo, tia Karen disse para minha mãe que ela *tinha* de colocar unhas de gel, *tinha* mesmo — e minha mãe lhe obedeceu como um cordeirinho. Quantas vezes Leila tinha se oferecido para fazer as unhas dela sem conseguir que ela aceitasse?

E agora ela convenceu minha mãe a voltar para a Espanha com ela. Mamãe, que não entra em um avião desde antes de se casar. Os médicos deram ok para a viagem. (Liguei para o consultório e perguntei, só por garantia.) Mamãe comprou um maiô novo, um chapéu e uma passagem só de ida. Ela não sabe quanto tempo pretende passar lá, mas acha que vai ficar pelo menos seis semanas. Foi tia Karen que insistiu em seis semanas. Ela disse que férias curtas são estressantes. Falou que minha mãe nunca conseguiria relaxar de verdade se ficasse menos tempo. Disse que as duas talvez também fossem para Paris, e que ela quase não via a irmã e que tinha chegado a hora de passarem um tempo juntas.

O que é ótimo. *De verdade*. Minha mãe merece relaxar, ver o mundo e se reconectar com a irmã. Quando ela me contou que passaria seis semanas viajando, ou talvez mais, eu a abracei e disse:

— Que demais, mãe! Vai ser incrível!

— É muito tempo longe — declarou ela com um riso nervoso.

Mas balancei a cabeça e retruquei:

— Nada disso. Você precisa ir. E o tempo vai passar voando.

Hoje vamos ter uma reunião para decidir como a loja será gerenciada. Jake e Nicole prometeram dedicar mais tempo a Farrs. (Descobrimos que o curso de yoga de Nicole não é em "tempo integral" como ela dava a entender.) Nós aumentamos a carga horária de Stacey e reorganizamos os turnos para que tudo fique em ordem. Mesmo assim, vai ser estranho trabalhar sem a mamãe.

Abrimos a mesa dobrável de carvalho que só usamos no Natal e nos sentamos em volta dela, segurando xícaras de café: Nicole, Jake, eu e nossa mãe, cuja aparência me deixa desconcertada. Agora a pele dela está com um estranho tom amarelado e um par de brincos azuis cintilantes pendem de suas orelhas. Tia Karen convenceu mamãe a fazer um bronzeamento artificial ontem à noite — e os brincos apareceram esta manhã como um "presentinho".

A cadeira na cabeceira da mesa, com grandes braços de madeira, está vazia. Aquele ainda é o lugar do meu pai, mesmo depois de todos esses anos. Ninguém jamais se sentaria nela, mas ninguém também a tira dali. É como se fosse uma lembrança do respeito que temos pelo nosso pai e sua posição na família, mesmo que ele não esteja mais entre nós.

— Aqui estamos nós! — Tia Karen coloca uma vasilha com marshmallows cor-de-rosa em cima da mesa e nós todos ficamos olhando para ela. — Vocês nem sabiam que precisavam disso, não é? — pergunta ela, triunfante, enquanto se senta e enfia um na boca, e nós ficamos olhando para aquilo, sem entender muito bem.

É isso que tia Karen diz todas as vezes que traz algo novo para a casa — o que acontece todos os dias. Desde flores artificiais até tigelas de doces e aromatizador de ambientes. Ela está sempre "aprimorando" a casa com coisas que não têm *nada* a ver com a gente. E todas as vezes ela faz o mesmo comentário: "Vocês nem sabiam que precisavam disso, não é?" Mas ela é tão alegre, animada e mandona que ninguém faz nenhuma objeção.

Jake olha para os marshmallows com desdém, afasta ligeiramente a vasilha dele e se vira pra nossa mãe.

— Certo — começa ele. — Então você vai pra Espanha, mãe.

— *Hola!* — exclama Nicole em tom alegre. — *Por favor, signor.*

— *Por favor-e* — Jake a corrige.

— Não, não é. — Nicole revira os olhos. — É *por favor.*

— Nicole está certa — confirma tia Karen. — Mas não precisa se preocupar com isso — diz ela, dirigindo-se à minha mãe. — O Miguel finge que só fala espanhol. Mas é mentira. É só falar inglês bem devagarinho que ele entende.

— É mesmo? — Minha mãe parece surpresa. — Mas se ele é espanhol...

— Ah, ele sabe falar inglês muito bem quando quer — declara tia Karen em tom de deboche. — Já fui ao caraoquê com ele, e ele canta músicas da Adele, do Pet Shop Boys... E mais o quê? — Ela faz uma pausa, pensando. — Wham, muita coisa do Wham...

— Será que podemos voltar ao assunto? — pergunta Jake com um sorriso fixo no rosto. — Não que isso não seja fascinante.

— Sim. Com certeza. Porque eu tenho um anúncio pra fazer. Na verdade, é uma pergunta. Ou quase... — Minha mãe olha para tia Karen, e está na cara que ela sabe do que se trata. Por um instante, me sinto excluída. Minha mãe falou com tia Karen antes de falar com a gente? Mas então esse pensamento é varrido para longe quando ela olha para todos nós e declara: — Recebi uma oferta pela loja.

*O quê?*

Ficamos em silêncio. Estamos surpresos demais para dizer qualquer coisa. Jake arqueia as sobrancelhas. Nicole murmura "Uau". Já eu entro em estado de choque. Uma oferta? Pela Farrs? Quem poderia querer comprar a Farrs? *Nós* somos os *Farrs.*

— Nós não queremos vender — declaro, sem conseguir me segurar. — Não é?

— Bem — começa minha mãe. — Essa é a questão. Eu não sou mais tão jovem assim, e as coisas... mudaram.

— Sua mãe precisa descansar — intervém tia Karen. — E a oferta é boa.

— Quanto? — pergunta Jake, e minha mãe desliza um papel até o centro da mesa.

Nunca passou pela minha cabeça pensar em quanto a loja poderia valer. Mas é muito. Ficamos em silêncio, e sinto que todos estão refletindo sobre o que aquilo representaria para as nossas vidas.

— Sua mãe poderia se aposentar, finalmente descansar e comprar uma casa na Espanha perto de mim — reforça tia Karen.

— Mas isso é tão estranho. Essa oferta chegou *agora*? — Olho para minha mãe, ficando preocupada de repente. — Ai, meu Deus. Isso não foi uma oferta de algum advogado não, né?

— Não! — Minha mãe dá uma risada. — Querida, a verdade é que recebemos inúmeras ofertas ao longo de todos esses anos. Eu nunca quis vender antes. Mas depois de tudo o que aconteceu...

Olho novamente para o valor que está escrito no papel. Sim, é muito dinheiro, mas se isso significa o fim da Farrs, da nossa renda, do nosso emprego... De repente não parece mais tanto assim.

— Você *quer* vender? — pergunto. Estou me esforçando para soar normal. Pragmática. Solidária. Como os adultos fazem. Mas, ainda assim, as lágrimas ameaçam vir à tona quando penso no significado daquilo.

Vender? Nossa Farrs tão amada? A querida Farrs do nosso *pai*?

Ergo o olhar, ela vê minha expressão e baixa a guarda.

— Ah, Fixie — diz ela, estendendo a mão para pegar a minha por cima da mesa. — É claro que eu não quero. Mas também não quero jogar esse peso em cima de vocês. Se eu deixar a loja, como vai ser? Gerenciar a Farrs dá muito trabalho. Precisa de dedicação integral.

Tem que ser o que *vocês* querem fazer. E não por mim, nem pelo pai de vocês.

Ela está piscando agora, e seu rosto está vermelho. Acho que mamãe e eu somos as únicas da família que sentem a presença do papai sempre que entramos na loja. Jake só enxerga dinheiro. E Nicole vê... Não sei o que Nicole vê. Unicórnios, talvez.

— Eu quero fazer isso — declaro sem nem pensar duas vezes. — Não quero desistir, mãe. Pode ir para a Espanha. Não se preocupe. A gente vai dar conta, não é? — Olho para Jake e Nicole, buscando o apoio deles.

— Eu concordo — responde Jake, surpreendendo-me. — Acho que a Farrs tem um grande potencial. — Ele bate no papel com um dedo. — Eu sei que esse valor é bom, mas conseguimos dobrá-lo. Triplicá-lo até.

— E você, Nicole? O que acha? — pergunta minha mãe, virando-se para ela. Mas minha irmã apenas dá de ombros.

— Se você quiser vender, vai ser, tipo... Justo — comenta ela com seu ar distraído de sempre. — Mas se não quiser também, é...

Ficamos esperando Nicole terminar a frase — e de repente nos damos conta de que ela *já* terminou.

— Bem — começa minha mãe com o rosto ainda mais corado. — Sou obrigada a dizer que estou aliviada. Não quero vender a Farrs. Mas não tem como negar que o valor que ofereceram é muito bom.

— É um pássaro na mão — argumenta tia Karen, pegando o papel e sacudindo a mão. — Isso é dinheiro vivo. Segurança. Se vocês não venderem agora, podem se arrepender depois.

— Se a mamãe *vender* agora, ela pode se arrepender depois — retruca Jake. — Sabe o que eu acho? — Ele olha para todos à mesa, todo animado. — Acho que essa é nossa oportunidade de levarmos o pequeno negócio de família a outro nível. Acho que temos que turbinar os negócios. Nós temos o nome, temos o ponto, a presença on-line... O céu é o limite. Mas temos que pensar grande. — Ele bate com o punho de uma das mãos na palma da outra. — Nova marca. Foco. Talvez a gente precise contratar um consultor. Conheço uns caras com quem a gente poderia conversar, ouvir o que têm a dizer. Posso agendar uma reunião?

Olho para ele, boquiaberta. Como foi que chegamos à contratação de um consultor? Quanto aquilo ia custar? E o que significa "turbinar os negócios"?

— Não se preocupe com isso, Jake — responde nossa mãe daquele modo firme e tranquilo. — Só não deixe as coisas degringolarem enquanto eu estiver viajando. Podemos avaliar todas as suas ideias quando eu voltar. Agora vamos conversar sobre algumas questões de estoque.

Ela começa a falar sobre fornecedores, mas não consigo me concentrar. Sou tomada por uma onda de ansiedade. É como se eu estivesse começando a entender a situação só agora. Vou gerenciar a loja com Nicole e Jake. Como vai ser isso?

Meio que escuto minha mãe enumerar uma lista de lembretes que ela escreveu à mão. Ela fez cópias também. Mas eu estava preocupada com Jake. E se ele tomar alguma decisão idiota e eu não conseguir impedir? Percebo que minha mãe está olhando para mim como se estivesse lendo meus pensamentos — abro rapidamente um sorriso. A última coisa que quero é que ela fique preocupada.

Finalmente terminamos e, quando nos levantamos, ela me puxa de lado. Os outros já estão a caminho da cozinha, então ficamos só nós duas.

— Fixie, querida. Eu sei que você está preocupada com... — Ela hesita. — Bem, vamos dar nome aos bois. Você está preocupada com o Jake.

Suas palavras me atingem como sal em uma ferida aberta e dolorida.

— Você sabe... — começo, desviando o olhar sem querer admitir a verdade. — Ele é só um pouco...

— Eu sei. Eu entendo. — Minha mãe aperta meu braço de forma reconfortante. — Mas eu não vou deixar você aqui sozinha. Tenho uma solução pro período em que eu estiver fora e acho que isso pode ajudar.

— Ah! — exclamo, sentindo uma onda de alívio. — Uau. No que você pensou?

Eu deveria ter desconfiado de que minha mãe teria um plano na manga. Será que ela vai querer fazer videoconferências diárias por Skype? Talvez tenha contratado algum novo funcionário brilhante. Ou quem sabe tenha em mente um novo sistema de computador que Jake não consiga burlar.

— Tio Ned — revela ela, radiante.

Sinto um nó na garganta. Tio Ned? Tio Ned é a solução?

— Tá bom — consigo dizer, com a voz estrangulada, que minha mãe interpreta como um sinal de aprovação.

— Conversei com ele, e seu tio prometeu ficar de olho em tudo aqui durante a minha ausência — conta ela, toda feliz. — Ele tem um tino bom para os negócios. Podemos confiar nele. — Nem sei o que dizer. *Tio Ned?* — Ele é tão bom pra nós — acrescenta minha mãe em tom afetuoso. — Sei que vai ser um alívio tê-lo por perto.

Sinto vontade de chorar. *Ele não é bom para mim! E não vai ser um alívio tê-lo por perto!*

— É uma solução — comento por fim, tentando soar calma e sensata. — Com certeza. Mas tenho minhas dúvidas se o tio Ned é a pessoa certa pra isso.

— Ele nos ajudou com a papelada da renegociação do contrato de aluguel quando seu pai morreu — lembra minha mãe. — Vou ficar mais tranquila sabendo que ele está aqui para dar todo o apoio.

Sinto vontade de gritar de tanta frustração. Tudo bem, talvez ele tenha ajudado com a questão do contrato de aluguel — mas isso já tem nove anos. O que ele fez desde então?

— Eu sei que você não gosta de algumas coisas antiquadas que ele diz — continua minha mãe. — Nem eu gosto, pra ser sincera. Mas ele é da família, e se importa com a Farrs. É isso que importa.

Os olhos dela estão brilhando — aquele brilho determinado que surge quando ela fala sobre a família. Minha mãe está decidida. E não posso dizer nada que vá preocupá-la. Então abro meu sorriso mais animado e respondo:

— Bem, tenho certeza de que vai dar tudo certo. O mais *importante* agora é as suas férias serem incríveis. Você já está radiante.

Estendo a mão e toco os brincos compridos e brilhantes dela, que destoam do cabelo grisalho. (Tia Karen já agendou uma hora para minha mãe no cabeleireiro dela na Espanha.)

— É muito difícil ir e deixar vocês aqui! — exclama mamãe com uma risada nervosa. Percebo vestígios de ansiedade em seu rosto. — É mais difícil do que imaginei. Mesmo agora, ainda estou me perguntando... Será que realmente quero fazer isso?

Ai, meu Deus. Ela não pode dar para trás agora.

— Claro que sim! — exclamo com firmeza. — Claro que quer! Nós vamos ficar bem.

— Só não perca a loja, Fixie. Nem deixe a família se desentender. — Mamãe dá a mesma risadinha estranha.

Acho que ela está brincando e falando sério, tudo ao mesmo tempo. No fundo, ela tem as mesmas preocupações que eu.

— Você é a cola — acrescenta ela. — É você quem mantém todos juntos.

Sério? Quase dou uma gargalhada, porque ela não poderia estar mais enganada. É *ela* que é a cola da família. Ela nos guia. Ela nos mantém unidos. Sem ela, seríamos apenas três irmãos totalmente incompatíveis.

Mas não revelo meus verdadeiros pensamentos nem por um nanossegundo. Preciso transparecer confiança para que ela não mude de ideia sobre a viagem e resolva voltar a trabalhar em turnos de 16 horas por dia na loja.

— Olha só, mãe — começo com o máximo de confiança que consigo reunir —, quando você voltar, nós vamos nos sentar em volta daquela mesa ali pra comemorar. — Aponto para a mesa dobrável de carvalho. — A loja vai estar muito bem e nós vamos estar muito felizes. Prometo.

# OITO

Depois que minha mãe e tia Karen foram viajar, na tarde seguinte, tudo começou a parecer meio vazio. Jake e Leila foram para um pub, então decido fazer uma massa à bolonhesa para o jantar, porque é exatamente isso que minha mãe faria. Mas nem quando estou cozinhando é a mesma coisa. Não estou enchendo a casa com a mesma atmosfera mágica que minha mãe projetava. Não me sinto calma, confortável nem protegida.

Para ser sincera, não é só por causa da viagem da minha mãe que estou me sentindo assim. Não vi Ryan nem tive mais notícias dele desde a festa. Nem mesmo uma visita, um telefonema, apenas uma única mensagem: **sinto muito por sua mãe.**

No dia seguinte à festa, ele foi para Sonning visitar a família e, depois, foi como se tivesse sido engolido por um buraco negro. Ele não respondeu a nenhuma das minhas mensagens. De vez em quando, Jake falava: "Ryan mandou um oi." Enfim, nossa comunicação se resumiu a isso. Para ser sincera, não me importei muito. Minha mãe era a prioridade, não ele. Mas agora não consigo parar de pensar no que pode ter acontecido.

Fico olhando para a panela, desanimada, e dou uma mexida na comida. Depois apago o fogo. Vou sair para tomar um sorvete. Nada como um Ben & Jerry's para nos dar aquela animada.

Na rua, vejo um cara com cabelo cheio andando na minha frente com passos firmes e determinados. Na hora eu penso "É aquele cara da cafeteria?", seguido por "Não. Não seja boba. Não pode ser".

Mas foi muito estranho minha mente ter pensado nisso. E mais estranho foi o fato de eu enrubescer ao pensar nele. O que está acontecendo comigo? Eu nem *pensei* mais no cara desde aquele dia.

Ok, tudo bem. Talvez uma ou duas vezes. Só nos olhos dele. Havia alguma coisa nos olhos dele. Eu me peguei pensando neles algumas vezes, como agora. Aqueles olhos castanho-esverdeados.

O cara à minha frente para de andar para consultar o telefone e consigo dar uma boa olhada em seu rosto — e é ele mesmo! É Sebastian... Ou seja lá qual for o nome dele. Ele me vê quando levanta a cabeça, e seu rosto se abre em um sorriso de reconhecimento.

— Ah, oi! — diz ele.

— Oi. — Eu paro. — Como vai? — Meus olhos encontram os olhos verdes de floresta dele e, então, desvio o olhar rapidamente antes que eu exagere no contato visual.

— Tudo bem! Estou só esperando um táxi. — Ele faz um gesto para o celular e vejo o mapa de um aplicativo de táxi.

— De volta a Acton! — comento. — Ou você mora por aqui?

— Não. Estou aqui pra... — Ele hesita. — Um lance.

— Ah, sei — respondo educadamente, porque não é da minha conta, e parece que a conversa talvez devesse parar por aqui.

Mas o rosto de Sebastian se ilumina; ele ergue as sobrancelhas e tenho a impressão de que quer compartilhar seus pensamentos.

— Na verdade, eu estava me consultando com o "guru de exercícios para esquiar" — revela ele de forma repentina, fazendo aspas no ar. — Você sabia que o "guru de exercícios para esquiar" mora em Acton?

— Não, eu não sabia disso — respondo com um sorriso. — Eu nem sabia que existia um "guru de exercício para esquiar". — Quase acrescento que nunca esquiei na vida, mas percebo que Sebastian está agitado.

— Nem eu, até minha namorada me dar dois vales de presente de aniversário e insistir para que eu viesse vê-lo. Então eu vim. Duas vezes.

— Entendi. E ele é bom?

— Um lixo! — exclama Sebastian, indignado. — Chega a ser ofensivo. Estou chocado!

A indignação dele é tão engraçada que começo a rir — embora consiga notar que a reclamação procede. Não resisto e pergunto:

— Como assim?

— Na primeira sessão, tudo o que ele fez foi contar como ganhou a medalha de bronze em Vancouver. Hoje, ele descreveu como perdeu a medalha de bronze em Sóchi. Se eu estivesse realmente interessado em saber essas coisas, era só ter entrado na Wikipédia. Em cinco minutos você descobre tudo. Mas não estou nem um pouco interessado nisso.

Não consegui segurar o riso.

— E quanto aos exercícios?

— A informação reveladora foi que passadas são ótimas e ele sugeriu que eu voltasse duas vezes por semana pelos próximos seis meses.

— Mas que cara de pau!

— Exatamente! Que bom que você concorda comigo. Desculpa. É que precisava desabafar com alguém. — Ele olha para o mapa no celular e eu vejo o ícone do carrinho já na rua. — Enfim, melhor deixar pra lá. E como está a vida?

Abro a boca para responder "tudo bem", mas isso não parece muito sincero.

— Na verdade minha mãe foi hospitalizada.

— Ah, não. — Ele ergue o olhar, consternado. — E aqui estou eu falando sobre... Tem alguma coisa que eu possa fazer?

A reação dele é tão fofa e cômica que não consigo não deixar escapar um sorriso. O que ele poderia fazer?

— Está tudo bem agora. Ela está melhor e até saiu de férias.

— Ah, que bom — diz ele, parecendo realmente sincero. Bem nesse momento, um táxi para e ele faz um sinal para o motorista. — Tenho que ir. Foi ótimo ver você.

— Tchau — digo, quando ele abre a porta do carro. — Foi mal se Acton não tratou você tão bem. Teto desabando, gurus não tão confiáveis... Precisamos melhorar!

— Não trocaria isso por nada — declara ele com um sorriso. — Acton tem um lugar especial no meu coração.

— Tem um restaurante tailandês *maravilhoso* aqui pra quem curte comida tailandesa.

— Eu adoro. — Ele dá uma piscadinha para mim. — Valeu pela dica. Ah, e não se esqueça. — Ele faz uma pausa com a mão na maçaneta do carro. — Eu te devo uma. Estou falando sério. Você já esqueceu, não é?

— Claro que não! E como poderia?

Vejo o táxi partir, ainda com um sorriso no rosto, lembrando-me da reação engraçada dele, e sigo meu caminho.

Aquela conversa me deixou um pouquinho mais animada, mas, quando entro em casa, sinto aquela sensação de vazio de novo. Esquento o molho do macarrão, sentindo o cheiro delicioso, e sintonizo o rádio na radionovela *The Archers,* porque é exatamente isso que minha mãe faria — mas parece falso. Eu não acompanho o programa, então não sei quem é quem na história.

— Oi, Fixie. — Nicole entra na cozinha, interrompendo meus pensamentos.

Espero que ela se ofereça para ajudar, mas minha irmã nem percebe que estou cozinhando. Ela se apoia na bancada, pega um pedaço de queijo parmesão que eu separei para ralar e começa a tirar uns pedacinhos dele para beliscar.

— Tive uma ótima ideia — declara ela em tom pensativo. — Acho que devemos oferecer sessões de yoga na loja.

— Yoga? — repito. — Como assim? Tipo... Uma seção de produtos de yoga?

— Não. *Sessões*. — Ela diz isso como se fosse muito óbvio. — Poderíamos oferecer aulas à noite. Eu poderia ser a instrutora.

Coloco a colher de pau no descanso de cerâmica de coelhinho da minha mãe (£6,99, produto mais vendido na Páscoa) e olho para minha irmã para ver se ela está brincando. Mas ela me encara com aquela expressão de quando está falando sério. Nicole é vaga e distraída até querer alguma coisa. Quando isso acontece, ela se transforma em uma pessoa concentrada e focada de uma hora para outra.

— Nicole, nós temos uma loja — respondo com todo o cuidado. — Nós vendemos frigideiras. Nós não damos aula de yoga.

— Mas nós temos o Clube do Bolo — argumenta ela.

— É verdade. Mas é um evento de vendas. Nós vendemos fôrmas de bolo, tigelas e coisas do tipo. Isso ajuda o negócio a crescer.

— Muitas lojas oferecem vários tipos de eventos à noite — retruca ela. — Nós poderíamos aumentar a clientela com isso.

— Mas *onde*?

Penso na loja e tento imaginar onde pelo menos *duas* pessoas poderiam estender o tapetinho de yoga, mas não consigo.

— Nós teríamos que tirar algumas coisas do lugar — responde ela tranquilamente. — Tirar um ou dois expositores.

— Todas as noites? E depois voltar com tudo para o lugar?

— É claro que não! — Ela revira os olhos. — Permanentemente. Temos produtos demais. Até a mamãe diz isso. A loja está entulhada.

— Não podemos tirar expositores inteiros para abrir espaço para aulas de yoga! — exclamo, horrorizada.

— Bem, essa é a sua opinião.

— E quanto à equipe de limpeza? Eles entram às seis horas da tarde. Quando eles poderiam começar a trabalhar?

Nicole olha para mim como se nunca tivesse se dado conta de que a loja é limpa todas as noites.

Ai, meu Deus. Ela não sabia mesmo que a loja precisa ser limpa todas as noites. Ela vive no *mundo da lua!* Não é possível.

— A gente pode dar um jeito nisso — diz ela, por fim, dando de ombros. — Como a gente faz quando tem o Clube do Bolo.

Tento me manter positiva.

— Tudo bem. E você venderia algum produto?

— Nós vamos *fazer* yoga — afirma Nicole, franzindo a testa. — E não *vender* coisas.

— Mas...

— Para de *inventar* problemas nas coisas, Fixie — acrescenta ela.

— A mamãe viajou tem... — Olho para o relógio — quatro horas, e você já está tentando mudar tudo.

— Você deveria abrir a sua mente! — exclama Nicole. — Aposto que, se eu ligar pra mamãe agora, ela vai adorar a ideia.

— É claro que não vai! — retruco, nervosa. Tenho tanta certeza disso que fico tentada a ligar para nossa mãe agora mesmo para provar que ela não aprovaria a ideia. Mas é claro que não faço isso.

— Você devia praticar yoga. — Nicole olha para mim, indiferente. — Sua respiração é muito fraca. Olha. — Ela aponta para o meu peito. — Isso acaba deixando você estressada.

Sinto vontade de responder: "Não é a minha *respiração* que me deixa estressada!" Mas pensar na nossa mãe me acalma. Ela ficaria muito chateada se soubesse que já estamos discutindo por causa da loja. Então me obrigo a respirar fundo.

— Bem, é pra isso que existem as reuniões de família — respondo no tom mais calmo que consigo. — Vamos marcar uma reunião pra discutirmos essa ideia.

Tio Ned e Jake nunca vão concordar com as aulas de yoga. Vai ficar tudo bem.

— Você pode preparar o espaguete? — pergunto.

Nicole responde em um tom distraído:

— Claro.

Ela segue para a despensa, distraída com o celular, pega o pacote de macarrão e fica sem se mexer por alguns instantes, enquanto conto os garfos.

— Nicole?

— Ah, é. — Ela pega uma panela, a coloca em cima do fogão e fica olhando para a embalagem. — Quanto eu faço?

— Somos quatro pessoas.

— Tá — responde ela, ainda olhando para o pacote. — É que com espaguete eu nunca sei.

— Bom, é mais ou menos um punhado por pessoa.

Envio uma mensagem para Leila: **o jantar fica pronto em 10 minutos**, e pego os copos de água. Olho para Nicole. Ela tirou um monte de espaguete do pacote e está parada olhando para a massa com a testa franzida. Pelo amor de Deus, ela nem colocou a água para ferver ainda.

Encho a panela de água, coloco sal, acendo o fogo e tiro o macarrão da mão dela.

— Pode deixar que eu faço. Você sabia que nós temos um medidor de espaguete, não é? Nós vendemos lá na loja.

Mostro para Nicole a colher especial com um furo no meio, ela arregala os olhos e diz:

— Fala sério. Eu não fazia ideia de que esse furo era para medir a porção de espaguete! Você é tão boa nisso, Fixie!

Começo a medir o espaguete e o coloco na água fervente. Então minha irmã sai da cozinha sem nem perguntar se pode ajudar em mais alguma coisa, esbarrando em Leila na saída.

— Fixie! — exclama Leila, animada. — *Adivinha* quem veio com a gente? — Ela corre na minha direção e alisa meu cabelo, pega um batom do nada e passa na minha boca.

— Quem?

Olho para ela sem entender.

— O *Ryan!*

— O *quê?*

Sinto que meus olhos estão arregalados.

Mas, antes que eu tenha a chance de dizer qualquer outra coisa, ouço a voz de Jake:

— Vem, vamos comer alguma coisa.

Eu me obrigo a esperar uns cinco segundos antes de me virar e ver Ryan. Aqui. Na nossa cozinha.

Alto, louro e deslumbrante, como sempre. Mas o sorriso fácil desapareceu. Ele está com cara de cansado, as sobrancelhas franzidas.

— Oi, Fixie — ele me cumprimenta meio distraído. — Tudo bem?

— Aqui. — Jake já está servindo uma taça de vinho para ele. — Afogue suas mágoas, cara. Ryan vai jantar com a gente — acrescenta ele para mim.

— Claro — respondo. — Sem problemas.

Sinto um frio na barriga. Meus pensamentos estão girando sem parar na minha mente: *ele está aqui! Por onde andou? Por que ele parece tão pra baixo? Por que não me mandou nenhuma mensagem? Será que está saindo com alguém? Ele está aqui!*

— Espero que goste de espaguete — digo em um falso tom alegre.

— Gosto, sim — responde ele, e toma um gole do vinho. — Ótimo. — Ele fica olhando para o nada por um tempo. Depois parece me ver pela primeira vez. — Cara, nem falei com você direito.

Ele se aproxima de mim e me dá um beijo na boca.

— Desculpa não ter entrado em contato — sussurra ele. — Eu sei que foi difícil com a sua mãe no hospital e tudo mais. Achei que você não ia querer mais um problema.

— Ah — respondo um pouco desconcertada. — Tudo bem.

— Sei como é quando as pessoas são invasivas — acrescenta ele.

— E eu não queria agir dessa forma, então achei melhor dar espaço pra vocês.

Tenho algumas respostas na ponta da língua: *não seria nada invasivo*. Ou: *você poderia pelo menos ter mandado uma mensagem*. Lembro-me de repente da reação instantânea de Sebastian: "Tem alguma coisa que eu possa fazer?" E ele nem me *conhece*.

Mas as pessoas são... Diferentes umas das outras. Algumas pessoas não sabem como agir em determinadas situações. Principalmente em emergências médicas. Hannah foi para o hospital e não saiu do meu lado na sala de espera enquanto pesquisava no Google tudo o que o médico dizia... Mas ela é assim.

Meus pensamentos devem ter transparecido no meu rosto, porque Ryan está me olhando atentamente.

— Eu não sabia o que fazer — confessa ele com ar magoado. — Acho que entrei em pânico e sumi. Mas isso foi errado, não foi? Você deve estar me achando um grande babaca agora.

— Não! — apresso-me a dizer. — É claro que não! Está tudo bem. Mamãe saiu de férias, então... Agora está tudo bem.

Abro um sorriso para reforçar o que eu disse, mas ele ainda parece chateado.

— Tudo está uma loucura agora. Estou ferrado.

Ele vira a taça de vinho, apoia-se na parede e solta um suspiro pesado.

— Ah, Ryan — diz Leila em tom compreensivo. — Vai dar tudo certo.

— O que houve? — pergunto, ansiosa.

— *Headhunters*. — Ryan meneia a cabeça.

A água do espaguete transborda e eu me apresso para tirar a panela do fogo. Quero ouvir mais detalhes sobre o assunto, mas também quero que a massa fique *al dente*.

— Podem se sentar — aviso. — Já vou levar para a mesa. Jake, você pode chamar a Nicole?

— Eu ajudo — diz Leila, pegando os pratos.

Colocamos a mesa enquanto Jake serve o vinho para nós todos, e Nicole se acomoda no seu lugar. Quando olho em volta da mesa, sinto uma pontada de orgulho. Aqui estamos nós, enfim, jantando como uma família. Vamos ficar bem, mesmo com a nossa mãe viajando. Vamos *mesmo*.

— Então, qual foi o lance dos *headhunters*? — pergunto para Ryan e Leila faz careta.

— Eu tenho cinco anos de experiência na indústria cinematográfica — começa ele com voz neutra. — Tipo assim, era de se imaginar... — Ryan dá uma garfada no macarrão. — Mas não. Eu não tenho nenhuma experiência em porra de *coisa* nenhuma. Não, eu não tenho qualificações profissionais. Não, eu não tenho... Como foi que eles falaram mesmo? Domínio do mundo digital. — Ele toma mais um gole de vinho. — Mas eu tenho experiência. Eu sei negociar. Conheço as pessoas. Será que isso não conta pra *nada*?

— Não encontraram nada pra você? — arrisco.

— Ah, eles falam um monte de coisas. Dizem "Sim, nós conseguimos arrumar um emprego pra você rapidinho. Para um cara talentoso como você, vai ser fácil!". Mas você sabe onde eles querem que eu trabalhe?

— Hã... não.

— Em uma central de atendimento.

— Uma *central de atendimento*? — repito, perplexa.

— Chega a ser um insulto — opina Jake em tom acalorado, e eu me sinto até bem ao constatar que, uma vez na vida, a gente concorda com alguma coisa.

— Que tipo de central de atendimento? — pergunto, porque não estou conseguindo acreditar naquilo.

— Venda de... — Ele faz uma pausa, e o macarrão fica balançando no garfo. — Eu nem sei qual era o produto. Algum seguro esquisito. Sem salário, só comissão. Eu nem fiquei pra saber mais. Aí, quando procurei outro *headhunter*, já fui logo dizendo que não estava interessado em centrais de atendimento, e ele falou "Sem problemas. Vamos encontrar alguma coisa pra você". Mas foi papo furado. Ninguém conseguiu nada.

— É difícil. — Jake faz cara feia. — A maioria das empresas está dispensando funcionários, e não contratando.

— Então... O que você vai fazer? — pergunto, ansiosa.

— Não sei. — Ele fica em silêncio por um tempo, mastigando, distraído. — Pelo menos em Los Angeles... Eu *conheço* Los Angeles. Sei que estraguei tudo lá, mas pelo menos... Você começa a conhecer o lugar, as coisas boas e as ruins. Você entende como tudo funciona. Mas recomeçar aqui em Londres... Sei lá. Londres mudou muito. É cruel.

Demoro um pouco para entender o que ele está dizendo.

— Você não pode voltar pra Los Angeles! — exclamo, horrorizada. — Você disse que nunca mais queria pisar naquele lugar!

— Mas eu não posso continuar vivendo assim, né? Não posso ficar na casa do Jake pra sempre.

— Não se preocupe com isso, cara — diz Jake, mas Ryan balança a cabeça.

— E quanto à sua mãe? — sugere Nicole. — Você não pode ficar com ela?

— Na verdade, não. — Ryan fica ainda mais abatido com a pergunta da minha irmã. — Não com o meu padrasto morando lá. A gente não se dá bem. É difícil. Minha mãe e eu éramos tão próximos, sabe?

Sinto uma enorme onda de compaixão por ele. Não consigo *sequer* imaginar como seria se minha mãe se casasse com alguém de quem não gostássemos. Estou doida para dizer "Vem morar aqui, tem espaço suficiente!". Mas isso poderia parecer insistência minha.

— Você vai encontrar alguma coisa! — declaro de forma encorajadora. — Existem outros *headhunters*... Deve haver muitas oportunidades por aí. Você disse que estava disposto a começar em um cargo mais iniciante...

— É, eu disse isso, mas, quando perguntei sobre esses programas de plano de carreira, eles me questionaram onde eu tinha me formado.

Segue-se um silêncio constrangedor na mesa, que Nicole quebra com um comentário vago:

— Ah, é. Eu tinha esquecido que você largou a faculdade, Ryan.

É a cara dela dizer em voz alta o que estamos pensando. Embora eu também não lembrasse que Ryan tinha abandonado os estudos. Isso foi há tanto tempo... E na época não parecia fazer qualquer diferença, pois ele estava em Hollywood fazendo sucesso. Mas acho que isso importa quando você busca um programa de plano de carreira.

— Talvez você consiga terminar os estudos, não? — sugiro com cuidado, embora eu tenha quase certeza de que ele não tem a menor vontade de fazer isso.

— Foda-se isso — diz Ryan com veemência. — Ou as pessoas entendem o que tenho a oferecer ou podem esquecer.

Eu me encolho ao detectar o tom de tristeza na voz dele. Deve ser muito difícil isso. Tipo, ser rejeitado é difícil, não importa quem você é — mas ele é Ryan Chalker! Na escola, ele era o cara. Podia não ser monitor, ou craque em matemática, mas continuava sendo o cara. O garoto mais maneiro. O "menino de ouro". Ele tinha "uma história de sucesso" escrito na testa. Como ele foi acabar nessa situação? Será que esses *headhunters* não conseguem enxergar que ele nasceu para brilhar? Fico com pena dele e não o culpo por se descontrolar. É como se ele fosse um leão ferido.

Depois que acabamos de comer, Nicole desaparece lá em cima para assistir a alguma série na Netflix. Leila vai buscar o maço de cigarro para Jake no carro, enquanto eu tiro a mesa, preocupada. Quero resolver isso. Um emprego. Que tipo de emprego Ryan pode conseguir? Raspo os pratos e os coloco no lava-louças, pensando "um emprego... um emprego... um emprego...".

Então de repente eu me lembro. Ai, meu Deus! Eu *ouvi* sobre um emprego recentemente. No Café Allegro. Era sobre isso que Sebastian estava conversando ao telefone, antes de o teto desmoronar.

Fecho o lava-louças e tento me lembrar de tudo o que escutei. Ele queria alguém inteligente, habilidoso e obstinado. Alguém com experiência de vida. Não se preocupava com diplomas... Isso! Não poderia ser mais perfeito!

— Ryan! — exclamo, animada. — Lembrei agora que ouvi sobre um emprego outro dia. É exatamente o que você quer. Não precisa de qualificações, só de senso...

— Que emprego? — pergunta Jake com uma risada. — Fritar hambúrgueres? — É numa agência de investimentos — declaro, ignorando meu irmão. — A empresa está farta de sabichões cheios de diplomas. Querem pessoas arrojadas que têm experiência no mundo real. Bem, você tem esse perfil!

— Agência de investimentos? — Jake olha para mim, perplexo. — E o que você sabe sobre agências de investimentos?

— Eu só fiquei sabendo do cargo. — Olho para Ryan. — O que você acha?

— É muito legal da sua parte tentar me dar uma força — começa ele sem nem ao menos olhar para mim. — Mas esse é o setor mais competitivo do momento. Acho difícil uma agência de investimentos querer me contratar agora. Não sou formado, não tenho experiência...

— Mas não é isso que eles estão procurando. Vou procurar o nome da empresa e você pode entrar em contato com eles. É só preencher um formulário. Tenho certeza de que você tem chance...

— Fixie, para! — Ryan ergue a mão, parecendo meio zangado. — Você *sabe* qual é o nível de competição lá fora? Esses caras têm diploma em matemática! São garotos inteligentes que entendem tudo de programação.

— Você não está entendendo! — exclamo, ansiosa. — Eu ouvi o cara falando. Tenho informações privilegiadas! Eles não *querem* alguém com um milhão de diplomas. Olha só, vou descobrir o nome da empresa e você pode pesquisar no Google.

Atravesso rapidamente o corredor e pego minha bolsa. O protetor de copo ainda está lá e o cartão de visita está preso a ele com meu prendedor de cabelo. Volto para a cozinha e leio o nome da empresa:

— Agência de Investimentos Senso Ético. AISE. Aqui está.

Pego meu laptop e digito o nome da empresa no Google, então, um instante depois, estou olhando para aquele rosto familiar com a cabeleira farta. *Sebastian Marlowe. Fundador e CEO.*

— Fica em Farringdon. — Dou uma lida no primeiro parágrafo. — Investimentos gerenciados de forma ética.

— Que *porra* é essa? — pergunta Jake, em tom de deboche.

— Você não estava querendo uma coisa diferente? — pergunto a Ryan, ignorando meu irmão mais uma vez. — Enfim, aqui está! Eles têm uma vaga! — Clico em "Trabalhe conosco" e logo vejo a vaga de *trainee* para área de pesquisa. — "As inscrições ainda estão abertas para essa vaga" — leio em voz alta. — "Desejável diploma em economia ou administração, mas não é um requisito obrigatório. Experiência na área será avaliada." Está vendo?

— *Trainee?* — Ryan franze o nariz. — Tipo um *estagiário?*

— Vai dar certo, cara. — Jake dá uma risada. — Já pode preparar um cafezinho pra mim, e seja rápido.

— Não é um estágio — retruco depressa. — Mas você provavelmente vai ser treinado.

— Qual é o salário? — Ryan olha para a tela com a testa franzida.

— E isso importa? — pergunto. — É uma porta de entrada, não é? E parece bem interessante!

Alguns instantes de silêncio. Eu meio que esperava que Ryan abrisse um sorriso feliz, ou que talvez até me desse um abraço, mas ele ainda está lendo a descrição do cargo com as sobrancelhas franzidas.

— Não sei — declara ele por fim. — Sei lá. Preciso de um emprego de verdade, e não de um estágio qualquer. Tipo assim, em Los Angeles, eu *contratava* estagiários.

— Eu sei, mas... — Paro de falar, constrangida.

Não quero pôr o dedo na ferida nem nada. Ele não precisa ser lembrado de que não pode mais contratar ninguém. Sei exatamente como é isso. Um mês depois que minha empresa de bufê faliu, eu ainda acordava sem me lembrar do que tinha acontecido. Então de repente a verdade caía sobre mim novamente, e era sempre horrível.

— O que é isso? — Ryan pega o protetor de copo e lê o que está escrito "Te devo uma. Válido para sempre". — Ele olha para mim. — O que significa isso?

— Ah. — Por algum motivo estranho, fico vermelha. — Não é nada.

— De quem é essa assinatura? — Ryan tenta ler as palavras estreitando os olhos.

— É. O que é isso? — Jake pega o protetor de copo da mão de Ryan e lê as palavras, franzindo o cenho. — Quem te deve uma?

— Ele — admito, ligeiramente relutante. — O cara.

— Que cara?

— O CEO da empresa.

— *Ele?* — Ryan aponta para Sebastian, que ainda está na tela do meu laptop olhando para nós. — Como assim? O que aconteceu? — Ele não consegue acreditar.

— Eu salvei o laptop dele.

— Como?

Os dois estão curiosos agora.

— Não foi nada! — exclamo, tentando não dar muita importância ao que aconteceu. — Começou a jorrar uma água na cafeteria e eu protegi o laptop dele. Ele disse que eu salvei o ganha-pão dele. Tentou pagar um café para mim, mas eu não quis, então escreveu esse "Te devo uma" aí. Mas é só uma brincadeira. Não é nada *sério*.

Ryan não está mais prestando atenção.

— Você salvou o ganha-pão dele — repete, articulando as palavras.
— E agora ele deve um favor a você. Quem sabe... empregar alguém. Num emprego de verdade. Com um salário digno.

Olho para Ryan, e minha ficha começa a cair. Ele não pode estar querendo dizer... Ele não *poderia* estar sugerindo...

— Isso! — exclama Jake, animado. — É isso!

— Isso o quê?

— Você tem que cobrar o favor. Procure o cara e peça a ele um emprego de verdade pro Ryan. E com um bom salário.

— Não posso fazer uma coisa dessas! — exclamo, chocada. — Eu nem conheço o cara! Ele é um estranho! Tipo, eu até esbarrei com ele hoje — acrescento, tentando ser o mais honesta possível. — Mas a gente mal se conhece.

— Isso não tem nada a ver com conhecer o cara... É uma questão de exigir seus direitos. Ele te deve uma. — Jake balança o protetor de copo. — É o que está escrito aqui.

— Ele não me deve *nada*! Tudo o que eu fiz foi salvar o laptop dele. Não foi nada de mais.

— Você não tem como ter certeza disso — argumenta Jake de imediato. — Você não sabe o que tinha naquele laptop. Você pode ter salvado milhares de libras.

— Centenas de milhares — reforça Ryan. — Você pode ter até salvado a empresa inteira.

— E provavelmente salvou. — Jake balança a cabeça com firmeza. — Você provavelmente salvou milhões, e ele quer te agradecer pagando um cappuccino? Que cara mesquinho!

— Olha só... — Respiro fundo, tentando manter a calma. — Não foi nada disso. E eu não posso simplesmente entrar no escritório do cara dizendo "Você me deve uma, então dê um emprego pro meu amigo". — Eu me viro para Ryan: — Por que você não se candidata pra vaga? Você tem experiência, seu currículo é ótimo...

— Ah, dá um tempo! — exclama Ryan. — Nunca vou conseguir esse emprego! Sem chance! Ninguém vai ler meu currículo e dizer "É ele! *Esse* é o cara que queremos para nossa porra de agência ética".

— Talvez sim!

Ryan meneia a cabeça, olhando para a mesa. Então seus olhos encontram os meus, e vejo todo o seu sofrimento. Uma dor crua, uma humilhação que reconheço.

— Vou voltar pra Los Angeles. — Ele olha para Jake: — Foi mal, cara. Vamos ter que adiar nossos planos.

— Não! — exclamo, horrorizada. — Você não pode ir embora!

— Eu não tenho mais nada aqui. — Ryan fala com calma, mas deixa transparecer um tom de raiva e ódio por si mesmo.

— Mas pode ter! Talvez tenha! Olha só, talvez eu possa... — Paro de falar.

— Pode o quê? — Ryan inclina a cabeça, totalmente alerta.

— Eu...

Ai, meu Deus. Ai, meu *Deus*. Tomo um gole de vinho, tentando ganhar um pouco de tempo, tentando compreender os pensamentos contraditórios que passam pela minha cabeça. Um segundo atrás, eu nem cogitaria a *possibilidade* de fazer uma coisa dessas, de cobrar essa "dívida", e agora estou pensando em fazer exatamente isso. Estremeço só de vislumbrar a ideia. Eu achava que só gente interesseira fosse capaz de fazer uma coisa dessas. Não... Nunca vou fazer isso. Jamais.

Mas, pensando por outro lado, será que estou sendo tola? Será que *realmente* salvei milhões para Sebastian? Talvez ele deva *mesmo* fazer alguma coisa por mim. Algo grandioso.

Além disso, Ryan seria um ótimo funcionário. Ele é inteligente e experiente, já passou por tanta coisa, merece uma chance — e o que ele disse é verdade: talvez não consiga essa vaga pelo processo seletivo. O mundo é cruel. E, se eu não fizer alguma coisa, ele vai voltar para Los Angeles antes que a gente tenha a chance de...

Enfim, se Sebastian não concordar, pode dizer que não. Esse último pensamento me enche de coragem. Ele pode dizer que não vai atender meu pedido.

— Vou falar com ele — declaro num impulso e tomo outro gole de vinho antes que eu mude de ideia.

— Você... — começa Ryan — é uma estrela. — Ele se inclina para me beijar de um jeito que me faz ver estrelas. — Uma verdadeira estrela, Fixie. Um brinde a Fixie! — Ele ergue a taça para brindar e de repente estou radiante.

— O que houve? — pergunta Leila, entrando na cozinha com o maço de cigarros de Jake em uma das mãos.

— Fixie conseguiu um emprego pro Ryan — conta Jake, sorrindo para mim de modo carinhoso.

— Fixie! — exclama Leila. — Você é demais!

— Não é? — concorda Ryan, me abraçando.

Sinto-me acolhida e radiante, feliz com a aprovação de todos. É tão estranho isso. Tão *lindo*. Ryan me beija novamente — e, dessa vez, sua mão se aproxima da minha coxa —, e qualquer sombra de dúvida que ainda restava vai embora. Vou arrumar um emprego para Ryan e ele vai me amar por causa disso. Jake vai ficar impressionado... Todos vão ficar felizes!

Depois que termino de arrumar a cozinha, assistimos a um pouco de TV — mas não consigo me concentrar. Estou ciente demais da presença de Ryan ao meu lado no sofá, sua coxa roçando na minha, o braço apoiado no meu ombro. Será que nós estamos juntos de novo? De verdade?

— Bom, a gente já vai — avisa Jake quando o programa termina, e Leila se levanta na hora. — Você vem com a gente, Ryan?

— Acho que não. — Ryan dá um discreto apertão no meu ombro. — Vou ficar mais um pouco. Tudo bem pra você, não é, Fixie?

— Claro — concordo, com a voz um pouco grossa. — Claro. Por que não?

Não sei como estou conseguindo parecer tão calma quando na verdade meu cérebro está gritando: "Ele vai ficar! Está mesmo acontecendo!"

Será que é melhor eu tomar um banho rápido?

Não. *Não* saia do lado dele.

Ai, meu Deus. Já faz mais de um ano. Será que ainda sei o que fazer?

— Beleza. — Jake olha para nós dois com as sobrancelhas franzidas, e Leila se aproxima de mim para me dar um beijo de despedida. Os olhos dela estão brilhando. Então ela olha para Ryan, depois para mim.

— Fixie, você está linda — sussurra ela em meu ouvido. — Mas deixa eu só... Seu cabelo... — Sinto um puxão no couro cabeludo e, em seguida, ela está passando batom na minha boca. Ela está me *retocando*? É isso mesmo?

— Valeu, Leila.

Não consigo evitar um sorriso, e ela aperta minha mão, parecendo animada, como se quisesse dizer "boa sorte".

Agora que eles foram embora, somos só nós dois. Finalmente. Ficamos em silêncio, então Ryan me beija. É um beijo de verdade, profundo, e uma de suas mãos envolve minha cabeça. Sinto todo o meu corpo corresponder. Relembrando. *Meu Deus,* como senti falta dele.

Eu não tinha noção de que estava tão desesperada. Duas lagriminhas ameaçam escorrer pelo canto dos meus olhos e pisco rapidamente para afastá-las porque não quero que Ryan ache que estou levando as coisas a sério demais. Não estou. É só porque achei que isso nunca mais fosse acontecer de novo.

Fico ofegante porque ele consegue estar ainda mais gostoso do que antes. E bem mais forte. Os bíceps estão o dobro do tamanho do ano anterior. Passo a mão pelo peitoral largo e definido e sinto uma onda de desejo tão forte que mal posso respirar. De alguma forma, consigo murmurar:

— Vamos pro meu quarto?

Ele balança a cabeça e nós saímos da sala.

— A sua cama é grande? — pergunta ele, me provocando, e me dou conta de que Ryan nunca esteve no meu quarto. No ano passado, ele ficou hospedado no apartamento de um de seus amigos ricos da indústria cinematográfica, no Canary Wharf. Passamos o tempo todo lá, em uma luxuosa cama super king.

Bem, minha cama não é tão grande, mas pelo menos troquei os lençóis ontem.

— É grande o suficiente.

Dou um sorriso, o puxo para meu quarto e nós caímos na cama. Estamos nos beijando e rolando de um lado para o outro. Ryan está tentando abrir minha blusa e eu estou lutando para desabotoar a dele ao mesmo tempo. Nossos dedos ficam se esbarrando e começo a rir.

— Tudo bem — diz ele, se sentando na cama e olhando para mim de um jeito provocante. — Já chega. Um de cada vez.

Ele tira a camisa e ofego diante da visão do tórax bronzeado e musculoso. Ele é *incrível*. Reparo que ele se olha no espelho do outro lado e o elogio:

— Dá pra ver que você anda malhando.

Ele faz que sim com a cabeça.

— Levanto 100 quilos todos os dias.

— Hum — digo, tentando soar impressionada. — Incrível!

Não entendo muito sobre levantamento de peso, mas isso parece muita coisa. Eu tenho um par de halteres, mas eles pesam só 5 quilos cada um. Como ele consegue levantar 100? Será que precisa de ajuda? Estou quase perguntando se alguém o ajuda quando percebo que é melhor não falar nada.

— Incrível mesmo! — repito. — Você está muito gostoso.

— Você está mais — elogia Ryan tirando minha blusa. — Nossa, senti sua falta, Fixie. Você devia ter ido pra Los Angeles comigo. Talvez tudo tivesse sido diferente.

Olho para ele, chocada. *Eu* devia ter ido para Los Angeles? Ele nunca me convidou. Se tivesse, eu teria aceitado num piscar de olhos.

— Não me lembro de ter sido convidada — digo em um tom de brincadeira.

— Eu nunca devia ter deixado você. — Ele balança a cabeça. — Esse foi meu maior erro. Você e eu, nós somos ótimos juntos. — Ele passa a mão carinhosamente pelo meu corpo. — Você e eu, a gente funciona junto. Não acha?

Quero gritar: "Claro que acho que a gente funciona! Claro que sim!" Ainda bem que não sou tão sem noção assim. Só um pouquinho.

— Bem, nós estamos juntos agora — digo, com a voz rouca. — Vamos aproveitar... O momento.

Então eu o puxo para a cama, e ele se aproxima querendo me beijar, mas para.

— O que é aquilo? — pergunta ele, curioso, olhando por cima do meu ombro. Acompanho o olhar dele e congelo de pavor. *Merda* Como pude ser tão *idiota*?

O que acontece é que nós nos acostumamos com o nosso quarto. Você se habitua com a cor do abajur, com o rangido da porta do armário e com a pilha de livros em um canto e um belo dia para de notar essas coisas. E você também esquece que tem uma pilha de coisas da época da escola perto do banco da janela, inclusive um porta-retratos com uma foto de... adivinha quem?

— Sou *eu*? — Ryan se inclina, pega a foto e fica olhando para ela, fascinado.

— Ah! Isso. — Dou uma risadinha. — Acho que é. Ainda tenho um monte de coisas da época da escola...

Fico esperando um comentário sobre eu ter um porta-retratos com uma foto dele, mas Ryan não fala nada, fica apenas olhando para a imagem em silêncio. Eu tirei aquela foto. Ele e Jake apoiados no muro da escola. (Cortei o Jake.) Ryan está sorrindo, a gravata do uniforme está torta e as mangas, arregaçadas. O cabelo está brilhando. É a perfeição num tom de dourado.

— Eu nem tinha músculos naquela época — comenta ele por fim, franzindo as sobrancelhas. — Eu era magro como um palito!

— Você era lindo — digo e passo as mãos pelas costas dele, mas ele parece não notar, então estende a mão para pegar um DVD com uma etiqueta em que está escrito "Piquenique do Jake".

Ai, meu *Deus*.

— É o nosso piquenique? — pergunta ele, sem acreditar, já tirando o DVD da caixinha. — É um vídeo do piquenique mesmo?

— Hum... É — admito. — Eu filmei o jogo de futebol.

O piquenique no parque é uma tradição da nossa escola — todos os formandos vão para lá depois do último dia de aula para jogar futebol, tomar cerveja e curtir. Os moradores da região sempre escrevem para o jornal local relatando que o evento é um horror. Não era nem para eu estar lá, mas fui escondida com Hannah e filmei tudo. Bem, filmei o Ryan, basicamente. Eu não sabia se o veria de novo algum dia.

— O jogo de futebol. — Os olhos dele se iluminam. — Eu me lembro disso. Vamos assistir.

Demoro um pouco para perceber que ele está olhando para minha TV.

Ele quer assistir *agora*? Ryan só pode estar de *sacanagem* com a minha cara!

Não. Ele não parece estar.

Bem, acho que posso esperar um pouco para transar. Não é como se eu estivesse desesperada. (Mas eu *estou*. Estou *mesmo*.)

Ligo o DVD e esperamos em silêncio por alguns instantes — então, de repente, estamos assistindo a um dia ensolarado, 14 anos antes. O parque está lotado de formandos deitados na grama, tomando cerveja e jogando futebol. Alguns rapazes estão sem camisa, como

Ryan, que está jogando futebol, segurando uma latinha de cerveja, rindo e brincando, ou seja, sendo o que ele sempre foi: o menino de ouro da escola.

Eu me lembro de quando fiz o vídeo, avançando discretamente pela lateral do campo com a câmera que peguei emprestada com minha mãe. E de assistir à gravação depois, várias e várias vezes.

— Ah, Fixie — comenta Ryan com um suspiro profundo e repentino. — Como foi que chegamos até aqui?

Olho para ele e sinto um aperto no coração. Ryan está com a testa franzida, em uma expressão melancólica que reconheço das noitadas com Jake regadas a álcool. É a expressão que diz *Como fiquei tão velho?*, que leva diretamente para *O que eu fiz com a minha vida?*

Bom, para ser bem honesta, eu também penso nessas coisas — todo mundo pensa. Mas a gente não está aqui agora para pensar sobre como a nossa vida está uma merda, estamos aqui para *transar*.

— Estou *feliz* por estar aqui com você — comento, em tom encorajador. — Estamos juntos... Você vai conseguir um ótimo emprego... Tudo vai se acertar.

— Você acha mesmo? — Ele está vidrado na tela da TV; não consegue parar de olhar para sua imagem mais jovem, magra e livre.

— Claro! Você é o Ryan Chalker! — exclamo, tentando animá-lo. — Sabia que só de ouvir o *nome* Ryan Chalker eu já ficava arrepiada? Eu via você passando pelo corredor e quase desmaiava. E não era só eu. Todas as garotas da escola se sentiam assim. Todas as *pessoas* na escola, na verdade. Você sabia que todo mundo tinha uma queda por você, né? Até as professoras.

A expressão no rosto dele se suaviza um pouco, e sua mão volta a acariciar minha perna.

— Então... O que você achava de mim? — pergunta ele. — Tipo, do que você gostava?

— Eu gostava de tudo. Do seu cabelo, da sua risada... Você era tão forte...

— Não tão forte como sou agora. Eu nem malhava naquela época.

— Ele começa a me beijar de novo, de forma mais intensa, e sussurra no meu ouvido: — O que mais você achava?

— Eu achava que você era tipo um astro do rock. Que, se você me chamasse pra sair, eu ia *morrer* — confesso com sinceridade, e Ryan dá uma risada.

— O que mais? — pergunta ele, me puxando mais para perto.

Percebo que ele está ficando excitado com minhas revelações, então continuo falando:

— Lembro que eu pensava "Meu Deus, é o Ryan! Ele é o cara mais sexy da escola!". E tudo o que eu queria era beijar você, mas você nunca nem me notou porque era, tipo... Ryan, o Deus do Sexo.

— E o que mais?

A respiração dele está mais ofegante agora. Ele está tirando minha calcinha. Percebo que sabe o que está fazendo.

— Eu levantava minha saia sempre que você passava — improviso, apressada. — E assistia às partidas quando você jogava basquete... E... E você era tão maravilhoso que eu queria ser a bola...

Não, espere. O que estou dizendo? Isso não faz sentido. Mas Ryan não se importa.

— O que mais? — pergunta ele, ofegando enquanto penetra em mim.

Tudo bem, é quase impossível tentar pensar em coisas sensuais para dizer enquanto Ryan está se movendo ritmicamente dentro de mim. Minha mente não quer pensar, quer apenas se render às sensações. Mas preciso continuar falando.

— Aquela vez que a gente foi à praia — consigo dizer. — Você estava tão lindo, e todas as garotas ficaram babando por você...

— O que mais?

— Você era tão sexy... Tudo em você era incrível... — Não consigo pensar em mais nada. — Hum... E os seus óculos de sol...

— E o meu carro? — Ele ofega, o rosto contraído.

— Isso! — Exclamo, grata pela ideia. — Seu carro! É claro. Como eu adorava o seu carro. Era sexy, e esportivo e... Comprido. E sexy — repito, para garantir. — E... E... duro... — Estou tentando pensar em mais uma palavra. — E latejante — acrescento em uma onda repentina de inspiração. — Era um... Carro tão latejante.

— Ai, meu *Deus!* — Ryan goza com um gemido e relaxa em cima de mim como um peso morto.

Não me atrevo a me mexer pelo que parece ser meia hora.

— Caramba — diz Ryan, por fim, saindo de cima de mim.

— Não é? — pergunto, baixinho, porque não tenho dúvida de que "caramba" descreve muito bem o que ele quis dizer, seja lá o que tenha sido.

Ficamos em silêncio por alguns minutos. Ryan fica olhando para o teto e de repente suspira.

— Você me faz muito bem, Fixie. Eu já disse isso pra você antes?

— Já. — Não consigo evitar o sorriso. — Algumas vezes.

— Tem muita merda acontecendo na minha vida. Preciso de você pra me ajudar a lidar com toda essa loucura, sabe? — Ele se vira para olhar diretamente para mim. — É disso que eu preciso. Eu preciso de você.

Os olhos azuis dele estão desarmados. O rosto, sincero. Ele está brincando com uma mecha do meu cabelo, e sinto que estou derretendo por dentro porque Ryan precisa de mim. Não da garota de Los Angeles com um corpo perfeito, mas de *mim*.

— O mundo é difícil — começo, tentando pensar em algo significativo para dizer. — Mas vamos conseguir sobreviver às dificuldades juntos.

— Tomara.

Ele se vira e me dá um beijo na ponta do nariz, se levanta da cama, enrola uma toalha em volta da cintura e segue para o banheiro do corredor enquanto fico na cama, ainda ligeiramente surpresa.

Aconteceu! Nós transamos. Estamos juntos! (Eu acho.) Eu sou boa para ele. Então ele *definitivamente* é bom para mim.

Tudo bem. Agora nós só precisamos *continuar* juntos.

E, sim, sei que estou pensando demais. Eu deveria aproveitar o momento. Deveria relaxar e curtir o fato de que Ryan e eu estamos juntos. Nada mais, nada menos.

Mas eu sou a Fixie. Essa sou eu. Não posso evitar: minha mente já está lá na frente, fazendo planos.

Não consigo suportar a ideia de perder o Ryan novamente, como da última vez. Ele precisa ficar em Londres. Nós precisamos passar um tempo juntos. Precisamos ter uma chance de nos entrosar, de nos conhecer, de sair juntos e nos tornarmos um casal de verdade. Mas Ryan não vai ficar em Londres a não ser que eu consiga um emprego para ele. Tudo depende só disso. *Tudo.*

E, enquanto estou deitada aqui, ouvindo Ryan abrir o chuveiro, começo a sentir uma apreensão gigante. Não consigo acreditar que minha futura felicidade depende de algumas palavras escritas em um protetor de copo de papelão.

Mas e se não der certo? E se a vaga já tiver sido preenchida?

E se Sebastian disser que aquilo foi só uma brincadeira e que não estava falando sério?

Mas ele disse de novo hoje mais cedo que me devia um favor. Tento me acalmar. E ele parecia estar falando sério. Mas e se não estivesse? E se ele tiver um tipo estranho de senso de humor?

E se Sebastian disser que aquela oferta *não* foi uma brincadeira e que ele *estava, sim,* falando sério e que ainda *estão precisando* de alguém... E, mesmo assim, a resposta for "não"?

Bem. Então vou ter de convencê-lo. Isso é tudo o que me resta.

# NOVE

Não costumo ficar com as pernas bambas. Assim... Literalmente trêmulas. Mas quando viro na Clerkenwell Road, parece que elas de repente vão ceder até eu cair sentada na sarjeta.

Estou usando roupas que pareceram adequadas para uma reunião com um gerente de investimentos: uma saia lápis, uma camisa de botão e um *trench coat* que peguei emprestado com Nicole, da época em que ela trabalhou, por um curto período, como assistente pessoal. O casaco é quente demais para o clima de agosto, mas pareceu bem adequado para a ocasião, e os sapatos de salto alto estão espremendo meus dedos. Ao caminhar vestida dessa forma, sinto que isso tudo é um pouco surreal. Eu vou fazer isso mesmo? Vou pedir um emprego que vale milhares de libras com base em uma anotação em um protetor de copo de café?

A sede da AISE fica neste endereço há dois anos. Antes disso, o escritório ficava na outra quadra. E antes disso ainda, a empresa operava no apartamento de Sebastian Marlowe, em Islington, e ele preparava macarrão para a equipe toda sexta-feira à noite. Li isso em um artigo na *MoneyWeek*.

Li um monte de coisas sobre a empresa, na verdade. Descobri exatamente o que a AISE faz (investe em empresas e fundos para pessoas físicas e jurídicas). Sei exatamente qual é o objetivo deles ("ajudar os clientes a montar portfólios com alto comprometimento ético, social e ambiental"). Procurei o que Sebastian Marlowe faz (ele basicamente administra tudo).

Depois de descobrir tudo isso, fiz algo por impulso: procurei Sebastian Marlowe no YouTube. Só que eu não estava esperando encontrar o que vi. Se bem que nem sei o que estava esperando. Bom, com certeza não era um vídeo dele de pé em uma grande reunião de acionistas, falando sobre os salários dos executivos.

O título do vídeo era "Sebastian Marlowe chama a diretoria da Roffey Read na chincha". Lá estava ele, segurando um microfone, seu cabelo cheio esvoaçando ao redor do rosto enquanto ele falava em um tom comedido sobre como era injusto que *Sir* Keith Barrowdine fosse receber um pagamento de 8,9 milhões de libras, enquanto seus funcionários de cargo mais baixo tinham de sobreviver com um salário mínimo. Então, ele começou a falar que aquela empresa já tinha sido nobre e relembrou que ela costumava fornecer casas aos seus funcionários e se responsabilizava pela qualidade de vida deles. Perguntou quantas pessoas na diretoria faziam ideia das condições de moradia dos trabalhadores com os salários mais baixos. (Ele recebeu vários aplausos nesse momento.) Então, perguntou se era coincidência que muitos dos funcionários com salário mais baixo fossem mulheres. Depois contou que representava um grande número de investidores que se sentiam da mesma forma, pois a diretoria tinha incorporado hábitos antigos e tóxicos e que eles deveriam ficar atentos a isso.

Foi bem empolgante.

Passei pelos vídeos e havia mais uns dois com conteúdos semelhantes, em reuniões diferentes. E, depois, encontrei uma entrevista dele no *Financial Times* relatando como a empresa havia surgido.

Ele contou que tinha perdido a família inteira quando ainda era muito novo. O pai morreu quando ele tinha 10 anos, depois a mãe, quando ele estava com 18. Então, seu irmão mais velho, James, caiu de moto há dois anos. Mas essas tragédias pessoais não acabaram com ele, dizia a matéria, pelo contrário, o fizeram amar a vida e lhe deram sede de justiça. Dizia ainda que seus colegas o descreviam como uma pessoa equilibrada e compassiva e ainda havia uma foto dele com a legenda "O guerreiro de Clerkenwell".

E isso tudo deveria fazer com que eu me sentisse melhor, porque ele claramente é uma boa pessoa. Mas, na verdade, eu me senti ainda pior. Porque aqui estou eu, tentando trapacear para conseguir um emprego na empresa dele. Tudo bem, não é exatamente uma trapaça. Mas que parece, parece. Meu plano parece um pouco ardiloso, *ganancioso*.

Ou... será que é mesmo?

Desde que decidi fazer isso, há quatro dias, minha mente fica dando voltas. *Seja justa,* penso. Essa é a máxima que guia meus passos. Mas o que vem a ser justo nesse caso? Ora penso que *estou* sendo justa. Que estou no meu direito. Afinal, ele me deve isso. Ora eu me pergunto: "Ai, meu Deus, o que estou fazendo? Salvei o laptop de um cara e, em troca, ele tem que arrumar um *emprego* para o meu namorado? Como isso pode ser justo?"

Mas ele insistiu que queria me recompensar, não foi?

E talvez eu tenha *mesmo* salvado milhões de libras para ele.

Enfim, tanto faz agora. Já estou a caminho. Tenho uma reunião com ele em cinco minutos. E o pensamento que me dá forças para continuar é: "Ryan precisa disso." O que significa que eu também preciso.

Ryan ficou esperando no Starbucks da esquina. Antes de eu sair, ele me deu um abraço e disse:

— Esse é o primeiro passo pra um novo começo. Dedos cruzados, Fixie.

— Isso — respondi, respirando fundo para me acalmar.

Ele sorriu para mim e afirmou:

— Você vai conseguir.

Então ele me encarou com aqueles olhos azuis, do jeito que eu sonhava fazia *anos*. Não surtei, apenas sorri e respondi:

— Espero que sim!

Mas, por dentro, senti uma explosão de amor. Depois de tanto desejar, aqui estava Ryan, comigo. Confiando seu futuro a mim. Estávamos juntos, éramos parceiros. Estava acontecendo tudo o que sempre desejei.

Enquanto caminho, olhando para os prédios de escritórios, relembro meus últimos dias. Ryan e eu nos vimos todos os dias, na minha casa, e percebo que alguma coisa realmente mudou entre nós, e de um jeito bom. Nossa *vibe*. Nossa *ligação*. Ele confia em mim, pede conselhos. Sempre que chega perto de mim ele me abraça pelos ombros ou me puxa para o seu colo. Parece que estamos mais próximos do que nunca.

Mas a pergunta que não para de martelar na minha cabeça é: será que temos um futuro viável juntos? E a resposta está bem aqui, no escritório de Sebastian Marlowe.

Abro a porta, subo a escada até o primeiro andar e lá está o balcão da recepção com as letras AISE em verde no fundo branco. Vejo um espaço aberto com pessoas sentadas diante de computadores e ouço o burburinho de uma conversa atrás da porta. A recepcionista é uma mulher de meia-idade com ar maternal, que abre um sorriso caloroso e amigável para mim quando me vê.

— Olá — eu a cumprimento no meu tom mais confiante. — Meu nome é Fixie Farr. Tenho uma reunião com Sebastian Marlowe.

— Ah, sim — diz ela. — Ele está esperando você. Aceita uma xícara de café?

— Por favor. Seria ótimo.

Então sou levada até uma sala de espera, quando a porta bem à minha frente se abre... e lá está ele, bem mais alto do que eu me lembrava. O cabelo cheio brilhando sob um raio de sol. Os olhos de floresta cintilaram ao me ver. Um sorriso amigável no rosto.

— Oi. Você veio.

— Sim. — Não consigo evitar um sorriso.

— Bom, entre! — Ele faz um gesto indicando a porta e eu o sigo até um escritório que me faz relaxar na hora.

Não sei se é a arte moderna ou o sofá de couro gasto, mas parece um lugar acolhedor apesar dos três computadores. Há uma estante de livros em uma das paredes, algumas plantas e um tapete antigo. O lugar parece aconchegante.

— Vou preparar um café — anuncia Sebastian. — Se você quiser. — Ele olha para mim com as sobrancelhas franzidas. — Ou posso preparar um chá...

— Café está ótimo. Mas a recepcionista disse que ia...

— Ah, sim. — Ele sorri daquele jeito amigável novamente. — Mas ela torceu o tornozelo e não pode se esforçar muito. Não que ela obedeça. Você não se importa, não é?

— Claro que não.

Quando ele sai do escritório, vou até a estante de livros. Assim como o restante da sala, ela tem muita personalidade. Há livros sobre negócios, romances e esculturas de aparência étnica. A última prateleira está vazia, a não ser por dois vasos modernos. Eu os avalio e sinto aquela sensação familiar tomar conta de mim. O vaso à esquerda está torto, e já estou me coçando para ajeitá-lo.

Não é da minha conta, digo com firmeza para mim mesma. Os vasos não são meus. Não são problema meu. Pare de ficar olhando.

Ai, meu Deus. Mas não consigo parar de olhar para o vaso. Meus dedos começam a fazer aquela *coisa*, tamborilar uns contra os outros. Como alguém consegue viver com esse vaso torto? Será que ele não notou? Será que isso não o incomoda? Enquanto estou olhando para o vaso irritante, meus pés começam a se mexer. *Para a frente, para trás, para a frente, para trás.* Seria tão fácil ajeitar isso. Levaria só um instante. Na verdade...

Não consigo me segurar. *Preciso* ajeitar isso. Dou um passo para a frente, ergo a mão e o empurro para o lugar, quando ouço a voz de Sebastian atrás de mim:

— Ninguém nunca toca nesses vasos desde que minha avó os colocou aí, um pouco antes de morrer

O quê? *O quê?*

Eu me viro, consternada, e vejo Sebastian atrás de mim, segurando duas xícaras de café.

— Ai, meu Deus, Sebastian. Sinto muito! — desculpo-me rapidamente. — Sei que não devia.... É só que... O vaso estava torto e isso estava me deixando louca, então tive que ajeitar. Esse é o meu defeito — acrescento, morrendo de vergonha. — Preciso consertar as coisas, só que acabo piorando tudo, mas...

— Talvez eu tenha exagerado um pouco — interrompe-me ele no meio da minha explicação. — O meu defeito é: eu gosto de pregar peças nas pessoas. Foi mal. E pode me chamar de Seb. — Ele dá um sorrisinho provocante e não consigo evitar uma risada, mesmo com meu coração ainda disparado de pânico. E se fosse verdade o que ele disse sobre a avó?

Ou se as *cinzas* da avó dele estivessem em um dos vasos? Fico até nervosa só de pensar nisso. E se eu tivesse entrado no escritório de um completo desconhecido e mexido nos restos mortais de um ente querido dele?

— Você parece preocupada — comenta Seb, olhando para mim com curiosidade.

— Estou pensando aqui... E se as cinzas da sua avó estivessem naquele vaso?

— Ah... — Ele balança a cabeça. — Bom, teria sido bem estranho mesmo. Felizmente, as cinzas da minha avó estão enterradas em uma igreja.

É a deixa para eu me sentar, mas não consigo parar de falar. Não sei o que está acontecendo comigo.

— Nós jogamos as cinzas do meu pai no mar — conto. — Foi um desastre. Nós as atiramos no mar, mas estava ventando tanto que acabou voltando tudo no nosso rosto, e minha mãe começou a falar: "Mike, vá pro mar agora. Você sabe que é onde quer estar." E então veio um cachorro correndo... — Paro de falar de repente. — Desculpa. Isso não é relevante.

Do nada me lembrei de que ele perdeu a família inteira. E aqui estou eu falando de cinzas. Cale a boca, Fixie.

— Bem — diz Seb depois de uma pausa. — Podemos começar?

— Sim! É claro. Desculpa.

Por que cargas-d'água fui mexer no vaso?, eu me pergunto quando ele me conduz para uma cadeira. Estou revoltada comigo mesma. Será que não consigo *aprender*? Será que não consigo *mudar*?

Sim, decido que sim. Eu sou *capaz* de mudar. E vou mudar. Da próxima vez que algo me incomodar, a não ser que seja uma coisa superimportante ou vital, vou ignorar. Vou simplesmente *ignorar*.

— Mas agora eu preciso saber — acrescenta Seb, enquanto se senta. — O que aconteceu com o cachorro?

— Nem queira saber.

Reviro os olhos, e ele ri. Aquela risada jovial da qual me lembro da cafeteria. Então fica em silêncio, olhando para mim, esperando que eu diga alguma coisa.

Acho que está na hora de revelar o que vim fazer aqui, mas continuo tagarelando.

— Gostei do seu escritório.

— Ah, que bom — responde ele. — Fico feliz com isso.

— Alguns escritórios parecem gritar "Tenham medo" — continuo falando desesperadamente. — Mas esse lugar parece dizer... — Olho em volta, procurando inspiração. — Ele diz "Vamos dar continuidade às coisas, tudo vai dar certo".

— Nossa! — Seb parece encantado com minha análise. — Gostei disso.

Tomo um gole de café, tentando ganhar tempo, e Seb toma um gole do dele também. Segue-se um daqueles silêncios cheios de expectativa.

Vamos lá, Fixie. Desembuche. É só *falar.*

— Bom... Acho que você me deve uma — declaro da maneira mais leve que consigo.

— Que bom! — Ele parece estar sendo sincero. — Era exatamente o que eu imaginava.

Uma pequena parte de mim relaxa. Ele não esqueceu, nem parece ofendido. Mas, por outro lado, ainda não ouviu o que eu quero dele.

— Tudo bem. Então... — Tomo mais um gole de café, novamente tentando ganhar um tempo. — Antes de tudo... Preciso fazer uma pergunta. Você estava falando sério?

— Claro que eu estava falando sério! — exclama Sebastian, parecendo surpreso. — Eu falei de coração. Tenho uma dívida com você e quero recompensá-la por sua generosidade da forma que eu puder. Você ainda tem o protetor de copo? — Os lábios dele de repente se curvam em um sorriso divertido.

— Claro que tenho! — Pego o pedaço de papelão na bolsa. — Quer ver?

Ele pega o protetor da minha mão e finge examiná-lo atentamente.

— Sim — diz ele por fim. — Declaro que esse documento é autêntico. — Ele desliza o papelão na minha direção pela mesa e olha diretamente para mim. — Então, o que eu posso fazer por você? — Os olhos dele se iluminam de repente. — Precisa de assessoria em algum tipo de investimento? Porque...

— Não. É outra coisa. — Sinto o estômago revirar, mas me obrigo a prosseguir. — Uma coisa... — Engulo em seco. — Uma coisa diferente...

*Ai, meu Deus. Vamos logo com isso. Diga.*

— Claro. O que você quiser. O quê? Escolheu o muffin com gotas de chocolate, no fim das contas? — pergunta ele, dando uma risada.

— Não, não quero um muffin — respondo, cravando as unhas na palma da mão, forçando-me a falar. — Não quero um muffin com gotas de chocolate. — Eu me obrigo a olhar diretamente nos olhos dele. — Quero um emprego.

— Um *emprego*? — Vejo a expressão de choque em seu rosto antes que ele consiga se recompor. — Desculpa — acrescenta ele, ao notar minha expressão. — Eu não quero parecer... Só não estava... Um emprego. Uau. Tudo bem.

Enquanto ele fala, consigo ver sua mente trabalhando. Consigo ver as engrenagens girando. Não preciso dizer *Você disse "qualquer coisa"*. Ele está ciente disso.

— Eu sei que é pedir muito — apresso-me a dizer. — Tipo, muito mesmo. Mas pensei que... Talvez a gente possa se ajudar. Eu ouvi você falando ao telefone lá no café... Reclamando que não conseguia encontrar a pessoa certa para um cargo júnior. Sei que você precisa de alguém dinâmico, que tenha experiência no mundo real, que não se importe de trabalhar duro, alguém que queira aprender, alguém que *não* seja um típico recém-formado... Uma pessoa diferente.

Enquanto estou falando, percebo a expressão dele mudar. Sebastian não está mais tão cauteloso, agora parece interessado. Ele se apoia na mesa e me encara como se estivesse me vendo pela primeira vez.

— Claro — concorda ele, decidido, assim que termino. — Mas é claro! Peço desculpas pela minha reação... Porque... O que eu estou pensando? Você seria perfeita para nós! Eu já vi como você reage frente a uma crise. Percebi que tem raciocínio rápido. Você é inteligente, positiva, é honesta. — Os olhos dele se desviam para os vasos e de repente se voltam para mim com um brilho de provocação. — Você *claramente* presta muita atenção aos detalhes... Acho que posso dizer, sem muitas delongas, que adoraríamos ter você na nossa equipe. Precisamos conversar sobre salário, é claro...

Estou ficando vermelha. Merda. *Merda.* Preciso esclarecer isso de uma vez por todas.

— Espera! — interrompo a onda de empolgação de Sebastian. — Não! Não é nada disso... Desculpa. Eu devia... Você não entendeu. — Esfrego as mãos no rosto, constrangida. — Desculpa. A culpa é toda minha. Achei que tivesse dito...

— Dito o quê?

— Não é pra mim. O emprego.

— Não é pra você? — pergunta ele sem entender. — Mas...

— Estou pedindo esse emprego pra outra pessoa. Um... Um amigo. — Pigarreio, tentando parecer confiante. — Estou transferindo a minha dívida.

A luz nos olhos dele se apagou. Ele fica em silêncio por alguns instantes. Por fim, diz:

— Mas eu quero recompensar *você*, e não outra pessoa.

— Você vai estar me recompensando. De verdade. Eu realmente quero fazer um favor a essa pessoa.

Ele olha para mim, depois desvia o olhar para o protetor de copo em cima da mesa. Consigo ver que ele está pensando.

— E o nosso trato por acaso prevê uma transferência? — pergunta ele, todo cuidadoso.

— Por que não? — respondo na lata, porque imaginei que ele fosse dizer isso. — Qualquer dívida pode ser transferida. Afinal de contas, existe todo um *mercado* para dívidas.

— Talvez. Mas isso não é necessariamente uma coisa boa.

— Enfim... É isso... É isso que eu quero. Por favor.

Ficamos em silêncio. O olhar de Seb é sério. Ele pega um grampeador e fica brincando, como se estivesse tentando postergar sua decisão.

— Ok, você quer que eu empregue um completo estranho — declara ele por fim.

— Eu sou uma completa estranha pra você — argumento. — E, há um minuto, você queria me contratar, não queria?

— Você não é uma estranha pra mim! Pelo menos... — Ele para no meio da frase, como se estivesse confuso em relação aos próprios pensamentos. De repente me pergunto se ele sente o mesmo que eu. Enquanto escutava a conversa dele ao telefone, pensava "Eu *entendo* esse cara". Talvez ele também se sinta assim em relação a mim.

Tipo assim, isso acontece com algumas pessoas. Às vezes você sente uma ligação instantânea com alguém. Por outro lado, com outras, mesmo depois de um milhão de anos de convivência, você nunca consegue entendê-las. (Tio Ned.)

— Então... Quem é a pessoa? — Consigo perceber que Seb está tentando ser otimista e justo. — Ela tem experiência na área de investimentos?

— Não é ela, é ele.

— Ah. — A expressão de Seb dá uma ligeira mudada. — Bom, ele tem experiência?

— Não. Mas não é exatamente essa a questão? Você disse que queria uma pessoa com experiência de vida no mundo real. Bem, ninguém tem mais experiência de vida do que o Ryan. Ele montou uma empresa que abriu caminho pra ele em Hollywood...

— Hollywood! — Seb parece surpreso.

— Ele tentou se estabelecer lá como produtor, mas achou que tudo em Los Angeles era muito desonesto. Muito *instável*. Ele adoraria aplicar todos os princípios de negócios que aprendeu em algo que valha mais a pena... E a sua empresa vale a pena. Vi alguns vídeos seus no YouTube. É tão inspirador ver você falando com aqueles diretores, fazendo todos repensarem sobre os salários que recebem.

Seb dá de ombros.

— Bom, é nisso que acredito.

— O Ryan também! — exclamo rapidamente. — Ele quer fazer diferença no mundo. Exatamente como você.

Espero ter dito o suficiente para convencê-lo, mas ele meneia a cabeça.

— Acho que estou com um pouco de dificuldade pra processar essa história toda — explica ele. — Um produtor de Hollywood quer um cargo júnior em uma empresa de investimentos? Quer trabalhar como pesquisador, ganhar um salário baixo e ter zero glamour? Desculpa se estou sendo um pouco cético, mas...

— Ele não é mais produtor de Hollywood — interrompo o discurso de Seb sem o menor constrangimento. — Ele perdeu tudo. Passou por maus bocados e sabe que tem que começar de novo, de baixo, e está disposto a aprender, arregaçar as mangas e colocar as mãos na massa... Ele precisa mesmo ser punido por ter tentado e fracassado? — Eu me inclino na direção de Seb, e o tom da minha voz fica mais alto quando volto a falar, entusiasmada: — Ele é muito talentoso, tem muito a oferecer... Mas está se sentindo derrotado. Ninguém quer dar uma chance a ele. Mas talvez você possa fazer diferente. Você pode mudar a vida dele pra sempre. E talvez isso valha a pena.

Ficamos em silêncio enquanto Seb digere minhas palavras.

— Você fez uma defesa e tanto — declara ele por fim. — Já pensou em ser advogada?

— Eu não sei escrever palavras difíceis — respondo com honestidade, e Seb solta uma gargalhada.

— Bem, você me convenceu. Posso conhecer esse... Ryan?

— Ele está esperando aqui perto — respondo, ansiosa. — Ele trouxe um currículo. Posso enviar uma mensagem pra ele vir para cá?

Mando a mensagem e ficamos em silêncio.

— Vou preparar mais um café — avisa Seb, se levantando.

Ele fica lá fora por um tempo e consigo ouvi-lo conversando na outra sala, mas não tento escutar o que ele está dizendo. Mantenho as mãos ao lado do corpo para que eu não corra nenhum risco de tentar ajeitar mais nenhum vaso precioso.

Estou agitada com a perspectiva de Seb e Ryan se conhecerem. Espero que Ryan seja honesto com Seb. Espero que ele não fique na defensiva e tente ficar se exibindo, como às vezes faz. Estou torcendo para que ele consiga mostrar seu lado verdadeiro e atencioso. O Ryan humilde que perdeu tudo e que aprendeu duras lições e quer recomeçar, não importa quanto tenha de trabalhar. O Ryan que eu conheço.

Eu me sobressalto quando Seb entra na sala novamente.

— Ele já deve estar chegando.

— Ótimo. — Seb dá um sorriso, mas não é um de seus sorrisos calorosos. Voltamos ao silêncio constrangedor.

Estou doida para que Ryan chegue logo e, quando ele finalmente passa pela porta, meu coração quase para. Com aquele bronzeado típico e o cabelo louro, Ryan parece um verdadeiro astro do cinema. Ele cumprimenta Seb com um sorriso sedutor e ergue a mão para um *high five*. Seb não responde ao gesto, mas estende a mão para um tradicional aperto de mãos profissional. Ryan nem pisca, simplesmente retribui o gesto como se fosse sua intenção cumprimentá-lo dessa forma desde o início.

— Então você é o homem misterioso — diz ele para Seb com seu charme de sempre.

— Acho que posso dizer o mesmo em relação a você — retruca Seb em tom simpático. Percebo que ele está determinado a se manter positivo e sinto uma onda de gratidão. Seb poderia ter me dispensado, mas está dando uma chance para o Ryan. — Fixie me disse que você está interessado em um cargo júnior aqui na empresa.

— Ah, a Fixie é assim mesmo. — Ryan dá uma risada. — Ela salvou a sua empresa ou sei lá o que, então acho que você tem uma dívida enorme com ela.

Eu me encolho por dentro e rapidamente retruco:

— Eu nunca disse isso!

— Bem, acho que podemos conversar — declara Seb. — Pelo que entendi, você trabalhou em Hollywood, não foi?

— Hollywood — repete Ryan fazendo pouco-caso. — Você já esteve lá? Se não, nem perca seu tempo. Aquilo lá é um ninho de cobras venenosas duas caras. Há um mês, eu estava no Chateau Marmont... Você conhece o Chateau Marmont?

— Infelizmente, não — responde Seb em tom educado.

Eu me encolho por dentro. Gostaria que Ryan não ficasse se gabando. Tipo, eu entendo. Ele está na defensiva e quer compensar de alguma forma, mas não precisa fazer isso. Olho para Seb, esperando que ele perceba que Ryan só está inseguro.

— Bem, foi quando tudo fez sentido. Eu entendi o sentido da minha vida. Em apenas um instante — diz Ryan, estalando os dedos. — Eu estava na cidade errada, no país errado, trabalhando na carreira errada. Tinha duas opções. Continuar insistindo naquilo... Ou largar tudo. — Ele estende os braços e olha diretamente para Seb. — Então, aqui estou eu, pronto pra recomeçar. Custe o que custar.

— Entendo. — Seb parece estar prestando atenção em tudo. — E você realmente acredita que uma empresa de investimento ético seja o lugar certo pra você?

Silêncio. Os olhos azuis de Ryan vão de Seb para mim, depois estudam a sala, como se ele estivesse pensando nas melhores palavras para dizer.

— Então — responde ele por fim. — Eu não sei. Não sei todas as respostas. Eu realmente achei que tivesse nascido pra produzir filmes, mas estava errado. Tudo o que posso dizer é que, se você me der uma chance, se você puder me ajudar a me reerguer... Vou retribuir oferecendo o meu melhor e nunca vou me esquecer disso.

Agora ele parece tão animado, tão humilde, que estou quase pulando de alegria. *Este* é o Ryan que eu amo — o Ryan honesto e sincero que passou por alguns perrengues, mas que não desiste.

A expressão no rosto de Sebastian se suavizou com o discurso de Ryan. É como se ele tivesse ficado tocado com aquelas palavras.

— Todo mundo pode esbarrar em um contratempo no caminho — diz ele. — E imagino que Hollywood não seja lá o lugar mais fácil de se trabalhar. Que bom saber que você está disposto a recomeçar. Tenho que dizer que você vai ter muito o que aprender...

— Eu vou adorar. Eu *quero* aprender. E sabe o que mais? Talvez o que eu aprendi no mundo do cinema também possa ajudar a sua empresa.

Seb fica em silêncio por um instante, avaliando Ryan de cima a baixo, então parece chegar a uma conclusão.

— Vou chamar a Alison, chefe de pesquisas, se você não se importa — avisa ele. — Tenho certeza de que ela vai adorar conhecer você.

— Então eu já vou — apresso-me a dizer. — Acho que vocês precisam conversar direito sobre... Tudo. Tenham uma boa reunião. E muito obrigada — acrescento, me dirigindo a Seb. — Muito obrigada mesmo. — Num impulso, pego o protetor de copo em cima da mesa, procuro uma caneta e escrevo "Pago", seguido da data. — Está mais do que pago — digo para ele. — *Muito* mais do que pago.

— Sou eu que agradeço. — Os olhos de Seb brilham quando ele lê o que escrevi. — Obrigado mesmo.

— Vejo você mais tarde — diz Ryan para mim. — Vamos nos encontrar no 6 Folds Place, né? Você é membro do 6 Folds Place? — pergunta ele para Seb. — Aquele clube particular só para associados?

— Não — responde Seb. — Esse tipo de lugar não é muito a minha cara.

— Claro — responde Ryan rapidamente. — É tudo muito falso.

— Mas eu *adoro* comida tailandesa. — Os olhos de Sebastian se iluminam, e ele se vira para mim. — Será que você pode me passar o nome daquele restaurante que mencionou outro dia?

— Claro! — respondo.

O cartão de visita ainda está preso ao protetor de copo com o número do celular dele, então rapidamente envio o endereço do restaurante para Seb. Sei que não sou eu que estou sendo entrevistada aqui — mesmo assim, sinto que, quanto mais útil eu for, melhor para Ryan.

— Obrigado — Sebastian me agradece com um sorriso. — Bem, vou buscar a Alison. Tchau, Fixie.

— Tchau — digo, e aperto a mão dele, me sentindo tímida de repente. — E obrigada mais uma vez. Muito obrigada mesmo.

Quando Seb sai da sala, olho para Ryan, sentindo uma explosão de felicidade. Ele conseguiu um emprego! Ele vai ficar em Londres!

— Você conseguiu! — sussurro para ele.

— *Você* conseguiu.

Ele abre um sorriso, olha em volta para checar se estamos mesmo sozinhos e me puxa para um beijo. Então fecho os olhos por um momento, permitindo-me relaxar pela primeira vez em dias. Chega de preocupações! Ryan está aqui para ficar!

E não quero bancar a carente. Não quero perguntar "E o que isso significa para nós dois?", porque não quero parecer insistente sem nem termos saído do escritório. Por outro lado, por que mais eu teria feito todo esse esforço?

— Então, acho que as coisas agora são... Diferentes? — arrisco. — Entre nós... Agora que você vai ficar...

Sinto um medo repentino de que Ryan diga "Como assim?" ou "Precisamos conversar", ou qualquer coisa brochante. Mas não. Em vez disso, ele segura meu rosto com as mãos, o brilho de alegria nos olhos dele reproduzem o meu.

— Acho que sim, Fixie — responde ele. E consigo ouvir a felicidade na voz dele também. — Acho que sim.

# DEZ

Já estive no 6 Folds Place algumas vezes com Jake, e é muito, *muito* luxuoso. Até mesmo os recepcionistas parecem chiques, todos arrumados e bonitos com camisa polo e uma expressão intimidadora que parece perguntar "Você tem certeza de que está no lugar certo, porque não parece ser uma de nós. Agora dê o fora daqui".

Na verdade, eles estão certos. Não sou um deles. Meu sapato de £19,99 entrega isso. Mas este lugar é o lar espiritual de Jake e ele me convidou, então esses caras vão ter de me aceitar. (E meu sapato também.)

Sei que Jake e Leila estão lá dentro, mas ainda não entrei. Estou na calçada escrevendo uma mensagem para Ryan, feliz e perdida em nossa troca de mensagens.

Está tudo dando tão certo que nem consigo acreditar.

Não tive notícias dele a tarde toda, então mandei uma mensagem para ele há alguns minutos: **Espero que tenha dado tudo certo na entrevista!** Instantes depois, ele respondeu: **Foi ótimo!**

Respondi: **Maravilha! Quando você menos esperar, já virou chefe!**

E eu ia parar por aí. Mas então pensei que talvez fosse mais fácil abordar o assunto por mensagem do que pessoalmente. Talvez eu devesse dizer tudo o que realmente gostaria de falar para ele. Assim finalmente tomei coragem e digitei: **E agora?**

Mandei também um complemento, para o caso de ele não entender o que estou querendo dizer:

**Onde você vai morar agora que tem um emprego? Porque o convite pra ficar lá em casa ainda está de pé.**

Mando a mensagem, mas, no minuto seguinte, começo a me questionar, preocupada, se não estou sendo insistente demais. Então mando mais uma mensagem: **Só se você quiser.**

Fico um tempo sem receber nada. Não desgrudo os olhos da tela, também não consigo respirar. Meu coração está disparado, e meus dedos, agarrados ao celular, esperando... Esperando...

Então de repente aconteceu! O milagre! Ele respondeu:

**Claro. Maravilha. Vamos fazer isso acontecer. Logo!**

Foi exatamente isso que ele escreveu. Li umas vinte vezes, para ter certeza. Ele quer morar comigo. Ryan Chalker quer morar comigo!

De certa forma, isso não é nenhuma surpresa. Sinto que as coisas entre nós estão mais sérias desde que ele disse que queria que eu tivesse ido para Los Angeles com ele. Mesmo assim, até então eu não tinha percebido que estava tão tensa; que tinha medo de estar interpretando errado os sinais dele. Mas a prova está aqui no meu celular. Preto no branco. Ele quer um compromisso sério. Quer levar as coisas para outro patamar. Ele quer tudo o que eu quero!

Eu deveria entrar no clube — já estou atrasada —, mas não consigo suportar a ideia de parar essa conversa, mesmo sabendo que Ryan está vindo para cá também. Meus dedos estão digitando freneticamente na tela do celular, enquanto abro meu coração:

**Ryan, isso é o começo de algo incrível. De uma vida nova. Você e eu. Estarei do seu lado enquanto você estiver construindo sua nova carreira. Vou ajudar você de todas as formas que eu puder. Pode levar suas coisas lá pra casa quando quiser. Vamos comemorar!!**

Envio a mensagem e não consigo resistir à tentação de acrescentar um PS: **Estou tão feliz!!!!**

Por fim, começo outra mensagem, sem palavras, só com um monte de emojis de tacinhas de champanhe brindando, casinhas e corações.

Adoro emojis. Eles simplesmente falam por si.

Finalmente guardo meu celular e sigo para a entrada, abrindo o sorriso mais radiante para o recepcionista mais intimidador. Ninguém vai conseguir me colocar para baixo. Ninguém vai ser capaz de romper minha bolha de felicidade. Ryan quer morar comigo! Ele quer intimidade. Ele quer estabilidade. E quer tudo isso logo. Ele mesmo digitou a palavra: **Logo!**

Quando entro no bar, respiro fundo e solto um suspiro feliz. Então vejo Leila e aceno para ela, que está linda em um vestido de seda marfim e escarpim Louis Vuitton de couro estampado. Estou usando o mesmo vestido preto de sempre, mas coloquei a calcinha de cetim que comprei no Natal, o que já é alguma coisa.

Sigo em direção ao local onde ela está sentada com Jake, mais uma vez encantada com a beleza do lugar. O tapete é macio, as cadeiras elegantes são pesadas e lustrosas e as luzes iluminam todo o salão. O bar é feito de cobre, e cada drinque custa umas £15, o que quase me faz desmaiar — £15 *por um copo de alguma coisa?* —, só que Jake disse que esta noite é por conta dele. Acho justo. Já que a escolha do lugar foi dele. Mas eu ficaria igualmente feliz se estivesse tomando uma garrafa de Pinot Grigio em casa. (E acho que Leila também.)

Quando cumprimento os dois, vejo que já tem uma garrafa de champanhe na mesa, e Jake me serve uma taça. Nós brindamos, e

Jake e Leila começam a resumir a conversa deles sobre um sofá que ele viu na Conran.

— Vou encomendar um — afirma ele. — O couro parece manteiga de tão macio. Você pode ir até lá ver, se quiser, mas já aviso que vou comprar.

— Acho que a gente podia procurar um sofá com um preço mais razoável — sugere Leila, mas Jake não quer saber de conversa.

— Eu não vou comprar uma imitação barata. Vamos comprar o verdadeiro.

Nunca fui à Conran, então nem posso comentar. Em vez disso, eu me recosto e fico admirando o lugar. A música pulsa no ar — e até esse som parece exclusivo, especial, como se existisse uma banda que tocasse só para milionários em clubes privados. Tudo aqui foi pensado para fazer com que você relaxe e se sinta feliz.

Para ser bem sincera, eu estaria relaxada e feliz onde quer que fosse. Estou mais do que feliz, estou eufórica. Não consigo parar de ler as mensagens no meu celular. *Ryan quer morar comigo, Ryan quer morar comigo...*

E, então, do nada, lá está ele, abrindo caminho entre as mesas Tento manter a calma, mas meu coração começa a acelerar no peito. Todas as mulheres se viram em seus lugares para olhar para o cara louro com a pele bronzeada e o sorriso hollywoodiano andando pelo salão. E ele está vindo na *minha* direção.

E Ryan está com um buquê de flores na mão. Nem nos meus sonhos mais loucos imaginei ganhar *flores*.

Ele me entrega o buquê de lírios elegantes em um papel de seda e diz:

— Fixie, você é incrível.

E então me beija.

— *Você* que é incrível — respondo, estendendo a mão para sussurrar algo fofo no ouvido dele, como namorados fazem, mas não dá tempo de falar nada porque ele já está se afastando para falar com Jake e Leila.

— Ryan! — exclama Leila, com um gritinho. — Eeee!

— Mandou bem, cara. — Jake e Ryan se cumprimentam com um *high five*, então Ryan olha para a garrafa de champanhe já aberta. — Acho que precisamos de algo especial pra comemorar essa vitória. — Ele estala os dedos para chamar o garçom, o que faz com que eu me encolha por dentro. Por que alguém faria uma coisa dessas? É tão grosseiro. Mas estalar os dedos é a cara de Jake.

— Uma garrafa de Cristal — pede ele ao garçom em tom imponente, e me forço a nem *olhar* o preço porque é capaz de eu desmaiar só de saber quanto custa.

— Você se lembra do último dia do ensino médio? — pergunta Jake a Ryan. — No dia que terminamos as provas, você gastou £200 em uma garrafa de Krug e nós fomos beber no jardim da sua casa. Lembra? Bem, aqui está meu agradecimento.

Eu também me lembro muito bem daquele dia, embora não confesse isso. Jake tinha prometido me avisar onde eles iam comemorar para que eu fosse também, mas não fez isso. E, quando voltou para casa, estava com o rosto vermelho e falando enrolado, e passou o resto do verão contando que tinha tomado uma garrafa de Krug de £200. Ele até usou isso como cantada. E funcionou com algumas garotas.

O garçom serve a Cristal em nossas taças e nós brindamos. Quando tomo um gole, várias perguntas se passam pela minha cabeça, uma a uma. O Jake realmente gosta de champanhe caro? Será que ele consegue mesmo notar a diferença? Será que alguém consegue, na verdade? Será que ele não fica abismado quando vê o preço da garrafa?

Não sei nada sobre a vida financeira do meu irmão, apenas que ele está se saindo "bem". Às vezes, acho que ele talvez seja milionário e só não contou para nós ainda.

— Então — digo com toda delicadeza para Ryan quando ele se senta ao meu lado. — Grande dia. Você foi demais.

— Eu sabia! — exclama Leila, dando tapinhas no joelho de Ryan. — Eu disse para o Jakey que tinha certeza de que você ia conseguir.

— Isso só serve pra mostrar que você pode, *sim*, dar uma guinada na sua vida — continuo, toda animada. — Por mais difícil que pareça, se você é humilde e está disposto a se adaptar e a trabalhar duro, você consegue.

— Trabalhar duro! — debocha Jake. — Está ouvindo isso, Ryan? Ei — continua ele, quando vê um cara bem-vestido no bar. — É o Ed ali. Vocês deviam se conhecer — diz ele para Ryan. — Vem comigo pra dar um oi.

Ele não sugere que Leila ou eu nos juntemos a eles, mas, para ser franca, fico feliz por isso. Então fico sentadinha ali, tomando meu drinque, observando Ryan conquistar o amigo de Jake na conversa.

— Pois é. — Ouço Ryan dizer. — Eu saí da indústria do cinema e entrei na área de investimentos. Me pareceu uma boa ideia. Sim, temos que ir aonde o dinheiro está!

Ele dá uma risada descontraída, seu rosto iluminado, e ergue a taça para um brinde.

Mal posso acreditar na transformação dele. Ryan está radiante. Entusiasmado. Confiante. Se ele parecia um leão ferido até alguns dias atrás, agora já não parece mais. Está mais para o rei da selva. Voltou a ser o garoto de ouro.

E fui eu que despertei isso. Eu, Fixie.

— É, eles me adoraram na entrevista... — conta ele. — E, é claro, eu dei uma grana pra eles...

O amigo de Jake ri, e sorrio enquanto tomo meu champanhe. Estou prestes a sugerir a Leila que a gente se junte aos meninos quando meu celular vibra. Eu o pego na bolsa para desligá-lo, mas vejo que é minha mãe ligando. Ela ligou!

— Oi, mãe! Espera um pouco, não dá pra falar aqui... — Eu me levanto e faço um sinal para Leila indicando que vou dar uma saída e ela acena com a cabeça.

Não falo com minha mãe desde que ela viajou. Ela mandou uma mensagem para avisar que tinha chegado bem, mas eu ainda não havia escutado a voz dela desde então. E, ao passar apressada pelo bar e chegar ao vestíbulo, percebo que estava doida para conversar com ela.

— Mãe! — exclamo, assim que posso falar. — Como estão as coisas?

— Ah, Fixie! — O tom familiar dela é música para meus ouvidos. — Está sendo maravilhoso. Queria que você estivesse aqui!

Ela diz isso sem nenhuma ironia. Mamãe nunca sai de férias. Nem deve *saber* que sua resposta é um clichê.

— Então você está se divertindo? — pergunto, sorrindo e desejando poder ver o rosto dela.

— É tão quente! — exclama, surpresa, como se esperasse que o sul da Espanha fosse frio. — Nós estamos bem perto da praia, e eu nado todos os dias. Ainda bem que comprei aquele maiô. E a comida é maravilhosa. Comemos bastante frutos do mar, eu só acho que a Karen exagera na sangria.

Eu me encosto na parede para escutar minha mãe contar como estão sendo os dias dela e a imagino nadando no Mediterrâneo, tomando sol e bebendo sangria com a irmã. Estou pensando com meus botões "Isso é o que ela deveria ter feito há muitos anos".

— ... E como estão as coisas na loja?

A pergunta dela me traz de volta à realidade, e sinto uma pontada de culpa. Não ando dando muita atenção à loja. Estava totalmente focada em Ryan.

— Tudo bem! — respondo automaticamente. — Tudo ótimo!

— Ned me mandou um e-mail dizendo que amanhã será a primeira reunião de vocês, não é?

— Isso mesmo.

— E está tudo bem com o Jake e a Nicole?

Penso em contar a ela que Nicole quer dar aulas de yoga... Mas, não. Melhor não a deixar preocupada. Eu resolvo isso sozinha.

— Tudo certo. Não poderia estar melhor!

Conversamos mais um pouco até minha mãe dizer que precisa desligar, então volto para o bar, mordiscando os lábios. Agora que o futuro de Ryan está resolvido, preciso focar minha atenção na loja.

Ryan ainda está no bar — ele é o centro das atenções, na verdade — e não nota minha presença. Espero até haver uma pausa na conversa e toco no braço dele.

— Ah, oi! — exclama ele, virando-se para mim. — Vou apresentar você pra esses caras.

— Não... Na verdade, se você não se importa, eu já vou indo. Amanhã é nossa primeira reunião de família sobre a loja e eu quero preparar umas coisas.

— Ah, tudo bem. Justo.

— Vejo você mais tarde então. — Aperto o braço dele. — Divirta-se!

— Mais tarde? — Ele olha para mim sem entender. — Como assim mais tarde?

— Bom... Achei que você fosse pra minha casa — comento também sem entender.

— Fixie. — Ryan dá uma risada perplexa. — Fixie, Fixie. O que você está querendo dizer? Que devemos *morar* juntos?

Por um momento, me sinto incapaz de falar. Meu cérebro não consegue processar o que ele está dizendo. Será que Ryan está brincando comigo? É claro que acho que devemos morar juntos. Acabamos de *conversar* sobre isso. Mas ele parece surpreso.

Fico olhando para ele, como uma idiota, me perguntando se por acaso ouvi errado. Ryan me puxa para longe do grupo com um suspiro.

— Está sendo ótimo... Eu e você temos — diz ele, apontando do peito dele para o meu. — É muito legal. Mas morar junto seria a *pior* coisa que poderíamos fazer agora. Precisamos ir devagar. Dar um passo de cada vez.

As palavras dele estão embaralhadas na minha mente. Nada daquilo estava fazendo o menor sentido.

— Mas e aquela mensagem? — insisto, como uma idiota.

— Mensagem?

— Sobre o futuro! Agora mesmo! Eu perguntei e você falou... — Pego meu celular para ler as palavras que ele escreveu. — Você escreveu: "Claro. Maravilha. Vamos fazer isso acontecer. Logo!"

— Eu escrevi isso, sim. — Ele dá uma risada. — Eu *quero* ser chefe logo.

Chefe?

*Chefe?*

Ai, meu Deus. Fico completamente arrasada quando me dou conta do que aconteceu. Ele estava respondendo *àquela* mensagem?

— Certo, mas e quanto à minha *outra* mensagem? — pergunto, tentando parecer tranquila. — O que você...? Tipo... Você achou...?

— Que outra mensagem? — Ele parece não entender. — A última mensagem sua que recebi foi sobre me tornar chefe. Por quê? O que você escreveu?

Ele não recebeu minha mensagem? Toda a minha euforia se baseia num *mal-entendido*?

— O que você escreveu? — repete Ryan, e sinto meu estômago se revirar, horrorizada. *Ele não pode saber o que eu escrevi.*

— Nada! — Finalmente solto um grito desesperado. — Nada. Não escrevi nada de mais. Nada mesmo. Não importa.

Minha cabeça está fervendo. Quero morrer.

— Então você entende o que quero dizer? — pergunta Ryan em tom gentil. — A gente está junto há, sei lá, cinco minutos. Seria ridículo se fôssemos morar juntos agora.

— Claro! Seria ridículo mesmo! — Dou uma gargalhada falsa. — Pode ter certeza quando eu digo que morar junto é a *última* coisa que eu quero. A *última*. Embora você tenha dito que teria gostado se eu tivesse ido pra Los Angeles com você — acrescento, sem conseguir me conter.

Ryan parece completamente surpreso.

— Fixie, Los Angeles é... — Ele para de falar como se não fosse nem capaz de encontrar uma palavra para definir aquela cidade. — Olha só, Fixie. — Ele olha no fundo dos meus olhos. — Quero um relacionamento sério com você. Sério *mesmo*.

— Eu também! — exclamo, me sentindo muito confusa.

— Então vamos com calma, está bem? — Ele olha para o celular. — Espera um pouco. Estou recebendo umas mensagens agora. Foram essas que você mandou?

Não. Nãããão. As mensagens estão chegando *agora*?

— Não precisa nem ler! — Minha voz beira o pânico. — Não era nada sério! Só coisas bobas... Chatas. Na verdade, por que você não deixa eu apagar tudo pra você?

Com o coração disparado, pego o aparelho da mão de Ryan. Ignoro seu olhar de espanto e começo a apagar cada uma das mensagens. Não consigo nem acreditar quando leio o que escrevi:

**Onde você vai morar agora que tem um emprego? Porque...**

Apagada.

**Ryan, isso é o começo de algo incrível...**

Apagada.

**De uma vida nova. Você e eu.**

Apagada.

**Estou tão feliz!!!!**

Apagada.

Apago todos os emojis também. Tudo apagado.

Quando entrego o celular de volta para ele, abro o sorriso mais radiante que consigo — mas por dentro estou arrasada. Sei que ele está certo. É claro que está. Não sei onde eu estava com a cabeça. Para que a gente consiga ter um relacionamento sério e duradouro, é melhor mesmo irmos devagar.

É só que...

Não temos como controlar os nossos desejos, não é?

— Então tá. A gente se vê por aí! — Eu me obrigo a falar como quem não está muito preocupada, como se eu não me importasse se a gente fosse se ver logo ou não. Como se isso não fosse nada de mais. Como se a gente nem se importasse se fosse se ver de novo ou não.

— Eu mando uma mensagem pra você — diz Ryan. — A gente se encontra logo. E valeu por hoje, linda.

Ele me dá um beijo gentil e hesito, sentindo um desejo desesperado de ficar. Mas eu disse que já estava de saída, e seria estranho mudar de ideia assim tão de repente. Pego minhas flores e, quando vou embora, tento listar cinco pontos positivos dessa situação.

1. Ele ainda quer ficar comigo.
2. Ele não leu minhas mensagens humilhantes.
3. Ele me deu flores.
4.
5.

Enfim. Três são o suficiente. O suficiente.

# ONZE

Tio Ned reservou uma mesa em um restaurante para nossa reunião. É um lugar chamado Rules, em Covent Garden, decorado com veludo vermelho e madeira escura, que serve ostras e carne de cervo. Quando olho o menu, fico desorientada diante dos preços.

— Uau! — exclamo. — Esse lugar é muito... Sofisticado. A gente costuma fazer as reuniões na loja, e a mamãe sempre leva sanduíches.

— Sua mãe gosta de simplificar muito as coisas — comenta tio Ned, em tom gentil. — É uma tática dela. Mas digo o seguinte: se você quer ser profissional, tem que *agir* como profissional. — E ergue a taça de gim-tônica para um brinde.

— Ok — digo depois de uma pausa, porque não quero começar a noite com uma discussão.

Mas não estou entendendo nada. Por que precisamos vir a um restaurante chique para conversar sobre a loja? Meu lema seria "se você quer ser profissional, então invista seu dinheiro profissionalmente. Ou seja, no negócio, e não em refeições caras".

Jake e Nicole parecem bem felizes. Eles pediram umas entradas de camarão e lagosta. Depois que todos nós fazemos o pedido, o tio Ned pigarreia para chamar atenção e declara:

— Antes de começarmos nossa pequena aventura juntos, gostaria de assegurar a vocês que só estou aqui pra ajudar. Pra *facilitar* as coisas, entendem? — Ele olha em volta com os olhos ligeiramente injetados. — Vocês não vão querer ouvir um velho como eu. Eu já entendi isso. Só estou aqui pra me certificar de que não vão afundar o navio. Ah, acho que vamos querer um Chablis — acrescenta ele para o garçom. Depois se vira para Jake. — Imagino que você tenha trazido o cartão de crédito da empresa, não?

— Ah, sim, claro — responde Jake na hora. — Pode deixar que eu cuido disso. Tudo na conta da empresa.

— Bom garoto — elogia tio Ned, tomando um gole do gim-tônica. — Bom garoto. Agora, como eu estava dizendo, estou aqui pra ajudar, pra ouvir, pra aconselhar.

*Para beber gim às nossas custas*, penso, mas na mesma hora me sinto mal. Minha mãe confia em tio Ned, então eu realmente deveria tentar fazer isso também. Ele negociou o contrato de aluguel da loja, deve ter um bom tino para os negócios. Preciso manter a mente aberta.

— Bom, posso começar então? — pergunta Jake. — Tenho várias boas ideias pra loja.

— Eu também tenho um monte de ideias — anuncia Nicole em seguida. — Um monte.

— O que não dá é pra loja continuar do jeito que está — acrescenta Jake.

— Não dá mesmo — concorda Nicole.

Olho para os dois desconcertada. Será que a loja precisa mudar *tanto* assim? É um negócio saudável. Mamãe nos deixou à frente para tocar o negócio, não para mudar tudo.

— Eu não tenho *tantas* ideias assim — digo. — Mas tenho algumas.

— Bem, vamos ouvir as suas ideias logo de uma vez, Fixie — decide tio Ned em tom generoso. — Assim já passamos por elas.

Passar por elas? Isso me parece tão condescendente que tenho vontade de responder "uma ideia boa vale mais do que cem ideias ruins!". Ou posso tentar impressioná-lo com um discurso comovente.

Mas está acontecendo de novo. Ver Jake olhar para Nicole revirando os olhos drenou minha confiança. Os corvos começam a se agitar na minha mente. Meus lábios já estão tremendo. Quando abro a boca, é como se não conseguisse respirar direito. Minha voz sai vacilante.

— Acho que podemos otimizar o estoque nos livrando da seção de artigos de lazer, talvez? — acrescento, hesitante. — E dos doces. Nós só trabalhamos com balas sortidas de alcaçuz. Isso não faz o menor sentido.

— Papai e eu éramos os únicos que gostávamos de balas de alcaçuz — comenta Nicole. — Ele costumava dizer...

Fico esperando para ver se Nicole vai terminar a frase. Quando fica claro que ela não vai, respiro fundo e continuo:

— Também acho que poderíamos abrir mão da parte de ferramentas. Sei que o papai amava essas seções, mas tudo nelas parece ultrapassado, e são as mercadorias que menos vendem. Acho que deveríamos nos concentrar em utensílios de cozinha e artesanato. Os clientes amam essas coisas, adoram compartilhar conselhos com outras pessoas e relatar suas experiências. E todo mundo sabe que pode confiar na Farrs. Poderíamos até tornar isso nosso lema: *Você pode confiar na Farrs.*

Estou ficando mais confiante à medida que falo; minha voz está soando mais forte. Na verdade, estou gostando de compartilhar minhas ideias.

— Vocês conhecem a Vanessa? A cliente da capa de chuva vermelha? — continuo. — Bem, recentemente ela ganhou um grande concurso de bolos, e todos os utensílios que ela usou foram comprados na Farrs. Ela foi à loja contar isso pra mamãe assim que ganhou. Foi o máximo! E esse mercado de confeitaria vem crescendo muito. Tenho alguns números, se quiserem ver... — Pego a pesquisa que imprimi ontem à noite e coloco a folha em cima da mesa. — Acho que podemos ganhar dinheiro com isso, mas temos que nos manter atualizados. Vamos ter que acompanhar todos os programas de culinária da TV pra oferecer o equipamento certo na hora certa. E nosso estoque poderia ser renovado com mais frequência. Alguns produtos ficam nas prateleiras por anos. Temos que dar um fim nisso.

Estou torcendo para que alguém comente alguma coisa sobre minhas sugestões, mas ninguém diz nada, e ninguém nem olha para minha pesquisa.

— Enfim... — continuo, sem me deixar abater. — Acho que devemos nos concentrar no nosso negócio principal e continuar construindo nossa reputação em cima das nossas maiores qualidades: credibilidade, valorização, ajuda prática. Todas as coisas com as quais o papai se preocupava. Todas as caraterísticas que a mamãe tem, que nós temos.

Olho em volta da mesa, esperando ver o mesmo entusiasmo no rosto de meus irmãos. Talvez pudéssemos até fazer um brinde em nome de nossos pais. Mas Jake está olhando para mim com o cenho franzido e Nicole parece que está sonhando acordada.

— Acabou? — pergunta Jake, assim que termino de falar.

— Acabei — respondo. — O que você acha?

— Sinceramente? — pergunta ele.

— É claro.

— Eu acho que esse é exatamente o problema — diz ele, batendo na mesa. — Como você pode pensar tão pequeno? Será que não consegue ser menos cafona? Que Vanessa e raio de capa de chuva vermelha? Pelo amor de Deus. — Ele balança a cabeça como se não estivesse acreditando nisso. — A gente precisa de um pouco mais de ambição. Precisamos melhorar, fazer parcerias estratégicas com grandes marcas.

— Nós vendemos mercadorias de grandes marcas — retruco.

— Qual? "Formas-de-alumínio-pra-velhinhas-ponto-com"? — debocha Jake. — Estou falando de *estilo de vida*, de mercadorias de *luxo*. A loja precisa ser totalmente repensada. Eu conheci um cara em Ascot no ano passado que trabalha com relógios Hannay. Tenho o cartão de visita dele. É uma pessoa com quem poderíamos fazer negócios. Tipo, teríamos que negociar antes de fecharmos acordos...

— Relógios Hannay? — pergunto, sem acreditar. — Você só pode estar brincando. Eles não custam, tipo, mil libras?

— Nós vendemos relógios — retruca Jake. — É uma evolução natural. — Ele se vira para tio Ned. — Você não iria *acreditar* nas margens de lucro.

— Jake, a gente vende relógios de cozinha — argumento. — Nenhum deles custa mais que 30 libras.

Mas Jake não está me ouvindo. Ele pega um folheto em sua pasta.

— Esse é outro cara com quem tenho conversado. Ele é de Praga. Jantamos algumas vezes e fomos ao cassino um dia desses.

— Trabalhar muito pra curtir muito, hein? — brinca tio Ned com uma risada.

Sinto que estou literalmente boquiaberta. *Cassino?* Quando mamãe e eu negociamos com novos fornecedores, fazemos isso em feiras comerciais ou tomando um cafezinho nos fundos da loja. Não em cassinos.

— De qualquer forma, ele é dono de uma empresa de artigos de papelaria — declara Jake, como se aquilo fosse a melhor coisa do mundo. — Produtos de primeiríssima linha. Acho que, se fizermos tudo direitinho, podemos ser os revendedores exclusivos na zona oeste de Londres.

— Bom trabalho! — aplaude tio Ned. — Isso é o que chamo de fazer contatos.

Folheio o livreto, tentando não demonstrar meu espanto. São os produtos de papelaria mais esquisitos que já vi na vida... Cheios de detalhes em dourado e cores bizarras... Cartões decorados com sereias malignas. Não consigo imaginar nenhum de nossos clientes comprando uma coisa dessas.

— Jake — começo. — Nossos clientes gostam de cartões alegres, com piadinhas. Ou bloquinhos fofos. Eles são práticos e têm um custo...

— Exatamente! — interrompe ele, frustrado. — Esse é o problema!

— Nossos clientes são o *problema*? — pergunto, encarando meu irmão.

— Tem muitos consumidores sofisticados, ricos e viajados em Londres — diz Jake de forma quase impetuosa. — Advogados, economistas, gestores. Por que *essas pessoas* não frequentam a Farrs?

— Na verdade, a Vanessa é juíza — digo, mas meu irmão não está ouvindo.

— Precisamos evoluir. Não podemos ficar parados no tempo — continua ele, agora irritado. — Londres é a cidade dos playboys internacionais. *Esse* é o público que precisamos atrair.

*Playboys internacionais?*

Não sei nem o que dizer. Tenho uma visão repentina de uma fila de playboys internacionais em seus ternos Dolce & Gabbana olhando nossas panelas e mordo o lábio.

— Precisamos pensar lá na frente — declara Jake. — Precisamos nos reinventar.

— Eu concordo — afirma Nicole, deixando todos surpresos. — Acho que devemos considerar a yoga. Vamos montar uma área dedicada à mente, ao corpo e ao espírito — conta ela para tio Ned. — Vamos ter aulas noturnas. E talvez, tipo, ervas... Sabe... — Ela para de falar e esperamos educadamente, até percebermos que é outra daquelas frases que nunca serão concluídas.

— Nicole — começo, na mesma hora. — Você já comentou isso comigo, mas não acho que seja uma ideia prática. — Eu me viro para Jake. — A Nicole quer se livrar de um monte de mercadorias pra ter espaço pra dar aulas de yoga. Mas precisamos das mercadorias, então não acho...

— Acho uma ótima ideia — interrompe-me Jake. — Aulas de yoga vão atrair os clientes certos. Gente que faz pilates, mães gostosonas, tudo isso.

— Uma *ótima* ideia? — Fico olhando para ele, horrorizada. Eu estava contando com Jake para dar um basta naquela loucura. — Mas não temos espaço pra isso!

— Podemos nos livrar de alguns expositores — argumenta Jake. — Começando por todas aquelas caixas de plástico. — Ele estremece. — Aquilo é a coisa mais deprimente que eu já vi.

— Poderíamos vender tapetinhos de yoga — sugere Nicole. — E blocos de yoga e essas coisas... — Ela acena com uma das mãos como se as palavras fossem supérfluas.

— Jake, as pessoas vão à nossa loja pra comprar potes de mantimentos — argumento, desesperada. — Elas sabem que temos uma boa variedade disso. — Sinto que estou quase surtando. Será que Jake e Nicole ao menos *conhecem* o nosso negócio? — Tio Ned, o que você acha? — pergunto. Não acredito que estou apelando para tio Ned, mas não tenho escolha.

— Acho que a área de bem-estar vem crescendo. Yoga parece estar em alta, não que eu entenda muito do assunto. — Ele dá uma risada. — O que eu *sugeriria* também é que, se vamos considerar atividades de lazer, então devemos pensar em pescaria.

— *Pescaria*? — Não consigo acreditar no que estou ouvindo. O que ele quer dizer com isso?

— As pessoas ganham dinheiro com pescaria. — Ele olha para nós de forma significativa. — Equipamentos de pesca. É uma área muito popular e em franco crescimento. Essa é a minha sugestão.

Nem sei o que dizer. Esse é o "tino do tio Ned para os negócios"?

— Pescaria — repete Jake, pensativo. — Acho que passa a imagem certa. A família real pesca.

Família real?

— Jake — começo, tentando manter a calma. — O que a família real tem a ver com a gente?

— Eu estou tentando pensar *grande* — irrita-se ele. — Estou tentando reinventar o nosso negócio. Olha pra Burberry. Olha pra...

Dois garçons estão se aproximando da nossa mesa com pratos, então Jake para de falar. Ele coloca o guardanapo no colo e me fulmina com o olhar. Sinto minha autoconfiança se esvair.

— E como vai a sua empresa? — pergunta tio Ned para Jake, enquanto o garçom serve a nossa entrada.

Meu irmão dá um sorriso discreto.

— Estou prestes a fechar um negócio maravilhoso com diamantes sintéticos. Brincos, colares, tudo isso. É um mercado que vai dar o que falar em breve.

— Diamantes sintéticos! — Tio Ned parece impressionado. — Realmente parece ser o negócio do futuro.

Ai, meu Deus. *Por favor*, não sugiram que a Farrs comece a vender joias de diamantes.

Preciso ser forte, digo a mim mesma com firmeza. Não posso ficar nervosa. Tenho que dizer o que penso. Então, depois que a comida e o vinho são servidos, olho para todos na mesa e reúno a coragem para falar.

— Acho que talvez o problema seja o fato de que não estamos todos na mesma sintonia — começo. — Parece que cada um enxerga a Farrs como uma coisa diferente. Talvez a gente precise fazer uma declaração de missão da empresa.

— *Exatamente* — concorda Jake. — Essa foi a primeira coisa sensata que você falou.

— Eu tenho papel — diz Nicole, tirando da bolsa um caderno cuja capa diz *Querer, Acreditar, Conseguir*. — Vamos escrever as nossas ideias e...

Ela entrega uma folha para cada um de nós, e Jake chama o garçom, que providencia algumas canetas.

— Não, não! — exclama tio Ned com uma risada quando Nicole lhe entrega uma folha. — Só estou aqui pra ajudar. — Ele coloca alguns camarões em uma torrada e dá uma mordida enorme nela. — Mas podem continuar! — acrescenta ele de boca cheia. — É uma ótima ideia. Ótima mesmo.

Ficamos em silêncio enquanto comemos e escrevemos. Jake termina em trinta segundos, Nicole parece estar escrevendo uma redação e fico riscando as palavras toda hora e começando de novo. Por fim, quando termino e ergo a cabeça, vejo que todos estão olhando para mim.

— Me desculpem. Eu só queria... — Olho ansiosa para o papel. — É difícil, não é?

— Não. Não é — discorda Jake na hora. — É fácil. É óbvio.

— Ah — respondo, me sentindo incompetente. — Bom, não era óbvio pra mim. Tipo, eu sei o que penso, mas agora expressar...

— Você nunca foi muito boa em escrever — declara Nicole, olhando para mim com pena. — Eu sempre amei escrita criativa.

— Bom, vamos ver o que vocês escreveram — diz tio Ned, como se fosse o presidente de uma assembleia. — Fixie, você começa.

— Está bem — concordo, nervosa. — "A missão da Farrs é vender produtos práticos, com preços adequados, em um ambiente acolhedor e funcional."

Ergo os olhos e vejo que Jake está me encarando com um olhar incrédulo.

— Práticos? — questiona ele. — *Práticos*?

— Isso é um pouco chato — opina Nicole.

— É chato pra cacete, porra! — exclama Jake. — "Produtos práticos" — repete ele em tom debochado, fazendo uma careta de desdém. — "Gostaria de comprar produtos práticos, por favor." Como *isso* pode ser sexy?

— Eu não estava tentando ser sexy. Estava tentando representar os nossos valores...

— Nossos valores? — Jake me interrompe. — Nossos valores são... Um: ganhar dinheiro. Dois: ganhar mais dinheiro. Você quer ouvir a declaração de missão que eu escrevi? — Ele faz uma pausa dramática. — "Poder. Lucro. Potencial."

— Ah, é isso aí — declara tio Ned, admirado. — Fala de novo, por favor.

— Poder. Lucro. Potencial — repete Jake, parecendo muito satisfeito com ele mesmo. — Diz tudo o que precisa ser dito.

— Eu não concordo — intervém Nicole, balançando a cabeça. — Nem tudo tem a ver com poder e lucro. Tem a ver com o ambiente também.

— Exatamente! — exclamo, aliviada.

— Tem a ver com vibração — continua minha irmã. — Sobre quem nós *somos*. Vou ler o que eu escrevi, está bem? — Ela levanta a folha e pigarreia: — "Bem-vindo à Farrs, o seu portal para a serenidade. Ao adentrar o nosso domínio, a tensão dos seus ombros se dissipa. Você se sente relaxando. Você está em uma jornada. Mas para onde? Olhe à sua volta. Veja as possibilidades. Veja um novo lado de si. Veja os sonhos que pode realizar. Não se desvalorize... Saiba que você pode ser essa pessoa!" — Ela está ficando mais entusiasmada. — "Você *pode* ter tudo. Você é capaz de encontrar paz. Com a ajuda da Farrs, você pode romper todas as barreiras e escalar essas montanhas."

Ficamos em silêncio, que logo é quebrado por uma risada repentina de Jake.

— Foi mal, Nicole. Mas isso é um monte de bobagens — diz Jake.

— Não é bobagem! — refuta ela, nervosa. — É inspirador! O que você acha, Fixie?

— Acho que passa uma mensagem muito legal — respondo, medindo as palavras. — Mas será que isso pode ser uma declaração de missão da loja? Parece mais uma propaganda de spa.

— Você é tão *limitada* — declara Nicole, lançando-me um olhar de desaprovação. — Vocês dois são. Esse é o problema. Vocês têm uma personalidade muito difícil. Eu não me surpreenderia se você fosse uma víbora — declara ela para Jake. — E isso não é uma coisa boa, só pra você saber.

— Pode vir — retruca Jake, sem se abalar. Sibilando como uma cobra do outro lado da mesa e me vejo sorrindo.

— Essa foi uma das minhas ideias — continua Nicole, parecendo ofendida. — Quero traçar o perfil de todos que trabalham na empresa. Podemos usar isso pra aproveitar melhor as habilidades de cada um. Isso vai acrescentar valor de verdade. E explorar mais o nosso Instagram — continua ela. — Não postamos quase nada.

— Ah, *isso* faz sentido — declara Jake, demonstrando, meio relutante, sua aprovação.

— Eu também acho! — exclamo, aliviada por finalmente concordarmos em alguma coisa. — Nós poderíamos dar mais dicas culinárias, poderíamos compartilhar fotos dos bolos dos clientes...

— Você sempre pensa como uma dona de casa, não é, Fixie? — comenta Jake com impaciência. — O Instagram não é pra postar os rocamboles das velhinhas, não.

— É, sim — retruco. — É uma comunidade, uma conexão! O que você acha, Nicole? — Eu me inclino, tentando chamar a atenção da minha irmã, mas ela está olhando para ontem.

— Acho que precisamos de um rosto pra Farrs — declara ela. — Pensei nisso quando você mencionou a Burberry, Jake. Você lembra que a Emma Watson foi o rosto da Burberry? Ela estava em tudo quanto era lugar.

— Burberry — repete ele com um suspiro. — Uma marca *maravilhosa*.

— E o rosto da Farrs tem que ser o meu, com certeza — acrescenta Nicole. — Porque *eu* já fui modelo. — Ela olha para nós como se estivesse nos desafiando a dizer que tudo o que ela fez como modelo foi uma sessão de fotos para o jornal local. — Posso ser fotografada na loja. Na verdade, posso assumir as redes sociais da loja também. Pode ser a minha área.

— E eu vou focar nas parcerias — afirma Jake. — Construir relacionamentos com alguns nomes importantes. — Ele termina a bebida e olha em volta. — Vamos pedir mais vinho?

— E você, Fixie? — pergunta tio Ned. — Você vai focar em quê?

Olho para ele, meus pensamentos estão em turbilhão. Quero dizer: *Nenhum de vocês entende! Vocês não entendem o que a Farrs realmente é!*

Mas quem vai me ouvir? Ninguém, a não ser minha mãe. Mas não vou incomodá-la com isso. Não vou *mesmo*.

— Fixie, você é muito boa na loja — elogia Nicole em tom gentil.

— Você é ótima com os clientes. Acho que devia se concentrar nas vendas, nas mercadorias e em gerenciar a equipe e todo o resto.

— Está bem — concordo. — Está bem. Mas por que vocês não passam algumas horas na loja? Ficar lá mesmo, observar os clientes... Bem, ver exatamente como é o dia a dia?

— Legal — responde Jake, pensativo. — Até que não é uma má ideia. Que tal amanhã de manhã?

— Eu posso — concorda Nicole.

— Bom, mas o Bob vai estar lá pra uma reunião — comento, olhando para meu celular.

Bob é uma rocha. Ele controla a folha de pagamento, analisa as vendas, discute grandes decisões financeiras com a nossa mãe, lida com o contador e basicamente ajuda com tudo o que tem a ver com dinheiro. A parceria deles funciona muito bem porque quando a mamãe tem que gastar dinheiro e não quer, ela diz: "É uma boa ideia, mas vou ter que perguntar pro Bob." E todo mundo sabe que Bob é tão ousado quanto uma calça bege de pregas. (E é exatamente o que ele costuma usar.)

— Melhor ainda — comenta Jake. — Não converso com o velho Bob há um tempão. Vai ser bom trocar umas ideias com ele.

— Ótimo! — exclamo, ansiosa. — Vou mandar uma mensagem pros funcionários pedindo a todos que cheguem mais cedo.

— Eu vou também — decide tio Ned. — Não quero negligenciar minhas obrigações!

— Perfeito! — digo. — Mal posso esperar.

Pego a colher e começo a tomar minha sopa, tentando ficar otimista. Quando Jake e Nicole realmente virem o dia a dia da loja, vão se lembrar e vão *pensar* nas coisas... E com certeza vão entender. Afinal de contas, nós somos irmãos. Somos os Farrs. Somos uma família.

Na manhã seguinte, chego à loja bem cedo. Corro de um lado para o outro limpando tudo, ajeitando expositores, esticando as toalhas. Pareço uma mãe nervosa, orgulhosa e protetora, tudo ao mesmo tempo. Quero que Jake e Nicole tenham o mesmo sentimento que eu tenho em relação à Farrs. Quero que eles *entendam* o negócio.

Paro perto das toalhas de mesa de plástico e as acaricio. Elas são um sucesso de vendas — já tivemos que fazer novos pedidos três vezes. Todas têm estampas escandinavas, que nossos clientes adoram. Enquanto estou ali, admirando as estampas, eu me lembro da noite em que minha mãe e eu nos sentamos para olhar o catálogo e escolher o que queríamos. A gente sabia que seria um sucesso, a gente *sabia*.

— Bom dia, Fixie — cumprimenta-me Stacey com sua voz nasalada e eu me viro. Preciso conversar com ela antes que todo mundo chegue.

— O que está acontecendo? — pergunta, meio chateada, afastando o cabelo louro platinado do rosto com as unhas prateadas. — Por que a gente teve que chegar tão cedo?

— Meus irmãos vêm à loja hoje. Queremos fazer uma breve reunião antes de abrir. Mas tem outra coisa que quero falar com você antes disso. Um assunto muito delicado.

— O quê? — pergunta Stacey com certo interesse. — Posso pegar um café primeiro?

— Não... Isso não vai tomar muito tempo. — Eu me aproximo mais dela, mesmo que não tenha mais ninguém na loja, e falo bem baixinho. — Stacey, você não pode dar dicas de sexo pros clientes.

— Eu não faço isso — responde ela automaticamente.

Respiro fundo e tento me lembrar de que a primeira reação dela é sempre negar. Uma vez eu disse "Stacey, você não pode ir embora agora", e ela respondeu "Eu não estou indo", já de casaco e quase na porta da loja.

— Faz sim — insisto pacientemente. — Eu ouvi você conversando com aquela garota ontem à tarde sobre... — abaixo ainda mais meu tom de voz. — ... Prendedores? Grampos?

— Ah, isso. — Stacey revira os olhos, como se aquilo não fosse nada de mais. — Foi só um assunto que surgiu na conversa.

— Na conversa? — Fico olhando para ela. — Que tipo de conversa?

— Eu estava explicando pra ela como um produto funcionava — explica Stacey, sem se deixar abalar. — Como somos treinados pra fazer.

— Aqueles prendedores são pra fechar sacos plásticos! — exclamo. — São pra ser usados na cozinha! Não pra...

Paro de falar. Não vou terminar essa frase. Não vou dizer isso em voz alta.

— Mamilos — completa ela.

— Psiu!

— Você acha que todo mundo que compra aqueles prendedores pensa em fechar sacos plásticos? — pergunta ela, parecendo sem forças, mascando chiclete, e eu começo a pensar em nossos clientes.

— Noventa e nove por cento, sim.

— Cinquenta por cento, se é que chega a isso — rebate ela. — E quanto às espátulas? — Ela me lança um olhar significativo. — Você acha mesmo que cada espátula que vendemos aqui é pra uso inocente?

Olho para ela, assustada. O que será que se passa na mente de Stacey sempre que ela registra uma venda?

— Olha só, Stacey — digo, por fim. — Você pode imaginar o que quiser. Só não pode discutir nada disso com os clientes. Isso não é nem um pouco apropriado.

— *Está bem.* — Ela revira os olhos de novo, como se estivesse fazendo uma enorme concessão. — Ontem eu vendi dois aspiradores de pó Dyson — acrescenta. — Um pra mãe e outro pra filha. Convenci as duas a comprar. A mãe acabou de mudar de casa, e divorciou. Ela vai voltar pra comprar mais coisas pra cozinha.

Stacey é assim. Quando você começa a pensar que ela foi longe demais, ela tira um coelho da cartola.

— Isso é ótimo — elogio. — Muito bem.

Ouço uma comoção atrás de mim e, quando me viro, vejo tio Ned, Greg, Jake e Nicole, todos chegando juntos. Nicole está falando com Greg e ele fica olhando para ela com cara de apaixonado. (Greg sempre teve uma quedinha pela minha irmã.) Enquanto isso, tio Ned olha em volta como se nunca tivesse pisado na loja antes. Para ser justa, já faz um tempo que ele não vem até aqui.

— Bem-vindo à Farrs, tio Ned! — exclamo. — Você já conhece a Stacey e o Greg?

— Ah, sim — responde ele, ainda olhando em volta. — Muito bom. Muito bom.

— Quero saber se temos como aumentar a temperatura do termostato — comenta Nicole com Greg. — Assim podemos praticar *hot yoga*.

Greg engole em seco, o olhar apaixonado fixo em Nicole.

— Isso parece ótimo.

— O que é isso? — pergunto, ao notar a mala de rodinhas que Nicole está puxando.

— Maquiagem pra sessão de fotos pro Instagram — explica ela. — Da próxima vez vou contratar um maquiador.

Um *maquiador*? Estou prestes a fazer um comentário quando tio Ned dá um tapinha no meu braço.

— Aqui, Fixie — diz ele, fazendo um gesto para a seção de artigos de lazer. — É aqui que você pode montar o departamento de pesca. Varas, redes, calças de pesca.

— Hum... Talvez.

— Meu Deus, esse lugar — começa Jake, vindo na minha direção, com cara feia. — A cada vez que eu venho aqui parece mais decadente. O que é *isso*? — Ele pega um pacote e o olha com desprezo.

— É pra fazer geleia e conserva de frutas — explico.

— Geleia e conserva de frutas? — pergunta ele, em tom debochado. — E quem ainda faz essas coisas?

— Nossos clientes! É um hobby muito popular...

— Todos já chegaram? — Jake me interrompe, sem escutar a minha resposta. — Onde estão todos? Porque eu acho que temos que conversar.

— Bom dia, Morag! — Aceno ao vê-la chegar. — Bom, estamos todos aqui — digo para Jake. — Pelo menos todos que trabalham hoje. A Christine está em outro turno e...

— Tanto faz — Jake me interrompe de novo, impaciente. — Vamos começar agora. — Ele levanta a voz. — Cheguem mais perto. Como vocês sabem, minhas irmãs e eu vamos administrar a loja enquanto nossa mãe está afastada e nós queremos fazer algumas mudanças. Mudanças substanciais. — Ele bate o punho fechado na outra mão e vejo que Stacey arregala os olhos. — Essa loja precisa de uma renovação completa. Queremos melhorar nossos produtos. Queremos fazer vendas cruzadas. Queremos aumentar nossos espólios.

Abro a boca para protestar — será que ele sabe o que a palavra "espólio" significa? —, mas Jake está a toda.

— Esse é um momento de mudanças — continua ele. — É o momento de recomeçarmos. Queremos transformar esse lugar em uma loja que vende os produtos que todo mundo quer ter, artigos de luxo. Onde os influenciadores compram. Onde as pessoas bonitas se reúnem. Queremos ser uma marca jovem e arrojada. E é essa a imagem que quero que vocês passem. Algo com estilo. Moderno. Sexy.

— Sexy? — pergunta Morag, assustada.

— É, sexy — afirma Jake. — Na moda, moderno e *sexy*.

Estou vendo Jake olhar para a equipe ali reunida parecendo insatisfeito. Greg está com os olhos arregalados fixos em Nicole. Stacey está apoiada em um expositor, mascando chiclete. Morag ainda está enrolada em seu casaco acolchoado quentinho para o frio, com seu cabelo grisalho despenteado pelo vento. Para ser justa, ninguém entraria na nossa loja e pensaria "Uau, que equipe sexy essa aqui".

— Minha vez! *Eu* também quero dizer uma coisa agora. — Nicole dá um leve empurrão em Jake, e ele faz cara feia, mas permite que ela tome seu lugar. — Estou animada — começa Nicole. — Quem também está animado?

Todos estão em silêncio, perplexos, e então Greg exclama, com a voz meio rouca:

— Eu!

Nicole fica radiante.

— Existem muitas possibilidades aqui. O céu é o limite. Mas será que vocês estão explorando seu potencial ao máximo? — Ela olha para Morag, que dá um passo para trás, nervosa. — Quero ajudar vocês com isso, usando minha especialização em perfis psicológicos. Vamos trabalhar em equipe. Vamos explorar as qualidades individuais de cada um de nós. Vamos conquistar cada vez mais, permitindo que nossa imaginação guie o nosso caminho. — Nicole faz um gesto amplo e quase derruba uma jarra da prateleira atrás dela. — Vamos usar o Instagram. Vamos usar a atenção plena. Vamos mudar. Vamos superar os desafios. E nós vamos conseguir. Juntos.

Ela termina seu discurso e o silêncio paira no ar. Eles estão mais perplexos do que antes. Vejo Stacey perguntando a Greg só com os lábios "Que porra é essa?" e penso em chamar atenção dela, mas a verdade é que eu me sinto exatamente da mesma forma. *Do que* minha irmã está falando?

— Certo! — exclamo, quando ficou claro que Nicole terminou. — Bem, obrigada pelas palavras... Hum... Inspiradoras, Nicole. Acho que já chega de discursos por hoje. Bom, basicamente estamos buscando formas de melhorar a loja. Então, se vocês tiverem alguma ideia, compartilhem com a gente. Obrigada!

— Espera! — exclama tio Ned quando os funcionários começam a se dispersar. — Talvez eu seja só um velho... — Ele dá uma risada meio inibida. — Mas me pediram que ficasse de olho nessa loja e, como eu aprendi muita coisa nessa vida... — Ele dá outra risada.

— Claro, tio Ned — concordo, em tom educado. — Por favor, diga o que tem em mente. Pra quem não conhece, esse é o tio Ned — acrescento. — Ele é irmão do nosso pai e tem muita experiência nos negócios. Tio Ned, o que você quer dividir com a gente?

— Bem, eu estou com Jake nessa. Aparência é tudo. *Aparência*, entendem? — Ele aponta um dedo. — Acho que as mulheres deveriam usar roupas mais atraentes. Uma blusa bonita e sapatos de salto alto... É *isso* o que os clientes querem. Vamos abusar de batom e perfume... Vamos flertar com os clientes...

De repente fico pálida. Ele está mesmo falando isso? Para os funcionários? *Em voz alta?*

— Desculpem! — ofego, finalmente conseguindo falar. — Só pra esclarecer o que o meu tio está dizendo, pra evitar qualquer... Hum... Mal-entendido. Quando ele disse "salto alto", quis dizer qualquer salto que seja adequado para a saúde dos pés de vocês. E quando ele falou "batom", ele quis dizer que o uso é opcional para todos os funcionários. Do sexo feminino *ou* masculino — acrescento, apressadamente. — E quando ele mencionou "flertar com os clientes", o que ele quis dizer é que temos que ter uma... "uma relação cordial com os clientes".

Tio Ned parece ofendido com a interrupção, mas problema é dele. *Evite um processo* é melhor que *família em primeiro lugar*.

— Então é isso — concluo, sem fôlego. — Obrigada mais uma vez! Isso é tudo. Vamos abrir a loja.

— Você *devia* mesmo usar batom. — Ouço Stacey dizer a Morag enquanto elas seguem para a porta para abrir a loja. — Mesmo que seja só um brilho clarinho. Ou só contornar os lábios. Ou então...

— Tio Ned, sinto muito se interrompi o que estava dizendo — peço desculpas a ele. — Mas você não pode dizer pros funcionários que eles devem flertar com os clientes. Isso pode trazer problemas para nós.

— Ah, essas baboseiras — reclama ele, impaciente.

— Não são baboseiras — argumento, me esforçando para manter o tom educado. — Dizer a um funcionário que ele deve flertar com clientes é praticamente assédio sexual, sabia?

Tio Ned fica olhando para mim sem entender, depois pigarreia e pega uma cesta de compras.

— Vou aproveitar que estou aqui pra levar umas coisas — declara ele. — Onde encontro um ferro?

Ele segue para a seção de lavanderia, e Nicole pega uma pilha de papéis na bolsa.

— Aqui está o seu questionário de perfil psicológico — anuncia ela, entregando-o para Greg. — É cientificamente comprovado com base em pesquisas, então... — Ela para de falar.

— "Você é convidado pra uma festa." — Greg lê em voz alta. — "Você vai?" Depende da festa — diz ele depois de pensar um pouco. — Se for uma festa pra jogar RPG, tô dentro. Se for uma despedida de solteiros, tô dentro. Se for um chá no jardim com várias senhoras idosas usando vestidos elegantes, tô fora. Se for uma...

— É só uma festa — Nicole o interrompe. — Uma festa legal. A questão é, você quer ir? É uma pergunta simples. Você vai à festa ou não?

Morag e Stacey se juntaram a nós novamente, e todos nós esperamos para ouvir a resposta de Greg. Ele pensa por mais um tempo, as sobrancelhas franzidas, então ergue o olhar.

— Tem birita?

— Tem! — exclama Nicole, perdendo a paciência. — Tem, sim. Olha só, você não precisa ficar pensando demais em cada pergunta. Só responda. Tenho certeza de que você é uma coruja — diz ela, entregando o questionário para Morag. — E você provavelmente é um lince — declara a Greg. — O que significa que você deve trabalhar com uma raposa.

— Você acha que eu sou uma raposa? — pergunta Stacey, pegando um questionário.

— Não — responde Nicole. — Definitivamente, não. Você está mais pra um albatroz.

— Então com quem o Greg deveria trabalhar? — Stacey arregala os olhos com aquele ar de falsa inocência que ela tem. — Eu só estou perguntando, já que tudo isso é tão científico e nós não temos nenhuma raposa — acrescenta ela alegremente. — Será que deveríamos contratar uma?

Por um momento, Nicole parece ter sido pega desprevenida, mas ela meio que se irrita e diz:

— Só respondam aos questionários. Vou trabalhar no Instagram agora. Greg, você vai me ajudar.

Enquanto Nicole segue com Greg por um dos corredores, Jake olha em volta da loja com uma expressão reprovadora.

— Precisamos reformar a loja — declara ele. — Vamos fazer uma boa transformação aqui. Precisamos melhorar o piso, a iluminação e colocar algumas obras de arte bem bonitas... — Ele para de falar e olha para a porta da loja com cara de horror. — Dê-me forças, senhor. — Ele suspira. — Quem é aquela coisa *horrível*?

— Ela não é horrível! — exclamo, indignada, acompanhando o olhar dele. — Aquela é a Sheila!

Tudo bem, talvez Sheila não seja uma "pessoa bonita segundo os padrões de beleza". Ela está acima do peso e se veste de forma simples, com um chapéu de lã e sua sacola de lona velha. Mas ela é uma cliente assídua. É uma de nós. Ela acena para mim, toda feliz, e segue para os fundos da loja, onde sei que vai passar uma hora olhando os bicos e sacos de confeiteiro.

— Temos que nos livrar dela — declara Jake com firmeza. — Não é agradável olhar para ela.

— Ela é uma cliente, e não alguém pra se olhar — retruco, mas Jake não está ouvindo.

— Precisamos reformar a loja toda — repete ele, balançando uma das prateleiras. — Precisamos contratar um designer de interiores.

Sinto uma onda familiar de ansiedade. Por que Jake precisa ser sempre tão *exagerado*?

— Acho que não temos verba pra isso — afirmo.

— Como você sabe disso? — pergunta ele.

— Bem, eu não *sei*, mas...

— Ah, você sabe que a mamãe é cautelosa ao extremo. Tenho certeza de que nós temos bastante dinheiro guardado. — Jake lança outro olhar de repulsa para Sheila. — Ela parece uma mendiga!

— Bem, vamos adotar um código de vestimenta — declaro em um tom de sarcasmo, que não costumo ousar adotar com Jake.

— *Boa ideia* — responde ele com ênfase. — Isso realmente não é má ideia. Ah, Bob! — exclama ele, olhando por sobre meu ombro. — Que bom que você chegou.

Eu me viro e vejo Bob entrando na loja, usando calça e casaco confortáveis e parecendo ligeiramente desconcertado por ver Jake cumprimentando-o.

— Olá, Bob — cumprimento-o. — Meus irmãos vieram pra loja hoje.

— Quero falar com você sobre dinheiro — anuncia Jake, na lata. — Podemos ir pra algum lugar mais reservado? O escritório nos fundos?

Jake leva Bob com ele, e eu olho em volta para ver se tudo está como deveria. Tio Ned ainda está andando pelos corredores, enchendo uma cesta com mercadorias. Já pegou um ferro de passar roupa, uma chaleira e uma das nossas toalhas de plástico. Sinto uma onda de ternura por ele estar sendo tão generoso em nos ajudar.

De repente pisco sem acreditar no que estou vendo. Nicole tirou o casaco e está com uma calça jeans justa e um top bastante revelador. Ela se debruça em um expositor de panelas pedindo a Greg que tire fotos com o celular dela, enquanto sua mala aberta bloqueia a passagem em um corredor inteiro.

— Preciso estar sexy — diz ela, mexendo no cabelo. — Você acha que estou sexy?

— Acho — responde Greg com um tom estrangulado. — Está muito sexy mesmo.

— Dá pra ver as panelas? — pergunto, me aproximando. — Dá pra ver os produtos que vendemos na foto?

— A questão *não* são as panelas — argumenta Nicole, revirando os olhos —, e sim o rosto da Farrs.

Estou prestes a rebater isso quando vejo duas mulheres de calça jeans e cardigã entrarem na loja. Espero Morag ir atendê-las, mas ela está sentada em um banco, olhando, perplexa, para o questionário. Ela nem sequer *notou* as clientes. Estou indo atendê-las quando Stacey se aproxima.

— Acabei de perguntar pro seu tio se ele queria que eu começasse a registrar as compras dele — conta ela. — Mas ele disse que não precisa pagar porque é diretor interino?

— Ele disse *o quê?* — pergunto, sem conseguir me controlar.

— Foi o que ele disse. — Stacey dá os ombros. — Falou que é tudo de graça. Ele só está tirando uma com a minha cara, não é?

Fico olhando para ela como uma idiota. Sempre demos um desconto de vinte por cento para amigos e familiares, mas nunca dissemos "Podem pegar o que quiserem".

*Família em primeiro lugar,* me esforço para lembrar. Não posso criticar tio Ned na frente de Stacey, mesmo que eu esteja pensando "Como ele se *atreve?"*

— Hum... Bem... — digo, tentando ganhar tempo. — Ainda não decidimos todos os detalhes...

Enquanto isso, vejo as duas clientes se aproximarem da seção de panelas, onde Nicole está fazendo poses. Elas ficam olhando para minha irmã por um bom tempo até que uma delas diz:

— Com licença? Será que podemos dar uma olhada nessas panelas?

— Desculpa, é que estou no meio de uma sessão de fotos — responde Nicole, meio impaciente.

— Oh — diz uma das mulheres, parecendo envergonhada. — Bem, será que podemos...

— Isso é *muito* importante. — Nicole a interrompe. — Será que vocês não podem olhar outra coisa primeiro?

Fico boquiaberta, horrorizada. É uma *cliente*! Estou prestes a correr até lá e perguntar para Nicole o que ela acha que está fazendo, quando ouço tio Ned atrás de mim.

— Vou pegar só mais umas coisinhas — anuncia ele, feliz, pegando um suporte de ovo. — Fixie, você tem algum porta-torradas?

— Hum, tio Ned, sobre o desconto pra amigos e familiares... — começo, mas sou interrompida por Jake voltando dos fundos da loja.

— Precisamos realmente repensar toda a loja — afirma ele, meio distraído para Bob, que parece um pouco apavorado. — Acho que a prioridade deve ser um piso de tábua corrida, você não acha?

Um piso de tábua corrida? Prioridade?

— Greg! — grita Nicole de repente. — *Assim*, não. Você não sabe *nada* sobre Instagram?

— "Você se interessa pelo seu vizinho." — Morag lê em voz alta uma pergunta do questionário, parecendo chocada. — "O que você faz a respeito? Um: procura o perfil dele no Tinder..."

Minha cabeça começa a latejar depois que vejo Morag lendo seu questionário e me viro para Nicole, que está tentando equilibrar uma panela nos dedos esticados para que Greg tire uma foto dela. Olho para tio Ned, que ainda está enchendo sua cesta com nossas mercadorias, todo feliz e contente, e, depois, para Jake, que está falando com Bob sobre "Um ar mais Ralph Lauren".

Nem sei por onde começar.

Acho que estou ficando meio irritada.

— Ei, Fixie — diz Stacey em tom sarcástico no meu ouvido. — Eu sei que eles são sua família e tudo mais. — Ela para de falar e se aproxima mais de mim. — Mas eles são péssimos nisso.

Fico vermelha e, por um momento, não sei bem o que responder.

— Não são, não! — retruco por fim, tentando parecer convincente. — Isso é totalmente... Eles só...

Faço uma careta quando Nicole deixa uma panela cair fazendo um barulhão.

— Ah, agora está amassada. Greg, pega outra.

— Olha isso — continua Stacey sem o menor tato. — Eles não sabem nada sobre a Farrs. Só estou dizendo pra você ficar esperta...

Quando entro em casa naquela noite, estou morta de cansaço. Foi exaustivo ter de lidar com cada membro da família de cada vez. Tio Ned ficou "ofendido até a raiz dos cabelos" por eu ter achado que ele estava tentando se apropriar de mercadorias sem pagar. "Naturalmente", ele só queria um desconto de quarenta por cento.

Então, fui obrigada a explicar que o nosso desconto era de vinte por cento. Ao ouvir isso, ele fez cara de triste e devolveu a chaleira e a toalha de mesa.

Greg e Morag finalmente concluíram o teste psicológico e, depois, começaram a questionar veementemente o resultado. Morag, em particular, ficou muitíssimo ofendida por ser classificada como cabra. E não ajudou nada o fato de Nicole ter começado a explicação dizendo: "A cabra é o que chamamos de personalidade *negativa*, então talvez seja melhor você trabalhar suas características positivas, Morag."

Ela ficou vermelha e ressabiada, mas Nicole nem notou. Enquanto isso, Greg começou a procurar todos os perfis na internet e decidiu que queria ser leão. Nicole disse que isso era impossível, já que ele era o *oposto* de um leão. Então, ele refez todo o questionário, dando respostas diferentes, mas, mesmo assim, não conseguiu o resultado desejado e foi classificado como pônei. E, por causa disso, ficou emburrado o resto do dia.

Tenho certeza de que todo esse lance de personalidade faz sentido se o teste for conduzido por uma pessoa treinada e sensível. Mas Nicole não é treinada e *muito menos* sensível. Tudo o que ela conseguiu foi deixar as pessoas chateadas. É claro que eu não podia dizer nada de negativo em público, então respondi a meu questionário e fiquei ouvindo enquanto minha irmã me explicava meu resultado. Nem me lembro direito o que eu era — talvez um panda? (Stacey se recusou a fazer o dela, dizendo que sabia muito bem qual era sua personalidade: uma vaca agressiva.)

Depois, quando fomos tentar encontrar uma maneira de Nicole dar aulas de yoga, acabamos quase tendo uma grande briga em público, porque ela ficava dizendo "Você me prometeu um espaço, Fixie. Mas você me prometeu um espaço", só que não parecia ter nenhuma ideia de onde o espaço seria. Por fim, acabamos nos comprometendo a acabar com a seção de artigos de lazer, reduzir a seção de utensílios para bolos e diminuirmos a seção de artigos de vidro pela metade, mas isso não é o ideal.

Pelo menos consegui convencer Jake a não pedir nenhum orçamento para o piso ainda, mas acabei concordando com um "relançamento". Ele quer dar uma festa e convidar "pessoas bacanas" e "influenciadores" para "colocar a Farrs no mapa".

Tanto faz. Se ele conseguir fazer com que algumas pessoas bacanas comecem a frequentar a Farrs, já está ótimo.

Coloco a bolsa e o casaco no corredor e sigo para a cozinha, onde paro, feliz. Ryan está sentado à mesa, tomando cerveja e assistindo ao noticiário na nossa pequena TV e olhando para o celular de vez em quando. Ele parece tão à vontade aqui em casa que sinto uma imensa alegria. Ele está aqui! Eu sinceramente pensei...

Bem, nem sei o que pensei. Ele foi tão casual quando a gente se despediu naquele dia que fiquei com medo de que já estivesse partindo para outra. Então, de alguma forma, nesses últimos dois dias, eu me policiei para *não* ficar mandando muitas mensagens para ele toda hora e pegar leve. Resolvi esperar Ryan dar o próximo passo. E deu certo!

— Oi! — cumprimento Ryan, como se aquilo fosse corriqueiro, mas um tom de alívio escapa nas minhas palavras. — Eu não sabia que você estaria aqui hoje.

— A Nicole abriu a porta pra mim — responde ele, se levantando.

— Achei que você fosse chegar mais cedo.

— Tive que resolver um problema com uma entrega avariada — respondo em tom de desculpas. — Fiquei presa.

— Sem problemas. — Ele sorri. — Você está aqui agora.

Ele me puxa para um abraço e eu fecho os olhos. Quase desmaio quando nossos lábios se encontram. Eu não tinha percebido quanto estava desesperada por ele. O toque dele, o cheiro dele... Tudo nele.

Faz tanto tempo desde a última vez que namorei sério. Não que eu fosse admitir isso para o Ryan.

— Então, como estão as coisas? — Eu me afasto e estudo o rosto dele. — Como está o trabalho?

As únicas duas mensagens que mandei para ele foram desejando boa sorte no trabalho e, depois, perguntando como tinha sido o primeiro dia dele. Ryan não respondeu a nenhuma das duas, e imaginei que ele estivesse superocupado.

— Maravilha! — Ele abre um sorriso. — Não poderia estar melhor.

— Que ótimo! — exclamo, feliz. — Então você está gostando do trabalho?

— Adorando! E acho que vou mandar muito bem, sabe? Não estou dizendo que sou um especialista nem nada, mas já entendi o que eles estão tentando fazer. O que *nós* estamos tentando fazer — corrige-se Ryan, ligeiramente constrangido, e eu o abraço de novo. As coisas estão melhores do que eu esperava.

— Estou tão feliz — sussurro no ombro dele. — Eu realmente queria que isso desse certo. E o Seb? Ele é um chefe legal?

Pergunto mais por uma formalidade do que por qualquer outro motivo e fico surpresa quando Ryan se retrai ligeiramente.

— Ele é legal — responde Ryan depois de uma pausa. — Tranquilo.

— Tranquilo?

Sinto uma pontada de decepção. Não sei por que, mas eu achava que Seb seria um chefe incrível.

— Não, ele é ótimo — retruca Ryan. — Tranquilo. Está tudo bem. — Ele abre um sorriso para mim e eu sorrio automaticamente, mas ainda estou preocupada.

— Então qual é o problema?

— Nada. — Ryan tenta desconversar. — Eu não devia ter dito nada. Ele é ótimo.

— Mas...? — continuo insistindo. Sei que tem um "mas" e *preciso* saber o que é.

— Tudo bem. — Ryan respira fundo. — Bom, acho que tem certa tensão no ar.

— *Tensão?* — Fico olhando para ele. — Por quê?

— É uma questão meio delicada. — Ryan hesita, como se estivesse escolhendo as palavras. — É que as pessoas no escritório estão me procurando. Estão vindo pedir a minha opinião. E o Seb não gosta disso. — Ryan faz uma careta. — Acho que ele se sente ameaçado.

— E por que ele se sentiria ameaçado por você? — pergunto, surpresa. — Ele fundou a própria empresa de investimentos. Você não sabe nada sobre investimentos. Como você poderia ser uma ameaça pra ele?

Lembro-me de Seb no escritório. Seu jeito expansivo. Sua risada. Ele não parece o tipo de pessoa que se sentiria ameaçada por outra. Aparenta ser do tipo que se interessa em ouvir a opinião de todos.

— Concordo! — exclama Ryan, assentindo vigorosamente. — Eu ainda estou começando nessa área! Mas a questão é que conheço muita gente nos Estados Unidos. Empreendedores, empresas de tecnologia e equipamentos ambientais... Aprendi muita coisa, trouxe algumas ideias. E as pessoas querem ouvir. Bom, todo mundo, menos o Seb. Ele é um cara legal, mas tem a mente muito fechada. Ele gosta de fazer as coisas do jeito dele.

Fico em silêncio por um tempo, digerindo o que acabei de ouvir. Não foi assim que imaginei Seb — bom, mas eu só conversei com ele algumas vezes, penso. Nunca o vi atuando profissionalmente.

Talvez ele seja mais cauteloso, adepto aos próprios métodos, do que aparenta ser.

— Ontem nós tivemos uma reunião importante — continua Ryan.

— E quem acabou mandando ver? Eu. Eles estavam falando sobre tecnologia, e fiquei só ouvindo até que não aguentei e perguntei: "Vocês já foram a São Francisco? Vocês conhecem os caras que estão desenvolvendo tecnologia de ponta? Porque eu sim. Eu sei o nome deles, já nadei na porra da piscina deles."

— Nossa! — exclamo. — Que incrível.

— Comecei a contar sobre as *startups* que estavam começando e das quais eles nunca nem tinham ouvido falar. — Ryan balança a cabeça. — Eles começaram a anotar tudo, ficaram animados.

— Então qual foi o problema?

Ryan revira os olhos.

— O Seb não gostou.

— Como assim? — pergunto, surpresa. — Você só estava compartilhando informações.

— Ele é muito controlador. — Ryan dá de ombros. — Veio com o discurso "Cada um no seu quadrado, Ryan". Mas eu não sou assim. Sinto muito, mas eu não sou assim.

Seus olhos azuis como o céu da Califórnia estão brilhando, e Ryan está cheio de energia. Tenho uma visão repentina dele tomando a reunião como um furacão. Conquistando todos com seu carisma e conhecimento. É claro que ele causou impacto. Como poderia ter sido diferente? E talvez ele esteja certo, talvez Seb não tenha gostado nada disso.

— Bem, você ainda está começando — comento, por fim. — Eu iria devagar, se fosse você. Agiria de forma mais diplomática.

— É exatamente o que estou fazendo. E não estou reclamando nem nada. Está tudo bem. O que importa é que tenho um emprego, e isso só aconteceu graças a *você*.

Ele está tão radiante que é impossível não ficar também.

— Estou muito orgulhosa de você — declaro, olhando no fundo dos olhos dele. — Eles têm muita sorte de ter você na empresa.

— Fixie — diz ele em tom carinhoso e me dá um beijinho na ponta do nariz. — Todo homem precisa de uma Fixie, sabia?

— Fiquei com saudade — sussurro, acariciando as costas dele.

— Hummm. Eu também — responde, mas não me beija de novo. Está olhando para o celular, por cima do meu ombro.

Tipo, tudo bem. As pessoas ficam o tempo todo olhando o celular. Isso não é crime.

Escorrego um pouco mais a mão e o acaricio, tentando deixar bem claro o que quero. Estou *louca* por ele. Tudo o que quero é levá--lo para o quarto para ficarmos juntos e esquecermos o mundo. Mas Ryan não corresponde.

— Hum — diz ele de forma vaga, em seguida volta a atenção para mim como se estivesse me vendo pela primeira vez. — Sabe de uma coisa? Estou morrendo de fome. Além disso, tenho uma pilha de roupas pra lavar. A lavadora do Jake e da Leila quebrou.

— Ah. Bom, posso colocar na máquina daqui. Mas antes vamos comer. — Abro a geladeira e vejo o que temos. — Posso preparar um bife. O que acha?

— Maravilhoso — concorda ele, saindo da cozinha. — Me avise quando estiver pronto. Vou ver o que está passando na TV.

Quando pego a frigideira no armário, não sei bem como estou me sentindo. No fundo, eu esperava que Ryan fosse me pegar no colo, me levar pro quarto e me devorar. E, ainda mais no fundo — tipo, bem no fundo do meu coração —, esperava que ele talvez dissesse algo do tipo "Fixie, eu amo você". Ou "Fixie, eu sempre amei você, sempre foi você. Será que nunca percebeu?".

Não, pare com isso. Não posso querer tanto assim.

De qualquer forma, isso é muito melhor do que ele querer uma rapidinha no minuto que entro em casa. *Muito* melhor.

Não é?

Com certeza, digo firmemente para mim mesma. Infinitamente melhor. Porque ele quer estar comigo por *mim*. E não só pelo sexo, ele gosta de mim *como pessoa*.

Ouço o som da TV e, na mesma hora, sinto uma onda de ternura tomar conta de mim. É claro que isso é melhor. *Claro* que é! Aqui estamos nós, um casal de namorados preparando o jantar e conversando sobre o nosso dia. Isso é o que eu sempre quis. Aconchego. Intimidade. Tudo bem que não moramos juntos ainda, mas é tão bom quanto.

Começo a descascar uma batata e percebo que estou cantarolando, feliz. Mamãe costumava dizer que Ryan era evasivo. E Hannah falava que nunca ia durar. Mas as duas estavam erradas. Ele está aqui! Comigo! Diante disso, todos os problemas do dia se tornam pequenos, até mesmo tio Ned. A questão é, se você tem alguém para quem voltar, nada é tão ruim assim, e agora eu tenho o Ryan. A adolescente dentro de mim ainda não consegue acreditar, mas é verdade! Ryan Chalker está aqui e é meu.

# DOZE

Um mês depois, minha mãe está em Paris. Não consigo acreditar, mas ela está. Postou milhares de fotos dela e de tia Karen em seu novo perfil no Facebook. (Minha mãe? No *Facebook*?) Postou fotos na Torre Eiffel, sentada à mesa de um café na rua e outra dela e de tia Karen usando roupões brancos em um spa. (Minha mãe? Em um *spa*?)

Acho isso inacreditável. Embora, para ser justa, tenha muita coisa inacreditável acontecendo na minha vida no momento. Ainda não consigo acreditar que Ryan e eu estamos juntos, que somos um casal com uma rotina sólida. Quase explodo de tanta felicidade quando penso nisso. Ele vem para cá pelo menos duas vezes na semana, eu cozinho para ele e depois nós ficamos vendo TV e é ótimo. É tranquilo. É agradável. Todas as coisas que nunca me atrevi a sonhar que Ryan e eu seríamos.

Também não consigo acreditar que vamos dar uma festa na Farrs esta noite para nos "reposicionarmos" no mercado — palavras de Jake, não minhas. Ele até alugou um tapete vermelho, contratou um fotógrafo e um segurança. (Um *segurança*?!)

E ainda tem mais. Simplesmente não consigo acreditar no que Hannah está me contando sobre ela e Tim. Isso não pode ser verdade. Não *pode*.

Estamos no escritório nos fundos da Farrs, retocando a maquiagem juntas. Jake passou a chamar o escritório de "bastidores" esta noite e deixou três garrafas de champanhe lá, uma das quais Hannah abriu assim que entrou.

— Ele simplesmente me comunicou isso — comenta ela, triste, tomando um gole da bebida. — Ele se sentou no sofá e falou: "Não quero mais ter um filho."

— Como isso é possível? — pergunto, sem acreditar. — Sua vida inteira foi dedicada a ter um filho.

— Exatamente! Ele disse que mudou de ideia. Argumentou que tem direito de mudar de ideia sem explicar por quê. Que tipo de pessoa fala uma coisa dessas?

*Tim*, respondo mentalmente.

— Talvez ele só esteja em dúvida — argumento. — Por que vocês não saem pra jantar fora, tomam uma taça de vinho e conversam sobre o assunto?

— É, pode ser. — Ela parece triste. — Sei lá. A gente não está muito bem.

— Sério? Por quê?

— A culpa é minha. — Hannah hesita. — Não estou dando tudo de mim. Tivemos uma briga horrível no fim de semana. Eu... Eu bati o pé. Eu tirei o Tim do sério.

— Como?

Não consigo deixar de perguntar. Tim é praticamente blindado. Não consigo *imaginar* como Hannah poderia tirá-lo do sério.

— É meio constrangedor — responde ela, olhando para a taça.

— O quê? — pergunto, curiosa. — Vamos, Hannah. Desembucha logo.

— Nós fomos a um jantar — começa ela, relutante. — E as pessoas começaram a falar sobre circuncisão e sexo. Meu dia tinha começado às seis da manhã, só para constar — acrescenta ela, na defensiva. — Minha mente estava exaurida. Eu não estava pensando direito.

— Eu não vou julgar você! — exclamo. — O que foi que você *falou*?

— Ok. — Ela respira fundo. — Então... Todo mundo estava discutindo se a circuncisão afeta o sexo. Aí eu disse pro Tim, que estava do outro lado da mesa: "Querido, você não é circuncidado, não é? E isso não faz com que você tenha menos sensibilidade."

— E qual é o problema? — pergunto sem entender. — Talvez seja meio indiscreto e tal...

— Você não está entendendo. — Hannah balança a cabeça freneticamente. — Ele olhou pra mim com uma expressão horrível e fria e respondeu: "Mas, Hannah, eu *sou* circuncidado."

— Ai, meu Deus! — Cubro a boca com a mão. — *Ele é?*

— É! É, sim. Sempre foi. Eu não sei explicar o que aconteceu comigo. Acho que meu cérebro estava paralisado ou algo assim.

— Merda!

Luto contra uma vontade repentina de rir. Eu *não posso rir*.

— Foi *tão* constrangedor. — Hannah parece arrasada. — Todo mundo na mesa ouviu e começou a perguntar: "Como é possível que você não saiba se seu marido é circuncidado ou não? Você nunca *notou*?" Ficaram implicando com a gente a noite toda. E Tim... — Ela faz uma pausa. — Não encarou isso muito bem.

— Hum — digo, conseguindo me controlar. — Isso é compreensível.

— Eu sei. Tipo... Ele podia muito bem ter ficado de bico fechado. Quem iria saber? Falei isso pra ele depois. Eu perguntei: "Por que você teve que abrir a boca?" Mas isso não ajudou muito.

— Sei — respondo, tentando pensar em mais alguma coisa para falar. — Bom...

— Como eu fui capaz de esquecer como é o *pau* do meu próprio marido? — Hannah levanta um pouco a voz, agitada. — O *pau* dele?!

— Hum... — Olho para o rosto sofrido dela. — Hannah, não me leve a mal, por favor, mas existe alguma chance de você já estar grávida? Você pode estar com... Sei lá. Tensão por causa da gravidez ou algo do tipo?

— Não! Eu não estou com tensão por causa da gravidez. Isso é o que eu quero! Estou me transformando numa mulher louca, descontrolada! Como as pessoas *conseguem* fazer isso?

— Não faço a menor ideia — admito. — Olha só, por que você não tenta esquecer esse assunto? Vocês vão conseguir superar isso. Tim e você são um casal estável.

— Eu sei. — Hannah parece se acalmar um pouco. — Talvez você esteja certa. De qualquer forma, essa noite é sua. Já chega de falar de mim. Está tudo incrível lá fora!

O lugar foi completamente transformado para a festa. Jake fechou a loja mais cedo e contratou uma equipe para arrumar tudo. Eles tiraram metade do estoque, retiraram expositores e balcões, montaram a iluminação e um bar para as bebidas. Também há pôsteres enormes espalhados pela loja com o rosto de Nicole e os dizeres "Conheçam o rosto da Farrs!" na parte de baixo.

Bom, para ser justa, *realmente* ficou legal. Só não se parece muito com uma loja. Muito menos com a nossa loja.

— Então... Quem vai aparecer aqui hoje?

— Os convidados do Jake. Isso tudo é coisa dele. Ele disse que fez uma "curadoria" da lista de convidados.

— Ah, *curadoria* — repete Hannah, antes de me lançar um olhar irônico, ao qual correspondo.

Hannah é a única pessoa com quem me permito ser um pouco desleal em relação à minha família, porque ela é basicamente da família. Então ela sabe o que penso a respeito de Jake e sobre todas as ideias dele.

— Ele usou o banco de dados de clientes. — E escolheu todos que tinham o CEP de algum lugar chique.

— CEP chique! — exclama Hannah, sem conseguir acreditar. — E o que ele considera chique?

— Só Deus sabe. E ele também convidou uma "influenciadora". Uma YouTuber chamada Kitten Smith. E a imprensa local. E todos nós precisamos estar "chiques e sofisticados". Jake pagou um sermão pra todo mundo hoje. A pobre da Morag ficou até assustada.

— Bem, você parece muito chique e sofisticada — elogia Hannah, demonstrando toda a sua lealdade, e reviro os olhos com um sorriso. Fui ao salão fazer escova no cabelo, mas não quis gastar dinheiro com uma roupa nova, então estou com o vestido de dama de honra que usei no casamento de Nicole. — E o que a sua mãe está achando disso tudo? Isso deve ter custado uma fortuna, não?

— Ela concordou — respondo, dando de ombros. — Ela disse que é coisa do Jake e que não tem problema.

Tento não revelar a sensação de traição. Liguei para minha mãe há duas semanas porque estava preocupada com os planos grandiosos do meu irmão para a festa. Queria que ela concordasse comigo e puxasse um pouco as rédeas dele. Mas ela só falou: "Ah, querida, tenho certeza de que ele sabe o que está fazendo", daquele jeito calmo e tranquilo dela. E eu não quis pressionar porque não queria estressá-la nem estragar as férias dela. Então aqui estamos nós.

— Tem um tapete vermelho na entrada — comenta Hannah. — Um tapete vermelho.

— Eu sei — respondo. — Jake disse que é para tirar fotos com os VIPs. — Nossos olhares se encontram e mordo o lábio, sentindo que vou começar a rir. Tudo parece tão ridículo. Mas talvez minha mãe esteja certa. Talvez ele entenda de marketing de um jeito que a gente não consegue compreender.

— Ele fez uma grande transformação na loja — acrescento. — Ele e Nicole. Os dois insistiram nisso. Querem que a loja fique mais "maneira". Sabia que a Nicole começou a dar aulas de yoga?

— Recebi o e-mail dela — conta Hannah, assentindo. — Pra ser sincera, pensei "por que alguém faria aula de yoga na Farrs?".

— Exatamente! Mas ela tem seis amigas que fazem a aula. E fica arrastando os expositores da loja, o que tem atrapalhado *muito*. Ela e Jake também diminuíram a seção de alimentos pela metade e acabaram completamente com a seção de potes e vasilhas, e meu irmão trouxe umas lanternas de jardim bem caras que os amigos dele importam. Tipo, agora vendemos lanternas de jardim, mas não temos um departamento de jardinagem! — Levanto a voz, indignada. — Por que estamos vendendo isso em vez de aumentar o estoque de potes de mantimentos?

— Eu entendo — diz Hannah em um tom compreensivo e só então me lembro de que já tinha desabafado sobre o assunto com ela alguns dias antes. — Mas não há nada que você possa fazer sobre isso agora, né? Tenta esquecer esse assunto, Fixie. Aproveita a festa. — Ela completa minha taça. — O Ryan vem?

— Assim que ele sair do trabalho — respondo, balançando a cabeça.

— E como estão as coisas?

Ela ergue as sobrancelhas de forma significativa.

— No trabalho ou entre a gente?

— As duas coisas — responde ela. — Pode contar tudo.

— Bem, está tudo *ótimo* entre nós dois. Parece que somos casados há um tempão.

E isso é verdade: tenho me sentido muito mais próxima de Ryan nas últimas semanas. Tudo é tão natural e gostoso entre a gente. Ele está lá em casa umas duas ou três vezes por semana. E o nosso relacionamento é...

Bem...

É um *pouco* diferente do que imaginei. Não transamos *tanto* como achei que transaríamos. Aconteceu aquela vez logo que a gente ficou junto e, depois disso, foi... Acho que a palavra certa seria "esporádico". Ou talvez "intermitente". Cinco vezes no total. Em um mês.

Mas isso significa que Ryan precisa de cuidados. Ele precisa de tempo para se curar. É como se todas as dificuldades e humilhações tivessem feito sua libido diminuir. Isso é completamente normal. (Pesquisei no Google.) E a última coisa que preciso é chamar a atenção dele para isso. Então nem *toquei* no assunto. Apenas continuo cuidando dele de forma incondicional, apoiando-o de todas as maneiras que posso. Comida caseira saborosa, muitos abraços e conversas.

— E quanto ao trabalho? — pergunta Hannah.

— Mais ou menos — admito. — Não está indo tão bem assim. Ele está sofrendo com algumas disputas de poder no escritório.

— Disputas de poder? — Hannah arregala os olhos. — Mas já?

— Não comenta que eu te contei — digo, baixinho. — Mas sabe o chefe dele? O cara que eu conheci? Então... Ele tem ciúmes do Ryan. Falou que queria alguém com experiência de vida no mundo real, mas, na verdade, não era nada disso. Ele queria era mais do mesmo: um estagiário jovem e deslumbrado em quem pudesse mandar e desmandar sem se sentir ameaçado. É uma pena.

Fiquei realmente decepcionada com Seb. Isso só mostra que você pode se enganar completamente em relação a uma pessoa. Parece que ele pediu ao Ryan que parasse de participar de algumas reuniões — o que não faz o menor sentido, porque como Ryan vai conseguir aprender assim? A teoria do Ryan é que Seb se arrependeu amargamente de ter contratado um "homem, e não um garoto", como Ryan gosta de dizer. Principalmente porque todo mundo na empresa adora o Ryan e pede a opinião dele pra tudo.

— Hum. — Hannah fica pensativa. — E o Ryan não pode pegar leve?

— É o que ele tem feito. Ele se esforça pra isso. Mas você sabe como é, né? É o Ryan. — Estendo as mãos. — Se ele acha que alguém está fazendo algo errado, fala logo.

Enquanto falo, sinto uma explosão de orgulho. É justamente o fato de ele não pegar leve que faz de Ryan um cara tão incrível. Ele diz que consegue ver uns dez erros na AISE ao conduzir os negócios. Falou que não vai sossegar enquanto não conseguir mostrar isso para todo mundo, e as pessoas já começaram a chamá-lo no canto para pedir conselhos. Ele acha que Seb é gente boa, mas que não sabe gerenciar pessoas e que a empresa cresceu rápido demais. "Está uma zona", repete ele, meneando a cabeça. "Uma zona. Eles não sabem o que estão fazendo."

Ele fala muito de uma pessoa chamada Erica, que aparentemente é a funcionária mais antiga e experiente da equipe. Ela é uma grande fã de Ryan e acha que ele é um líder nato, muito mais preparado do que Seb e que conseguiria administrar tudo em um estalar de dedos. Mas Seb é o dono da empresa, então não há como mudar as coisas.

No início, achei meio doido ver Ryan já falando em cargo de chefia, mas comecei a me acostumar com isso; ele tem muita ambição. Enxerga o mundo como um lugar a ser conquistado. Quando ele me conta como chegou a Hollywood, eu o vejo como um comandante das forças especiais falando sobre uma missão. E, sim, ele se deu mal — mas não é isso que acontece com várias pessoas de sucesso? Grandes líderes fracassam, aprendem, se levantam, recomeçam do zero e conquistam ainda mais coisas.

— Enfim, ele vai dar um jeito nisso — concluo. — Ele se dá bem com a equipe, pelo menos. Eles saem pra jogar sinuca, tipo, umas três vezes por semana. É legal isso.

— Bem, um brinde por tudo estar dando certo — declara Hannah, e nós levantamos nossas taças quando Morag, Greg e Stacey entram na sala.

Fico boquiaberta quando os vejo. Estão todos arrumados para a festa, mas eu não descreveria nenhum deles como "chiques e sofisticados". Morag está usando o vestido roxo mais feio e brilhante que eu já vi na vida, com ombreiras e uma saia rodada. Quando ela se move, o tecido fica azulado sob a luz. É horrível. Onde foi que ela arrumou isso? Na loja do cafona?

Stacey está usando um vestido que consiste basicamente em um conjunto de lingerie de renda preta com uma tira de chiffon enrolada na parte de cima. E Greg está usando o que provavelmente acredita ser um terno "elegante". Ele passou gel no cabelo e calçou meias brancas com sapato de bico fino. Está pronto para uma festa dos anos 1950.

— Hannah! — exclama Morag como se fosse uma velha amiga, o que na verdade é. Todo mundo na Farrs conhece Hannah. — Que bom ver você! Mas acho que não deveria estar bebendo, não? — Os olhos de Morag se fixam na taça que minha amiga está segurando.

— Tim não quer mais ter um filho — declara Stacey. — Mudou de ideia. Da noite pro dia.

— Stacey! — ofego. — Isso é um assunto particular.

— Foi impossível não ouvir a conversa de vocês — defende-se ela, que não parecia nada arrependida e claramente queria dizer "fiquei de ouvido em pé na conversa". — Que droga, hein? — diz ela para Hannah.

— Ele descobriu que já tem um filho e não quer ter outro por causa de pensão alimentícia e tudo mais? — pergunta Greg.

— Não. Não é nada disso! — exclama Hannah, como se estivesse magoada. — É claro que não.

— Essas coisas acontecem — retruca Greg, dando de ombros. — Aconteceu com um amigo meu no *The Jeremy Kyle Show*. Bom, pelo menos ele conseguiu um teste de DNA de graça... Então não foi tão ruim assim, né? Foi uma história engraçada. — Acabaram com o dinheiro dele. O cara ficou quebrado. Esse foi o resultado.

— Tenho *certeza* de que esse não é o caso do Tim — apresso-me a intervir ao ver a expressão mortificada de Hannah. — E, como eu já disse, esse é um assunto particular, então vamos...

— Pois eu acho que você devia pedir o divórcio — opina Stacey, ignorando totalmente o que acabei de dizer. — E depois transar com todos os amigos dele. Então, quando ele estiver na merda, você pega *outro* amigo... Talvez a pessoa que ele acredita que jamais o trairia... E trepa com essa amiga.

— Amiga? — Hannah arregala os olhos.

— Aham. — Stacey concorda com a cabeça, sem piscar. — E é melhor você arrebentar.

— Stacey, querida, acho que não é assim que a gente resolve as coisas — intervém Morag. — Por que você não prepara um bolo delicioso pro Tim? — sugere ela a Hannah. — Um bolo recheado, ou um bolo de cenoura... Talvez ele seja alérgico a glúten! — Os olhos dela se iluminam. — Isso explicaria tudo!

— Morag, acho que alergia a glúten não faz você mudar de ideia em relação à paternidade — declaro, sem conseguir me conter. — Acho que não é assim que as coisas funcionam.

— Ou ele pode estar com as tripas irritadas — continua ela, sem se deixar afetar. — Essas alergias acabam com a pessoa, querida.

— Pois eu sugiro que você hipnotize o Tim — opina Greg, e todos nós nos viramos para ele.

— O quê? — pergunta Hannah.

— Eu estou fazendo um curso de hipnose. — Greg faz cara de quem sabe do que está falando. — Técnicas militares. Se você me der 24 horas, posso destruir a personalidade dele, e aí você pode começar do zero, fazer com que ele fique do jeito que você quer.

— Entendi — diz Hannah, depois de uma pausa. — Bem, quem sabe?

— Não resista — continua Greg, olhando para ela com os olhos arregalados. — Você tem que *me* deixar ajudar *você*. — Ele faz um gesto com as mãos. — Deixa ajudar *você*.

— A festa já começou? — pergunta Hannah, desesperada.

— A festa! — exclamo. — A gente tem que ir pra lá agora cumprimentar as pessoas. Vamos?

Conduzo todos para fora do escritório e observo o interior da loja. Parece completamente estranho. A música está soando pelos alto-falantes, e duas garçonetes estão circulando com bandejas de champanhe. Alguns convidados já chegaram, mas não reconheço ninguém. Parecem amigos de trabalho de Jake.

Perto da entrada, há um "tapete vermelho" de um 1,5 metro, com uma corda VIP e um painel no fundo com estrelas impressas. Nicole está em frente ao painel, parecendo totalmente à vontade, posando para fotos com uma garota loura que deve ser Kitten Smith. As duas estão de longo, e Nicole está jogando o cabelo de um lado para o outro e dando um monte de risadas falsas, com os braços em volta da cintura da garota.

— Olha — falo com Stacey. Agora pareço um pouco mais animada, apesar de tudo. — É a Kitten Smith.

— Estou vendo — responde Stacey, olhando para ela sem se abalar. — Quanto Jake pagou pra ela vir à festa?

— *Ele pagou alguma coisa pra ela?* — Fico olhando para Stacey.

— Bem, ela não viria de graça, não é? — Stacey revira os olhos.

— É. Claro que não! — exclamo, depressa, tentando não soar tão ingênua quanto me sinto.

Nunca *me passou pela cabeça* que Jake contrataria uma YouTuber para vir à festa. Achei que ela realmente tivesse algum tipo de interesse na Farrs.

Quanto será que ele desembolsou?

Enquanto estou só observando a festa, vejo duas garotas com vestidos elegantes chegando. Jake beija as duas e faz muitas exclamações. Não faço ideia de quem elas sejam. Na verdade, não conheço ninguém aqui. Sei que preciso circular e conversar com as pessoas, mas todos parecem meio assustadores. Resolvo que vou terminar minha bebida, pegar mais uma e só depois circular e puxar assunto com os convidados.

Jake parece bem à vontade. Está distribuindo bebidas e fazendo piadas, falando alto, cheio de confiança. Escuto "Notting Hill" em várias conversas, o que me deixa desconfiada, mas vou dar um voto de confiança para o meu irmão.

Termino minha bebida, encho minha taça de novo e estou prestes a interagir com uma garota bonita e intimidadora quando vejo uma pessoa passando pela porta. É Vanessa! Ela está usando um terninho azul-marinho, mas exibe o mesmo ar sorridente e familiar de sempre.

Finalmente! Uma cliente de verdade! Vou até ela e me vejo cumprimentando-a com beijos, algo que normalmente não faço, mas estou pegando alguns hábitos de Jake.

— Vanessa! Bem-vinda!

Pego uma taça de champanhe da bandeja de uma garçonete que está passando e a entrego para ela.

— Que legal — comenta Vanessa, toda simpática, olhando em volta. — Tudo muito bonito. Qual é o motivo da festa? Não consegui entender direito pelo convite.

— Ah... É um relançamento — respondo de forma vaga.

— Foi o que eu disse pros outros — comenta ela, assentindo. — Eles estão a caminho. Nós nos encontramos no pub primeiro, mas eu estava com pressa e vim na frente.

— Os outros? — pergunto, sem entender.

— O pessoal do Clube do Bolo! — exclama Vanessa com uma risadinha. — Eles não sabiam de nada. Tive que mandar um e-mail pra todo mundo. Você realmente precisa prestar mais atenção nessas coisas, Fixie.

— Você fez *o quê?*

Fico olhando para ela.

— Mas eles já devem estar chegando — continua ela, alegremente. — Ah, olha! Lá está a Sheila.

*Sheila?* Eu me viro. Ai, meu Deus. Sheila.

Tenho certeza de que ela não estava na lista de Jake, uma vez que ele a considera uma "coisa horrível". Mas, depois de uma breve discussão com o segurança, ela o empurra e consegue entrar. Quando ela tira a capa surrada, revela um vestido amarrotado, que parece uma cortina, e suas botas de pelinhos de sempre. Vejo que ela está procurando um rosto conhecido quando, de repente, vê Nicole no tapete vermelho.

— Nicole! — exclama ela, caminhando na direção de minha irmã e de Kitten Smith. — Você está linda. Quem é essa? Vendedora nova? Vamos tirar fotos?

Olho para Jake e começo a rir. A cara dele! A *cara* dele! Ele se afasta de um grupo de pessoas elegantes com quem estava conversando e segue em direção ao tapete vermelho.

— *Que bom* que você veio — diz ele para Sheila. — Que bom *mesmo*. Posso sugerir... — Ele para de falar quando a porta se abre e seis outras integrantes do Clube do Bolo entram, passando pelo segurança. Todas estão usando casacos e sapatos confortáveis.

— Ooh! Vejam só! — exclama Brenda, olhando em volta. — Está tudo tão estranho, vocês não acham?

— Morag! — chama outra mulher, cujo nome não me lembro. — Eu trouxe biscoitos de aveia. Onde devo colocar? — Ela levanta um pote de plástico, e vejo Jake se encolher, horrorizado.

— Meninas! — chama Sheila, acenando vigorosamente do tapete vermelho. — Aqui! A gente vai tirar foto. Meu jovem — diz ela para o fotógrafo. — Você pode tirar uma foto do nosso grupo? Vamos, Clube do Bolo unido! Nicole, você não se importa de dar uma licencinha pra nós, não é? Morag, vem tirar uma foto com a gente!

Sheila literalmente empurra Nicole para fora do tapete, e estou me contorcendo de vontade de rir. Em trinta segundos, o tapete vermelho está tomado de mulheres de meia-idade, com seus casacos esportivos e sapatos confortáveis, todas sorrindo para a câmera. Os convidados elegantes ficam observando a cena, surpresos. Jake parece prestes a vomitar. Ouço Nicole reclamar com Kitten Smith dizendo que ela é que é o Rosto da Farrs e que aquilo não era nada profissional.

Neste exato momento, ouço uma voz no meu ouvido:

— Querida, eu queria saber se você tem outra caneca. Igual a que levei outro dia? Marrom.

Eu me viro e mordo o lábio. É meu amigo, o senhor do carrinho de compras. É ele mesmo.

— Olá! A loja não está aberta hoje, mas posso pegar uma caneca pro senhor.

— Eu vi as luzes acesas — continua ele. — Vocês estão servindo bebidas?

— Aqui está. — Sirvo uma taça de champanhe a ele. — Aproveite.

Vou até o estoque, pego uma caneca e a embrulho em papel de seda. Volto, recebo o pagamento e coloco a caneca no carrinho dele. O caixa não está aberto, então amanhã registro a venda.

— O senhor quer beber mais alguma coisa? — pergunto. — Gostaria de um canapé? Ou um biscoito de aveia?

— Bem. — Os olhos dele se iluminam quando olha para a taça quase vazia. — Outra taça seria...

— Com licença — Jake o interrompe. — O senhor foi convidado? — Ele nem espera a resposta. — Não, não foi. Então será que o senhor poderia se retirar, por favor?

Fico horrorizada quando vejo Jake segurar o idoso pelo cotovelo e conduzi-lo até a porta de forma bastante grosseira.

— Jake! — exclamo. — Jake, pare já com isso!

— Isso aqui é um evento particular — diz Jake para o senhor, me ignorando. — A loja abrirá normalmente amanhã. Muito obrigado.

Ele se vira para mim depois de expulsar o idoso, e sou tomada pela raiva.

— Fixie, será que podemos conversar? — pergunta Jake, de um jeito meio ameaçador, e eu o fulmino com o olhar.

— *Claro* — respondo, irritada, acompanhando-o até o escritório dos fundos. Ele bate a porta e ficamos nos encarando por alguns segundos. Estou furiosa, e frases ofensivas estão se formando em minha cabeça. Consigo enxergá-las, brilhando em seus balões vermelhos e zangados.

*Como você se atreve? Aquele senhor era um cliente e ele merece respeito! Quem você pensa que é? O que o papai ia dizer?*

Respiro fundo, dizendo a mim mesma que dessa vez vou falar; dessa vez realmente vou dizer tudo na cara dele. Mas, quando olho para a expressão intimidadora de Jake, acontece de novo. Perco a coragem. A sensação de corvos à minha volta, batendo suas asas, me toma por inteiro.

— Você está tentando sabotar o relançamento da loja *de propósito*, Fixie? — pergunta ele em tom sarcástico e agressivo. — Suponho que tenha sido você quem convidou toda aquela turma, isso sem mencionar o seu amigo sem-teto?

— Ele não é sem-teto! — rebato, tentando ser o mais firme possível. — E, mesmo se fosse, ele é um cliente! E eu acho... — Engulo em seco. — Eu só acho...

Minhas palavras perdem a força. Eu me *odeio* neste momento. Não consigo gritar. Não consigo dizer o que estou pensando. Não consigo desabafar.

— O quê?

— Eu acho... Que você não devia ter tratado aquele senhor de forma tão grosseira — gaguejo por fim.

— Ah, é? Bem, e eu acho que você não devia ter convidado esse monte de gente pra um evento sério.

— Eu não convidei ninguém — defendo-me. — Foi a Vanessa! — Mas Jake não está mais ouvindo. Ele me dá as costas e volta para a festa, então faço o mesmo depois de alguns segundos, sentindo o rosto arder. Estou pensando seriamente em afogar as mágoas nos biscoitos de aveia quando vejo Leila acenando para mim.

— Leila! — exclamo, aliviada, porque, se existe uma pessoa capaz de animar você, essa pessoa é a Leila. Ela está usando um vestido prateado com uma saia de tule que faz com que ela pareça uma fada.

— Fixie! — exclama ela, me abraçando. — Graças a Deus. Eu disse pro Ryan que você devia estar aqui...

— Ryan? — Meu coração se alegra. — Ele está aqui?

— Ele está aqui. — Leila morde o lábio e baixa o tom de voz. Ele está bêbado.

— *Bêbado?*

Fico olhando para ela.

— Ele não está nada bem. — Leila parece ansiosa. — Fixie, preciso te contar uma coisa. Ele... — Ela para de falar quando Ryan aparece segurando duas taças de champanhe. Seus olhos estão vermelhos, e ele nos lança um olhar esquisito.

— Oi! — cumprimento Ryan, dando um beijo nele. — Está tudo... Você está... — Minhas palavras morrem na boca enquanto olho, sem entender nada, para Leila, que faz uma careta. — O que houve?

— O filho da puta me demitiu — diz Ryan, tão baixo que no início acho que não ouvi direito.

— O quê?

Ele dá um sorriso frio e levanta a taça de champanhe em um brinde debochado.

— Foi isso mesmo que você ouviu, Fixie. O filho da puta me demitiu. Perdi o emprego.

Choque é pouco para descrever o que estou sentindo no momento. Estou muito mais do que chocada. Não consigo nem raciocinar direito. Ryan perdeu o emprego?

Estou novamente no escritório dos fundos. Não consigo nem mais pensar na festa. Só consigo pensar em Ryan agora.

— Não estou *entendendo* — digo, me sentando em uma cadeira em frente a ele. — Isso não faz o menor sentido. O que foi que aconteceu?

— Seb me chamou na sala dele e simplesmente falou: "Acho que não está dando certo." — Ryan dá de ombros. — Foi só isso. Acabou. Fim de papo.

— Mas *por quê?*

— Acho que você sabe o porquê.

Eu me inclino para a frente, analisando o rosto de Ryan; registrando sua expressão calma e resignada.

— Seb se sentiu ameaçado por você. Foi isso?

— Vamos dizer apenas que eu sabia que isso ia acontecer — continua Ryan, tomando mais um gole de champanhe. — Ele tem razão, as coisas não estavam dando certo. Só que não estavam dando certo pra *ele*.

— Porque você era um concorrente — concluo, e Ryan concorda com a cabeça.

O choque está começando a dar lugar a uma onda de raiva em mim. Isso é tão injusto. É uma monstruosidade. Por que eles não podem trabalhar juntos? Por que Seb tinha que ver Ryan como uma ameaça? Ele prometeu para mim que ia dar uma chance ao Ryan e agora o dispensa? Isso está *errado*.

— Sabe que eu nem me importei? — começa Ryan, recostando-se na cadeira, olhando para o teto. — Só que eu podia ter passado as semanas que dediquei àquela empresa procurando um emprego. A verdade é que ele nunca teve a intenção me manter por lá por muito tempo. Só me deu esse emprego para retribuir o favor que devia a você. Pagou uma dívida, ou sei lá o quê.

Tudo estava muito claro agora. Seb nunca levou Ryan a sério como funcionário. Aquilo tudo era só um jogo para ele. Eu não devia ter levado essa história adiante.

— Queria nunca ter usado o "te devo uma" — declaro, com raiva, levantando-me. — Gostaria de nunca ter conhecido esse cara.

— Não tinha como você saber que não ia dar certo. — Ryan dá de ombros. — Eu só gostaria que ele tivesse sido honesto desde o início. Ele rouba as minhas ideias, arranca tudo o que consegue de mim e me manda embora? Bom, deixa pra lá. O que está feito está feito.

— E o que você vai fazer agora?

— Então, Fixie... Não faço a menor ideia. Quando a gente chega ao fundo do poço, quais são as opções?

Ryan parece resignado com a situação. Acabado. Mas eu não. Estou é muito indignada. Meus dedos começam a tamborilar. Meus pés estão fazendo aquela coisa: *um passo para a frente, um passo para trás, um passo para frente, um passo para trás.* Não vou conseguir ficar aqui. Não posso permitir que Seb Marlowe saia dessa impune. Quem ele pensa que é?

Eu me levanto abruptamente, mas me lembro do juramento que fiz a mim mesma no escritório de Seb. Prometi que não ia mais tentar consertar as coisas a não ser que fosse algo de extrema importância.

Mas, se isso não é de extrema importância, o que mais seria?

Pego meu casaco e minha bolsa.

— Eu já volto — aviso. — Pode ir lá pra casa. A gente vai resolver isso.

Passo pela porta, com raiva e ao mesmo tempo decidida.

— Tenho que dar uma saída — digo para Hannah. — Você pode avisar ao Jake?

— Claro — responde ela, parecendo surpresa. — Mas o que...

— Tenho que resolver uma coisa — respondo sem dar detalhes e saio da loja.

Vou até a estação de metrô, pego a composição até Farringdon e salto, sentindo-me implacável e decidida. Em questão de minutos, estou em frente ao prédio da AISE. Olho para cima conforme me aproximo, me sentindo uma tola de repente. Saí da loja tão indignada que nem pensei em ver que horas eram. Talvez não houvesse mais ninguém na empresa e eu simplesmente estivesse perdendo meu tempo..

Mas as luzes estão acesas. Algumas pelo menos.

Meu coração está disparado quando pressiono o interfone e alguém — sei lá quem — me deixa entrar. Entro no elevador e depois apareço na recepção, pronta para dizer "quero falar o diretor, *por favor*", com a voz mais fria possível —, mas ele está ali. É ele. Seb. Esperando o elevador. E parece bastante surpreso em me ver.

— É você — diz ele. — Achei que...

— Oi — cumprimento-o de forma bem seca. — Quero falar com você. Se for conveniente...

Um silêncio paira entre nós. Seb não desvia o olhar, mas sinto que as engrenagens de seu cérebro estão em movimento.

— Claro — concorda ele, por fim. — Entra.

Sigo Seb até sua sala e noto que ele está um pouco desarrumado, como se tivesse passado muito tempo no trabalho. O cabelo cheio está completamente desgrenhado.

Luto contra o impulso de ajeitá-lo, pois não seria nada apropriado. De qualquer maneira, preciso me concentrar. Preciso estar preparada para a briga.

O escritório dele é aconchegante e convidativo, sinto a mesma sensação que tive quando entrei aqui pela primeira vez. Noto que o protetor de copo ainda está em cima da mesa dele e sinto uma pontada de indignação. Que favor que ele me fez, hein! Que favor!

— Então — diz ele quando nos sentamos e, pelo tom cauteloso, sinto que sabe exatamente por que estou aqui.

Parece que foi ontem que estive nesta sala com Ryan, me sentindo radiante porque tudo estava dando certo. A lembrança alimenta minha raiva e respiro fundo para me acalmar.

— Eu só queria dizer — começo, no meu tom mais sombrio — que acho que, quando você faz um acordo com alguém, deve entrar nele de boa-fé. É isso. Tem que ser honesto.

— Concordo com você — diz Seb depois de uma pausa.

— Ah, você *concorda*? — repito, em tom sarcástico.

Sei muito bem que o sarcasmo é a forma mais baixa de inteligência, mas nunca entendi direito o que isso de fato quer dizer, mas não estou muito preocupada com isso agora. Golpe baixo está ótimo, maravilhoso.

— Sim — responde ele, sem se abalar. — Concordo com você.

— Bem, eu *não* — rebato e percebo na hora que me confundi. Isso é culpa dele. Seb está me deixando nervosa. — Não, eu *concordo* — corrijo-me. — Eu *concordo* mesmo. Mas você não foi honesto com o Ryan. Muito pelo contrário! Você não consegue suportá-lo só porque ele é um cara viajado? Porque ele tem ambições e conhecimentos em áreas que você não domina? Será que você se sentiu tão ameaçado assim que foi incapaz de encontrar uma maneira de fazer as coisas darem certo? Ou será que ele tem razão e você nunca teve mesmo a menor intenção de mantê-lo como funcionário?

Quando termino, estou ofegante. Eu meio que espero ouvir uma desculpa esfarrapada de Seb, mas ele está olhando para mim como se eu fosse uma doida varrida.

— O quê? — pergunta ele, depois de um tempo.

— Como assim? — Estou com raiva. — Eu sei de tudo. Eu *sei* que você proibiu o Ryan de participar das reuniões. *Sei* que a sua equipe o procurava pra pedir conselhos. *Sei* que ele conseguia enxergar todos os problemas da sua empresa. Ele tem carisma e experiência, e você não soube lidar com isso! Então você simplesmente se livrou dele.

— Meu Deus! — exclama Seb. — Meu Deus! — Ele se levanta e passa a mão nervosamente pelo cabelo, depois vai até a janela e dá uma risada estranha. — Tudo bem. Por onde eu começo? Você faz ideia dos problemas que Ryan Chalker causou a essa empresa? Você sabe o nível de ignorância, estupidez... de futilidade dele? Se eu tivesse que ouvir mais uma historinha sobre ter nadado na piscina de algum figurão da área de tecnologia em Los Angeles eu ia enlouquecer! — Ele se vira para mim, com a expressão atenta. — Não fui eu quem o bani das reuniões, foi a equipe. Eles me pediram que fizessem isso porque o Ryan simplesmente não *calava a boca*!

— Talvez você não tenha ouvido direito! — exclamo, na defensiva. — Ele tem muita experiência...

— Em quê? Em almoçar no restaurante Nobu? Porque ele só falava disso.

— Tudo bem. Bom, está mais do que claro que você nunca ia dar uma chance de verdade pra ele. Ele estava certo. Você nem *tentou* fazer as coisas darem certo.

— Eu não *tentei*? — Seb parece ofendido. — Eis o que eu fiz: eu tentei ser o mentor dele. Dei conselhos. Eu o mandei pra treinamentos. Discuti cursos na área de finanças. E o que ele faz em troca? Ele debocha do nosso método. Atrapalha todas as reuniões das quais participa. Fica citando pessoas famosas até a gente não aguentar mais, não termina nenhuma tarefa que passo pra ele... E ainda dorme não com uma, e sim com *duas* pessoas da equipe! Duas! — Ele passa a mão pelo cabelo. — Tem sido uma loucura isso aqui! Uma descobriu sobre a outra, teve uma confusão numa reunião, elas choraram... — Seb para de falar e olha para mim, me observando atentamente. — Espera um pouco. Você ficou pálida de repente. Você está bem?

Estou olhando para ele, sentindo a cabeça latejar. Ele disse isso mesmo...?

Ele não... Ele não pode...

— Co-como assim? — pergunto. — Ele dormiu com quem? De quem você está falando?

— Não acho que isso seja relevante — responde Seb, lançando-me um olhar curioso. — Já falei mais do que devia.

— Não acredito em você. — Minha voz está trêmula. — Não acredito em você.

— Você não *acredita* em mim? E por que você acha que... — Seb parece revoltado, então, de repente, a expressão em seu rosto muda. — Puta merda. Você e o Ryan... Você e ele não... — Ele para de falar, parecendo arrasado. — Ele disse que era solteiro. Falou pra todo mundo que estava sozinho. Eu *nunca* teria... Eu sinto muito. Isso foi...

Ele para de falar, sem saber o que dizer. Ficamos em silêncio.

Sinto meus olhos arderem. Olho ao redor, sem nenhum foco específico, só porque não consigo encarar Seb. Ele está mentindo. Não é possível.

Mas por que ele inventaria essa história?

De repente me lembro de todas as vezes que Ryan estava "cansado demais" para transar. E como fui compreensiva. Preparei ensopado de cordeiro para ele e fiz massagem nele dizendo "Dê tempo ao tempo".

Será que fui a mulher mais idiota do mundo? Será que queria tanto assim o famoso Ryan Chalker que fiquei completamente cega para o que acontecia à minha volta?

— Posso só fazer uma pergunta? — consigo dizer por fim. — Sua equipe joga sinuca três vezes por semana?

— Três vezes por *semana*? — Seb parece surpreso. — Não que eu saiba. Talvez uma vez por mês. Por quê?

— Por nada. — Engulo em seco. Estou tentando manter a compostura, apesar de estar com o coração despedaçado.

Então Ryan não estava jogando sinuca. Ele estava com outras mulheres. Talvez com essa tal Erica de quem ele vive falando. Ele nunca quis ter uma vida comigo de verdade. Nunca quis intimidade. Eu era apenas um jantar grátis e uma massagem duas vezes por semana.

Depois de alguns instantes, Seb se aproxima de mim. Olho para ele e vejo que parece preocupado e sério.

— Sinto muito — diz ele. — Mas aquele homem é... Ele não é uma boa pessoa. Bom, na minha opinião. Há quanto tempo vocês se conhecem?

— A vida toda. Desde que eu tinha uns 10 anos.

— Ah. — A expressão dele muda, porém não consigo mais interpretá-la.

— Não era nada sério — apresso-me a dizer. — Não era nada de mais. Então...

Mas já é tarde demais. Percebo pela expressão no rosto de Seb que ele sabe que estou arrasada. Seus olhos de floresta estão vívidos, cheios de compaixão. Suas sobrancelhas estão franzidas, ele está com pena de mim. Não consigo suportar isso.

— Enfim. Ficou bem claro pra mim que as coisas entre você e Ryan não deram certo. Muito obrigada por me contar o que aconteceu.

Pego meu casaco e minha bolsa com mãos trêmulas.

— Fixie, eu sinto muito. — Seb está me observando. — Eu não queria... Eu não fazia ideia...

— É claro que não. — Minha voz sai esganiçada. — E esse não é o motivo... Eu simplesmente queria saber o que tinha dado tão errado entre você e o Ryan. Eu só queria saber isso. Você me fez um favor, e deu tudo muito errado... — Paro de falar quando me dou conta do que estou dizendo. — Você me fez um favor — repito mais devagar. — Você contratou o Ryan, e sua empresa teve problemas por causa disso. Então agora sou *eu* que te devo uma.

— Não seja ridícula — diz Seb com uma risadinha. — Você não me deve nada.

— É claro que devo.

— Não deve, não! Fixie, estamos quites.

Sinto os olhos dele tentando encontrar os meus, seu sorriso está lutando para aliviar a tensão, mas nada é capaz de abrandar o que estou sentindo. Estou arrasada, triste e sinto as lágrimas se formando nos cantos dos meus olhos.

Pego o protetor de copo e, sem olhar para Seb, apanho uma caneta em cima da mesa. Abaixo do "Pago" que escrevi antes, escrevo:

*Eu te devo uma e nunca vou conseguir te pagar.*
*Então foi mal por isso.*

Assino e deixo a caneta na mesa.

— Tchau — eu me despeço dele e me viro para ir embora.

Ouço Seb resmungar alguma coisa, mas não paro para ouvir. Preciso ir embora.

Quando chego a Acton, estou exausta. Ensaiei as frases na minha cabeça, todas as acusações possíveis, e é como se eu já tivesse tido seis brigas com Ryan.

Estou refutando cada uma das respostas machistas que ele vai me dar. Ele vai tentar parecer surpreso, como se eu estivesse sendo possessiva e nada racional. Vai dizer "Fixie, eu *falei* que nós não devíamos apressar as coisas, lembra? Temos que ir devagar". Só de pensar nisso, fico revoltada. Não apressar as coisas *não* é o mesmo que dormir com duas outras mulheres. *Não é mesmo.*

Quando penso na facilidade com que acreditei na versão dele dos fatos, em como eu ficava racionalizando cada coisinha que Ryan dizia, sinto vergonha da minha estupidez. Mas ele era tão *convincente*...

Não era?

*Ou talvez eu só quisesse acreditar nele,* diz uma vozinha em minha cabeça. *Talvez eu tenha ignorado tudo o que não queria ver.* Várias coisas se passam pela minha cabeça, e, quando entendo o que realmente aconteceu, fecho os olhos, tentando fugir de todo aquele sofrimento. Não posso pensar nos meus erros agora. Já foi.

Quando volto para a loja, vejo que a festa praticamente já acabou. Nenhum funcionário está mais lá. Nem Hannah. Leila está sentada em uma cadeira no canto, sem desgrudar os olhos do celular, e Jake está conversando com um cara com papada e camisa cor-de-rosa, mas não vejo Ryan em lugar nenhum.

— Ah, Fixie — diz Leila, quando me vê. — Aí está você.

— Cadê o Ryan? — pergunto de forma tão ríspida que ela arregala os olhos, surpresa.

— Ele não falou com você? Não mandou mensagem? Ele foi embora.

— Embora pra onde?

— Pegou um trem. Vai ficar com um primo em... Leicester, sei lá — responde ela, franzindo o cenho. — Não sei direito. Mais para o interior. Disso eu sei. Ele acha que pode ter mais oportunidades fora de Londres.

— *Interior?*

Fico olhando para ela. Aquilo não faz o menor sentido. Ele não pode ter simplesmente *se mandado.* Não é possível.

— Eu perguntei a ele "E a Fixie?", e ele falou que você tinha entendido e que vocês já tinham conversado sobre isso. — Leila olha para mim com cara de inocente. — Ele disse que você ia ficar bem.

Nós *conversamos* sobre isso? Foi o que ele disse? Mas isso é...

Então, de repente, não consigo acreditar que eu tenha caído na lábia de Ryan. Ele é uma máquina de mentiras, isso é o que ele é. E demorei muito tempo para descobrir isso.

— Ele estava com uma cara péssima — comenta Leila. — Ficou repetindo que não tinha mais nada pra ele aqui em Londres. Não parava de falar que tinha perdido o emprego. Sabe... Esse Seb aí parece uma *péssima* pessoa. — Ela olha para mim com olhos de corça emoldurados por cílios com rímel. — Você o conhece, né?

Fico olhando para ela, sem nem ouvir a pergunta. Ainda estou um pouco tonta. Ryan mentiu sobre tudo e agora foi embora. Não tive nem a chance de tirar essa história a limpo com ele. A raiva e a humilhação que estou sentindo não têm para onde ir, exceto de volta para o meu coração.

— Como ele é? — insiste Leila, e pisco para ela, acordando do devaneio. — Ele é tão ruim quanto Ryan diz? Porque ele parece ser um monstro!

Lembro-me de Seb em seu escritório, olhando para mim com aqueles olhos preocupados, compreendendo tudo. Suas palavras delicadas. O cabelo desgrenhado. O remorso por ter me deixado chateada. Ele tentou me animar dizendo que estávamos quites.

Então, sou tomada por um desejo repentino. *Eu quero... Eu quero...*

Mas não consigo concluir o pensamento. Não sei bem o que eu quero. Acho que queria que as coisas fossem diferentes.

— Seb? — pergunto, por fim, soltando o ar. — Ele não é tão ruim assim. Não. Ele... Ele não é tão ruim.

## TREZE

Duas semanas depois, minha mãe está em St. Tropez com tia Karen. Ela não para de me mandar mensagens de texto enormes contando sobre a marina, os barcos e o pôr do sol. Eu sei que deveria mandar uma resposta decente para ela, mas simplesmente não consigo. Quando começar a digitar uma mensagem para minha mãe, sei que meus sentimentos vão transbordar e as lágrimas vão começar a escorrer em cima do celular.

Em vez disso, respondo com um monte de carinhas sorridentes e emojis do sol brilhando e barquinhos, evitando a verdade de todas as formas. (Talvez os emojis tenham sido inventados exatamente para isso, e eu que estivesse usando tudo errado. Eles não estão ali para que você expresse seus sentimentos de um jeito divertido, e sim para ajudar você a *mentir para sua mãe*.)

Também mandei três mensagens para Ryan. Uma delas muito digna e calma. Outra um pouco menos digna e calma. E a última totalmente desesperada e descarada, em uma tentativa de dar a ele uma oportunidade de provar que ele *não* é tão ruim assim quanto penso que é.

Então cometo o maior erro de todos que é mostrar as mensagens para Hannah. Ela ficou horrorizada e até ameaçou vir confiscar meu celular à noite enquanto eu estivesse dormindo. Disse que tem uma chave reserva e que não hesitaria em usá-la caso fosse necessário. E como sei que é bem capaz de ela fazer isso mesmo, parei de escrever para Ryan.

E ele não teve a decência de responder. Nem mandou uma mensagem de voz nem nenhum e-mail ou deixou qualquer recado para mim na loja. Nem uma carta. (É claro que ele não ia escrever uma carta, não sei o que estava passando pela minha cabeça quando perguntei ao carteiro se por acaso havia algum envelope para mim.) Mas tudo bem, porque sou uma pessoa forte e minha estratégia é simplesmente parar de pensar nele.

Bom, é claro que estou *pensando* nele agora. E de vez em quando ainda penso. Do nada o nome *Ryan* passa pela minha cabeça. Seria impossível esquecê-lo completamente. Mas também tem mais um monte de outras coisas passando pela minha cabeça no momento. Como o fato de Jake ainda não ter entregado o relatório de despesas da festa de relançamento, então ainda não sei quanto gastamos nisso. E o fato de Nicole ter cancelado o Clube do Bolo ontem à noite, sem me falar nada, para dar uma palestra sobre mente, corpo e espírito na loja. Já recebi quatro e-mails irados sobre isso. E o lance mais tenso de todos: prometi a Hannah que ia conversar com Tim sobre eles terem um filho. Ela quer saber por que ele mudou de ideia e, se possível, fazê-lo voltar atrás na decisão.

Fazer o Tim voltar atrás? *Eu?* E como vou conseguir fazer Tim voltar atrás na própria decisão? Como vou abordar o assunto com ele? Conheço Tim há muito tempo, mas planejamento familiar definitivamente *não* é o tipo de assunto sobre o qual costumamos conversar.

Mas Hannah insistiu tanto que acabei prometendo tentar. Ela disse que viria com ele à loja qualquer dia depois do trabalho e que eu devia simplesmente começar a falar sobre bebês. Só que de uma maneira "espontânea".

— Não quero que ele saiba que conversei com você sobre isso. — Quero que ele ache que voltou atrás por vontade própria. Está bem?

— Hum... Claro — respondi. — Pode deixar.

Achei que teria tempo para me preparar, mas aqui estão eles, às cinco e meia da tarde. Percebo que Hannah deve ter obrigado Tim a sair mais cedo do trabalho. E ela também saiu mais cedo. Está na cara que esse assunto é prioridade máxima para ela.

Ai, meu Deus. Sem pressão.

— Oi, Hannah! Oi, Tim! — cumprimento os dois, tentando soar casual. — Que surpresa ver vocês aqui!

— Oi, Fixie! — responde Hannah, soando um pouco forçada. — Do nada decidimos dar um pulinho aqui. Vou dar uma olhada nos liquidificadores. Estou pensando em comprar um pra dar de presente de aniversário. Será que você pode fazer companhia ao Tim enquanto eu procuro um?

Então ela segue para os fundos da loja. Agora Tim e eu estamos sozinhos. Essa é minha deixa.

Merda. Eu devia ter me preparado antes. Como vou entrar no assunto?

— E aí? — começo, animada. — Como estão as coisas, Tim?

— Tudo bem, obrigado por perguntar — responde ele daquele jeito direto. — E você. Como está?

— Ah, tudo bem. Tudo bem. — Balanço a cabeça por alguns segundos, tentando pensar em mais alguma coisa para dizer. — Hum... Bebês são tão fofos, né?

*Merda.* Simplesmente escapou.

— O quê? — Tim olha para mim meio desconfiado. — Como assim?

— Ah! Não... É que — apresso-me a explicar. — É que eu estava pensando nisso porque... Humm... Apareceu um bebê aqui na loja hoje. Ah, ele era tão fofo que fiquei pensando *"esse* é o futuro. *Essa* é a nova geração. Precisamos preservar o planeta para as crianças".

Espere. Como desviei o assunto para meio ambiente?

— Que crianças? — pergunta Tim, parecendo confuso.

— Crianças, ué? — respondo, já desesperada. — Você sabe, crianças...

Vejo Hannah espiando por trás do expositor de liquidificadores com as sobrancelhas arqueadas, então de repente tomo uma decisão. Não adianta ser sutil com Tim. Com ele tenho que ser curta e grossa.

— Olha só, Tim — começo com a voz baixa mas firme. — A Hannah quer ter um filho. Por que você mudou de ideia? Ela ficou muito magoada com você. Aliás, ela *não pode* saber que estamos falando sobre isso.

Tim fecha a cara na hora.

— Isso é problema meu — declara ele, desviando o olhar.

— É problema da Hannah também — argumento. — Você não quer ter uma família? Você não quer ser pai?

— Eu não sei, tá legal?

Tim de repente parece chateado. Acho que minha tática funcionou.

— Mas você concordou que era isso que você queria — insisto. — O que fez você mudar de ideia? *Alguma coisa* deve ter acontecido pra fazer você mudar de ideia.

O rosto de Tim é tomado por certa emoção, e fico esperando.

— Eu não sabia a trabalheira que é ter um bebê! — exclama ele, de repente. — *Você* sabe?

Sinto vontade de soltar uma piadinha engraçada para dizer que a contribuição dele não é tão difícil assim, mas sei que não é hora disso.

— Tipo o quê?

— É um pesadelo! — exclama ele, parecendo encurralado. — É uma coisa que não tem fim.

— Como assim?

Fico olhando para ele.

— Verificar o carrinho de bebê pra ver se tem alguma costura frouxa. Visitar creches. Fazer pesquisas sobre cadeirinhas de segurança pra carro. Escolinha. Tinta orgânica. La Mars. Annabel Karmel. E todo o resto.

Tim despeja essa enxurrada de informações sem sentido enquanto conta nos dedos. Por um instante, fico imaginando se ele está tendo algum tipo de colapso nervoso.

— Tim — eu o interrompo, com toda delicadeza. — *Do que* você está falando?

— Não conte pra Hannah que eu falei isso pra você — pede ele, baixando a voz. — Mas ela é... É tudo tão... Não vou conseguir fazer isso.

Estou desnorteada. A conversa saiu totalmente dos trilhos, e não sei bem o que responder. Para piorar, Hannah está vindo em nossa direção, segurando um liquidificador e olhando para mim cheia de expectativa.

— Oi! — exclamo com voz aguda e afetada. — Então... Tim e eu estávamos falando sobre... Coisas...

Segue-se um longo e estranho momento de silêncio. Sinto que tanto Hannah como Tim estão me pedindo desesperadamente que eu fique calada.

— Então! — exclamo, evitando fazer contato visual com qualquer um dos dois. — Vou fechar sua compra... — Recebo o pagamento de Hannah e entrego o liquidificador a ela. — Eu... Hum... Ligo pra você mais tarde. Pode ser?

— Vamos sair pra jantar? — sugere ela, ansiosa.

— Não posso. — Faço uma cara triste. — É aniversário da Leila, e nós combinamos um drinque no 6 Folds Place. Mas a gente se fala depois. Com certeza.

Quando Hannah e Tim vão embora, respiro, aliviada. Preciso decifrar aquilo. Preciso pensar no que vou falar para Hannah. E pesquisar o que significa La Mars. Ou será que é "Le Mahs"?

Estou prestes a digitar o nome no meu telefone quando Bob sai do escritório dos fundos com seu casaco esportivo, pronto para ir embora. Sorrio para ele.

— Oi, Bob. Está tudo bem? Ainda não fomos à falência não, né?

Essa é uma piadinha da minha mãe. Ela pergunta isso toda vez que o vê. Eu só quis manter a tradição.

— Ainda não! — responde Bob com sua risada característica. Mas noto que ele puxa os punhos da camisa, como sempre faz quando precisa abordar um assunto delicado. — Eu só estava dando uma olhada em algumas notas da festa de relançamento — acrescenta ele. — O DJ foi bem caro, né?

Ele dá uma risada, mas parece ansioso.

Tento lembrar que Bob é o cara mais cauteloso do mundo e não sabe nada sobre DJs, marketing e festas. Mesmo assim, é impossível evitar uma pontada de ansiedade. De repente, sinto necessidade de desabafar com ele. Eu quero dizer "Sei exatamente como você se sente! Nós não *precisávamos* de um DJ! Não sei nem sei por que fizemos essa festa! Nada mudou, as vendas não aumentaram, não apareceram clientes novos... Isso não serviu pra nada!".

Mas *família em primeiro lugar.*

— Acho que todo esse marketing ajuda — digo por fim. — Você sabe. Trabalhar o perfil e tudo mais.

— Ah — diz Bob.

Seus olhos castanhos encontram os meus, e tenho certeza de que ele me entende, mas nunca abriria a boca porque é discreto, leal e educado demais para isso.

— Já chegaram todas as notas fiscais? — pergunto. — Você sabe quanto gastamos no total?

Tento me lembrar de que minha mãe concordou com a festa. Não havia nada que eu pudesse fazer para impedir que o evento acontecesse. De qualquer forma, aquilo não seria um *problema*. Uma festa não vai levar ninguém à *falência.*

— Ainda não — responde Bob. — Nem tudo.

— Bem, me mantenha informada — peço.

— Claro.

Ele se vira para ir embora e eu o vejo sair da loja dando um suspiro. Agora preciso me arrumar para a festa de aniversário de Leila, mesmo que a última coisa que eu queira fazer hoje seja ir ao 6 Folds Place. Só a ideia de me arrumar já parece exaustiva, quanto mais conversar com aqueles amigos de Jake metidos a besta sobre velejar (não tenho nada a dizer sobre isso) e marcas de carros (também não sei nada sobre isso). Mas prometi a Leila que iria, e ela é um doce de pessoa. Não quero decepcioná-la.

Pelo menos vai ter bebida de graça, tento me animar enquanto pego minha *nécessaire* de maquiagem. Champanhe de graça. Ou coquetéis, sei lá. No estado que estou, preciso mesmo de uma bebida.

São coquetéis. Fortes e servidos em copos de martíni. Pego um, ávida para beber alguma coisa. Não faço ideia do que tem ali dentro, só sei que quero beber. Fecho os olhos e viro o drinque e, ah, meu Deus, *que felicidade*. Não comi nada o dia inteiro, e o álcool cai em minha corrente sanguínea como uma droga.

Bem, é uma droga, na verdade. Haha.

Abro os olhos e observo à minha volta, procurando alguém com quem compartilhar esse pensamento, mas não tem ninguém ali com quem eu queira realmente falar. Leila me recebeu toda fofa quando cheguei, mas depois foi ao banheiro com duas de suas amigas esteticistas. Jake está falando alto com três outros caras de terno sobre negociações de diamantes sintéticos. Aparentemente, isso é feito na Ásia.

— Sabe... É uma entrega internacional — repete ele como quem quer se gabar. — Isso é o que acontece no comércio global. Estão entendendo?

Não tenho nada para comentar sobre comércio global, então pego outro coquetel. Eu poderia beber isso a noite toda, penso com meus botões a cada gole delicioso. Bom, na verdade, é *exatamente* isso que vou fazer.

O espaço em que nossa pequena festa está acontecendo foi cercado por uma corda, mas há várias pessoas no clube, sentadas à mesa ou em pé no bar. Não são convidados de Leila, são membros do 6 Folds Place e estão ali para curtir a noite. Tem um grupo de meninas sentadas à minha esquerda, e fico olhando para elas porque foi naquela mesa que nós nos sentamos na última vez, quando Ryan me deu um buquê de lírios e me beijou e eu achei... Eu realmente acreditei...

De repente, sinto aquela pontada familiar de tristeza, então me viro e pego mais um coquetel. Cada gole gelado congela essa sensação ruim. A humilhação. A autorrecriminação. O pior de tudo é que todo mundo tentou me avisar. Hannah, minha mãe, até mesmo Tim, daquele jeito dele. Todos conseguiram enxergar o verdadeiro Ryan — embora Hannah tenha repetido várias vezes nessas duas últimas semanas horríveis que não fazia ideia que ele era *tão* babaca assim. Não nesse nível.

Nem sei se isso deveria me animar ou não.

Termino mais um drinque e vejo Nicole ao lado de Jake. Não tinha visto minha irmã ainda. Ela está linda com um vestido curto de franjas branco, jogando o cabelo para o lado. Está conversando com um cara alto e ouço quando diz:

— É... Na verdade, estou sofrendo de ansiedade da separação, sabe? Eu realmente preciso me cuidar.

Não quero conversar com ela. Nem com Jake. "O que há de *errado* comigo?" "Por que não quero conversar com minha própria família?", penso, meio desesperada, e então devolvo o copo vazio e pego outro, me perguntando se quatro coquetéis chega a ser contra a lei. Então fico tensa. Ai, meu Deus. Ai, meu *Deus*. Não pode ser.

Mas é. É Seb. É ele sentado a uma mesa um pouco mais afastada. Está usando um paletó elegante e está com uma mulher. Uma mulher alta, loura, com ar confiante, com um corte de cabelo na altura do queixo, unhas feitas e um vestido verde, justo e chamativo. Ela parece apresentadora de telejornal. Será que é a namorada dele? Como é mesmo o nome dela?

Espremo meu cérebro para me lembrar do nome dela e, de repente, ele aparece na minha mente: *Briony*. É isso. Ela que fez Seb ir àquele guru de esqui. E tinha alguma coisa sobre uma academia em casa. Será que é ela?

Quando Seb ergue os olhos para chamar o garçom, na mesma hora me escondo atrás de um grupo de amigos de Jake. Não quero que ele me veja. Por que ele está aqui? Meu pensamento é quase acusador. Ele disse para Ryan que esse tipo de lugar não era muito a cara dele. Que hipócrita.

Bom, voltando: o que vou fazer agora?

Do meu esconderijo, dou outra espiada. Os dois cotovelos dele estão apoiados na mesa e parece que ele está falando sério, como se realmente estivesse tentando se fazer entender. E Briony está...

Ela está brigando com Seb, percebo. Parece que ela está com raiva. Meu Deus, eu queria saber fazer leitura labial. O que eles estão falando?

Agora é ele que está falando... ela o interrompe... os dois estão discutindo, percebo, surpresa. Eles estão brigando de verdade! Seb não parece ser o tipo de pessoa que briga. Muito menos no meio de um clube.

Enquanto assisto a tudo, fascinada, o rosto de Briony se retorce em uma careta. Ela diz coisas para Seb e empurra a cadeira. Depois joga uma *pashmina* nos ombros e pega a bolsa. Ela está magnífica — preciso confessar — de um jeito meio monstruoso. Ela é tão elegante, tão confiante. Então fala uma última coisa para Seb e vai embora. Ofego. Aquilo foi intenso. E olha que eu nem estava envolvida na briga.

Estou tonta por causa do álcool. Minha visão está começando a ficar embaçada, e me sinto um pouco cambaleante. Talvez eu tenha bebido muito rápido. De qualquer forma, quando Seb se levanta, fico alerta de repente. Espere um pouco. Para onde ele está indo? Que direção ele vai seguir?

Merda. Ele está vindo para cá. Vem em direção ao bar. *Merda.*

Tudo bem. Rápido. Preciso ficar de *costas* para ele. *De costas.* De qualquer jeito. *De costas.* Olho em volta tentando me esconder e vejo Nicole, que está em um canto sozinha falando ao celular.

— Drew, tenho que desligar agora.

Ouço minha irmã falar. Ela desliga o celular e toma um gole da bebida, com a cabeça erguida, decidida. Sua mandíbula está contraída, e os olhos, estreitos. Acho que ela está meio estressada.

Nossa, penso, me sentindo tonta. Será que ela e Drew brigaram?

— Oi, Nicole! — digo, enquanto vou cambaleando até ela. — A gente nunca conversa. Vamos conversar. Está tudo bem?

Ela olha para mim e, na hora, assume uma postura defensiva.

— É claro que está — responde ela. — Por que não estaria?

Típico. Queria que pelo menos *uma vez* na vida eu e minha irmã tivéssemos uma conversa de verdade.

Olho para trás. Seb está no bar. Está pedindo uma bebida. Uísque, ao que tudo indica.

— Você sabe que o Drew adora você, não sabe? Tenho certeza de que ele te adora. Um tantão assim. — Abro os braços e cambaleio ligeiramente, perdendo o equilíbrio. — Muuuuito mesmo.

— Acho que você está bêbada, Fixie.

Ela olha para mim, desconfiada.

— Não estou. Não mesmo. Não estou nada bêbada.

— Está, *sim!* — Ela olha para mim. — Quantos drinques você já tomou?

— Dez — respondo, em tom de desafio, tomando mais um gole do meu coquetel.

Eu me viro disfarçadamente para ver onde Seb está, mas, para meu desespero, ele agora está de costas para o bar e seus olhos encontram os meus. Então o rosto dele se ilumina, surpreso, e eu viro a cara depressa, com o coração disparado.

Ele não me reconheceu, digo a mim mesma. É claro que ele não me reconheceu. Não teria nem como, foi muito rápido. Mesmo assim, acho melhor ficar atrás de Nicole, para me esconder. Então, tenho uma inspiração repentina e me agacho. Tudo bem, está tudo bem. Fico totalmente escondida atrás dela. Além disso, está bem mais confortável aqui embaixo do que em pé de salto. O salão está até rodando menos. Estou relaxando. As pessoas deviam se agachar mais em festas!

— Mas o que você está fazendo? — pergunta Nicole.

— Psiu! — exclamo. — Não se mexa!

Não consigo mais ver Seb. Não consigo ver mais nada que não seja uma confusão de luzes provocada pelas franjas do vestido da minha irmã. Fiquei até meio hipnotizada, principalmente porque meu cérebro parece girar a cada trinta segundos.

— Olha! Tem *sushi* — declara Nicole de repente. — Vou pegar um pouco.

Então, para meu desespero, ela segue para a mesa de sushi e eu fico completamente exposta.

— Espera! — grito. — Nicole! Volta aqui!

Tento me levantar, mas não consigo. O que há de errado com meus joelhos? Por que eles não *me obedecem*? Joelhos idiotas. Coquetéis idiotas!

— Fixie?

Quando ouço a voz de Seb, e percebo um tom de surpresa nela, sinto um nó no estômago. Não há o que fazer a não ser olhar para ele. E lá está ele, aqui, na minha frente, com um copo na mão, parecendo não acreditar no que está vendo.

Ele não precisava parecer *tão* surpreso. Moramos em um país livre.

— Ah! — digo, com dignidade. — Oi. Tudo bem? Eu só me agachei um pouquinho aqui.

— Percebi.

Ficamos em silêncio enquanto tento me levantar graciosamente, como um cisne, mas não está dando certo.

— Posso? — Ele estende a mão para mim e, relutantemente, aceito sua ajuda.

— Obrigada.

— Não foi nada.

Ficamos em silêncio e, de repente, ouvimos uma música na minúscula pista de dança. O DJ começou a tocar. Seb parece tão tenso, penso, quando olho para ele. Mas isso me surpreende, considerando a bronca que levou de Briony. Se aquela é mesmo ela.

Eu deveria puxar papo, mas nunca fui muito boa em inventar assunto. Então de repente solto, de forma mais agressiva do que pretendia:

— O que você está fazendo aqui? Você falou que não costumava frequentar esse clube. Que esse tipo de lugar não era muito a sua cara.

Sei que estou sendo meio hostil com ele, mas tenho meus motivos. Se alguém diz que não costuma frequentar certo lugar, não deveria frequentar mesmo. A verdade é que o fato de ter dado de cara com Seb está me deixando exaltada e irritadiça. Eu me esforcei tanto para bancar a corajosa nestas duas últimas semanas. Tenho feito até piadinhas, inclusive sustentado para mim mesma a versão de que Ryan e eu só estávamos curtindo e que eu não tinha ficado nem um pouco magoada com tudo o que aconteceu. Tive de bancar a corajosa até mesmo para Hannah.

Mas Seb sabe. Ele *sabe*. Ele me viu no momento mais vulnerável da minha vida, pálida, enquanto meu mundo desabava na minha frente. E é por isso que eu preferiria não ter dado de cara com ele no clube.

— Eu não costumo frequentar esse clube — responde ele. — Realmente não é a minha cara. E você? O que está fazendo aqui?

— Enchendo a cara — respondo.

— Ah.

— Afogando as mágoas. Nós temos coquetéis — revelo, balançando o copo na frente dele. — Você pode tomar um se quiser. Mas precisa estar na nossa festa. Quer entrar como meu convidado? Eu não aceitaria, se fosse você. Está cheio de corretores de imóveis lá

Tenho uma ligeira noção de que não estou agindo de maneira apropriada, mas não consigo parar. A essa altura, meu bom senso já foi pra cucuia. O álcool já dominou minha mente e está dizendo "Uhu! Agora vale tudo!".

— Corretores de imóveis, hein? — pergunta Seb, dando um sorriso.

— E importadores de diamantes sintéticos. Na verdade, só um. O meu irmão. E quem era aquela que estava aqui com você? Sua namorada?

— É — responde ele depois de uma pausa. — O nome dela é...

— Eu sei o nome dela — eu o interrompo com tom triunfante. — Eu ouvi a sua conversa na cafeteria. O nome dela é... Espera... — Faço uma pausa, fechando os olhos por alguns segundos, deixando a música penetrar meu corpo. — Brioche.

Não. Parece que saiu errado.

— Não é Brioche — corrijo-me depois de pensar um pouco. — É parecido.

— Briony — diz Seb, rindo de novo.

— *Briony.* — Fico balançando a cabeça por uns 15 segundos. — Sim. Claro. Desculpa. *Briony.* — Penso por um momento e então acrescento: — Acho que você devia chamá-la de Trombone.

— *O quê?* — Seb fica olhando para mim.

— Eu vi vocês dois brigando mais cedo. — Ela parecia uma... — digo, franzindo o nariz, pensando. — ... Apresentadora de jornal malvada. — Começo a fazer uma voz de apresentadora de telejornal: — Boa noite. Sou a Apresentadora Malvada. Vocês são um lixo e eu desprezo todos vocês. — Paro de falar e pisco para ele. — Foi mal — acrescento quando Seb abre a boca. — Foi mal mesmo. Isso foi péssimo. Foi horrível o que eu fiz. Esquece o que eu disse. Eu não devia falar assim da sua namorada. Ela deve ser legal.

— Não — responde Seb em tom calmo. — Você não devia falar assim da minha namorada.

Tomo mais um gole do meu drinque, pensando no que dizer, então me aproximo e sussurro no ouvido dele:

— Mas ela não é muito legal, né?

— A gente vai realmente começar a avaliar as escolhas amorosas um do outro? — pergunta Seb, sério. — Você realmente quer entrar nesse jogo?

— Por que não?

— Tudo bem! — Seb levanta a voz, meio exaltado. — Pelo menos eu não entreguei meu coração para um cretino de um *vigarista*! Pelo menos eu não sou uma trouxa ingênua que fica inventando desculpas por causa de um babaca só por uma paixonite da época de escola!

— *O quê?* — Arfo com tanta intensidade que chego a cambalear. — Como você sabe *disso*?

— Você disse que conhece o Ryan desde os 10 anos — responde Seb, dando de ombros. — Não foi difícil ligar os pontos.

Sinto uma pontada de ressentimento. Eu não devia ter revelado nem uma informação sequer para esse cara. Tomo mais um gole do meu coquetel, deixando o líquido um pouco na boca antes de engolir. Olho com raiva para ele e falo, sendo bem maldosa:

— Eu achei que você fosse educado. Obviamente eu estava errada.

— Eu sou educado. — Agora ele parece estar achando graça. — Quando eu quero.

— E, só pra você saber, eu não sou ingênua, eu *confio* nas pessoas. — Balanço o copo vigorosamente para dar ênfase e derramo um pouco de bebida. — Eu *confio* nas pessoas.

— Quer dançar?

Sou pega de surpresa pelo convite e fico olhando para ele sem entender, perguntando-me se eu tinha escutado direito.

— Dançar? — repito por fim. — Você disse... *Dançar*?

— Eu gosto de dançar. Você quer dançar?

— Com você?

Olho para ele.

— É — confirma Seb, pacientemente. — Comigo.

— Ah. — Tomo outro gole e penso sobre o assunto. — Não, não quero.

Vou dar uma lição nele.

Embora eu realmente goste de dançar também. E até que essa batida está me deixando empolgada.

— Você não quer — diz Seb depois de uma pausa.

— Não — repito em tom de desafio. — Não quero.

Seb é mais alto que eu, e tenho que inclinar a cabeça para olhar para ele. A luz parece formar um halo em volta de sua cabeça. O cabelo brilha, o rosto está radiante e os olhos estão fixos nos meus de um jeito que chega a ser um pouco desconcertante.

Tento desviar o olhar, mas... Eu não quero fazer isso. Quero me afogar naqueles olhos.

O que é burrice. E errado. Ele pertence a outra mulher, digo a mim mesma. Ele gosta de mulheres irritantes, escandalosas e que parecem apresentadoras de jornal.

— Mas você me deve uma — retruca ele. Eu pisco, surpresa, quando ele tira o protetor de copo do bolso do paletó. Ele fica balançando o papel no ar e diz: — Olha aqui.

Dou uma olhada desdenhosa para minha própria letra.

— Aí não diz nada sobre dançar.

— Talvez isso seja o que eu quero. — Os olhos dele estão fixos nos meus. — Talvez seja tudo o que eu quero.

— Isso é tudo o que você quer? — Forço um tom cético. — Uma dança?

Meus ossos estão vibrando com a música. Meu sangue está pulsando nas veias. Meus pés estão agitados. Quanto mais falo sobre dançar, mais sinto vontade de dançar.

— É isso que eu quero — repete Seb, e alguma coisa na voz dele e no jeito que ele está olhando para mim provoca um tremor repentino por todo o meu corpo.

— Tá bom — concordo, por fim, como se estivesse fazendo o maior favor do mundo para ele — *Tá bom!*

Eu o acompanho até a pista de dança e nós começamos a dançar. Não falamos nada. Não sorrimos nem olhamos para nenhuma outra pessoa. Ficamos nos encarando fixamente, e nossos corpos parecem estar em sincronia desde o primeiro segundo dançando.

A questão é: ele sabe dançar.

Uma música emenda na outra, e a gente continua dançando. As luzes estão piscando à nossa volta, se refletindo como um turbilhão multicolorido no rosto de Seb. Aquela batida constante da música se mistura com as batidas do meu coração. Jake e Leila vêm para a pista e olho de relance para eles, acenando um oi com a cabeça, mas não consigo me desligar. Não consigo me livrar do feitiço que é dançar com Seb.

Quanto mais eu danço, mais hipnotizada por ele eu fico; estou fascinada pela intensidade de seus olhos; pelo contorno do seu corpo por baixo da camisa enquanto ele dança. Ele é espontâneo e determinado ao mesmo tempo. Forte e ágil, mas sem ser exibido e extrovertido, sem ficar olhando ao redor para ver se tem a aprovação dos outros, como Ryan costuma fazer. Seb é focado. É honesto. E tudo nele parece tão natural, até mesmo o jeito como enxuga o suor da testa.

Seco meu rosto também. Está mesmo *quente* aqui. Estamos dançando uma música de Calvin Harris, e estou murmurando a letra "How Deep is Your Love", repetindo as palavras junto com a música. Não consigo parar de dançar, de responder ao ritmo das batidas, mas, ao mesmo tempo, estou ciente de que alguma coisa não está legal. As cores estão ainda mais borradas do que antes. Estou tonta. Estou sentindo... Não é exatamente um enjoo, mas...

Meu estômago se contrai de repente. Tudo bem, definitivamente não estou legal.

Tento manter o olhar fixo no rosto de Seb, mas tudo está girando como um caleidoscópio. E meu estômago está se revirando — será que comi alguma coisa que me fez mal? Por que estou me sentindo tão...

Ai, meu Deus.

É, *realmente* não estou nada bem.

Mas será que isso importa?

Minhas pernas de repente parecem ceder sob meu peso, mas não me importo de deitar na pista de dança. Não sou exigente. Estou até muito feliz, na verdade, deitada aqui, vendo essas luzes. O rosto de Leila aparece em cima de mim, e abro um sorriso feliz para ela.

— Feliz aniversário! — exclamo, mas ela parece não entender.

— Fixie! Ai, meu Deus. Olha só pra você!

— Oi!

Tento acenar para ela, mas não estou conseguindo.

Onde *está* minha mão? Ai, meu Deus, alguém roubou minha mão.

— Eu não sei! — Ouço a voz de Seb acima de mim. — Ela estava bem. Bom, é claro que ela tomou alguns...

— Fixie! — Leila parece estar gritando de muito longe. — Fixie, você está bem? Quantos coquetéis você... Ai, meu Deus. Jake! Jakey! Me ajuda aqui...

Se existe alguma coisa pior do que acordar de ressaca, é acordar de ressaca no apartamento do seu irmão e ouvir que você estragou a festa de aniversário da namorada dele e o envergonhou na frente de todos os seus amigos.

Minha cabeça está latejando, mas nem consigo tomar um remédio porque Jake não para de falar. Por fim, ele declara, irritado:

— Tenho que ir para uma reunião. — E diz isso como se a culpa por ele ter um compromisso também fosse minha, e sai.

— Ah, Fixie — diz Leila, me dando um copo de água e dois comprimidos. — Não liga pro Jake. Foi engraçado, pra falar a verdade. Quer café?

Cambaleio até a sala e afundo no sofá de couro (o que ele comprou na Conran talvez? Não faço ideia) e fico olhando para a televisão enorme que Jake comprou no ano passado. O apartamento é todo bonito e moderno. Fica em uma rua chamada Grosvenor Heights no bairro de Shepherd's Bush (mas ele diz que é em West Holland Park).

Jake fez uma oferta pelo apartamento assim que fechou o negócio das calcinhas cor da pele, e tenho certeza de que ele só fez isso porque a palavra "Grosvenor" soa elegante.

Leila traz uma xícara de café para mim e se senta ao meu lado com seu robe de seda e começa a abrir os cartões de aniversário com suas unhas delicadas.

— Ontem à noite foi muito, legal, não foi? — pergunta ela com voz gentil. — Jakey me mima muito. Aqueles coquetéis foram um luxo.

— Não quero nem pensar em coquetéis — digo, com uma careta.

— Desculpa. — Ela dá uma risada, larga o cartão que estava segurando e me lança um olhar curioso. — Quem era aquele cara?

— Que cara?

Tento parecer impassível.

— Não se faça de boba! O cara com quem você estava dançando. Ele é bonito. — Ela ergue as sobrancelhas. — Gato.

— Ah, ele tem namorada — conto logo, antes que ela comece a fantasiar coisas.

— Ah, que pena. — Leila fica desanimada. — Mas ele ficou bem preocupado com você. Queria vir com a gente pra ter certeza de que você estava bem. Mas nós explicamos que éramos da família e que íamos cuidar de você.

O jeito que ela disse "éramos da família" me emociona e pisco para conter as lágrimas. Eu amo a Leila. Ela é da família.

— Ah, Leila — digo e a abraço em um impulso. — Obrigada. E desculpa por ter estragado tudo.

— Você não estragou nada. — Ela me abraça também, com seus bracinhos ossudos. — Se alguém tem culpa nessa história é o Ryan. Eu disse pra ele: "Não é de se admirar! Eu também ficaria nesse estado se o amor da minha vida tivesse desaparecido assim!"

— Ryan não é o amor da minha vida — nego com firmeza. — Não é mesmo.

— Ele vai voltar — declara Leila, como quem sabe das coisas, dando uns tapinhas no meu joelho.

Tenho que fazer com que ela entenda que eu *não* quero Ryan de volta. Mas vou deixar isso para outra hora. Afundo novamente no couro macio do sofá, segurando minha xícara com ambas as mãos, e fico observando, quase em transe, enquanto Leila pega cada envelope, abre, lê o cartão, sorri, coloca-o em cima da mesa e pega outro.

— Ah — diz ela de repente. — Acabei de me lembrar. Ele deixou isso pra você.

— Quem?

— O cara, ué!

Ela me entrega um envelope do 6 Folds Place e fico olhando para ele sem entender. Um timer apita na cozinha e Leila se levanta.

— Meu ovo ficou pronto — explica ela. — Você quer um ovo, Fixie?

— Não — apresso-me a responder, porque meu estômago se contrai só de pensar em comer. — Obrigada.

Quando ela sai da sala, abro o envelope com cuidado. Não há nenhum bilhete, só o protetor de copo. Pego o papel e fico olhando para o que está escrito ali:

**Quitado. Obrigado.**

Seb assinou embaixo.

Enquanto leio as palavras, sou tomada por uma sensação profunda de — o que, exatamente? Não sei bem ao certo. Melancolia? Nostalgia? Minha mente fica relembrando a noite passada, quando dançamos juntos. As luzes brincando no rosto dele, a batida da música. Os olhos dele nos meus. Rolou uma conexão entre a gente. Então, de alguma forma, quero voltar para aquele momento, para aquele lugar, para ele.

Mas vamos ser realistas! Isso nunca vai acontecer. Balanço a cabeça. Preciso voltar para a realidade.

Coloco o protetor de copo dentro do envelope de novo. É só uma lembrança, digo para mim mesma, quando dobro a aba. Uma lembrança de um momento feliz. Nunca mais vou ver Seb, e ele prova-velmente vai se casar com a Brioche e... Tudo bem. É o que ele quer.

— Alguma coisa interessante? — pergunta Leila, voltando com o ovo e olhando para o envelope.

— Não. — Balanço a cabeça com um sorriso meio sem graça.

— Quer que eu jogue fora então?

Ela estende a mão para mim e, antes que eu consiga me impedir de fazer isso, exclamo:

— Não!

Meus dedos seguram o envelope com força. Não vou me livrar disso. Não vou jogar isso fora. Mesmo que não faça o menor sentido.

— É que... Não precisa se preocupar — acrescento, ao ver sua cara de espanto. — Acho que vou guardar. Como lembrança, sabe?

— Claro! — concorda ela de um jeito tranquilo e calmo. — Vem, Fixie. Vamos dividir esse ovo — diz ela de um jeito carinhoso, se sentando ao meu lado. — Você precisa comer alguma coisa. Depois... — Os olhos dela brilham quando ela se vira para mim. — Depois nós vamos fazer as suas unhas.

# CATORZE

A casa de Hannah é igual a um catálogo da John Lewis. Todos os móveis são da John Lewis, assim como a maioria das cortinas e almofadas. A lista de presentes de casamento dela foi metade da John Lewis e metade da Farrs e, na verdade, tudo combina muito bem. Tudo o que ela tem é de boa qualidade, nada exagerado... tudo de muito *bom gosto*.

Acho que a casa de Hannah diz exatamente quem ela é. A John Lewis é um lugar calmo e tranquilo, assim como minha amiga. Bom, mas a Hannah que está diante de mim agora é uma pessoa completamente diferente. Ela está uma pilha de nervos. As sobrancelhas estão franzidas. Ela está andando de um lado para o outro na cozinha branca, enquanto mordisca uma cenoura.

— Ele não quer nem saber — reclama. — Ele não quer nem saber. Tentei conversar com o Tim, mas é como se ele simplesmente não estivesse nem aí.

— Hannah, por que você não se senta? — sugiro, porque ela está me deixando um pouco agitada andando de um lado para o outro desse jeito.

Mas ela parece não ouvir. Está totalmente perdida nos próprios pensamentos.

— Quero saber o que aconteceu com "a procriação e educação da prole"? — diz ela, de repente. — O que aconteceu com isso?

— Hein?

Fico olhando para ela.

— Isso foi dito no nosso casamento! — explica ela, meio sem paciência. — "O casamento consiste na procriação e na educação da prole." Eu perguntei ao Tim se ele não tinha escutado essa parte no nosso casamento.

— Você citou seus *votos de casamento?* — perguntei, sem acreditar.

— Eu tinha que arrumar um jeito de fazer com que ele entendesse! O que *aconteceu* com ele, meu Deus? — Hannah finalmente se senta à mesa da cozinha. — Me conta de novo o que ele falou.

— Ele disse que está estressado com isso tudo — repito com cautela. — Está um pouco assustado. Ele disse que ter um filho seria... Hum...

*Não diga "um pesadelo".*

— O quê?

— Difícil — respondo depois de uma pausa. — Ele acha que vai ser difícil.

— Bom, eu acho que vai ser difícil mesmo — concorda Hannah, parecendo chateada. — Mas não vale a pena?

— Hum... Acho que sim. — Mordo o lábio, me lembrando da expressão apavorada de Tim. — Aliás, o que é Le Mahs?

— O quê?

— Le Mahs. Ou La Mars.

— Ah, *Lamaze* — diz Hannah. — É um método. Existem partos Lamaze, brinquedos Lamaze...

— Tá. E quem é Annabel Karmel?

— É a guru das papinhas de bebê — responde Hannah de imediato. — A gente precisa começar a preparar as papinhas quando o bebê está com 6 meses. Usando forminhas de gelo.

Lá vem a enxurrada de informações sem sentido de novo. *Formi-nhas de gelo*? Do que é que ela está falando?

— Hannah — digo, com toda a delicadeza. — Você ainda nem está grávida. Por que já está falando sobre coisas que só vão acontecer quando o bebê estiver com 6 meses?

— Estou pensando lá na frente — responde ela como se fosse a coisa mais óbvia do mundo. — Precisamos estar preparados.

— Você não precisa estar *tão* preparada assim. Não seria melhor se vocês enfrentassem um problema de cada vez, à medida que eles fossem aparecendo?

— Não. — Hannah é taxativa. — Precisamos nos *planejar, pesquisar*. Precisamos criar listas de afazeres.

Listas? No plural?

— Quantas listas você já criou?

— Sete.

— *Sete*? — Coloco a xícara de café em cima da mesa com um estrondo. — Hannah, você não pode ter sete listas de afazeres pra um bebê que ainda nem foi concebido! Isso é loucura!

— Não é, não — responde ela na defensiva. — Você sabe que eu gosto de me organizar com tudo.

— Quero ver as listas. Me mostre.

— Está bem — concorda, depois de uma pausa. — Estão lá em cima.

Subo a escada com ela, depois sigo pelo corredor imaculado até chegar ao quarto que suponho que será do bebê. Assim que entramos no cômodo, levo a mão à boca. Meu *Deus* do céu!

Parece a central de controle de uma investigação criminal. Há um enorme quadro de avisos pendurado na parede, com vários cartões presos nele, nos quais leio coisas do tipo "Pesquisar yoga para o bebê", "Nome do meio se for menino" e "Investigar riscos da anestesia peridural". Ao lado, estão presas enormes listas digitadas, a primeira com o título "Afazeres pós-parto", a segunda "Afazeres para educação" e a terceira "Afazeres, exames e questões de saúde".

— As listas principais estão no computador — explica ela, acendendo a luz. — Isso aqui é extra.

— As listas principais estão... No computador? — repito, de forma vaga.

Agora estou entendendo por que Tim está tão apavorado. Até *eu* fiquei apavorada. Não sei nada sobre bebês, mas não é *possível* que isso esteja certo.

— Hannah — começo, mas sou obrigada a parar porque não sei como continuar. — Hannah... *Por quê?*

— Por que o quê? — retruca ela com um jeito irritado que não lhe é peculiar, e percebo que finalmente consegui fazer com que ela se desse conta do que está acontecendo.

Pego as mãos dela e as seguro com firmeza, até ela me encarar. Hannah parece cansada. E estressada. Percebo que minha amiga forte, calma e superinteligente está vulnerável. Quando foi a última vez que ela sorriu?

— Essas listas vão até o dia que o bebê sai de casa, não vão? Você planejou todas as férias de família que vocês vão tirar, não foi? — Arfo de um jeito repentino e exagerado. — Ai, meu Deus! Onde vamos fazer a festa de 18 anos do bebê? Rápido! Melhor pesquisar no Google.

As bochechas dela ficam ligeiramente coradas.

— Você sabe que eu gosto de dividir as coisas em tarefas — murmura ela.

— Eu sei disso. — Afirmo com a cabeça. — E você é meio que viciada em fazer isso.

— Eu não sou *viciada.*

Hannah parece horrorizada com a palavra. Eu praticamente consigo ouvir os pensamentos dela: *sou uma profissional com móveis da John Lewis! Como posso ser viciada?*

— Mas você é — insisto, sem me intimidar. — E isso não é bom pra você. Nem pro Tim. — Solto as mãos dela e faço um gesto para que Hanna olhe ao redor. — E certamente não é bom pro bebê, porque, nesse ritmo, essa criança nunca vai nascer.

— É que é... Desafiador. — Hannah se senta na cama, parecendo exausta. — Não sei como as pessoas conseguem.

— As pessoas fazem isso há séculos — argumento, me sentando ao lado dela. — Elas não tinham listas de afazeres na época das cavernas, lembra?

— Acho que tinham, sim — responde Hannah, com brilho nos olhos. — Todos aqueles desenhos nas cavernas devem ser listas de afazeres. Cace o jantar, mate o mamute. Tire a pele do urso.

Dou um sorriso para ela e ficamos em silêncio por um tempo.

— Hannah, você *conhece* alguém que tenha um bebê?

— Hum... Na verdade, não — admite minha amiga depois de uma pausa. — Algumas pessoas do trabalho têm filhos. Eu segurei um bebê uma vez.

— Você só segurou um bebê uma única vez? — pergunto, sem acreditar. — É isso? Então de onde você tirou tudo isso? — Aponto para todos aqueles cartões.

— Da internet. E de alguns livros. Mas conhecer mães de verdade está na minha lista de afazeres — acrescenta na defensiva.

— Tudo bem. Bom, a Nicole tem um monte de amigas que acabaram de ter bebê. Por que você não tenta conversar com algumas e pergunta como realmente é ter um filho? Talvez Tim possa ir com você. Assim vocês dois podem considerar de verdade a possibilidade de ter um *bebê* juntos, em vez de ficar fazendo listas.

— Sim — concorda Hannah. Ela solta um suspiro profundo e pesado e noto seus olhos passeando pelo quarto como se o estivesse vendo pela primeira vez. — Sim, acho essa ideia ótima. Maravilhosa, na verdade. Obrigada, Fixie. Vou ligar pra Nicole.

— Posso falar com ela pra você, se achar mais fácil.

— Não, pode deixar — responde Hannah.

E eu sabia que ela ia fazer isso, porque Hanna é exatamente como eu, gosta de colocar a mão na massa.

— Vem cá. — Eu a puxo para um abraço. — Você precisa relaxar. Você *e* o Tim. Vocês dois vão conseguir.

— E quanto a você? — pergunta Hannah, quando a gente se separa. — Eu nem *perguntei...*

— Ah, aquele lance — eu a interrompo, sem querer falar muito no assunto. — Deixa pra lá. Acabou.

Já se passaram duas semanas desde aquela constrangedora noite no 6 Folds Place. Não vejo Jake nem Leila desde a manhã seguinte e também não tive nenhuma notícia de Ryan.

— Bem, você sabe muito bem o que eu penso — declara Hannah. Eu balanço a cabeça, porque sei exatamente o que ela pensa, e isso já basta.


Sei que Tim está a caminho de casa e desconfio de que Hannah queira ter uma longa conversa com ele, então não fico para o jantar, mesmo ela tendo me convidado. Quando saio da casa dela, o ar está tão frio que ofego. É a temperatura mais baixa já registrada no mês de outubro, e estão falando que pode até nevar.

Greg adora isso. Ele fica saindo da loja toda hora para observar o céu cinzento e fala o tempo todo em "nevapocalipse". Passei a maior parte do dia rejeitando as sugestões dele de que a Farrs deveria vender balaclavas, trenós e garrafas para urina (*garrafa para urina?*) de algum catálogo de roupas esportivas que ele adora.

— As pessoas vão precisar dessas coisas — insistiu ele umas vinte vezes. — Espera só pra ver.

Quanto mais ele enchia meu saco, mais determinada eu ficava: nunca, jamais, em momento algum, vou vender uma garrafinha para urina. Nem se um "nevapocalipse" de fato acontecer. Não estou nem aí se as pessoas realmente usam essas garrafinhas em expedições polares. *Eu não quero saber.*

(Sou obrigada a admitir que até me perguntei: "E quanto às meninas?" E eu teria perguntado isso ao Greg, mas ele provavelmente me daria uma resposta franca e horrorosa que ficaria gravada no meu cérebro por toda a eternidade.)

Caminho rapidamente pelas ruas de Hammersmith e estou quase na estação de metrô quando recebo uma ligação de Drew. Já faz um tempo que não tenho notícias dele.

— Drew! — exclamo. — Como estão as coisas?

— Ah, está tudo bem. Obrigado — responde ele, parecendo preocupado. — Por acaso a Nicole está com você?

— Não — respondo, surpresa.

— É que estou tentando ligar pro celular dela, mas ela não atende.

— Ah. Talvez o celular dela não esteja funcionando ou algo assim — respondo, cautelosa.

— É, talvez. Talvez.

Drew respira fundo e fica em silêncio. Um silêncio caro, não consigo deixar de pensar, com ele em Abu Dhabi.

— Drew — arrisco. — Está tudo bem?

— Na verdade, não. A questão é que a Nicole vive dizendo que vem me visitar... Ela prometeu que ia comprar a passagem, mas nunca compra. Ela chegou a comentar sobre isso com você em algum momento?

— Não — admito. — Mas a gente não conversa muito.

— Eu sei que ela anda bastante ocupada sendo o Rosto da Farrs e o tudo mais... E dando aulas de yoga também — diz ele. — E eu respeito isso, Fixie. Respeito mesmo. Estou orgulhoso dela. Mas logo que eu vim pra cá, combinamos que ela logo viria me visitar. Bom, isso já tem meses!

— Talvez ela esteja fazendo planos e eu só não saiba de nada — comento, na evasiva.

— Pode ser. — Ele suspira. — Bem, desculpa incomodar você.

Quando desligo o celular, ando por mais alguns minutos, pensando, com as sobrancelhas franzidas. Nicole nunca mencionou nenhuma viagem para Abu Dhabi. O que é muito estranho, agora que parei para pensar no assunto. Por que ela não quer visitar o próprio marido se sente tanta saudade assim dele?

Na mesma hora lembro que os relacionamentos são um mistério, principalmente os das outras pessoas, que não adianta nada ficar especulando sobre o assunto. Então meu celular faz um barulho ao receber uma mensagem. Quando checo, meio que esperando que seja Hannah ou outro torpedo de Drew — vejo que é dele. Seb. E só tem uma palavra:

**Socorro.**

Socorro?

Olho para o celular, meio que sem entender, então resolvo ligar para ele. Chama várias vezes e, quando acho que vai cair na caixa postal, de repente ouço a voz dele.

— Alô — diz Seb, parecendo surpreso e cansado. — Eu não estava esperando uma ligação sua. Mas, se não se importar, estou meio ocupado...

— Você está bem? — pergunto, ligeiramente confusa. — Você me mandou uma mensagem pedindo socorro.

— *Eu* mandei uma mensagem pra você? — Ele fala um palavrão.

— Desculpa. A mensagem era pro Fred, meu assistente. Eu devo ter apertado o nome errado. Desculpa o incômodo.

— Não é incômodo nenhum — digo, franzindo a sobrancelha de novo. — Claro que não está incomodando. — Mas estou um pouco perplexa. Por que ele pediria socorro a um assistente? — Mas está tudo bem? — pergunto por impulso.

— Eu... Mais ou menos — responde Seb depois de uma pausa e agora parece ofegante. — Bom, eu fui atacado. A culpa foi minha. Eu quis cortar caminho e entrei num beco atrás do Horizon. Esse beco sempre foi meio perigoso.

— *Atacado?* — Quase deixo o celular cair, horrorizada. — Você está... O que *aconteceu?*

— Não foi nada, na verdade — explica ele rapidamente. — Uns caras decidiram roubar a minha carteira, foi só isso. Só que machuquei o tornozelo e não estou conseguindo me mexer. Bom, não sei bem o que fazer agora. Felizmente eles não ficaram muito interessados no meu celular jurássico.

Esse cara está caído em um beco depois de ter sido assaltado e está fazendo piada sobre seu celular? Metade de mim quer rir e a outra metade quer gritar "para de fazer piada, Isso é sério!".

— Você já ligou pra emergência?

— O quê? — Seb parece horrorizado com a ideia. — É claro que não. Não seja ridícula. Eu só preciso ir pro hospital. Fred vai vir me buscar. Ele mora em Southwark. Fica a dois minutos de Bermondsey. É onde estou — acrescenta ele, logo depois.

— E por que você não ligou pra ele em vez de mandar uma mensagem? — pergunto, soando meio agressiva pelo fato de estar preocupada.

— Eu tentei — conta Seb, pacientemente. — Aí, mandei uma mensagem pra ele, ou foi o que achei que tivesse feito. Se eu não conseguir falar com o Fred, posso tentar outra pessoa. Se a gente puder desligar o telefone...

— Ah — respondo. — Sim. É claro. Desculpa.

Mas não quero desligar. Não estou nada feliz com isso. E se ele não conseguir falar com o tal Fred?

— Acho melhor você ligar pra emergência — aconselho.

— O serviço de emergência anda sobrecarregado — explica Seb com a voz ofegante. — Você não lê jornal? Deve ser usado só pra emergências *de verdade*. Eu não estou morrendo, não estou tendo um bebê, não estou preso em cima de uma árvore. Olha, eu realmente preciso falar com o meu assistente, então vou desligar agora. Tchau.

A linha fica muda e fico olhando para o celular. Meu coração está disparado. Não consigo parar de pensar em Seb.

Bom, a vida é dele.

Tenho certeza de que Seb está certo: ele tem um monte de amigos que poderiam buscá-lo na hora de carro. Eles o pegariam e o levariam para o hospital. Ele já deve até estar falando com um deles agora. Eles já devem estar entrando no carro. Tudo vai ficar bem.

Não se meta nisso, Fixie. *Não* se meta.

Guardo o celular no bolso. Respiro fundo, dou três passos e paro. Meus dedos estão tamborilando. Meus pés estão começando a se mexer: *um passo para a frente, um passo para trás, um passo para a frente, um passo para trás.*

Não consigo ficar parada sem fazer nada. Não consigo. *Simplesmente* não consigo.

Procuro rapidamente no Google Maps pelo Horizon em Bermondsey — é um cinema — e localizo o beco no qual Seb deve estar. Beco Hook. Só pode ser este. Então ligo para a emergência e espero a ligação completar. Só de discar o número, já começo a me lembrar do dia em que minha mãe desmaiou e sinto uma onda de ansiedade.

— Alô — digo, assim que ouço a voz do atendente. — Preciso de uma ambulância e da polícia. O endereço é beco Hook, em Bermondsey. Tem uma pessoa ferida lá que precisa de ajuda. Ele foi assaltado e... Por favor, rápido. Por favor.

Eles me mantêm na linha pelo que parece ser uma eternidade e me fazem um monte de perguntas que não tenho como responder. Mas, por fim, me pedem que não ocupe esse número, que eu esteja com o celular disponível e informam que o serviço foi avisado. Desligo e faço um sinal desesperado para um táxi. Não posso arriscar pegar o metrô — não tem sinal lá — e preciso chegar ao beco Hook.

Enquanto o carro segue para o endereço, ligo para o número de Seb, mas então escuto a mensagem de que a linha está ocupada no momento. Sério? Com quem ele está falando? Ele está sendo resgatado?

Será que ele vai ficar com raiva porque liguei para a emergência?

Bom, não estou nem aí. Ele que fique com raiva.

Levo 45 minutos para chegar a Bermondsey. Estive tensa durante todo o percurso. Quando desço no beco Hook, meio que espero ver luzes azuis, mas não há nenhuma ambulância à vista. Mas tem um cordão de isolamento em volta da área da cena do crime, e algumas pessoas passam por ali, tentando ver o que está acontecendo, apesar do frio. Dois policiais estão fazendo a segurança da área. Quando tento me aproximar, sou tomada por uma sensação horrível.

— Oi — digo para o policial mais próximo, que parece absorto em uma conversa pelo walkie-talkie. — Fui eu que liguei pro serviço de emergência... — Minha voz está fraca e trêmula, mas, pela primeira vez na vida, não é por causa de Jake. É porque estou assustada. — Ele está bem?

— Com licença — diz o policial, sem parecer ter me ouvido, e segue em direção ao parceiro.

Estou desesperada para passar por baixo do cordão de isolamento, mas já vi séries policiais o suficiente para saber o que acontece quando alguém faz isso. A cena fica contaminada e os tribunais não podem julgar o caso, então a justiça não é feita. E as famílias tristes ainda gritam com você.

Então, em vez disso, fico parada ali, hiperventilando. Onde Seb está? Como ele está? O que *aconteceu*?

De repente, percebo que estou murmurando meio alto e um homem que estava ali perto me ouviu. O cara é grande, tem cabelo grisalho e está usando um casaco enorme. E aparentemente parou ali só para ver o que estava acontecendo.

— Ele levou uma baita surra — diz o homem com um sotaque forte, tão parecido com o do meu pai que sinto um aperto no coração. — Estava apagado. Teve que ser levado em uma maca. Eu vi.

Meus olhos se enchem de lágrimas. *Apagado?*

— Mas ele estava consciente! — exclamo. — Eu estava falando com ele! Como pode... O que aconteceu?

O homem dá os ombros.

— Ele também estava coberto de lixo. Acho que derrubaram a lata de lixo em cima dele. São uns animais, isso é o que esses bandidos são. Se eu pudesse, acabava com a raça deles. Pra começar, esse negócio de condicional tinha que acabar — acrescenta com voz acalorada. — Nada de tratamento especial pra esses caras. Tinham que mandar esses sujeitos pra prisão...

— Desculpa — eu o interrompo, desesperada. — Desculpa. Mas preciso muito saber pra onde ele foi levado. Pra qual hospital. *Você* faz alguma ideia?

A boca do homem se contrai. Ele não diz nada, mas dá alguns passos até a esquina e acena com a cabeça, num gesto significativo. Eu me aproximo dele e me viro para olhar, então avisto o topo de um edifício. Há letras de metal iluminadas contra o céu noturno, e leio "The New London Hospital".

É claro. Sou *tão* burra.

— Acho que não o levariam pra outro lugar, não é? — comenta ele. — Há um hospital bem aqui na esquina. Você nem precisa pegar um táxi. Vai ter que dar uma volta tão grande que é mais rápido ir a pé.

— Obrigada — agradeço ao homem, já me afastando. — Muito obrigada mesmo.

Saio correndo pela rua, ofegando, enquanto o ar frio corta meu rosto, e só paro quando parece que meu peito vai explodir. Ando um pouco e depois começo a correr de novo. Então me perco no arco ferroviário, mas, por fim, chego ao letreiro iluminado e procuro a emergência.

Assim que entro no hospital, sinto o cheiro. Depois escuto o barulho. Sei que a emergência é sempre agitada, mas... Minha nossa. Que caos. Muito pior do que quando minha mãe foi trazida para cá. Tem gente para todos os lados. Todas as cadeiras de plástico estão ocupadas e tem um cara com um curativo na cabeça sentado no chão. Uns três bebês estão berrando a plenos pulmões e um homem com vômito no casaco está gritando com... Aquela mulher de cabelos grisalhos e cara de assustada é a *mãe* dele?

Esqueço aquelas pessoas e sigo para o balcão de atendimento. Espero pelo que parece ser uma eternidade até que uma mulher meio enérgica diz:

— Pois não?

— Boa noite. Vim aqui pra visitar Sebastian Marlowe e saber como ele está. Ele foi internado?

A mulher digita no computador, ergue a cabeça e me lança um olhar desconfiado.

— Ele foi internado mais cedo — informa ela. — Agora está fazendo uns exames.

— Que tipo de exames? — pergunto, ansiosa. — Tipo, ele vai...?

— É melhor falar com a médica — indica ela. — Você é da família?

— Eu... Não exatamente... Mas a gente se conhece. Fui eu que liguei pra emergência.

— Hum. Se você esperar um pouco, pode conversar com a médica que... Ah, você deu sorte. Lily!

Ela chama uma asiática bonita que parece estar com tanta pressa que me sinto mal por interrompê-la. Mas preciso saber como Seb está.

— Olá. Posso ajudar? — pergunta ela, toda educada.

— Desculpa atrapalhar — digo rapidamente. — Vim saber notícias do Sebastian Marlowe. Fui eu que liguei pra emergência. Só quero saber se ele vai ficar bem. Tipo, ele...

— Não precisa se preocupar — ela me interrompe. — Ele recobrou a consciência assim que chegou. Está fazendo uma tomografia agora, só por precaução, e também vamos tirar alguns raios X. Ele está em boas mãos. Sugiro que você vá pra casa e volte amanhã, porque aí ele já vai estar em um quarto e você pode visitá-lo com calma. A sorte foi que você ligou pra emergência — acrescenta ela. — Bom trabalho.

Ela dá outro sorriso para mim e vira-se para ir embora, quando penso em outra coisa.

— Espera! — exclamo, correndo atrás dela. — Eu sou a única pessoa que sabe que ele está aqui? Algum parente... Mais alguém *sabe*?

Ele não tem família, eu me lembro de repente, e, só de pensar nisso, sinto um nó na garganta. Seb levou uma surra, está no hospital... Não tem família nem ninguém mais...

— Tenho quase certeza de que uma das enfermeiras ligou pra alguém — declara a médica, franzindo o cenho, pensativa. — Ela falou com a... Namorada dele?

Congelo ao ouvir aquela palavra. *Namorada*.

É claro. A namorada. Brioche. Seb tem essa garota. É ela que ele vai querer ver.

— Ótimo! — exclamo, um pouco animada demais. — Perfeito. A namorada. Isso... Beleza. Bom. Então meu trabalho acaba aqui. Eu vou... Então eu vou pra casa agora.

— Como eu disse, ele vai pro quarto amanhã. Por que você não volta pra visitá-lo?

Quando meus olhos encontram o sábio olhar da médica, tenho a estranha sensação de que ela entende... Que ela de alguma forma entende que eu *tenho* que saber como Seb está, porque sinto que nós temos uma conexão estranha e complexa. Nada que chegue a ser um *relacionamento* — meu Deus, é claro que não. Nós nem somos amigos, na verdade. É só... Um negócio diferente. Um desejo. Um impulso do coração. Preciso estar com ele e ter certeza de que ele está bem. Tipo... Como posso chamar isso?

Pisco e encontro o olhar paciente da médica novamente. Será que ela entende tudo isso *mesmo*?

Ou será que estou viajando?

Tudo bem, estou viajando. Ela só está esperando eu ir embora. Meu Deus, Fixie, *controle-se*.

— Obrigada. Muito obrigada — agradeço à médica e vou embora do hospital, antes que eu pegue alguma virose.

Ele está bem. É tudo o que preciso saber. E a Brioche virá visitá-lo amanhã, ou seus amigos, sei lá... Bom, então não há a menor necessidade de eu vir. Fim de papo. Meu trabalho terminou aqui.

# QUINZE

Só que, às cinco da manhã do dia seguinte, estou completamente desperta. E tenho certeza de apenas uma coisa na vida: eu preciso vê-lo.

Não estou nem aí se Briony está com ele. Não me importo se um exército de amigos se virar para mim e perguntar: "Quem é *você*?" Nem vou ligar se os colegas dele começarem a cochichar: "Foi essa aí que colocou o Ryan na empresa! Sim, é ela!"

Por volta das seis, eu já tinha criado um milhão de cenários possíveis, um mais constrangedor que o outro, porém, mesmo assim, continuo decidida. Eu vou. Ninguém vai me impedir. Sei que nem conheço Seb direito. Sei que não posso nem chamá-lo de amigo. Mas a questão é a seguinte: enquanto eu não olhar para ele com meus próprios olhos, tudo o que vou conseguir pensar é naquele cordão de isolamento amarelo da polícia e nas cenas criadas pela minha imaginação... Seb deitado em uma maca, entre a vida e a morte.

Mando uma mensagem para Greg explicando que tenho uma emergência médica (verdade) e passo duas horas agonizantes pensando no que posso levar para ele. Flores? Será que os homens gostam de flores? Talvez eles *digam* que sim, mas será que gostam *mesmo*?

Não. Acho que não. Acho que os homens gostam *mesmo* é de cerveja, controle remoto caro e futebol. Mas não posso levar nada disso para um leito de hospital.

Chocolate? Doce?

Mas e se a boca dele estiver machucada e ele não puder comer?

Meu estômago se contrai dolorosamente ao pensar nisso e balanço a cabeça, tentando afastar meus piores medos. Logo vou ver Seb com meus próprios olhos e aí vou saber o quadro geral dele.

Então encontro a resposta: uma planta! É tão alegre e natural quanto flores, e não é tão feminino assim. E vai durar mais. Deve haver alguma loja de plantas no caminho até lá.

Verifico o site do hospital para saber o horário de visita, ligo para Greg para me certificar de que ele abriu a loja, troco de roupa três vezes, pesquiso lojas de plantas no Google, passo perfume e me olho no espelho. Minha roupa não tem nada de mais. Coloquei jeans e uma camisa bonita.

Ok! Vesti minha melhor calça jeans. E minha blusa mais bonita. Ela é de *chiffon* e meio arrumadinha, com mangas transparentes. Mas não é tão arrumada assim, com certeza não, ela é só... Bonita. É uma blusa bonita.

Bom, mas isso tudo é irrelevante, é claro. De repente sinto vergonha. Estou olhando para meu próprio reflexo há três minutos. Como se minha aparência importasse... Vamos logo. Está na hora de ir.


A floricultura mais próxima do hospital é a Plantas e Pétalas e, assim que entro na loja, sinto que o estabelecimento deveria ser multado por induzir ao erro. Eles não vendem plantas, só flores. E parece que eles só têm flores chamativas e cor-de-rosa.

— Ah! Olá — digo para a garota atrás do balcão. — Eu quero uma planta. De aparência bem *comum*. Para um homem — esclareço. — Precisa ter uma aparência masculina. Forte.

Eu meio que espero que ela diga: "Por aqui, por favor, a seção de plantas masculinas fica ali no fundo", mas a garota simplesmente faz um gesto vago com a mão e responde·

— Pode escolher. Os cravos estão com cinquenta por cento de desconto.

— Sim — digo, com toda paciência —, mas não quero cravos. Quero uma planta. Uma planta masculina.

A garota fica olhando para mim com cara de dúvida, como se não fizesse a menor ideia do que era uma planta masculina. Como assim? Não fui eu que inventei o conceito de plantas masculinas, elas de fato existem. E, se não existem... bem, então deveriam existir.

— Você não tem iúca? — pergunto. — Ou plantas mais simples? O nome da loja é Plantas e Pétalas — acrescento em tom acusador. — Onde estão as plantas?

— Pois é. Nós não trabalhamos mais com plantas — informa ela, dando de ombros. — Com exceção das orquídeas. São plantas bem populares.

Ela aponta para uma fileira de vasos em uma prateleira próxima, cada um deles com uma única orquídea. Cada linda flor está amarrada a um pedaço de madeira. A aparência é bem legal e minimalista.

Um homem talvez goste de uma orquídea, não é?

— Tudo bem, vou levar essa aqui — digo, pegando a menor de todas, com apenas duas flores com pétalas grandes e bem formadas.

— Quer que eu embrulhe o vaso? — pergunta a garota, já pegando um pedaço de papel celofane brilhante cor-de-rosa. — Você pode escolher um laçarote por conta da casa. — Rosa ou roxo?

— Não, obrigada! — agradeço-lhe depressa. — Não precisa embrulhar. Está ótimo assim. Mas acho que um cartão seria legal.

Escolho um cartão bem simples com os dizeres "Melhoras" e escrevo:

**Prezado Seb,**
**Que sua recuperação seja rápida.**
**Fixie**

Assim que pago, saio correndo pelas ruas em direção ao hospital, desejando ter me lembrado de colocar luvas. Está frio demais, mesmo que o "nevapocalipse" ainda não tenha chegado. Quando chego à entrada do hospital, vejo que algumas das pétalas da orquídea se soltaram com o vento e me xingo mentalmente por não ter perguntado se não tinha um papel celofane de outra cor.

De qualquer forma, não importa. Agora já estou aqui.

Segurando a orquídea, vou até a recepção e acabo descobrindo que Seb está em uma das alas do quarto andar. Quando entro no elevador lotado, meu coração dispara e sinto minhas mãos começarem a suar.

Será que isso é mesmo uma boa ideia?

— Noah! — exclama uma mulher. — Para de mexer na flor da moça!

Viro a cabeça e fico horrorizada ao ver um bebê no colo da mãe segurando, de forma triunfante, as pétalas da orquídea.

*Merda.* O que foi que ele fez? Só restaram umas seis pétalas na planta agora.

Afasto a orquídea da criança e avalio os estragos com ansiedade Ela ainda está bonita. Só parece mais minimalista do que antes. Superminimalista.

— Me desculpa — diz a mãe, e percebo que o menino está com a perna engessada.

Como a última coisa que eu quero é causar um rebuliço no hospital, abro um sorriso para ela e respondo:

— Não tem problema.

Então protejo a preciosa orquídea com os braços até chegar ao quarto andar.

À medida que vou me aproximando da ala em que Seb está, começo a perder a confiança. Sinto um nó na garganta de nervosismo. Minhas pernas ficam bambas. *E se... E se ele... Meu Deus, e se...* Em minha cabeça vejo todos os cenários mais desastrosos possíveis, e uma parte de mim quer fugir correndo e esquecer aquilo tudo.

Mas me obrigo a seguir em frente. Paro para perguntar a uma enfermeira onde posso encontrar o paciente Sebastian Marlowe e vou até o cubículo dele. Ele está em um quarto com quatro camas, e a dele é a última. Quando eu me aproximo, vejo que o leito está protegido por uma cortina estampada.

— Toc toc — digo com a voz ligeiramente trêmula. — Você está aí, Seb? É a Fixie.

Não tenho resposta, então espio pela cortina, e lá está ele. Sozinho E adormecido.

Fico analisando aquela figura em silêncio, e todo o terror que senti antes começa lentamente a desaparecer. O rosto dele está machucado. O cabelo teve de ser ligeiramente raspado em um dos lados, que está com um curativo. Fico nervosa ao ver aquilo. Um dos tornozelos dele está enfaixado. Mas Seb não está ligado a nenhum aparelho nem nada disso. Sinto um alívio enorme e solto um suspiro audível. Ele está bem. Ele está vivo.

Existe outro motivo para eu me sentir aliviada: ele está dormindo. Não preciso falar com ele. Não sei por que, mas, de repente, fui tomada por um nervosismo inexplicável e não sei bem o que dizer. Talvez o melhor a fazer seja deixar a orquídea e o cartão aqui e depois desaparecer da vida dele. É isso.

Tentando não fazer barulho, dou a volta na cama, na ponta dos pés, e vou até a mesinha de cabeceira. Apoio o cartão na parede, mas ele escorrega, e eu o pego rapidamente. Mas, ao fazer isso, esbarro na jarra de água... que por pouco não cai. Quando seguro a jarra e tento ajeitá-la, percebo que derrubei o copo de plástico. *Merda...*

Desesperada, pego o copo no chão e vejo que o vaso da orquídea está na beiradinha, quase caindo, e aí o copo cai no chão com um baque, e Seb abre os olhos.

*Merda.*

Ele fica olhando para mim por uns vinte segundos, como se não estivesse entendendo nada, e fico agoniada, olhando para ele, sem saber por onde começar

— Você se chama Sebastian — digo, por fim, bem devagar e com toda calma.

— Eu sei! — exclama ele, por fim. Seus olhos observam a cama de hospital e ele vê o tornozelo enfaixado. — Ah — diz Seb. — Verdade. — Ele fica em silêncio por um instante, então olha para mim novamente. — Foi você? Foi você quem ligou pra emergência?

— Sim — admito. — Fui eu. Eu sei que você não queria que eu fizesse isso, mas... Bem, já comentei isso com você. Não consigo me controlar quando vejo alguma coisa errada. Quero logo dar um jeito... — Dou uma risada aguda e falsa, tentando esconder minha falta de jeito. — Mas normalmente acabo piorando as coisas...

— Você não piorou nada — retruca ele, com calma. — Teria piorado, se... — Ele para de falar de novo, e seus olhos de floresta escurecem com pensamentos que agora sei que não vai compartilhar.

— Bom, eu liguei.

Dou outra risada forçada.

— Sim. — Ele olha para mim de novo e depois tem um sobressalto. Desculpa minha falta de educação. Sente-se, por favor.

— Obrigada — agradeço-lhe, um pouco tímida, e me sento na cadeira de plástico para visitantes. — Ah, e isso é pra você.

Estendo para ele a orquídea que fiquei segurando esse tempo todo, mas, quando Seb a pega, percebo que eu estava apertando as pétalas remanescentes com força e todas acabaram ficando na minha mão.

Eu basicamente entreguei a ele um vaso com uma vareta.

— Uau — diz Seb, olhando para a vareta sem entender nada. – Que... Lindo.

Agora ele está sendo *gentil*. Não consigo aguentar.

— Era para as pétalas estarem aí — digo, abrindo a mão para mostrar as pétalas brancas amassadas. — Era uma orquídea, mas aconteceram alguns acidentes no caminho. Ela era assim...

Tento demonstrar onde as pétalas deveriam estar, mas elas ficam caindo e, por fim, olho para Seb e vejo que ele está comprimindo os lábios para não rir

— Não tem problema. Está ótimo — declara, tentando me fazer olhar para ele. — Ela *era* linda. Dá pra perceber.

— Talvez ela cresça de novo — comento, com um ar ridículo de esperança.

— Claro, com certeza. Vou cuidar dela. — Ele dá umas batidinhas no vaso da planta. Depois, do nada, parece ficar distante e, então, declara: — Você salvou a minha vida.

Olho para ele, chocada. Tipo, sei que liguei para a emergência Mas salvar a *vida* dele?

— Tenho certeza de que não foi bem assim.

— Você salvou a minha vida — repete ele. — E eu quero te agradecer.

— Eu não salvei a sua vida! — exclamo, totalmente constrangida. — Sério! Tudo o que eu fiz foi... Você sabe. Eu dei um telefonema. Achei que você poderia precisar de um médico. Foi isso. Não foi nada de mais. Se eu não tivesse ligado, outra pessoa teria... Você quer um copo de água?

— Eles disseram pra mim que — continua Seb, ignorando minha tentativa de distraí-lo —, se você não tivesse ligado pra emergência, talvez ninguém tivesse me visto caído naquele beco, atrás de um latão de lixo e ainda por cima coberto de entulho. E talvez eu nem tivesse recobrado a consciência. Aquela noite foi uma das mais frias do ano. Hipotermia. Muita gente morre disso todo inverno. — Ele me encara de novo com uma expressão indecifrável. — Você salvou a minha vida. E quero te agradecer de novo. Então... Muito obrigado.

— Bem... — Sinto minhas bochechas formigarem. — Eu só.. Qualquer um teria feito... O que *aconteceu*? — Não consigo evitar a pergunta. — Você estava bem. A gente estava conversando. Você apagou do nada depois?

— Os caras que me atacaram voltaram. Ou talvez fossem outros caras, não sei. Como dizem por aí, "por essa eu não esperava". Eles me bateram até eu desmaiar.

Fico sem palavras. Observo os ferimentos de Seb mais uma vez e sinto lágrimas de raiva brotando nos meus olhos. Ele é um cara legal. Não merecia isso.

— Enfim, eu te devo uma — acrescenta ele com um sorrisinho.

— Você não me deve nada.

Sorrio também, aliviada por ele não estar mais tão sério.

— Devo, sim. E devo muito. Embora só Deus saiba como vou conseguir *pagar* isso um dia.

— Você pode pagar um drinque pra mim. — Dou de ombros. — Não sou exigente nos meus encontros. — Assim que as palavras saem da minha boca, percebo que ele pode ter entendido errado. — Tipo... Não... — Tento consertar. — Não seria um *encontro*. O que eu quis dizer...

— Eu sei o que você quis dizer — diz Seb, parecendo estar achando divertido meu constrangimento.

— E a Briony? — pergunto, na mesma hora, para deixar bem claro que sei que ele tem namorada. — Imagino que ela já esteja a caminho. Vou embora assim que... Ela deve ter ficado chocada.

— Ela está em Amsterdã. Teve que viajar a trabalho — revela Seb — e só volta amanhã. Nós conversamos sobre a possibilidade de ela voltar hoje — acrescenta ele, como se estivesse lendo meus pensamentos —, mas não há motivos pra isso. Eu estou bem, e a conferência pra qual ela foi é muito importante pra carreira dela.

— Certo — respondo, assentindo. — Claro. Faz sentido.

Eu não vou julgar a Brioche. Não vou mesmo.

Mas *sério*? Uma conferência? Seb quase *morreu*!

— Justo — acrescento para reforçar e deixar claro que não estou fazendo qualquer julgamento. — Vou pegar um copo de água pra você.

Quando entrego o copo para ele, Seb está com um olhar diferente, e tenho a horrível sensação de que está se lembrando de todas as coisas grosseiras que falei sobre Briony no 6 Folds Place. Rapidamente, mudo de assunto.

— A polícia apareceu lá, sabia? — comento. — Então vamos torcer para que eles prendam as pessoas que fizeram isso com você.

— Muito difícil. Mas vamos torcer. — Então, do nada, a expressão no rosto dele muda. — Espera, você *foi* até lá? Até o beco?

— Ah — respondo, meio constrangida. Não era para eu ter falado isso. — Pois é... Eu queria ter certeza de que eles tinham mandado a ambulância. E o beco era caminho — acrescento, de imediato.

— Não era, não — rebate Seb com uma expressão que não consigo ler. — Você realmente é o meu anjo da guarda.

— Dificilmente! Então... Por quanto tempo você vai ter que ficar internado?

— Só mais um ou dois dias. Eles ficaram mais preocupados com o golpe que levei na cabeça. Mas, como você pode ver, estou muito bem. Está tudo normal.

Ele faz uma careta grotesca e eu não consigo segurar o riso.

Ficamos em silêncio por um tempo e acabamos ouvindo trechos da conversa dos visitantes do cubículo ao lado: "Nem dá pra perceber", "A cicatriz não é grande" e "Você vai ficar novinho em folha, Geoff!", em vozes ansiosas e falando ao mesmo tempo.

— Esse cara foi assaltado também — comenta Seb, puxando papo e fazendo um gesto para a cortina. — Sabe, eu sou um cara tranquilo, mas estou me sentindo... Bom, como posso dizer? Vingativo.

Pelo sorriso dele, dá para saber que ele está brincando, mas, pela voz, percebo que também está falando sério.

— Não é pra menos, né? Está pensando em se tornar um justiceiro?

— Talvez — responde Seb, dando uma risada. — Você vai me ver no jornal da noite usando uma roupa de malha bem justa e uma máscara e brandindo... O quê? Um cano?

— Um castiçal — sugiro, e nós dois rimos.

— Você é uma pessoa vingativa? — pergunta Seb, tomando um gole de água. — Você parece ser uma pessoa que não tem raiva de ninguém.

— Verdade — confesso, depois de pensar um pouco. — A não ser uma vez, e isso já faz uns dois anos. Eu *ainda* fico com raiva só de lembrar.

— Me conta — pede Seb, com os olhos se iluminando de curiosidade.

— É uma história boba.

— Eu adoro histórias bobas — diz ele. — E eu sou um inválido que precisa de distração. Então me conta.

— Ah... Tudo bem. Dois anos atrás, eu abri uma empresa de serviços de bufê e contratei uma garota que cuidava da parte burocrática. Sarah Bates-Wilson.

— Ela tem nome de vilã.

— Que bom. Porque é exatamente isso que ela é. Ela sempre pegava coisas na minha mesa. Tipo canetas e essas coisas. E um dia ela pegou minha escova de cabelo.

— Que horror! — exclama Seb.

— Ah, para! — digo, rindo. — Ainda não terminei a história. Era uma escova de cabelo linda, de tartaruga, de um conjunto que meus pais me deram de presente. Escova, pente, espelho. Tudo *combinando*.

— E ela nunca te devolveu a escova... — completou Seb.

— Exatamente. Primeiro ela disse que não tinha pegado. Depois falou que já tinha devolvido. Então, um dia, eu fui espionar a casa dela.

— Por causa de uma escova de cabelo?

— Eu queria muito a escova de volta — respondo, na defensiva. — Era parte de um conjunto! Ela morava no primeiro andar, então eu me esgueirei pelos fundos e olhei pela janela do quarto e vi a minha escova. Bem em cima de uma cômoda! — Minha voz fica mais alta, estou indignada só de lembrar.

— E aí? O que aconteceu?

— Toquei a campainha e ela atendeu de pijama. Disse que a escova não estava com ela e me mandou ir embora. Então eu tive que ir.

— Não! — exclama Seb, parecendo estar mesmo indignado.

— Pois é! Então eu pensei "Vou tirar uma foto pela janela pra *provar* que a escova está lá". Mas, quando eu voltei, já não estava mais lá. Ela deve ter escondido.

— Isso é meio assustador. Assustador mesmo. Ela ainda trabalhava pra você?

— Não, não mais.

— Graças a Deus. Ela parece uma sociopata.

— Eu normalmente não teria ligado tanto assim... Só que foi um presente dos meus pais, e depois que ele morreu... — Paro de falar. — É o tipo de coisa que você não quer perder, sabe?

— Claro. — Os olhos dele se suavizam. — Eu só estava brincando. Eu ficaria louco da vida. E você não precisa explicar a importância do conjunto. Na minha família, tínhamos uma história maravilhosa sobre um conjunto de peças de xadrez antigas que pertenceu ao meu tataravô. Em uma noite de Natal, uma rainha foi roubada e um pedido de resgate foi deixado no lugar onde ela estava.

— Um pedido de *resgate*?

Dou uma risadinha.

— O bilhete exigia o pagamento de £2, que deveria ser deixado dentro do relógio de pêndulo. Acho que era uma quantia alta na época. As únicas pessoas que estavam na casa eram meu tataravô, a mulher dele e os quatro filhos, que tinham idades entre 12 e 23 anos. Poderia ter sido qualquer um deles.

— E o que aconteceu? — pergunto, ansiosa.

— Parece que meu tataravô pagou o resgate, a peça apareceu, e nunca mais ninguém tocou no assunto.

— O quê? — Fico olhando para ele. — Tudo bem. Isso *nunca* teria acontecido na minha família. Seu tataravô não quis descobrir quem foi? Não quis saber quem fez isso? Não quis descobrir *por que* sequestraram uma peça de xadrez?

Seb para e pensa um pouco, depois balança a cabeça.

— Acho que ele só queria a peça de volta.

— Nossa! — exclamo, sem acreditar. — Família é uma coisa esquisita mesmo... — De repente eu me lembro... E paro de falar. — Sinto muito. — Mordo o lábio. — Desculpa.

— Pelo quê?

— Eu sei sobre... — Engulo em seco. — ... Sua família. O que aconteceu.

Não faço a menor ideia do que dizer, e sei que estou falando besteira, mas Seb percebe meu constrangimento e rapidamente muda de assunto.

— Eu não tive muita sorte — confessa ele, do seu jeito direto e honesto de sempre. — Tenho uma baita falta de sorte. Pelo menos em relação à minha família. — Ele respira fundo, e eu vejo um brilho de sofrimento cruzar seu olhar. — Mas não precisa se desculpar.

A cortina se abre e vejo o rosto de um cara de uns 20 anos.

— Oi, Seb! Cara! O que fizeram com você?

— Andy! — exclama Seb, todo feliz.

— Ah — diz Andy, olhando para mim. — Desculpa interromper. É que os caras estão aqui — explica ele. — Você gosta de todos os tipos de *donuts* da Krispy Kreme, não é? Porque nós tivemos uma discussão na loja.

— Bom, tenho que ir agora — apresso-me a dizer.

— Não precisa ir embora por minha causa — avisa Andy com um sorriso amigável. — Quer comer um *donut* com a gente?

— Não, não. Eu preciso ir mesmo. Mas muito obrigada.

— Bom, vamos deixar vocês se despedirem — anuncia Andy, se afastando, e eu me levanto.

— Bem... Fique bom rápido — digo para Seb, me sentindo um pouco constrangida.

— Obrigado por ter vindo. — Os olhos dele se iluminam quando ele sorri. — Obrigado por *tudo*. — Então ele se lembra de uma coisa. — Ei... Você ainda tem o protetor de copo? É que eu preciso fazer uma nova anotação nele.

— Não precisa, não. — Nego com a cabeça, rindo.

— Preciso, sim! Quero registrar minha dívida de gratidão. Você guardou o protetor?

— *Acho* que sim — respondo, franzindo a testa como se eu não tivesse certeza. — Acho que está guardado em algum lugar. Posso voltar pra visitar você amanhã, talvez? — pergunto em tom casual. — E trazer o protetor de copo?

— Eu gostaria muito que você voltasse. Na verdade, vou adorar se você vier. Se não for te dar muito trabalho.

— Imagina! — Pego minha bolsa. — Então até amanhã.

— Traga o protetor de copo — insiste Seb.

— Tá bom. — Concordo com a cabeça, revirando os olhos com um sorriso. — Se eu conseguir encontrar.

É claro que vou encontrá-lo. Está na minha penteadeira, onde consigo vê-lo todos os dias.

Os três caras estão esperando pacientemente do lado de fora do cubículo e sorriem educadamente quando passo por eles. Está na cara que ficaram se perguntando quem eu sou. Reconheço um deles do escritório de Seb e torço para que ele não me reconheça.

Sigo meu caminho, ouvindo as vozes cumprimentando Seb.

— Meu *Deus*.

— Cara! Eles acabaram com você.

— É, mas vocês tinham que ter visto a cara deles, não é, Seb?

Eles parecem tranquilos e carinhosos, então abro um sorriso. E, ao descer de elevador, lembro-me de todas as histórias que li na internet sobre Seb. Ele fundou a própria empresa, costuma preparar macarrão para a equipe, criou o ambiente que tem lá hoje em dia. Ele precisava formar uma família. E é isso que a empresa dele é, sua família.

No dia seguinte, acordo às cinco da manhã de novo. Eu realmente preciso parar com isso. Meus olhos são atraídos imediatamente para o protetor de copo em cima da minha penteadeira e sinto um frio na barriga. Aquele tipo de sensação que não tenho desde...

Ai, meu Deus. Desde Ryan, agora que parei para pensar. Parece que tenho 16 anos de novo e isso é meio humilhante.

Enquanto estou tomando banho, começo a falar sozinha. Esse cara já tem *dona*. Ele só está sendo simpático. Não há o menor sinal de que... Quero dizer... se *existe* algum sinal, sou eu enxergando coisas onde não há... E, de qualquer forma, ele já tem *dona*.

Saio do banho, me enrolo em uma toalha e olho para meu reflexo no espelho, tentando encontrar um foco. O que eu deveria fazer era sair de fininho dessa situação. Deveria ligar para o hospital e dar uma desculpa amigável, desejar melhoras para Seb e tchau. O que eu não deveria fazer, *com certeza*, era ficar prolongando esse jogo de "te devo uma" pra cá, "te devo uma" pra lá, que parece que estamos jogando. Isso não está sendo legal. Está durando mais do que deveria. Preciso parar com isso, jogar esse protetor de copo fora e seguir com a minha vida. É isso que devo fazer.

Mas, quando reparo em meus olhos alertas e animados refletidos no espelho, sei muito bem que isso é exatamente o que eu *não* vou fazer.

Depois de tomar café, me arrumo com capricho e coloco um vestido que comprei em uma loja barata e simpática aqui no bairro dia desses. É azul-marinho, com estampa de cachorrinhos salsicha, e isso me faz sorrir. Eu ia guardá-lo para ir a alguma festa, mas, de repente, mudo de ideia. Por que não usar agora? Hoje? Eu me maquio e mando uma mensagem para Greg para me certificar de que está tudo bem na loja e pego minha bolsa para sair.

Pego o protetor de copo. Leio rapidamente as palavras escritas nele. A letra dele... A minha.. A dele... Por um instante, hesito. Depois, quase que desafiadoramente, o coloco na bolsa e saio.

Seb está acordado quando chego e abre um sorriso quando me vê. Já parece bem melhor do que ontem, seu rosto está até um pouco mais corado — embora alguns dos machucados estejam em um tom mais vívido de roxo. Ele percebe que estou olhando para os hematomas e dá uma risada.

— Não se preocupe. Eles vão sumir.

— Como você está se sentindo? — pergunto, enquanto me sento.

— Estou ótimo! Vou ter alta amanhã. E ainda vou ganhar muletas de graça, então não foi tão ruim assim, afinal de contas. Você trouxe o protetor de copo? — pergunta. — Diga que sim.

— Sim, eu trouxe.

Não consigo evitar um sorriso ao ver o entusiasmo dele quando pego o protetor na bolsa. Seb pega uma caneta na mesinha de cabeceira e escreve cuidadosamente no papelão, depois o entrega para mim com um sorriso.

— Leia só quando estiver em casa.

Estou morrendo de curiosidade, mas, obedientemente, guardo o protetor na bolsa. Depois enfio a mão na minha sacola de lona e pego uma caixa, me sentindo um pouco nervosa.

— Trouxe um presente pra você pro caso de ficar entediado. É um tabuleiro de xadrez — acrescento, mas na mesma hora me sinto boba. É claro que ele está lendo *Jogo de xadrez* na caixa. — Tipo, não é nada especial, é só um jogo barato.

— Que legal. — O rosto de Seb se ilumina. — Obrigado! Você sabe jogar?

— Não. Não mesmo.

— Tudo bem, vou te ensinar. Mas é melhor darmos uma arrumada aqui antes — acrescenta ele, fazendo um gesto para os jornais espalhados pela cama. — Uma enfermeira foi muito gentil e trouxe o jornal pra mim, mas existe um limite em relação ao número de artigos que você pode ler sobre alienígenas.

— Não é extraordinário? — concordo, dando uma risada, dobrando os jornais. A imprensa está louca por causa de um cara que "viu um óvni" no jardim dele ontem à noite e filmou tudo.

— Você acha que, quando os presidentes são eleitos, uma das primeiras coisas que eles fazem é escrever um discurso pra quando os alienígenas invadirem a Terra? — brinca Seb, abrindo o jogo de xadrez.

— Acho que sim! — respondo, encantada com a ideia. — É claro que escrevem. E acho que ficam treinando na frente do espelho: "Meus caros humanos, nesse dia épico, enquanto estou aqui diante de vocês, com humildade e bravura..."

— Aposto que o Obama tinha um discurso ótimo preparado pra isso — comenta Seb. — Eu meio que queria que tivéssemos sido invadidos por marcianos só pra poder ouvi-lo. — Ele olha para as peças em sua mão. — Tá. Então vamos começar nossa aula de xadrez.

Seb arruma todas as peças no tabuleiro e começa a explicar que algumas delas podem se mover para a frente, outras na diagonal e que algumas ainda podem pular as outras. E me esforço *de verdade* para me concentrar, mas estou muito distraída por causa... Bem, por causa dele. A expressão concentrada, suas mãos fortes movendo as peças, a paixão que ele claramente sente pelo jogo.

— Essa jogada é *muito* interessante — repete ele várias vezes e não posso nem admitir que já me perdi nas explicações dele. Não posso mesmo.

— Então — diz ele, por fim. — Vamos jogar?

— Vamos! — respondo, porque o pior que pode acontecer, neste caso, é eu perder o jogo. — Você começa.

Seb arruma o tabuleiro de novo e move um peão. Eu rapidamente faço o mesmo movimento que ele executou. Aí ele move uma outra peça, e eu, novamente, o copio.

— Então... Acho que vou ficar basicamente copiando tudo o que você faz — declaro.

— Não, nada disso! — Seb balança a cabeça. — Você tem que tentar fazer jogadas diferentes! Tipo aquele cavalo. — Ele aponta para a peça. — Ele pode ser colocado em vários lugares. — Pego o cavalo e ele coloca a mão sobre a minha. — Então... Você pode colocar ali... Ou aqui...

Fico um pouco ofegante enquanto ele move minha mão pelo tabuleiro, e estou prestes a perguntar a ele "e a rainha?" quando ouço o farfalhar das cortinas se abrindo seguido de uma voz alta e confiante:

— Seb!

Meu coração para.

É ela. Briony.

Puxo minha mão da de Seb tão rápido que metade das peças caem no chão. Seb se atrapalha um pouco e diz:

— Briony! Achei que você não ia voltar até... Oi!

Briony dá alguns passos em direção à cama, e percebo os olhos dela avaliando rapidamente cada detalhe do que está acontecendo ali.

— Eu só estava... — começo.

Então Seb fala ao mesmo tempo:

— Essa é a Fixie. Foi ela quem ligou pra emergência. E salvou meu laptop.

— Ah, é *você* é a tal garota — diz Briony. Então, do nada, ela parece outra pessoa. — Muito obrigada. Estamos *tão* gratos. Meu Deus, Seb, o seu *rosto* — acrescenta ela com uma expressão de desgosto. — Você vai ficar com alguma cicatriz?

— Não — responde ele, pacientemente. — Acho que não.

Então vejo a expressão de Briony relaxar nitidamente.

É com isso que ela está preocupada? Se ele vai ficar com alguma *cicatriz*?

— Isso precisa *melhorar* rápido — comenta ela, tocando no tornozelo dele. — E quanto a Klosters?

— Pois é! — Seb balança a cabeça, meio triste. — Justo no *único* ano que nos organizamos e reservamos com antecedência. Esqui — acrescenta ele para mim.

— Ah, sim. — Concordo, balançando a cabeça com muito entusiasmo.

— Trouxe um cartão pra você — revela Briony, entregando um cartão-postal a Seb. Ele lê e dá uma risada. Não dá para eu ler o que está escrito. Talvez seja alguma piada interna ou algo assim.

Estou me sentindo um pouco decepcionada e começo a me odiar por isso. O que eu esperava? Que eles não fossem continuar juntos? É claro que eles estão juntos. Devem ter tido uma briga feia, mas os dois são altos e esportistas, fazem piadinhas e formam aquele tipo de casal que a gente vê na rua e diz "que casal lindo".

— Então — digo, pegando minha bolsa. — Tenho que ir...

— Xadrez! — exclama Briony, olhando para o tabuleiro. — Que legal!

— Foi a Fixie que trouxe — explica Seb.

— Que gentileza — comenta Briony. — Como ela sabia que nós dois adoramos jogar?

— Acho que foi sorte só — respondo, com uma risada estranha. — Enfim, melhoras pra você, Seb. Tchau.

Aperto a mão dele, meio desajeitada, evitando fazer contato visual, e me levanto.

— Muito obrigado por tudo, Fixie — Seb me agradece, e eu resmungo alguma coisa indistinta.

— É. Muito obrigada *mesmo* — endossa Briony com sua voz penetrante e confiante. Ela não está mais agindo como a Apresentadora Telejornal de Malvada, está agindo como a Duquesa Elegante. — Nós dois somos *incrivelmente* gratos. Vou acompanhar você até a saída — acrescenta Briony como uma verdadeira anfitriã, como se ela fosse dona da ala inteira e do hospital também. Na verdade, como se ela fosse dona de tudo.

Quando passamos pela entrada da ala, Briony me agradece novamente:

— Estamos *muito* gratos mesmo.

Então eu murmuro:

— Não foi nada.

Quando chegamos às portas duplas, os olhos dela pousam no meu vestido, e ela comenta, interessada:

— Ah, é Aura Fortuna, não é?

— Hein? — pergunto, sem entender.

— A estampa icônica — explica ela como se fosse óbvio. — Só que... Os cachorrinhos não deviam estar de chapéu? — Ela observa mais atentamente a estampa. — Ah, espera. É uma imitação, não é?

— Hum... Sei lá — respondo, confusa.

Nunca ouvi falar em Aura Fortuna. Nem em nenhuma estampa icônica. Eu só vi esse vestido e curti os cachorrinhos.

— Hum — comenta Briony em tom de pena. — Eu meio que acho que, se é pra não fazer direito, é melhor nem tentar, não é mesmo?

As palavras dela parecem uma bofetada. Não consigo nem pensar em uma resposta.

— Bom — digo por fim. — Foi um prazer conhecer você.

— O prazer foi meu. — Briony junta as mãos e abre um sorriso simpático que claramente diz: *"Dê o fora e não volte mais."* — Mais uma vez, eu agradeço *muito*. Você fez um trabalho maravilhoso e eu e Seb somos *muito* gratos a você.

Sinto o rosto queimar de vergonha ao caminhar até o elevador. Mas, quando saio para o ar frio da rua, consigo ver o lado engraçado de tudo isso.

Bom, mais ou menos.

A gente tem de ver o lado engraçado das coisas, caso contrário... O quê? A gente começa a remoer tudo e se perguntar por que um cara como Seb está com alguém tão fútil. O que ele vê nela? Como uma pessoa pode ser tão grosseira? E...

Ai, meu Deus. Eu *estou* remoendo as coisas. *Pare já com isso, Fixie.*

De repente me lembro do protetor de copo e o pego na bolsa. Sei que se trata de um jogo bobo, que não significa nada, mas quero ler o que ele escreveu. Paro de andar e expiro, minha respiração se transformando em fumacinha no ar frio, e leio as palavras de Seb.

**Você salvou a minha vida, Fixie. Pagar essa dívida é impossível. Só espero que saiba que, a partir de agora, eu devo tudo a você.**

Ele assinou embaixo das palavras.

Leio a mensagem duas vezes, ouvindo a voz dele na minha cabeça, vendo seu sorriso caloroso e sincero em minha mente. Sinto meus olhos começarem a arder. Coloco o protetor de copo na bolsa e sigo meu caminho, balançado a cabeça quase que com raiva. Já chega. Isso é uma grande bobagem. Tenho que esquecer isso.

# DEZESSEIS

E consigo esquecer. De alguma forma, não tenho pensado em Seb. Pelo menos não na maior parte do tempo. É muito fácil me concentrar no trabalho na loja agora, com o Natal se aproximando como um trem-bala e com Stacey querendo vender o kit "Cinquenta tons da Farrs", que contém uma espátula, dois pregadores e um rolo de massa. (Não, não quero nem saber.)

Já faz quase três meses que minha mãe está fora, percebo, meio em pânico, certa manhã. E estamos quase em novembro. Ela tem que voltar para casa logo, não é? Ela ama a correria de Natal na loja e todas as nossas tradições. Normalmente, já estaríamos pensando no nosso bolo de Natal, mas não quero fazer isso sem ela.

Certa manhã, estou na loja observando Nicole guardar o material de yoga depois de uma aula matinal, sentindo uma onda de frustração. Ela não consegue mesmo fazer as coisas direito. Os clientes vão começar a chegar, e ela vai ter colocado as mercadorias nos expositores errados. Outro dia tivemos de vender uma torradeira por £5, porque ela a colocou na mesa errada. Isso é *muito* irritante. E é pior ainda ter de colocar todos os enfeites de Natal na parte de cima porque, se ficamos trocando essas mercadorias muitas vezes de lugar, elas ficam com aparência de velha. A casinha de biscoito de gengibre já está ficando meio torta. Vamos ter que fazer outra.

Espirro um pouco de spray com cheirinho de Natal para trazer o espírito natalino (£4,99 e tão bom quanto o de uma marca cara) e arrumo o expositor de guardanapos de festas. Nicole está agitada, recolhendo três tapetinhos de yoga, e estou prestes a pedir a ela que tenha mais cuidado com as mercadorias... Mas, para minha surpresa, quando chego perto da minha irmã, noto que ela parece inquieta e preocupada. Se ela fosse um animal agora, acho que seria um Coelhinho Ansioso. Mas yoga não serve justamente para acalmar as pessoas?

— Nicole, está tudo bem? — pergunto por fim, e ela dá um pulo de susto.

— Está, sim. Está tudo bem.

Mas ela não está nada bem. Minha irmã se encosta no balcão e começa a roer as unhas. Reparo então que a ponta dos dedos dela já está bem vermelha. Não é como se Nicole e eu fôssemos aquelas irmãs que trocam confidências. Para dizer a verdade, não compartilhamos segredos, mas ela parece estar sofrendo, e a nossa mãe não está aqui, então preciso dizer *alguma coisa*.

— Nicole, o que houve? — insisto. — Pode se abrir comigo.

— Ah... — cede ela finalmente — ... É o Drew. Ele quer que eu vá para Abu Dhabi. — Ela pronuncia as palavras com a voz trêmula, como se tivesse dito "Drew está tendo um caso". Depois acrescenta: — Ele quer que eu vá fazer uma *visita*.

— Entendi. Mas isso... Parece uma boa ideia, não? Na verdade, conversei com ele há um tempo sobre isso.

— Ele basicamente me deu um ultimato! — Nicole parece perplexa. — Ele disse: "Nicole, pra mim basta. Quero ver você."

— Mas isso é normal, não é? Acho que ele está com saudade.

— Ele fica me *julgando* — continua ela como se eu não tivesse falado nada. — Fala coisas do tipo "Nós somos casados, Nicole" e

"Você prometeu que viria me visitar". Aí eu disse "Para de me *criticar*, Drew. Você é tão *negativo*".

Olho para o lindo rosto de minha irmã, com as sobrancelhas franzidas de preocupação. Um milhão de vezes eu me perguntei como era ser ela. E agora tenho uma ligeira noção. Quando você é adorada, admirada e elogiada durante sua vida toda, qualquer discussão pode soar como crítica.

— Tenho certeza de que ele não estava criticando você. Tenho certeza de que ele só quer ver você, e acho que você deveria ir! — acrescento em tom encorajador. — Aposto que vai ser uma viagem maravilhosa. E vai estar calor. Por que não passa uma semana lá? Ou duas!

— Mas e as minhas aulas de *yoga*? — pergunta Nicole. — E o meu *negócio*?

Toda a minha empatia se transforma imediatamente em frustração. Sério? O negócio dela? Cinco mulheres se esticando em um tapetinho? "E quanto ao seu *marido*?", quero perguntar. "E quanto ao seu *relacionamento*? Você não se importa com isso?"

Respiro fundo para dizer tudo isso, mas, de repente, perco a coragem. Nossa dinâmica nunca foi assim. Nicole provavelmente soltaria os cachorros em cima de mim. De qualquer forma, será que essa é a hora certa para isso? Greg acabou de abrir as portas, e três clientes estão entrando na loja.

— Tenho certeza de que vocês vão se entender — afirmo, em tom vago.

Depois pisco, surpresa, porque Jake acabou de chegar. Ele está com um terno impecável e olha para os clientes com sua postura arrogante e seu ar de desgosto.

— O Bob está aí? — pergunta ele ao se aproximar de mim, e sinto um cheiro forte de loção pós-barba.

— O Bob? Não. Acho que não. Acho que ele vem amanhã. Por quê?

— Estou tentando falar com ele desde ontem. — Jake franze o cenho. — Pensei que talvez ele pudesse passar aqui hoje.

— Por que você precisa falar com ele? — pergunto, surpresa.

— Ah, foi só uma coisa que vi na contabilidade.

— E o que foi que você viu na contabilidade?

— Que merda, Fixie! — exclama ele, impaciente. — E isso importa?

— Está bem — respondo, cautelosa, porque sinto que Jake não está a fim de conversar. Ele parece meio abalado esta manhã. Está pálido e com olheiras. E parece um pouco mais enrugado, se isso é possível.

— Foi dormir tarde ontem?

Tento provocá-lo. Em geral, Jake sorri e me conta quantas garrafas de champanhe tomou e quanto gastou, mas hoje ele me fulmina com o olhar.

— Me deixa em paz.

— Ah, com licença — diz uma mulher, com educação. — Vocês têm cestinhas? Pra colocar as compras? — acrescenta. — Cestinhas de compras — esclarece, como se só tivesse se lembrado da expressão agora. — Sabem do que estou falando?

Jake fica olhando para ela em silêncio por um tempo, então vai até uma pilha de cestas de plástico vermelhas, pega uma e a entrega para a mulher fazendo quase um floreio.

— Aqui está — diz ele. — Estavam bem ali, naquela pilha, do lado da porta por onde a senhora entrou. Bem à vista! Ali.

Fico olhando para ele, completamente horrorizada. A gente não pode falar assim com os clientes. Papai iria *matá-lo*.

Ele só consegue se safar porque falou meio arrastado e baixinho. A mulher fica olhando para ele sem saber ao certo se Jake estava sendo sarcástico ou não e lhe dá o benefício da dúvida, exclamando alegremente:

— Obrigada!

— Jake, você não pode... — começo, assim que ela se afasta. — Isso não é... Você poderia ter ofendido a clien...

Ah, meu Deus, estou gaguejando de novo. *Por que* não consigo falar da forma confiante como me imagino em minha cabeça?

— Pelo amor de Deus — responde Jake, na defensiva. — Até um idiota enxerga essas cestas.

Ele segue para o escritório dos fundos e conto até dez, dizendo a mim mesma que dessa vez tenho de confrontá-lo. Ele não pode simplesmente colocar o nosso relacionamento com os clientes em risco, mesmo que esteja de cabeça quente.

Sigo até o escritório, meio que esperando ver Jake ao telefone ou andando de um lado para o outro, como ele sempre faz, mas, para minha surpresa, ele está sentado em uma das cadeiras estofadas, com a cabeça caída para trás e de olhos fechados. Será que está dormindo? De qualquer forma, ele parece exausto. Dou um passo para trás e volto para a loja.

— Querida — ouço uma voz exasperada e avisto uma mulher grisalha com um casaco de *tweed* se aproximando de mim. — Onde fica a seção de potes de plástico?

— Ah — respondo. — Nós vendemos esses produtos. Ficam naquele corredor. — Faço um gesto, mas a mulher não parece se impressionar.

— Já procurei lá! Não tem nada! Eu quero potes grandes pra guardar tortas de carne. — Ela estreita os olhos. — Onde eles estão?

— Ah... — repito, tentando ganhar tempo.

Jake e eu tivemos uma discussão sobre os potes grandes. Ele disse que eram enormes, deprimentes e que ocupavam muito espaço. Então devolvi alguns e os outros foram para o nosso depósito em Willesden.

— Posso conseguir um pra senhora. Posso trazê-lo pra senhora essa tarde...

— Não adianta de nada! Preciso disso pra agora! — A mulher bufa, com raiva. — Eu vou à Robert Dyas, e a loja nem fica no meu caminho.

Então ela vai embora antes que eu tenha a chance de dizer qualquer outra coisa, e sinto uma onda de frustração. Eu *sabia* que não devíamos cortar nosso estoque de forma tão drástica. *Sabia* que devíamos investir nos nossos pontos fortes.

— Tchau, Fixie — despede-se Nicole, que estava andando pela loja, mexendo nos expositores, sem prestar muita atenção em nada especificamente.

— Espera — peço. — Jake está dormindo lá nos fundos. Ele parece estar cansado de verdade. E acho que não é só por causa de uma noitada, parece pior do que isso.

— Ele deve estar esgotado — retruca Nicole em tom sábio. — Ele precisa aprender a se cuidar. Devia fazer aulas de yoga comigo.

— Tá — respondo, meio que duvidando de que isso um dia fosse acontecer. — Não consigo imaginar o Jake fazendo uma aula de yoga.

— Exatamente! E esse é o problema — afirma Nicole, como se tivesse resolvido tudo. — Até mais tarde.

Ela sai antes que eu possa responder, e fico olhando para minha irmã. Talvez ela esteja certa, talvez Jake *esteja mesmo* esgotado. Ele dedicou a vida toda a ter *mais*. Mais dinheiro, mais status, mais coisas para ele, mais coisas para Leila... Porém como ele paga por tudo isso? Com a saúde?

Talvez eu deva levar um papo com ele. Queria conversar com ele sobre a seção de potes de mantimentos — mas isso é mais importante.

Deixo-o descansar por uma hora e peço aos funcionários que fiquem bem longe do escritório. Então, com todo o cuidado, abro a porta e dou uma olhada em Jake. Ele abre os olhos, pisca e fica olhando para mim.

— Oi — digo. — Você dormiu. Deve estar muito cansado.

Jake esfrega o rosto, olha para o relógio e resmunga com irritação:

— Meu Deus.

Ele pega o telefone no bolso e começa a verificar as mensagens, o rosto ficando retorcido.

Sinto o revoar de corvos em minha cabeça, porque Jake às vezes acaba com você se fizer uma pergunta pessoal. Mas não posso deixar isso pra lá. Tenho de falar alguma coisa.

— Jake — arrisco. — Você parece bem cansado. Está trabalhando muito? Está se sentindo esgotado?

— Esgotado? — repete meu irmão com uma risadinha e ergue o olhar do celular por um nanossegundo. Seus olhos se voltam para a tela, e vejo a tensão crescer em seu rosto. Nunca tinha visto Jake como uma pessoa vulnerável antes. Mas, neste momento, ele parece inquieto, cheio de problemas e exausto, mesmo que tenha acabado de despertar de um cochilo.

— Será que não está fechando muitos negócios? — Tento novamente. — Você está sobrecarregado?

— Você sabe o que me sobrecarrega? — pergunta Jake, e percebo um nervosismo repentino em sua voz, algo que faz com que eu me encolha. — A vida. A vida me deixa sobrecarregado.

— Bem, por que você não desacelera um pouco? Por que não descansa?

Jake baixa o celular e fica olhando para mim sem falar nada por um instante. Sua expressão permanece tensa, mas não consigo ler seu olhar. Bom, nunca entendi meu irmão muito bem mesmo...

— Você tem um bom coração — declara ele. — Papai costumava dizer isso. Você se lembra?

— O *papai?* — Fico olhando para ele. — Não.

— Quando você era pequena, Nicole e eu colocávamos você no carrinho de mão e ficávamos te empurrando. E você caía o tempo todo, mas sempre ria. Você nunca reclamou.

— O carrinho de mão! — Uma lembrança surge em minha mente: um velho carrinho de mão com puxadores vermelhos no nosso pequeno gramado. Quase dou uma risada de alegria. — Eu me lembro!

— Você era fofa.

Um sorriso passa pelo rosto de Jake, e acho que vejo uma afeição sincera ali, certa nostalgia. Dou um sorriso tímido para ele, esperando que possamos conversar mais sobre isso.

Mas Jake já voltou a atenção para o celular.

— Tenho que ir — avisa ele, se levantando.

— Espera — digo, ansiosa. — Precisamos conversar sobre os potes de mantimentos de plástico.

— Potes de plástico? *Meu Deus,* Fixie.

Toda a suavidade desapareceu de seu rosto. Ele voltou a ser o Jake impaciente e desdenhoso.

— E qual é o problema com os potes de plástico? — retruco sem conseguir me controlar, e Jake revira os olhos.

— *Não* tenho tempo pra isso — declara, saindo do escritório.

Fico olhando para ele, todo estressado, e penso "como tudo pôde dar tão errado?", quando recebo uma mensagem de texto. Tiro o celular do bolso, pensando que poderia ser Jake — mas, quando vejo o nome na tela, sinto o estômago revirar. É de Seb.

Dez dias se passaram desde o assalto e achei que nunca mais fosse ouvir falar dele. Coloquei na cabeça que ele estava se recuperando com a ajuda de Briony, jogando xadrez e rindo com ela de todas as piadas internas que só eles entendem.

Fico imaginando o que ele quer. Tipo, não deve ser nada... Provavelmente mandou mensagem por engano.

Praguejando por estar tão trêmula, abro a mensagem e leio:

**Olá, anjo da guarda. Tenho um presente de agradecimento pra você. Está livre essa noite? Seb.**

Pelo resto do dia, tento não ficar obcecada com isso. Não é nada de mais. Nada de mais mesmo. Nós marcamos um encontro, e ele vai me dar uma caixa de bombons ou algo do tipo e pronto. Fim de papo.

Mas não consigo evitar: meu coração está martelando no peito. E fico olhando para o espelho toda hora, tentando pensar em coisas inteligentes para dizer. Considerando tudo isso, fico muito aliviada quando, por volta das quatro da tarde, Hannah aparece na porta da loja. Graças a Deus! Uma distração.

— O que você está fazendo aqui? — pergunto, surpresa.

Hannah fica vermelha e responde:

— Tiramos a tarde de folga e estamos fazendo o que você sugeriu. Aqui estão eles.

Ela olha para trás e sigo seu olhar, então vejo Tim se aproximando, seguido por uma garota com um bebê em um *sling*. Reconheço a moça: é uma das amigas de Nicole, mas não lembro o nome dela. Ela tem cabelo comprido, cacheado e oleoso e está usando um casaco de moletom manchado de laranja.

— Então... Fica tudo mais fácil quando você usa isso — declara a garota, apontando para o *sling*. — Você pode levar o bebê pra qualquer canto, amamentar em qualquer lugar... Oi, Fixie. Eu preciso, humm, de uma toalha de mesa de plástico.

— Claro! — exclamo. — Temos várias estampas.

Aponto para onde estão as toalhas, e ela segue para lá. Então eu me viro para Hannah.

— Qual é mesmo o nome dela? — pergunto baixinho.

— Iona — responde Hannah, discretamente.

— *Iona*. Mas é claro!

— Nicole nos colocou em contato. Passamos a tarde inteira com ela acompanhando tudo pra ver como é ter um bebê.

— Nossa! — exclamo. — E como está sendo?

— Muito informativo — responde Tim.

— *Muito* informativo — concorda Hannah.

Detecto algo estranho na voz de ambos, mas não consigo dizer exatamente o que é. Estou prestes a fazer mais perguntas, mas Iona volta, segurando uma toalha, e a coloca em cima do balcão. O bebê dela é adorável, e todos nós nos viramos para brincar com ele e segurar sua mãozinha gorducha.

— Como eu costumo dizer — comenta Iona com Hannah —, a maternidade é uma brisa, desde que você a deixe te levar, sabe? Não se *estresse*. E você não precisa comprar um berço nem nada disso.

Eu durmo com o Blade e os dois irmãos mais velhos dele. Todos na mesma cama. É o jeito natural.

— E quanto ao seu... Parceiro? — pergunta Tim, surpreso.

— Ah, ele teve que aceitar — responde Iona com uma risada.

— Entendi — comenta Hannah, parecendo igualmente surpresa.

— Então em relação à hora de dormir...

— *Dormir?* — Iona dá outra risada. — Isso não acontece! Meu Deus! Dormir! Nem sabemos mais o que é isso, não é, meu monstrinho? A noite é hora das brincadeiras! E eu ainda amamento, sei lá, umas dez vezes por noite. Mas ele só tem 7 meses. Então... — Ela dá de ombros. — Ainda está muito no início.

— Minha nossa — diz Hannah, parecendo nervosa. — Então... Dia desses eu estava conversando com o meu médico, e ele disse que o sono é importante pra...

— Seu médico? — Iona a interrompe. — Tipo, um médico do sistema de saúde? Um médico convencional?

— Ué! É claro — responde Hannah, parecendo não entender.

— Eu nem me consulto com médicos convencionais. — Iona lança um olhar de pena para Hannah. — O maior conselho que posso dar é: não confie nesses médicos. Eles têm um programa oculto, sabe? E querem que você siga esse programa. No instante que você ficar grávida, se você conseguir engravidar — acrescenta ela para Hannah —, marque uma consulta com a minha nutricionista. Vou te dar o número dela. Ela é especialista em saúde do bebê e não consegue entender por que as pessoas andam dando tantas drogas pros *bebês*.

Não consigo evitar olhar para Hannah e Tim. Os dois parecem petrificados.

— Mas e se o bebê ficar doente? — pergunta Tim, por fim. — E se o bebê precisar tomar algum remédio?

— "Doente" — repete Iona, fazendo aspas no ar. — Você faz ideia de quantos bebês ficam viciados em drogas porque os médicos *querem*?

Sou obrigada a morder o lábio. Tim parece prestes a ter um treco, e nunca vi os olhos de Hannah tão arregalados.

— Tá! — exclama Tim. — Olha, foi ótimo passar a tarde com você, Iona. Muito obrigado pela companhia.

— Sem problemas — responde Iona. Ela dá um soquinho na mão fechada de Tim e se despede de Hannah com um beijo. — E lembrem-se ... Não *existem* regras.

— A não ser as ditadas pela ciência — resmunga Tim, e eu seguro o riso.

Ficamos em silêncio enquanto Iona sai da loja e, assim que ela está longe, Tim e Hannah explodem ao mesmo tempo.

— Ai, meu *Deus*.

— Minha nossa! Essa mulher é *doida*.

— Nós nunca vamos fazer as coisas desse jeito. Nunca. *Nunca*.

— Eu não ia conseguir *viver* assim.

— Você viu a *cozinha* dela? Que *zona*!

Os dois estão falando com o mesmo fervor e espírito de união. É emocionante ver isso.

— Hannah, suas listas de afazeres são uma obra de arte — declara Tim, de repente. Ele a segura pelos ombros e olha para ela como se tivesse acabado de se apaixonar de novo pela própria mulher. — Elas são incríveis. Vou fazer tudo o que está escrito nelas. Por favor, só não me obrigue a dormir em uma cama com seis crianças nem ignore as pesquisas médicas.

— Nunca! — exclama Hannah, rindo. — Embora eu ache que preciso pegar um pouco mais leve. Acho que sou um pouco... Como foi que a Iona me chamou? Controladora. Tudo o que fiz foi lavar umas duas canecas para ela — comenta Hannah comigo. — Não tinha literalmente *nenhuma* caneca limpa na cozinha.

— Eu amo você, minha controladora — declara Tim, antes de lhe dar um beijo, e eu vejo o rosto de Hannah ficar corado e feliz.

— Eu também amo você, controlador.

— Tudo bem, tenho que comprar um espremedor de alho — avisa Tim, de repente, mudando de assunto. — Não podemos nos esquecer disso. Vou procurar.

Ele vai procurar o espremedor, determinado, e sorrio para minha amiga.

— Então? Está tudo bem de novo? Tim não está mais apavorado com tudo?

— Vou contar pra você o que *realmente* deixou o Tim apavorado — responde ela. — O fato de alguém chamar os nossos filhos de Journey, Wisdom e Blade.

Ela olha para mim e começa a rir, e isso me contagia, então, de repente, nós duas temos uma crise de riso. Eu não planejava contar nada para ela, mas, agora que nós duas estamos nos acalmando, me vejo falando:

— Adivinha só? Vou sair com aquele cara mais tarde. O cara que deu um emprego pro Ryan. Que foi assaltado naquele dia... Ele quer me dar um presente de agradecimento.

— Ah, ele — comenta Hannah, e sinto seu olhar se concentrar em mim. — Que legal.

— Pois é — respondo, tentando parecer casual. — Também achei. Mas ele não precisava me dar nenhum presente.

— Mas ele não tem.... — Ela hesita. — Ele é comprometido, não é?

— É! É, sim!

Percebo que Hannah está ligeiramente intrigada, mas não vai insistir no assunto.

— Onde vocês vão se encontrar? — pergunta ela, e dou uma risada porque isso é *realmente* engraçado.

— Você nunca vai adivinhar.

# DEZESSETE

Não faço ideia do motivo pelo qual Seb escolheu a pista de patinação no gelo em Somerset House para nosso encontro. O tornozelo dele está machucado, então ele certamente não pode patinar. Mas foi aqui que ele marcou, e cá estou eu. Cheguei um pouco mais cedo porque.... Bem. Adoro assistir às pessoas patinando.

É o lugar com o maior clima natalino de Londres, com o rinque de patinação cercado pela elegante fachada da Somerset House. Uma árvore de Natal espetacular se agiganta no meio daquilo tudo, e, está sempre tocando uma música, e as pessoas riem e chamam umas às outras.

Estou tomando chocolate quente e tremendo um pouco na brisa do inverno, hipnotizada pelo gelo. Eu me lembro de como era deslizar pelo rinque e começar a apresentação em uma competição, completamente sozinha, queixo erguido, coração disparado, o cheiro de spray de cabelo entranhado nas narinas. (Minha mãe sempre exagerava no spray de cabelo.) Tipo... É meio doido se pararmos para pensar... Essa coisa de tentar dançar e saltar sobre duas lâminas afiadas. Mas quando tudo dá certo, quando você salta em segurança... É a sensação mais maravilhosa do mundo.

Um grupo de pessoas está entrando na pista de gelo, rindo e empurrando umas às outras e tirando *selfies*. Então, depois de um tempo, percebo que uma delas é Briony. O que significa que Seb deve estar aqui. Olho para todos os lados e, de repente, eu o vejo. Está usando um casaco escuro e um cachecol xadrez, sentado em uma cadeira com um par de muletas ao lado, observando os patinadores. Caminho diretamente para ele e aceno para chamar sua atenção.

— Oi! — exclamo, e o rosto dele se abre em um sorriso feliz.

— Oi! — responde ele, tentando se levantar.

— Não. Fica aí — digo, fazendo um gesto para que ele fique exatamente onde está enquanto eu me agacho ao lado dele. — Como você está? Seu rosto parece *bem* melhor — acrescento, olhando para as bochechas e a testa dele. O inchaço diminuiu, e ele está praticamente normal.

— Parece bem legal, não é? — pergunta ele, fazendo um gesto para o rinque. — Você já patinou?

— Já — respondo, depois de uma pausa.

— Bem, obrigado por vir. Achei que seria legal nos encontrarmos num lugar com espírito natalino.

— Claro! — respondo, assentindo.

— Vocês estão arrasando! — grita Seb para os amigos, e todos se viram para acenar para ele.

Por alguns instantes, fico observando Briony. Ela está com uma minissaia branca rodada e um chapéu de pele. Ela está *linda,* mas é péssima patinando. É realmente pior do que a média, concluo depois de observá-la por alguns minutos. Ela precisa ir mais devagar e parar de agitar os braços, para começo de conversa.

Será que os patins dela não são do tamanho certo? Ou será que ela só está se exibindo? Assim que penso nisso, percebo que entendi tudo. Ela nem está pensando no que está fazendo — está só se mostrando para os amigos, e noto que a maioria é de homens. Todos estão bem-vestidos e gritando nomes como "Archie" uns para os outros. Jake iria *adorá-los.*

— Bom... Eu queria entregar isso para você num lugar legal — começa Seb, interrompendo meus pensamentos.

Ele hesita e, então, enfia a mão em uma bolsa de lona e tira um pacote dela. É de tamanho médio e bem leve. Bem comum. Não há nome de nenhuma loja no embrulho nem nada disso — só um papel pardo comum. Não faço a *menor* ideia do que seja.

— Abra logo! É só um pequeno agradecimento.

— Bem, não precisava — declaro, sorrindo e fingindo desaprovar o gesto dele enquanto rasgo o papel. — Sério mesmo. *Não precisava.* Mas eu...

As palavras morrem na minha boca quando vejo o que é. Fico olhando para o objeto em minhas mãos sem conseguir acreditar.

— Minha *escova de cabelo*! — exclamo, por fim.

— Sã e salva — declara Seb, parecendo bastante satisfeito. — De volta à sua legítima dona.

Eu a viro nas mãos, sentindo um nó na garganta. Sou imediatamente transportada para o dia em que meus pais me deram esse presente, no meu aniversário de 16 anos. Lembro-me de como ela estava na caixa de presente, novinha em folha.

— Eu achei que nunca mais ia ver isso na vida — confesso, encantada. — Eu... Espera um pouco. — Outro pensamento passa pela minha cabeça. — Como? *Como* você conseguiu isso?

— Bons justiceiros nunca revelam seus segredos — retruca Seb com uma voz misteriosa. — E esse eu vou levar pro túmulo.

— Não. Não. Nada disso. — Balanço a cabeça com veemência. — Você não pode aparecer com isso aqui com... *Isso aqui* — Balanço a escova para ele — e não me contar como foi que conseguiu isso de volta.

— Tudo bem — concorda Seb na hora. — Na verdade, estou *doido* pra contar. Tudo começou quando você deixou escapar o nome da sequestradora da escova — conta ele em tom dramático. — Sarah Bates-Wilson. Na hora eu soube que eu poderia localizar essa terrível vilã. Ela ainda mora no apartamento no térreo — acrescenta ele em tom casual. — O que veio bem a calhar.

— Você invadiu a casa dela? — Fico olhando para ele, horrorizada. — Ai, meu Deus. — Olho para o pé dele. — Mas você não conseguiria fazer isso!

— Eu sabia que o meu pé ia me atrapalhar — continua Seb, com sua voz dramática. — Por isso chamei um cúmplice: meu fiel escudeiro, Andy. Nós bolamos um plano no qual eu distrairia Sarah na porta, fazendo perguntas sobre política, enquanto ele entraria pelos fundos. A janela do quarto dela estava aberta e a escova estava em cima da cômoda. Foi uma questão de segundos para que ele pudesse pegá-la. — Seb termina com um floreio.

Fico em silêncio por um instante, digerindo a história.

— E se a janela não estivesse aberta?

— Nós teríamos tentado outro dia. Tivemos sorte — acrescenta Seb, com a voz normal. — Nós fomos até lá só pra avaliar a situação. Recuperar a escova logo de cara foi um bônus.

— Eu não sei. — Olho para a escova, sentindo um conflito interno. — Tipo... Isso é incrível, mas você infringiu a lei.

— Ela infringiu primeiro — argumenta Seb. — Ela roubou a sua escova.

— Sim, mas... Você *infringiu a lei*!

Percebo que estou segurando o item roubado. Ai, meu Deus. Se meu pai ensinou para os filhos mais alguma coisa além de *Família em primeiro lugar* foi *Nunca desobedeçam a lei*.

— Eu não infringi nenhuma lei *natural* — insiste Seb, seguro de si. — Pensa bem, Fixie. Todas aquelas empresas que mandam dinheiro legalmente pro exterior pra evitar pagar mais impostos... Todos aqueles executivos juntam legalmente pensões gigantescas enquanto outros trabalhadores não recebem nada... Isso é horrível. Eu vou pra cadeia por recuperar a sua escova... E eles não?

Ele parece tão certo em relação a isso, tão honesto, tão *bem*, que sinto minha confiança voltar.

— A lei nem sempre sabe o que está fazendo — acrescenta ele. — As pessoas comuns têm um instinto mais apurado pra isso do que os advogados.

— A lei às vezes é burra — digo. Já ouvi isso uma vez, não sei bem onde foi, mas parece adequado repetir essa frase no momento.

— A lei é *fraca*, se você quer saber minha opinião — pondera Seb. — Mas essa é uma outra história. Ou talvez os políticos que sejam fracos. — Ele dá um sorriso irresistível, e seus olhos castanho-esverdeados brilham para mim. — Não vamos entrar nesse assunto. É meu *hobby* e eu vou matar você de tédio, se começar.

— Não vai, não!

Dou uma risada.

— Ah. Vou, sim — insiste ele. — Já fiz isso com muita gente.

— De qualquer forma... Muito obrigada — agradeço-lhe, dando uma batidinha carinhosa na minha escova. — Obrigada por infringir a lei por mim.

— Disponha. — Ele sorri para mim. — Foi divertido.

Penso em algo e pego minha bolsa. Tiro o protetor de copo de dentro dela e Seb dá uma risada. Pego uma caneta e começo a escrever "Pago", mas Seb coloca a mão em cima da minha.

— Pago em parte — decreta ele. — Só em parte.

— Não seja bobo. — Reviro os olhos.

— Não. Estou falando sério. Eu nem *comecei* a pagar — declara e, de repente, sua voz fica séria. — O que você fez...

— Ah, não foi nada de mais. Eu já disse.

— Você salvou a minha vida — retruca Seb. — Em algumas culturas, isso significa que nós estamos ligados pra sempre — acrescenta ele com voz suave. — Pra sempre.

E sei que é brincadeira, mas sinto um frio na barriga e, de repente, fico desconcertada. Não consigo encontrar uma resposta inteligente.

Olho para Seb, para seu rosto bonito e sincero, e ele permanece em silêncio, mas a expressão dele é indecifrável. Então começo a pensar desesperadamente: "Diga alguma coisa, Fixie, pelo amor de Deus", quando ouvimos alguém chamar do rinque.

— Iuhu!

Nós dois nos viramos e lá está Briony, acenando para chamar a atenção de Seb. Quando ela me vê, fica séria na hora.

Seb grita:

— Lembra da Fixie?

— Claro! Como vai? — pergunta ela, com um sorriso lindo e a voz tão ácida que poderia corroer a tinta de uma parede.

— Tudo bem — respondo. — Melhor eu ir andando — acrescento automaticamente para Seb.

— Ah, não! Você quer patinar? — pergunta ele, tirando um ingresso do bolso. — Eu obviamente não posso usar meu ingresso. Vá e se divirta!

Fico olhando para o ingresso em silêncio. Vários pensamentos se passam pela minha cabeça. A música está tocando, as luzes estão brilhando e Seb está me perguntando se eu quero patinar.

É meio que irresistível.

— Claro — respondo por fim. — Por que não?


Nas primeiras voltas, foi como se eu tivesse tirado um velho instrumento musical da caixa e o estivesse afinando, tirando as notas devagar, atenta a qualquer defeito ou falha. Meu corpo está mais velho agora, mas ainda é forte e está em forma. Ainda tem a memória muscular. Eu passava muitas horas treinando, então é impossível que meu corpo não saiba o que estava fazendo.

Enquanto dou uma volta, tento não pensar nos meus velhos patins, guardados em casa, e, em vez disso, eu me esforço para fazer o melhor com o que tenho no momento: um rinque de patinação lotado de gente, patins com os quais não estou acostumada e um gelo que já está ficando molhado por causa de tantas quedas.

Mas não me importo. Estou adorando isso.

Passo zunindo por Briony e me viro. Ela fica boquiaberta me vendo patinar de costas. Eu me viro para a frente novamente, certifico-me de que tenho espaço suficiente e levanto a perna, fazendo um *arabesque*. Estou enferrujada — enferrujada mesmo —, mas minha perna me obedece, mesmo que gritando: *fala sério! A gente não faz mais isso!*

Coitadinhas das minhas pernas. Na mesma hora, faço um pedido silencioso a elas: *façam isso por mim e prometo um banho quente de banheira.*

Vou para o centro do rinque e dou um giro simples. Depois, um giro mais difícil e rápido, ignorando o tremor que começo a sentir. *Vamos lá, pernocas, vocês conseguem...* Então, pela primeira vez, arrisco olhar para Seb. Ele está boquiaberto, surpreso, e não consigo evitar uma gargalhada enquanto faço alguns passos de dança. Eu me sinto tão *leve* aqui, tão *feliz...*

E, de repente, percebo: estou fazendo uma apresentação. Estou florescendo. Porque existe alguém para quem quero fazer uma apresentação.

Todos os outros patinadores foram para as laterais do rinque para me dar espaço, cutucando uns aos outros e aplaudindo. Estou ciente de que os funcionários estão cochichando uns com os outros também e apontando para mim e que daqui a pouco vão me expulsar daqui. E não pretendo monopolizar o rinque nem nada, sério mesmo. Porque isso seria detestável... Mas agora há espaço suficiente para eu abrir as minhas asas. Saltar. Dar um salto grandioso.

"Dancing Queen" está tocando pelos alto-falantes, e não é a música da minha coreografia da época de competição júnior — mesmo assim, eu me vejo executando passos familiares. Eu ensaiei aquela complexa sequência de passos o que, umas mil vezes? Nem preciso pensar, meus pés seguem automaticamente os movimentos. Então a sequência vai ficando mais difícil até chegar o momento do salto. Estou girando mais rápido em círculos, concentrada, me lembrando da voz calma de Jimmy, meu treinador.

Minhas coxas estão queimando, e meu coração está disparado enquanto eu me preparo e, mesmo agora que estou correndo para o salto, penso "Isso é loucura! Vou quebrar meu tornozelo! Meu pescoço..."

Quando começo a girar no ar, sinto um momento de absoluto terror. Ouço o silêncio. Sinto as pessoas prendendo a respiração. Vejo todos os funcionários observando. E, então, como um milagre, meus patins pousam suavemente no gelo, e todos explodem em aplausos. Minhas pernas estão tremendo, meus tornozelos parecem gritar e cada músculo do meu corpo começa a protestar... Mas eu consegui! Fiz o salto, só que 14 anos depois. Todos ainda estão aplaudindo. Eu nunca me senti tão exibida em toda a minha vida.

Mas também nunca me senti tão bem.

Faço um agradecimento para o público e saio do rinque, sem conseguir tirar do rosto o sorriso radiante, e respondo "obrigada", sempre que alguém diz "muito bem!". Quando chego ao portão para sair, passo por Briony, com sua saia rodada, se segurando firmemente na barra.

— Você patina bem — diz ela, fulminando-me com o olhar. — Não sabia que você era profissional.

E *sei* que não devo. *Sei* mesmo... Mas não consigo me segurar.

— Verdade — respondo, olhando para ela com a mesma expressão de pena com a qual ela olhou para mim no hospital. — Eu meio que acho que, se é pra não fazer direito, é melhor nem tentar, não é mesmo?

# DEZOITO

Ainda estou arrebatada com aquela apresentação surreal quando devolvo os patins e calço as botas de sempre para ir me encontrar com Seb. Quando me aproximo dele, vejo que ele está aplaudindo e balançando a cabeça em aprovação, com um sorriso perplexo no rosto.

— Bem — começa ele, quando estamos bem perto. — Eu *realmente* não esperava por isso.

— Ah! Eu não comentei que já fui patinadora? — Olho para ele, e nós dois começamos a rir. Depois, começo a massagear as coxas, fazendo uma careta de sofrimento. — Mas vou pagar muito caro por isso amanhã.

— Posso te emprestar minhas muletas, se você quiser — oferece Seb.

Sorrio para ele e pego minha escova de cabelo.

— Já vou indo, então. E muito obrigada. Você não faz ideia do valor que isso tem para mim.

— O que é isso? — Ouço uma voz familiar e aguda atrás de mim e, quando me viro, vejo Briony se aproximando. Deve ter desistido de patinar. Em um instante, ela puxa a escova da minha mão e a examina com a testa franzida. — Mas o que é isso?

— É o presente que comentei com você — esclarece Seb. — O presente de agradecimento pra Fixie.

— Quando você disse "escova de cabelo", pensei que tivesse escolhido uma coisa *legal*. — Briony franze o nariz. — E não isso. Sério, Seb, onde você comprou esse negócio? Em uma loja de departamento de quinta?

Percebo que ele não contou a história toda para ela e estou prestes a explicar que aquela escova tem um valor sentimental para mim, quando Seb exclama:

— Pelo amor de Deus, Briony! Será que você não pode tentar ser *legal* uma vez na vida, porra?

Ele imediatamente parece chocado com as próprias palavras — como se não tivesse planejado dizer nada daquilo, como se a frase tivesse simplesmente escapulido de sua boca.

— Legal? — Briony olha para ele. — Mas como posso dizer que uma coisa horrorosa dessas é legal?

— Essa escova não é horrorosa — retruco, com raiva, sem conseguir me conter.

— Agora você passou dos limites — declara Seb com o rosto pálido e tenso. — Briony, acho que você deve desculpas a Fixie.

— Devo desculpas a Fixie? — repete Briony, sem conseguir acreditar. — Por quê? Você *enlouqueceu* de vez? — Ela se aproxima de Seb e fica olhando para o namorado, ofegante, o rosto vermelho porém ainda mais bonito. — Sabe de uma coisa, Seb? Não sei *quem* é essa garota... Nem *como* ela entrou na sua vida... Mas parece que você aceitou isso de bom grado. Então, faça bom proveito!

Ela faz um gesto exagerado e sarcástico para nós dois, vira-se de costas e vai embora.

Merda. Ela está indo embora mesmo.

— Desculpa — diz Seb, quando ela já está longe. — Isso foi...

— Não, está tudo bem — respondo imediatamente.

— Você viu o pior lado dela. — Ele franze a testa. — Ela é meio pavio curto... Mas é bem engraçada e muito legal. Além disso, é *muito* inteligente e faz um trabalho beneficente bem legal...

— Está tudo bem. Sério.

Sei exatamente o que ele está fazendo: está tentando justificar para mim por que está com ela. Ou *estava* — não sei ao certo. Mas não preciso ficar ouvindo uma lista das qualidades de Briony que não consigo ver.

— Então — digo, depois de uma longa pausa. — Isso foi... Vocês dois...? — Não consigo dizer a palavra "terminaram", mas a ideia paira no ar.

— Acho que isso foi um "acabou" — comenta Seb, dando um sorriso sarcástico. — Você não acha?

— Acho. — Mordo o lábio e acrescento: — Sinto muito. A culpa foi minha.

— Não. Não, imagina. — Ele balança a cabeça com veemência. — Eu teria terminado tudo, de qualquer forma.

— Certo — comento, tentando manter o tom neutro, porque o *pior* erro que eu poderia cometer agora seria criticar Briony.

Ficamos em silêncio por um tempo, observando os patinadores girando e se divertindo no gelo. Então Seb solta um suspiro.

— Engraçado — começa ele com o olhar distante. — A gente entra em um relacionamento sabendo que a pessoa tem defeitos, porque todo mundo tem... Mas aí você começa a se acostumar com eles e acaba esquecendo todos. Você esquece que pode ser de outra forma. Desculpa. Acho que não estou falando coisa com coisa...

— Entendo perfeitamente o que você quer dizer — digo, com sinceridade, porque ele está descrevendo exatamente o que eu tinha com Ryan. — Você perdoa a pessoa e fica tentando justificar tudo e aí acaba esquecendo...

— Que existem outras pessoas no mundo — completa Seb com voz suave.

Os olhos dele encontram os meus, e sinto um frio na barriga. *Outras pessoas*. O que ele quer dizer com isso? Será que está se referindo a mim?

Não seja idiota, Fixie! Eu me repreendo na mesma na hora. É claro que Seb não está se referindo a você. Ele provavelmente está pensando nas inúmeras garotas que estão no Tinder.

— No Tinder? — pergunto, me sentindo meio idiota, e ele parece achar graça.

— Eu não estava pensando no Tinder.

Os olhos castanho-esverdeados e calorosos examinam meu rosto sugestivamente e sustento seu olhar, sentindo um nó na garganta de tanto nervosismo, enquanto meus pensamentos estão em turbilhão em minha mente: *é agora, é agora... Espera. É agora?*

De repente, o celular de Seb faz um barulho, e nós dois olhamos automaticamente para o aparelho. Vejo o nome *Briony* piscando na tela e fico um pouco apreensiva. Talvez ela queira pedir desculpas e tentar reatar o namoro, quem sabe.

— Acho melhor você.... — Faço um gesto para a tela, meio sem graça. — Pode ser... Não quero atrapalhar.

Sem dizer nada, Seb abre a mensagem e a lê. É bem longa e consigo ver várias letras maiúsculas e muitos pontos de exclamação.

— Certo — diz ele, por fim, soando meio irônico. — Eu realmente fui dispensado. Sem sombra de dúvidas.

— Sinto muito — repito. — De verdade.

Tento parecer o mais chateada que consigo, mas não sei se estou sendo convincente, porque vejo um brilho nos olhos de Seb. Ele guarda o celular e segue-se um momento de expectativa.

— Então... Eu queria saber... — diz ele por fim. — Será que você aceita jantar comigo qualquer dia desses?

# DEZENOVE

Quarenta e oito horas depois, estou sentada diante de Seb em um restaurante italiano sem saber ao certo como consegui sobreviver aos dois últimos dias. Trabalhei na loja, comecei a fazer minhas compras de Natal e dei um jeito no vaso sanitário quando ele entupiu. (Meu pai nos ensinou alguns reparos básicos de encanamento quando éramos pequenos.) Por fora, eu parecia bem normal. Relaxada até. Mas o tempo todo eu estava pensando "Jantar com Seb... Ai, meu Deus... Jantar com Seb... Ai, meu Deus..."

Então comecei a ficar preocupada com a possibilidade de que, de uma forma inexplicável e repentina, eu não o achasse mais atraente. Mas aqui estamos nós, finalmente, sentados a uma mesa com uma iluminação dourada — que vem da lâmpada acima de nossa cabeça — e não consigo parar de olhar para ele. Seus olhos também estão fixos nos meus. É tão óbvio o que nós dois queremos que não sei como cheguei a duvidar disso, mesmo que só por um instante. Nós dois pedimos uma massa com frutos do mar e conversamos um pouco sobre vinho e até mesmo sobre o tempo, mas isso tudo parecia estar nas entrelinhas de uma comunicação diferente, silenciosa e muito mais carregada.

Porém, quando o vinho chega, Seb claramente decide ficar mais falante.

— Me conta mais sobre você — pede ele, quando o garçom nos deixa sozinhos. — Me conta sobre a Fixie.

Ele brinda comigo e tomo um gole do vinho. O sabor é rascante e delicioso, e de repente fico com vontade de beber a taça inteira de uma vez.

— E o que você quer saber?

Dou uma risada, tentando organizar um resumo oficial de um parágrafo descrevendo "A vida de Fixie Farr até agora".

— Tudo. Tudo. É evidente que você é uma medalhista olímpica, pra início de conversa. Sua família deve ter muito orgulho de você.

Sei que não é a intenção dele, mas Seb acabou de me deixar constrangida, tocando bem no meu ponto fraco. Patinação não está no resumo oficial de um parágrafo sobre a minha vida — costumo deixar isso de fora.

— Mais ou menos — respondo, dando um sorriso radiante, mas sei que não estou sendo convincente.

— Mais ou menos... — repete Seb, devagar.

— Vamos falar sobre você — sugiro e vejo que ele está assimilando o fato de eu ter desviado o assunto. Ele fica pensativo e toma alguns goles do vinho.

— Tive uma ideia — declara, por fim. — Vamos ser sinceros um com o outro? Vamos contar As Coisas?

— As Coisas? — repito, sem entender.

— Sim, As Coisas. — Ele olha diretamente nos meus olhos. — As coisas que estão no seu coração, tudo o que fez você se tornar quem é, as coisas sobre as quais você pensa à noite. As boas *e* as ruins. Aqui, entre nós.

— Ah, *essas* coisas — digo, com uma leve risada, porque estou com medo de desnudar minha alma dessa forma. E se ele não gostar do que ouvir? E se pensar "Droga, nunca imaginei que essa garota fosse *assim*"?

— Isso. — Ele apoia os cotovelos na mesa, com aquela expressão curiosa e ansiosa que já conheço bem. — Quem *é* Fixie Farr? Me conta.

Então respiro fundo e conto tudo a ele. Entre garfadas de massa, conto para Seb sobre meu pai. Sobre a Farrs. Sobre minha mãe. E também sobre o fiasco da minha empresa de bufê; conto que nunca paguei o empréstimo que peguei com minha mãe, que me sinto uma fracassada desde então. Falo sobre como me sinto perto de Jake. (Mas não conto tudo. Não menciono a queda de patins, porque não quero deixar uma mácula nesta noite. E definitivamente não revelo nada sobre a revoada de corvos que sinto dentro de mim. Existe uma enorme diferença entre "honestidade" e "excesso de informação".)

Então conto a ele tudo sobre Ryan, e ele ouve em silêncio, sem fazer nenhum comentário mordaz, mas eu percebo a raiva em seus olhos.

— Eu me apaixonei por uma menina chamada Astrid na época da escola — comenta Seb, quando termino de falar. — Se ela tivesse voltado pra minha vida, acho que eu também teria ficado desnorteado. Então eu entendo.

Depois revelo como ganhei o apelido de "Fixie": quando tinha 3 aninhos, eu ficava andando pela casa, determinada, repetindo que tinha de consertar as coisas. (Embora eu não saiba ao certo o que *exatamente* eu queria consertar.)

— Então, qual é o seu nome verdadeiro?

Hesito antes de revelar, respiro fundo e falo bem baixinho:

— Fawn.

Tudo bem. Esse é o meu nome, mas Fawn não tem nada a ver comigo. Parece, sei lá, o nome de algum animal.

— Fawn? — Seb olha para mim com expressão crítica. — Não. Eu prefiro Fixie.

— Vamos fingir que eu nunca te contei isso.

— Já esqueci o que você me contou.

As luzes do restaurante estão mais fracas, e o brilho das chamas das velas se refletem em nosso rosto. O garçom tira nossos pratos e nós damos uma olhada no cardápio de sobremesas, mas acabamos pedindo apenas café. Eu me inclino para Seb.

— Agora é a sua vez.

Ele começa pelo trabalho. Conta sobre como foi que abriu a empresa, que achou muito difícil, mas também divertido — e que o segredo foi encontrar as pessoas certas. Quando descreve seus colegas de trabalho, vejo um brilho em seus olhos que só pode ser descrito como amor. Ele me conta que não suporta injustiça e arrogância e que foi justamente por isso que decidiu abrir um negócio sobre investimentos éticos. Ele me dá uma pequena aula sobre quais são as piores práticas executivas, na opinião dele, e como acha que as empresas de fato *deveriam* ser administradas, antes de se interromper e dizer:

— Desculpa. Estou sendo chato. Muito chato.

Mas ele não estava. Não estava *mesmo*.

Então, quando acabamos de tomar nosso café, ele me conta sobre a família dele, em um tom de voz mais comedido. Segundo Seb, eles até que seguraram bem as pontas quando o pai morreu, pensando "Já tivemos todo o azar de uma vida inteira", e seguiram em frente, mas, logo depois, a mãe faleceu quando ele estava na faculdade e, em seguida, o irmão dele também morreu... Então de repente Seb se dá conta de que meus olhos estão marejados e para de falar.

— Fixie, isso acontece — diz ele, pegando minha mão e pressionando-a de leve. — Aconteceu. É tudo o que podemos dizer sobre o assunto.

— Eu sei — digo, depois de uma pausa. — Mas... Ah, Seb...

— Tudo bem. Eu estou *bem*. Segui com a minha vida e estou em paz com isso. E dou valor a tudo o que tenho hoje... Desculpa — acrescenta ao notar pela primeira vez onde sua mão está.

— Não, está tudo bem — Minha voz está um pouco rouca. Pisco para afastar as lágrimas, determinada a me controlar. Se Seb consegue ser tão positivo em relação a isso, então eu também preciso ser.

Aperto a mão dele e Seb olha para mim com uma expressão enigmática e inquisidora, e de repente tenho um sobressalto quando percebo o que de fato está acontecendo. Nós conversamos, tomamos uma garrafa de vinho, estamos de mãos dadas.

— Então eu... Hum... Estava pensando — começo, os olhos fixos em um ponto distante. — Você quer... Hum... Que eu leve você pra casa? Bom, talvez precise de ajuda com... Hum... Pra subir a escada. Se tiver escada. Tem escada onde você mora?

Minhas palavras são carregadas de nervosismo, e espero, sem conseguir respirar, pela resposta dele.

— Tem escada, sim. E seria muito gentil da sua parte se puder ajudar.

Os olhos dele encontram os meus, e alguma coisa em sua expressão faz meu coração bater mais forte.

— Tá bem então. — Tento falar de modo casual.

Seb faz um gesto para pedir a conta e lança outro olhar para mim que me faz derreter por dentro.

— Vamos indo?

Pegamos um táxi, e Seb dá o endereço da casa dele ao motorista. Enquanto cruzamos as ruas de Londres, decoradas para o Natal, nenhum de nós diz muita coisa. Minha respiração está um pouco ofegante; todo o meu corpo está tenso. Estou superconsciente de cada movimento de Seb e me sinto grata por ele não ser um daqueles caras que agarram você logo dentro do táxi. Quero privacidade. Não quero um motorista assistindo ao nosso momento íntimo pelo retrovisor.

Seb mora em uma rua em Islington que lembra muito o estilo dos anos 1930 e, quando saímos do táxi, não consigo evitar dar uma risada. Ele me enganou.

— Tem uma rampa. Olha ali — indico. — Além da escada.

— Ah, é. O que eu quis dizer é que seria muito gentil da sua parte me ajudar a subir a rampa.

Ele sobe pela rampa — sem a minha ajuda —, e eu o sigo, rindo, e então estamos no elevador, subindo para o quarto andar, onde ele me conduz por uma porta cinza.

— Chegamos — anuncia, quando a porta se fecha atrás de nós. — Minha casa.

Ele faz um gesto para mostrar o ambiente, e eu estou vagamente ciente do piso de madeira claro e das paredes brancas, mas, para ser bem sincera, não estou nem um pouco interessada no apartamento dele. Então jogo meus braços em volta do pescoço de Seb — passei a noite inteira querendo fazer isso — e fecho os olhos, sentindo seu cheiro.

Os ombros dele estão na altura perfeita. O cheiro dele é gostoso. Ele é todo gostoso. Os lábios dele roçam nos meus, e solto um gemido porque quero muito, *muito* isso. Será que ele *está entendendo*? Será?

Sim, claro que está. (Acho que estou um pouquinho bêbada.)

Quando os lábios dele encontram os meus em um beijo intenso e cálido, pressiono meu corpo contra o dele, e Seb solta um gemido profundo e indistinto.

— Espera. Seu tornozelo — digo, de repente, me afastando dele.

— E o que o meu tornozelo tem a ver com isso? — Seb parece confuso.

— Sei lá — admito e começo a rir.

— Você é uma delícia — diz ele, se afastando um pouco para olhar para mim. — E, como você sabe, eu ainda te devo muito. *Muito mesmo.*

Ele beija meu pescoço, e sinto seus dentes roçarem minha pele. Só de pensar que temos a noite toda pela frente fico ávida de desejo.

— Então... Isso é você pagando sua dívida? — consigo perguntar, pois minha respiração está ficando cada vez mais ofegante.

— Vou pagar uma parte agora — responde, desabotoando minha blusa devagar. — Vou pagar aos poucos. Sei que vai levar um tempo... Meu Deus. — Os olhos dele ficam vidrados ao ver meus seios. — Quanto tempo será que vou levar pra pagar essa dívida? Acho que vou querer ficar pagando pra sempre.

— Eu aviso quando você tiver quitado tudo — sussurro, enquanto ele beija meu ombro. Minha cabeça pende para trás em êxtase, e eu também não quero que acabe. — Pode deixar que eu aviso.

A noite é uma mistura de sexo, sono e sexo de novo. Em algum momento durante a madrugada, eu me vejo olhando para ele sob a luz fraca do quarto, admirando seu corpo forte e esbelto. As costas dele formam uma curva que faz com que eu me lembre de um barco. Estendo a mão para acariciar esse ponto, perguntando-me se ele está acordado, quando Seb se vira e seus olhos brilham para mim.

— Você veleja? — pergunto, sonolenta.

— Não. Mas eu remava.

— Hum. — Balanço a cabeça afirmativamente: faz sentido. De repente, eu me ouço perguntar: — Você acredita que existe uma pessoa certa para nós? Você acredita em destino?

Não espero que ele vá me levar a sério — na verdade, quase me arrependo por perguntar algo tão profundo. Ryan provavelmente responderia "Claro, querida", sem nem ouvir o que eu estava perguntando, mas Seb fica em silêncio. Está olhando para o teto e parece pensativo.

— A parte racional do meu cérebro — responde ele por fim — compreende que tudo é arbitrário. Existem milhares de possibilidades no universo. O fato de termos nos conhecido é só uma de infinitas possibilidades e não significa nada.

Ele parece tão certo disso que sinto meu coração afundar um pouco no peito. Mas então ele continua no mesmo tom.

— Mas a questão é que não consigo imaginar um mundo em que nós *não* nos encontrássemos. Acho que era para ser. Você também sente isso? Você estava destinada a entrar no Café Allegro. Tinha que ter uma goteira no teto. Foi uma série de eventos que nos trouxe até aqui. Seus pais compraram uma loja em Acton. Os meus não se mudaram pra França.

— Seus pais pretendiam se mudar pra França? — pergunto, surpresa.

— Eles pensaram na possibilidade quando eu tinha uns 8 anos. Imagina... Eu nem moraria mais nesse país. Tudo isso aconteceu para trazer a gente até esse momento. — Ele apoia a cabeça na mão e olha para mim, a luz do luar iluminando seu rosto.

— Esse exato momento — repito, tentando provocá-lo.

— Esse momento, bem aqui.

— Então isso é épico, digamos assim.

Faço um gesto para as cobertas com um sorriso. Parece bem simples para um momento épico.

Embora, na verdade, o que poderia ser mais grandioso do que estar na cama com a pessoa que você inexplicavelmente acha que é certa para você? O Cara? Quando penso nisso, fico ligeiramente atordoada, quase assustada. Porque ele é certo para mim. De verdade. *Mesmo*.

— Então... é isso? Tudo na vida nos trouxe até esse momento? É impossível ficar melhor do que isso?

— Não. As coisas só vão melhorar ainda mais. — Ele me puxa para perto e beija a curva do meu pescoço. O corpo dele é quente e seguro. — As coisas só vão melhorar.

# VINTE

A luz ofusca meus olhos, e sinto lábios suaves beijarem os meus. Então, quando abro os olhos, vejo o rosto de Seb.

Seb... Ai, meu Deus... Minha mente alegre e descrente de repente se lembra de tudo.

— Desculpa — diz ele. — Eu não sabia que horas você queria acordar...

— Tudo bem — respondo, esfregando o rosto. — Não. Eu... Obrigada. Que horas são?

— Oito.

— Tá. — Penso por um momento, procuro meu celular no meio das roupas espalhadas pelo chão e mando uma mensagem para Greg pedindo a ele que abra a loja. — Agora sim. — Eu me deito de novo nos travesseiros. — Já dei um jeito.

— Eu também. Já liguei pro escritório e avisei que vou chegar mais tarde. Não quero sair correndo. — Ele se senta na cama e olha para mim. — Nesse momento, não quero sair daqui, na verdade.

Ficamos em silêncio por um tempo, olhando um para o outro. Lembranças de ontem à noite passam pela minha cabeça, e tenho certeza de que pela dele também. Como se estivesse lendo minha mente, ele pega o protetor de copo, que está caído no chão.

Fizemos algumas anotações nele ontem à noite. Foi uma brincadeirinha nossa. Bem divertida.

— E como anda o pagamento da minha dívida? — pergunta, passando o dedo por cima das anotações. — Não consigo saber ao certo só com isso...

— Ah, você está se saindo muito bem. — Abro um sorriso. — Você me fez alguns favores, lembra?

— Acho que estamos quites nesse quesito. — Ele arregala os olhos enquanto lê as palavras rabiscadas no papelão e se vira para mim. — Senhorita Farr, você tem a mente suja.

— Olha quem fala! — Pego o protetor de copo da mão dele e finjo estar chocada quando leio. — Isso é pornográfico. — Aponto para a última anotação. — E eu nem sei o que isso significa...

— Pode deixar que vou te explicar direitinho. — Os olhos dele se iluminam. — Mais tarde. Vamos tomar o café da manhã?

Quando saímos do quarto, examino a casa com curiosidade. Não prestei muita atenção aos detalhes ontem à noite. Tem uma grande sala de estar e uma cozinha americana, onde Seb está enchendo uma chaleira com água. O piso é de tábua corrida e há dois sofás forrados de cinza. É impressionante. É elegante. Mas, estranhamente, não tem muito a ver com *ele*.

Não é tão legal quanto o escritório dele, percebo de repente. O escritório é cheio de livros, enfeites e tem muita personalidade. Este lugar parece meio triste, lembra um hotel. O único toque mais pessoal é uma pilha gigante de revistas encostada em uma das paredes. *Gigante* mesmo. Na verdade, são várias pilhas alinhadas na frente da parede e cada uma parece ter pelo menos um metro de altura.

Vou até lá dar uma olhada quando percebo que algumas ainda estão no plástico. Na verdade, a maioria está, e todas são relacionadas à música: *Total Guitar. Vintage Rock. Country Music*. Algumas são bem antigas, mas as edições mais recentes são da semana passada. Será que ele toca violão? Não mencionou nada.

— Quer um chá? — pergunta Seb, pegando uma caixinha. — Ou posso preparar um café se você preferir.

— Chá está ótimo. — Sorrio para ele. — Obrigada. Seu apartamento é bem legal. Chique!

De repente me ocorre que ele deve ter herdado algum dinheiro ou algo assim quando a mãe morreu. Merda. Talvez tenha sido rude da minha parte dizer que o apartamento dele é legal.

— Então... Música! — exclamo, tentando mudar de assunto. Aponto para as pilhas de revistas no chão. — Eu não fazia ideia.

— Ah, não. — Seb acompanha meu olhar. — Não são minhas. Era o James que adorava música. Meu irmão.

— Ah... — digo, depois de uma pausa. — É claro.

Não faço ideia do que dizer em seguida, porque minha cabeça está cheia de perguntas, mas não quero verbalizá-las. *Por que você tem tantas revistas empilhadas no chão? Por que ainda assina revistas que não são do seu interesse? Isso não é um pouco... Estranho?*

— Acho que eu devia cancelar as assinaturas — comenta Seb, com toda a calma do mundo. — Qualquer dia desses eu faço isso.

— Certo — repito, e a voz dele é tão tranquila que percebo que estou relaxando também.

Isso é só uma particularidade dele. Cada um tem suas próprias particularidades.

— Sei que você é chef profissional — comenta Seb, interrompendo meus pensamentos —, então é meio difícil oferecer isso... Mas eu poderia fazer panquecas se você quiser. Ou waffles.

— Waffles? — pergunto, impressionada. — Waffle caseiro?

— Eu gosto de cozinhar. Mas talvez eu precise sair pra comprar alguns ingredientes...

— Não precisa comprar nada. Vamos comer o que tiver. Torrada. Ou nada. Só chá está ótimo.

Preparamos torradas e as levamos para a cama. Então o café da manhã se transforma em mais sexo e, depois, ficamos abraçados, sem falar nada. E eu quero ficar aqui para sempre.

— Não posso ficar mais — solto um gemido por fim. — Não posso mesmo. Tenho que ir agora.

— Eu também.

Seb suspira.

— *E* eu preciso passar em casa pra trocar de roupa. *Tenho* que me levantar.

Tomo um banho rápido e, depois, enquanto Seb está no banheiro, eu me visto e fico perambulando pelo apartamento. Noto as facas de qualidade na cozinha — ele obviamente gosta de cozinhar — e dou uma olhada nos DVDs. Depois me aventuro pelo corredor e chego a outra porta. Não consigo resistir e tento abri-la, mas está trancada.

Sinto-me culpada e intrometida por ter tentado abrir a porta e volto rapidamente para a sala. Quando Seb aparece, com o cabelo ainda úmido e com cheirinho de xampu, pergunto em tom casual:

— Qual é o tamanho desse apartamento?

— É tudo isso que você está vendo — responde Seb, fazendo um gesto para indicar a ampla sala.

— Ah.

Faço que sim com a cabeça, mas sinto uma tensão crescer no meu peito. Por que ele não mencionou o outro quarto?

Sei que deveria parar por aí e que isso não é da minha conta... Mas simplesmente não consigo. Não consigo não perguntar.

— A sala é bem grande pra um apartamento de um quarto só — comento como quem não quer nada. — É enorme.

— Ah, mas tem outro quarto — revela Seb depois de uma pausa. — Era do James.

Ele abre um sorriso para mim, e sinto uma onda de compaixão por ele, porque eu já tinha imaginado que seria isso. De repente me lembro da conversa que ouvi no café. Briony queria transformar um quarto em uma sala de ginástica, não era isso? Ela devia estar falando daquele quarto.

— É difícil — comento, tentando ser gentil. — Eu lembro quando a minha mãe teve que se desfazer das coisas do meu pai.

— É... — responde Seb de forma evasiva, e sua expressão fica um pouco mais séria. Já me arrependi de ter abordado o assunto quando tudo estava tão lindo e perfeito.

— Bem... Obrigada — agradeço-lhe em tom mais leve. — Obrigada pela minha escova de cabelo. Obrigada pelo jantar. Obrigada por... — Paro de falar porque não preciso continuar. Ele sabe o que quero dizer.

— Sou eu que agradeço. — Seb se aproxima de mim e beija minha cabeça, brincando com as mechas do meu cabelo, enrolando-as nos dedos. — Sempre quis namorar uma patinadora olímpica — acrescenta ele. — Você fica muito sexy no rinque. Eu comentei isso?

— Eu não devia ter sido tão exibida — comento, meneando a cabeça. — Agora estou me sentindo mal. Fui rude com a Briony.

— *Você* está se sentindo mal? — pergunta Seb, sem acreditar. — Não se sinta mal por ela. — Ele gira o corpo e agora nós dois estamos de frente para um espelho gigantesco na sala. Ele encara meu reflexo, os olhos brilhando, o queixo descansando na minha cabeça. — Não sei *quem* é essa garota, nem *como* ela entrou na minha vida — diz ele com voz impassível, e não consigo evitar um sorriso.

— Também não faço ideia — digo, no mesmo tom. — É um mistério.

Não falamos nada por alguns segundos, então a expressão de Seb fica mais séria.

— Você *está* na minha vida? — pergunta ele.

— Estou — respondo, e minha voz de repente falha. — Espero que sim.

— Bom, eu também.

Ele acaricia meu cabelo e, pelo espelho, vejo seus olhos brilhando. Então, neste momento, sei que a vida dele é o único lugar onde quero estar.

## VINTE E UM

Os dias se transformam em uma semana e, depois, em duas, e parece que sempre estive na vida de Seb. Passo todas as noites no apartamento dele e dou um pulinho em casa de vez em quando para pegar umas mudas de roupas. Quase não fico mais em casa, mal tenho noção do que está acontecendo no mundo. Estou hipnotizada por Seb. Pelo seu corpo e pela sua mente, pelo som da respiração dele à noite.

Quando não estou com Seb, estou pensando ele. Tudo no mundo parece chato. Eu me esqueço de todos os meus problemas com ele... Só Seb parece importar agora.

Sorrio para os clientes que colocam os produtos no lugar errado. Rio quando Stacey chega atrasada. Acho graça das idiossincrasias de Greg. *Por que* ele não pode mostrar os polegares tortos para os clientes quando eles estão no caixa? O mundo é lindo. Tenho feito um horário de trabalho mais flexível — mas sem abusar tanto, de vez em quando tiro uma tarde ou uma manhã de folga — para me encontrar com Seb, ou cozinhar para ele ou ficar na cama com ele por mais meia hora.

Quanto mais eu o conheço, mais gosto dele. Ele é um cara direto. Tem uma visão um pouco irônica mas otimista da vida. Nossas conversas duram horas, e eu nunca franzi a testa, nem fiz cara feia ou pensei "Nossa, ele pensa assim mesmo?" em momento algum. Já conheci tantos caras que *parecem* interessantes até o momento em que você finalmente descobre o que de fato se passa na cabeça deles... E tem que fugir correndo. Mas, nessas duas semanas de convivência intensa com Seb, não presenciei nenhuma explosão de raiva ou ouvi qualquer declaração arrogante por parte dele, muito menos aquelas piadinhas de mau gosto que os caras costumam fazer esperando que a gente morra de rir.

A única questão — *única* mesmo — são as coisas do irmão dele. O quarto de James. Aquela situação toda. Cheguei a sugerir algumas vezes que eu poderia ajudá-lo a organizar as revistas, mas ele recusou. Uma ou duas vezes, mencionei o quarto de James como quem não quer nada e Seb mudou de assunto.

Então, um dia, quando ele não estava em casa, peguei a chave — fica bem à vista em um porta-chaves na cozinha — e abri a porta para dar uma olhada rápida.

Eu havia imaginado um quarto arrumado e limpo, com alguns itens de valor sentimental espalhados pelos cantos. Nunca pensei que pudesse encontrar o que vi: um cômodo desarrumado e cheio de poeira, com a proteção de tela ainda ativada no computador, os restos de uma maçã seca e murcha em cima da mesa, uma lata de lixo lotada de garrafas de água e uma cama desarrumada, como se não tivesse sido tocada desde...

Então, percebi a verdade. Ninguém tinha tocado naquele quarto desde a morte de James.

Fiquei ali por um tempo, sem me mexer, minha cabeça fervilhando. Então tranquei a porta e coloquei a chave no lugar. Pensei na voz resoluta e calma de Seb e em sua postura resignada quando conversamos sobre a família dele. As palavras que ele falou eram quase um mantra: "Estou bem. Estou *bem*. Segui com a minha vida e estou em paz com isso."

Em paz? Com um quarto empoeirado onde ninguém entra há quase dois anos e que vive trancado?

Naquela noite, reuni coragem e perguntei:

— Seb, sobre seu irmão... Você disse que estava em paz com... o que aconteceu...

— Eu estou — disse ele, de forma tão convincente que poderia ter enganado qualquer pessoa, menos a garota que não consegue ignorar nada.

— Tá. Que bom. — Hesitei por um breve momento, mas me obriguei a continuar. — Acho que a gente podia organizar aquelas revistas qualquer dia desses. E... E quanto ao quarto... Vai ficar trancado pra sempre?

Seb ficou em silêncio por alguns segundos, de costas para mim, mas, quando ele olhou para trás, por cima do ombro, tinha um sorriso radiante no rosto.

— Eu sei. Tenho que dar um jeito nisso. Não é nada de mais, só não consegui parar pra fazer isso ainda. Mas o mais importante agora é saber o que vamos fazer de acompanhamento pro peixe.

Nada de mais?

Parte de mim queria pressioná-lo, mas uma parte mais sábia me disse para deixar isso pra lá por ora. Então, comecei a falar sobre a salada e percebi que Seb relaxou na hora.

Agora que eu o conheço melhor, sei que o rosto dele adquire uma expressão diferente quando alguém menciona seu irmão. Seb não fica exatamente estressado, e sim alerta, como um cachorro ansioso procurando sinais de perigo. E isso deixa meu coração partido — mas sei que, se insistir muito no assunto, posso acabar estragando tudo.

Então, pela primeira vez na vida, vou meio que deixar pra lá. *Não* vou tentar consertar tudo agora. Vou dar um tempo. Isso está acabando comigo, mas é o que vou fazer.

E esse é o único assunto que está me incomodando. Fora isso, vivo numa bolha de felicidade e alegria. Todas as manhãs, acordo com aquela sensação totalmente oposta à de quando você precisa ir ao dentista. É tipo perceber que *não* preciso ir ao dentista, mas que *tenho* o melhor namorado do mundo dormindo ao meu lado. Nada mais importa.

Até que, certa manhã, quando estou chegando à loja, meu calendário eletrônico me manda um alerta: *reunião de família*. Então eu me lembro, com um sobressalto, que é hoje à noite. Fico olhando para as palavras que me puxam de volta para a realidade. Observo o interior da loja como se a estivesse vendo pela primeira vez. Merda. Eu estava dormindo em serviço. Tinha planejado umas coisas para essa reunião, mas acabei ficando tão aérea que me desconcentrei. Deixei tudo desandar.

Meus pensamentos se voltam para minha mãe, e de repente me sinto culpada. Perdi uma ligação dela ontem e ia retornar, mas não cheguei a fazer isso. Rapidamente, disco o número dela, mas a ligação cai na caixa postal.

— Oi, mãe! É a Fixie. Estou retornando a ligação. Espero que esteja tudo bem por aí... Por aqui estamos todos bem... Ligo de novo mais tarde. Se cuida. Amo você.

Não vou contar a ela sobre Seb ainda. E certamente não pela caixa postal.

Digito meu código na caixa registradora enquanto me xingo mentalmente. Tenho muita coisa para fazer antes dessa reunião. Para começar, tenho que ler todos os e-mails de Bob. Ele nos manda relatórios financeiros regularmente, e eu queria ter o máximo de informações na manga. Quero fazer uma pesquisa nos sites dos nossos concorrentes também e tenho que fazer um relatório das vendas dos novos produtos escolhidos por Jake.

Estou remoendo minha frustração quando Morag se aproxima, colocando o cabelo nervosamente atrás da orelha.

— Fixie — diz ela. — Posso dar uma palavrinha com você antes de abrirmos a loja?

— Ah, é claro! — respondo.

Eu me viro para Morag, mas, por alguns instantes, ela não fala nada, e vejo que seu rosto está vermelho.

— Andei fazendo algumas entrevistas pra outros empregos recentemente — revela ela por fim. — Recebi uma proposta de uma grande loja de utilidades domésticas em Kew. A Suttons. E estou pensando em aceitar.

Levo quase um minuto para conseguir falar.

Morag quer *ir embora*?

— Morag... — digo, por fim. Estou tão chocada que nem sei o que dizer.

— Não é o que eu quero. — Os lábios dela estão contraídos, como se Morag estivesse se esforçando para esconder quanto está chateada. — Você sabe que eu amo a Farrs. Você *sabe* disso, Fixie. Mas... — Ela para de falar, e vejo que tem um milhão de coisas não ditas naquele "mas".

— Pode falar... — Esfrego o rosto, tentando manter a respiração calma. Só que, agora que o choque inicial passou, estou começando a ser tomada pelo pânico. Não posso perder Morag. *De jeito nenhum.* — Me conta o que está acontecendo.

— Ah, Fixie, querida, você sabe muito bem o que está acontecendo. — Ela solta o ar pela boca. — Esse lugar mudou muito. Metade dos expositores desapareceu. Nem sei mais o que estamos vendendo. Nossos clientes estão reclamando... — Ela balança a cabeça. — A promoção dos biscoitos de Natal foi um desastre! Não tinha mercadoria suficiente!

— Eu sei — digo, com dor no coração, ao me lembrar disso. — Jake quis promover aqueles abajures de neon novos.

Não quero nem pensar nos abajures. Jake simplesmente jogou a mercadoria aqui e nós só conseguimos vender um, que já foi até devolvido.

— Pois é. — A expressão no rosto de Morag me diz exatamente o que ela pensa sobre aquilo. — E eu tive que cancelar o Clube do Bolo pela terceira vez...

— *Terceira vez?* — Fico olhando para ela. — Espera. Não fiquei sabendo disso. O que aconteceu?

— Nicole, é claro. É sempre a Nicole. Dessa vez foi uma sessão de consciência plena. Bom, tudo o que tenho a dizer é: os amigos dela com toda essa "consciência plena" vêm aqui pra comprar alguma coisa? *Vêm?*

Vejo que o rosto de Morag está cheio de manchas vermelhas e de repente percebo quanto ela está zangada e incomodada com isso. Enquanto eu estava aqui esse tempo todo, sonhando acordada, à espera de um desastre.

De repente penso em minha mãe. O que ela diria? Então sinto meu estômago se contrair. Estou aterrorizada. E com raiva de mim mesma.

— Morag — digo, desesperada. — Nós amamos você. Por favor, não vá embora.

— A Suttons me ofereceu um espaço permanente para o Clube do Bolo — continua ela, sem olhar nos meus olhos. — Eles querem fazer do clube um grande evento, com drinques, *lives* nas redes sociais e não sei mais o quê... Eu não *quero* ir embora — declara ela, e percebo o sofrimento em sua voz. — Nenhum de nós quer, mas...

— Nenhum de nós? O que...

— Todos os integrantes do Clube do Bolo... Eles disseram que vão comigo. Vão aos eventos na Suttons. Não é tão longe.

O silêncio paira no ar. A mensagem está clara: eles vão passar a comprar na Suttons também.

Sinto o medo apertar minha garganta. Nossa mãe confiou em nós para cuidar da loja e estamos perdendo a melhor funcionária, além de vários clientes importantes. Sei que mamãe colocou todos nós no comando, mas não consigo deixar de me sentir responsável. Engulo em seco e tento organizar meus pensamentos.

— Você ainda não aceitou a proposta da Suttons, não é?

— Eu disse que ia pensar. — Ela finalmente olha nos meus olhos, com tristeza, mas parecendo decidida. — Mas, Fixie, não há muito o que pensar, né?

— Morag, vou resolver isso. Vou dar um jeito nessa situação. — Minhas palavras saem atropeladas. — Por favor. Deixa eu pelo menos apresentar uma proposta pra você. Se você me der 48 horas pra... resolver tudo.

— Tudo bem — concorda Morag, e ela me dá um tapinha no braço antes de se afastar, mas dá para ver que não mudou de ideia.

Durante o resto da manhã, estou em um frenesi interno. Sou simpática com todos os clientes, mas, por dentro, estou surtando. Não consigo parar de pensar "Como foi que deixei isso acontecer?". Fico olhando para a loja e tentando enxergar a situação pelos olhos da minha mãe, então sinto um calafrio. Nada aqui está certo. Esta não é a *Farrs*.

Vou conversar sério com Nicole esta noite. E com Jake também. Eles vão ter de me ouvir. Aquelas luminárias de jardim têm de sumir daqui. E precisamos das mesas expositoras de volta. Nicole vai ter de entender que não somos um centro de yoga, nós somos uma *loja*. Vou ser firme e implacável.

Mas... Ah, meu *Deus*.

Só de pensar nisso, sei que vou frustrar minhas expectativas. Minha voz vai começar a tremer, vou gaguejar e ficar vermelha. Vai começar aquela revoada de corvos na minha cabeça e vou desmoronar.

Por impulso, vou até o escritório nos fundos da loja e ligo para Seb. Quando ele atende, disparo:

— Seb, não sei o que fazer. Tenho que colocar um freio em Jake e Nicole essa noite, mas eu nunca consigo fazer isso. Fico nervosa e não consigo nem falar direito, mas agora eu *tenho* que falar...

Eu me interrompo ao me dar conta de que nem sei direito o que quero. A única coisa que sei é que preciso compartilhar isso com ele.

— Fixie — diz Seb com a voz gentil. — Não se preocupe. Você vai conseguir. — Seb parece ter tanta certeza do que está dizendo que sinto minha confiança voltar. Talvez eu *consiga* mesmo. — Quer que eu vá até aí pra almoçarmos juntos? Podemos comer um sanduíche e conversar sobre tudo.

Nem me lembrei de que ninguém na Farrs conhecia Seb ainda. Quando ele entra na loja com seu casaco elegante e me beija bem na frente de todo mundo, fico muito ciente de que todos os funcionários estão olhando para nós dois de um jeito nada profissional, mas não consigo evitar sentir certo orgulho. Ele é lindo, e seu rosto está corado por causa do frio.

— Então essa é a Farrs — declara ele, olhando em volta. — É incrível!

Quero responder: "Não é não. Estamos abaixo das metas e é tudo culpa minha", mas isso pode esperar até a hora do almoço.

— Olá, bem-vindo à Farrs — cumprimenta-o Stacey, se aproximando de nós e piscando para Seb. — Posso ajudar você com... *qualquer coisa* que precisar, ok?

Escondo uma centelha de frustração. Stacey não pode fazer pausas sugestivas antes de dizer "qualquer coisa". Já falei isso para ela. E... Ela desabotoou o último botão da blusa. Ela fez isso mesmo?

— Não precisa — afirma Seb, sorrindo para ela. — Obrigado.

— Olha que história engraçada — começa Greg, aproximando-se de nós dois e avaliando Seb com seus olhos esbugalhados. — Uma vez a Fixie trouxe um namorado aqui e ele tentou se exibir com as facas, mas acabou cortando o dedo fora.

Ficamos em silêncio. Olho para Seb e percebo que ele está tentando pensar em uma resposta.

Ai, meu Deus. Se Morag for embora, como vou conseguir manter minha *sanidade mental*?

— Essa história não tem a menor graça, não é, Greg? — comento, tentando soar tranquila, mas fulminando-o com o olhar. — E foi só um cortezinho. Ele nem precisou ir pro hospital.

— Ué, todo mundo riu disso na época — retruca Greg, dando de ombros. — Mas não durou muito — continua ele, dirigindo-se a Seb agora. — Eu nem me lembro mais do nome dele. Ah, lembro sim. É Matthew McConnell.

— Ok! — exclamo com a voz aguda. — É melhor a gente ir logo. Eu já volto.

Pego Seb pelo braço e o arrasto para fora da loja e só respiro novamente quando estamos na rua, em segurança.

— Desculpa. *Desculpa* mesmo.

— Não seja boba — diz ele, achando graça. — Eles são ótimos.

— São todos perturbados.

— Eles se preocupam com você. Isso é legal. — Ele aperta minha mão. — Vamos lá. Vou levar você pra almoçar.

Há uma lanchonete em frente à Farrs e está frio demais para procurarmos outro lugar, então é para lá que vamos. Encontramos uma mesa vaga nos fundos, onde conseguimos ter certa privacidade.

— Então... — começa Seb, apoiando as mãos na mesa quando nos sentamos já com nossos sanduíches. — Você precisa assumir o comando. É o jeito. Qual é o problema?

— O problema é o Jake — respondo, meio desanimada. — É que ele... Eu sou... Ele me afeta. Preciso ser muito convincente quando estiver apresentando as minhas ideias, mas acho que não vou conseguir. — Arranco um pedacinho do pão do meu sanduíche e o mordisco.

— Tudo bem — diz Seb. — Vamos começar do início. Como o Jake te afeta e por quê?

Ele parece realmente interessado em saber, e estou cansada de contar só metade da história. Então, dessa vez, volto até nossa infância, falo sobre a personalidade do meu irmão, conto que eu sempre me senti inferior em relação a ele e a Nicole. Falo que o fato de eu patinar exigiu muita atenção da minha mãe e relato como perdi o dinheiro dela na minha empresa e que me sinto muito mal por tudo isso.

Confesso a ele que estou me sentindo culpada, inadequada. Que minha voz treme quando falo com Jake cara a cara. Que parece que há uma revoada de corvos na minha cabeça.

Seb escuta tudo sem dizer uma palavra. Às vezes ele faz uma careta, mas não me interrompe.

— Eu *tenho* ideias — concluo, aflita. — Eu *tenho* argumentos. Consigo vê-los na minha mente, como se estivessem dentro de balões, mas não consigo botá-los para fora.

Seb está com as sobrancelhas franzidas, pensativo. Ele olha nos meus olhos e diz:

— Você está sendo gentil demais. Precisa estourar esse balão e extravasar seus pensamentos. Você está zangada com o seu irmão?

— Estou — respondo, depois de uma pausa. — Mas também me sinto culpada. Tipo, ele *consegue* ser legal quando quer...

— Não foi isso que eu perguntei. Você está *zangada* com ele?

— Estou — admito. — Estou zangada, sim.

— Bem, você tem que usar essa raiva a seu favor. — Ele se inclina na minha direção, com a expressão animada. — Sinta essa raiva, use isso para estourar o balão e libertar seus pensamentos como uma... Como uma ninja.

— Uma ninja? — Não consigo segurar o riso.

— Exatamente! Você é a dona das palavras, tem ideias. Eu sei que tem. Você é inteligente e dinâmica e, basicamente, a melhor pessoa que eu já conheci. E, pra ser bem sincero, a ideia de que seu *irmão* faz você se sentir assim me deixa com raiva. Eu só o vi uma vez, mas...

Seb sorri, mas seu maxilar está contraído e ele segura o sanduíche com muita força.

— Está bem, vou ser ninja então. — Mexo o café e fico olhando o círculo que se forma dentro da xícara, tentando encontrar forças. — Mas eu fico *tão* nervosa. Como você consegue?

— Consigo o quê? — Seb parece surpreso com a minha pergunta.

— Você fala para acionistas em reuniões, as pessoas gritam com você, mas você não está nem aí.

— Acho que eu penso no motivo pelo qual estou ali falando — responde Seb, pensativo. — Em nome de quem estou falando. Quem eu represento. Eu falo por pessoas que não têm voz, e isso me motiva. É isso que me dá forças.

Ele dá uma mordida no sanduíche e faz um sinal para mim.

— Coma. Ninjas precisam ficar fortes.

Dou uma mordida no pão e, enquanto mastigo, sinto uma determinação começar a crescer dentro de mim. Vou falar pela minha mãe. É ela quem estou representando. É ela que não tem voz agora. E é isso que vai me dar forças.

Durante o restante do almoço, falamos sobre vários assuntos e, quando nos despedimos, Seb me abraça e olha diretamente nos meus olhos.

— Ninja Fixie — diz ele. — Você vai conseguir.

Ele me beija e vai embora, sua respiração deixa uma trilha de fumaça no ar e repito para mim mesma com determinação: eu vou conseguir. Eu vou conseguir. Vou mesmo.

Durante toda aquela tarde, estive decidida. Eu vou conseguir. Vou falar tudo o que tenho para falar.

Fico até mais tarde na loja, andando entre os expositores depois que todo mundo foi embora, lembrando-me de que costumava vir para a Farrs quando era criança e que tudo parecia enorme para mim. Eu me lembro de me esconder dentro de caixas de papelão no escritório dos fundos para que meu pai "me encontrasse". Lembro que ir ao depósito era a coisa mais emocionante do universo. Eu me lembro de ter quebrado um prato quando tinha 7 anos. Fiquei apavorada na época e tentei emendar os cacos com fita crepe. Minha mãe me encontrou escondida atrás de um expositor e me puxou para um abraço.

Este lugar é a minha vida.

Ouço um barulho na porta e vejo, surpresa, Bob entrando, protegendo-se do frio com seu casaco esportivo bege, um cachecol e um gorro de lã.

— Fixie! — exclama ele. — Eu esperava mesmo que você estivesse aqui. Acabei esquecendo meu suéter aqui ontem. — Ele estala a língua, se autorrecriminando. — Vou me encontrar com a minha irmã hoje e o suéter foi um presente dela... Ela me deu de aniversário... então eu quero usar, é claro. Nós sempre nos damos suéteres da M&S — acrescenta ele. — Não dá pra errar, né?

— Verdade — concordo. — Não mesmo.

Espero Bob ir até o escritório nos fundos para pegar o suéter. Então, quando ele está caminhando na minha direção, pergunto por impulso:

— Bob, nós estamos bem?

— Bem?

Bob olha instintivamente para os lados, como se eu tivesse perguntado "Bob, nós vamos ser atacados?"

— Bem — repito. — Em termos financeiros. Eu sei que você vive mandando aqueles relatórios por e-mail, mas eu nem sempre... Recentemente... — Paro de falar porque não quero admitir a verdade: estava envolvida demais na minha nova vida amorosa para pensar na contabilidade.

Bob solta o ar, como se estivesse pensando em uma forma de responder a minha pergunta, e sou tomada por uma sensação de medo.

— Estamos bem — declara ele por fim. — Não estamos mal. Não é um desastre.

*Não é um desastre?*

Fico olhando para ele, tentando não parecer tão surpresa quanto me sinto. Eu esperava algo melhor do que *não é um desastre*.

— As vendas não estão tão boas quanto no ano passado, não temos como negar isso, mas ainda falta um tempinho até o Natal, então temos tempo de nos recuperar. Tenho certeza de que vocês têm algumas cartas na manga — acrescenta, de forma encorajadora, e o otimismo dele me faz arder de vergonha. — Mas estamos precisando... — diz ele, como se quisesse chegar ao X da questão — melhorar um pouco.

Melhorar um pouco. Mas como vamos conseguir fazer isso?

— Obrigada, Bob. — Tento soar tranquila, como se receber notícias difíceis fosse meu forte. — Ótimo. Bom saber disso. Então vamos... Trabalhar nisso.

— Mas eu queria tirar uma *dúvida*... — Bob dá alguns passos na minha direção com uma expressão estranha que não consigo identificar. — Esses empréstimos que estamos concedendo. Isso vai virar uma coisa regular?

— Que empréstimos?

— Os empréstimos pro Jake.

O chão parece ter desaparecido sob meus pés.

— Que... Empréstimos? Eu não sei... Eu não sei nada sobre isso.

— Ah — diz Bob depois de uma pausa. — Bem que eu imaginava. Fiz três transferências pra conta dele desde que a sua mãe viajou. Foram valores bem altos. — Bob dá uma risada nervosa, mas parece preocupado. — Sei que a sua mãe aprovou o primeiro, mas os dois últimos foram por conta dele.

— Por conta do Jake? — pergunto, sem acreditar.

— Bom, seu tio Ned aprovou e me pediu que não incomodasse a sua mãe com esse assunto. Ele deixou isso bem claro, inclusive. E obviamente isso não é da minha conta. É um assunto de família, não é pra eu... — Ele dá alguns passos para trás, olhando para o teto, como se quisesse enfatizar que não faz parte da família. — Mas, como eu disse, é uma quantia *bem alta*, então achei que você soubesse.

Não consigo nem responder. Minha cabeça parece prestes a explodir. Jake está pegando dinheiro emprestado com a Farrs *sem nem consultar a nossa mãe*? De repente eu me lembro do dia em que ele entrou na loja procurando Bob, mas não me disse por quê. Ele estava olhando no celular toda hora. Eu me lembro de ter pensado que ele sempre queria *mais*. E fiquei imaginando como ele conseguia pagar tudo o que comprava. Bom, agora eu sei como.

— Mas não houve qualquer menção sobre como ele ia pagar esses empréstimos, por assim dizer — acrescenta Bob. — Se isso continuar se repetindo todo mês, vamos abrir um buraco na contabilidade. E se a sua mãe ainda estiver *pensando* em vender... Bom, acho que não é bom um momento pra perder todo esse dinheiro. Embora, como eu já disse, nada disso seja da minha conta.

Por fim, ele me encara. Conheço Bob há muito tempo e sei exatamente o que aqueles olhos gentis querem dizer: *isso não é certo*. Bob está falando: *você tem que fazer alguma coisa*.

— Tá bem — consigo dizer. — Bom... Obrigada, Bob. — Começo a me afastar, mas então volto quando penso em uma coisa. — Por que o tio Ned não quis incomodar a minha mãe?

— Ah... — Bob volta a olhar para o teto. — Acho que o seu tio gosta de pensar que tem poder. Algumas pessoas são assim mesmo.

Isso parece ser uma coisa tão ousada e desleal vindo de Bob, que fico olhando para ele.

— Mas ele ajudou com a renegociação do contrato de aluguel — rebato automaticamente, porque é o que sempre dizemos sobre tio Ned. — Ele conseguiu um ótimo contrato.

Segue-se um longo silêncio. Vejo o efeito das minhas palavras no rosto de Bob, e é como se ele estivesse tentando segurar alguma coisa. Ai, meu Deus.

— Não ajudou? — pergunto em um sussurro.

— Sua mãe ficou muito tocada quando seu tio tentou ajudar — conta Bob, por fim. — Ela ficava dizendo "Ah, Bob, ele é tão forte". Eu não queria me meter nisso. — Os olhos gentis dele encontram os meus com um sorriso. — Eu gosto muito da sua mãe.

Sinto que minha cabeça vai explodir.

— Bob. Me conta a verdade. Quem foi que realmente negociou o contrato de aluguel?

— Seu tio fez uma ou duas ligações — conta Bob, depois de uma pausa. — Não ajudou muito. — Ele dá uma risada gentil e sugestiva. — Na verdade, ele meio que atrapalhou tudo. Ele insultou a funcionária da corretora de imóveis.

— Então foi *você* que negociou os termos. Muito bons por sinal.

— Realmente os termos foram muito bons — comenta Bob com certo orgulho. — Era o mínimo que eu podia fazer pelo seu pai.

Esfrego a cabeça, sentindo uma vontade repentina de chorar.

— Bob... Não sei nem sei o que dizer.

— Não precisa dizer nada — diz ele com seu jeito tranquilo. — Fiquei muito feliz em fazer isso. Se você falar com a sua mãe, diga que mandei lembranças.

Fico olhando Bob ir embora, os sapatos ecoando no piso. Quase corro atrás dele e imploro por conselhos — mas ele já fez mais do que devia. Ele já deu um grande passo. Agora é *minha* vez de dar um grande passo. Mas em qual direção?

Minha mente está fervilhando com essa nova informação. Estou preocupada, não sei o que fazer. Por fim, decido ligar para minha mãe. Então desisto. Depois mudo de ideia de novo e ligo. E não é porque quero dedurar Jake, e sim porque preciso de fatos. Preciso saber o que realmente está acontecendo.

— Alô! Fixie? — atende uma voz familiar e animada. — É você, querida?

— Oi, tia Karen — cumprimento-a, tentando parecer calma. — Minha mãe está por aí?

— Ah, querida, ela já está dormindo. Sua mãe não anda se sentindo muito bem. Parece que pegou alguma virose ou algo assim. Acho que ela exagerou um pouco na nossa viagem pra Granada. Nós só voltamos ontem. Ah, Fixie. É tudo tão lindo! Os azulejos!

— Mas e a minha mãe? — pergunto, ansiosa. — Ela está bem?

— Vou levá-la ao médico amanhã — explica tia Karen para me acalmar. — Se não prescreverem nenhum remédio, sei exatamente onde conseguir umas coisas baratas. Mas olha só, querida, estou tentando convencer a sua mãe a passar o Natal comigo. Vocês não vão se importar, né? Afinal, é todo mundo bem grandinho já. E vocês devem ter seus próprios compromissos.

Fico olhando para o telefone, desanimada. Natal sem minha mãe? *Sem* minha mãe?

Eu estava presumindo que ela voltaria para as festas de fim de ano. Esse pensamento estava fixo em minha mente como uma âncora: minha mãe vai estar em casa para o Natal.

— Ah — digo, tentando não soar tão triste quanto eu de fato me sinto. — Bem... É aquilo... A mamãe tem que fazer o que ela quiser.

— Foi exatamente o que eu disse pra ela! — exclama tia Karen, triunfante. — Eu falei "Você precisa relaxar, Joanne! Eu cozinho, enquanto você toma um licor Baileys!".

— Bem, manda um beijo pra ela — peço, forçando um tom alegre.

— Espero que ela melhore logo. Manda notícias. E é só avisar se tiver alguma coisa que a gente possa fazer.

— Claro — diz tia Karen de imediato. — E como estão as coisas por aí? Jake e Nicole estão bem?

— Está tudo bem.

— E a loja? Eu sei que a sua mãe vai me perguntar isso. Ela vai dizer "Você não perguntou sobre a loja, Karen? Como você pôde se esquecer de perguntar sobre a loja?". Ela ama essa loja como se fosse mais um filho!

Tia Karen começa a rir, e olho para a loja que minha mãe tanto ama, me sentindo ainda mais triste.

— Está tudo... Bem — respondo. — Tudo bem.

— Maravilha. Bem, se cuida, Fixie!

— Você também — digo e desligo o telefone, me sentindo como sempre me sinto depois de conversar com tia Karen: como se tivesse sido atingida por um tornado.

Então não vai ser por aí. Não vou incomodar minha mãe com esse lance do Jake. Não quando ela está doente. Vou ter de fazer isso sozinha.

Vamos lá, Fixie. *Vamos lá.*

Vejo meu próprio reflexo na vitrine e dou um chute e depois uns socos no ar, como se estivesse lutando caratê. Então continuo fazendo isso, avançando meio ofegante por causa do esforço. Meu queixo está projetado para a frente, e minha expressão é destemida... E provavelmente pareço uma idiota, mas não estou nem aí. Eu me sinto mais forte a cada golpe. Eu consigo fazer isso.

Ninja Fixie. Manda ver.

## VINTE E DOIS

Tio Ned fez uma reserva em outro restaurante chique para nossa reunião. Dessa vez, na Piccadilly. Durante o percurso até lá decido cortar caminho por uma galeria comercial para fugir do frio congelante e sou imediatamente envolvida pelo calor, pela iluminação e pelo cheirinho de canela. Há vários estandes vendendo velas aromáticas e produtos da estação. Canções de Natal soam pelas caixas de som. Um boneco de neve zanza de um lado para o outro, fazendo as crianças rirem. O ambiente é muito festivo, mas não estou no clima. Estou sensível e zangada.

Enquanto caminho, vou treinando o que pretendo dizer para Jake, ignorando convites para provar bebidas e relaxar em cadeiras de massagem quando uma voz conhecida chega aos meus ouvidos me fazendo parar de andar na hora. Não estou acreditando nisso.

Não *pode ser.*

— Eu sou maquiador — diz ele. — E você tem um rosto muito interessante, sabia?

Eu me viro, e lá está ele. Ryan Chalker. Tão lindo como sempre, usando camiseta e calça preta, ao lado de um estande coberto de potes de cremes para o rosto.

Espero ser tomada por aquela reação familiar. Espero minha respiração ficar ofegante e meu coração dar uma cambalhota no peito. Mas a magia desapareceu.

Depois de todos esses anos, a magia desapareceu. Tudo o que consigo ver agora é um oportunista cara de pau. Ele está falando com uma mulher com aparência desleixada, usando uma parca, e percebo que está seduzindo-a.

— Você lembra muito uma modelo com quem eu costumava trabalhar em uma revista — continua ele de forma ousada, e eu solto um suspiro indignado.

Desde quando Ryan trabalhou como maquiador para revistas?

— Sério? — Vejo a mulher ficar toda deslumbrada com os elogios dele.

— Sua pele é ótima — elogia ele. — Aposto que o seu marido diz isso pra você todos os dias.

Meu Deus, ele é bom. É claro que o marido dela não fala nada disso, e agora essa mulher está caindo como um patinho na lábia de Ryan.

— Quem faz as suas sobrancelhas? — pergunta ele.

— Eu mesma.

— *Não.* — Ryan arregala os olhos. — Elas são lindas! Você não pode deixar ninguém tocar nelas. Você tem mais de 35 anos?

— Um pouquinho mais. — A mulher fica vermelha.

Cara, ela está na casa dos 50 anos. Até eu consigo perceber isso.

— Não muito, né? — pergunta Ryan. — Então, querida... Me diz uma coisa... Você usa hidratante na área dos olhos?

— Um pouco. — Ela desvia os olhos de forma evasiva. — Às vezes.

— *Às vezes?* — Ryan parece desolado. — Querida, você precisa cuidar da sua pele. Não importa a marca que você resolver usar, mas, só pra te dar um conselho... Começa a passar creme na área dos olhos, tá bom? Vou te dar uma amostra grátis... — Ele abre um potinho. — Posso aplicar na sua pele? Você se importa?

Ele passa o produto no rosto da mulher e levanta um espelho, balançando-o diante dos olhos dela.

— Está vendo? Consegue *ver* a transformação? E na primeira aplicação! Não é um procedimento cirúrgico, mas é como se fosse.

Não é um procedimento cirúrgico, mas é como se fosse? Será que ele pode dizer uma coisa dessas?

Estou fervilhando de raiva enquanto observo. Aquela mulher não sofreu absolutamente *nenhuma* transformação, mas está hipnotizada pelo próprio reflexo no espelho. Não sei se Ryan está usando algum ângulo favorável ou uma boa iluminação ou se é apenas o poder de persuasão dele, mas está funcionando.

— E hoje estamos com uma promoção de dois potes pelo preço de um — anuncia ele com voz sedutora. — Você faz ideia de quanto custa uma cirurgia de pálpebra? Quantos milhares de libras? Isso aqui é um décimo do preço.

Ele mostra a tabela de preços para a mulher, e ela fica pálida.

Na hora, Ryan baixa o tom de voz e diz:

— Sabe de uma coisa? Eu não podia fazer isso, mas vou dar um desconto adicional de dez por cento só pra você. Vou ter problemas, mas... Ah, é Natal.

— Sério? — A mulher olha para ele com tanta confiança que não consigo mais me segurar.

— Oi! — cumprimento os dois, toda animada, caminhando na direção deles, e Ryan leva um susto tão grande que eu começo a rir por dentro.

— Ah, olá — responde a mulher, parecendo desconcertada.

— Desculpa interromper, mas eu não compraria isso logo de cara se fosse você — aconselho, com toda educação. — Uma vez eu comprei um creme para a área dos olhos num estande num shopping e me deu alergia. Tenho certeza de que esse vendedor gentil vai te dar amostras grátis pra que você possa testar o produto em casa. Talvez fosse melhor você pedir a opinião de alguma amiga antes de gastar tanto dinheiro nisso, né? — Abro um sorriso doce para Ryan. — O senhor não acha? Levando em consideração toda a sua experiência como maquiador?

— Na verdade, é melhor eu ir andando — diz a mulher, parecendo constrangida. — Muito obrigada — ela agradece a Ryan, olhando para trás, ao sair apressada.

— Maquiador? Você é muito cruel.

Ryan fica olhando para mim com ar pensativo por um tempo. Depois joga a cabeça para trás e cai na gargalhada.

— Fixie. Você é tão boazinha. Você faz com que eu me sinta uma pessoa melhor. — E ele abre um sorriso para mim e me encara com aqueles olhos azuis devastadores.

Se isso tivesse acontecido um tempinho atrás, eu teria ficado toda derretida. Todas as minhas dúvidas teriam evaporado, e eu estaria correndo de volta para os braços dele neste exato minuto. Mas não hoje.

— E você faz com que eu me sinta uma pessoa pior — retruco com frieza, e Ryan ri de novo.

— Senti saudade de você.

Eu o encaro sem acreditar no que ele está falando. Ryan sentiu *saudade* de mim? Sinto uma raiva de repente, um impulso de gritar com ele, de bater nele, de fazê-lo sofrer. Mas tudo isso passa em um piscar de olhos, quando de repente me dou conta de que Ryan é doente. Ele diz qualquer coisa para qualquer pessoa para escapar de qualquer confusão em que tenha se metido. Ele não está nem aí. Não tem nenhum compromisso com a verdade. Integridade passou longe. Amor, então, nem se fala. Gritar com ele seria a mesma coisa que gritar com uma pedra. Ele nunca vai mudar.

Fico feliz por perceber que a magia acabou. Estou livre. E já não era sem tempo.

— Não vou dizer "até logo" — informo a Ryan em tom educado —, porque eu nunca mais quero ver você na minha frente. Adeus.

Quando me afasto, ouço a risada dele, mas ela parece mais forçada agora e, por um breve instante, eu me pregunto se existe algum tipo de arrependimento ou compreensão nos olhos dele. Mas, para ser sincera, nem me dou ao trabalho de me virar para olhar.

Quando chego ao restaurante, meu coração está disparado. Dar de cara com Ryan foi apenas um aquecimento. Agora era a hora da verdade.

O maître me acompanha até a mesa, e vejo tio Ned sentado em um sofazinho, segurando o que parece ser um gim-tônica. Jake também está com um drinque na mão e Nicole segura uma taça que tenho certeza de que é champanhe.

— Fixie! — exclama tio Ned, me cumprimentando. — Senta aqui. Vem tomar um drinque, querida. — O rosto dele está quase tão vermelho quanto o assento de veludo. Será que ele começou a beber cedo? Olho para os rostos rosados à minha volta e me pergunto: será que *todos* eles começaram a beber mais cedo? Noto que os olhos de Jake estão vermelhos, e ele ainda está com olheiras.

— *O que foi?* — pergunta meu irmão, na defensiva, quando percebe que estou olhando para ele. — Ah, tenho uma boa notícia pra você. O Ryan voltou pra Londres.

— Acabei de encontrar com ele — respondo de imediato ao me sentar. — E isso não é uma boa notícia.

— Hum... Estou pensando em pedir a bisteca — comenta tio Ned, estreitando os olhos para ler o grande cardápio de couro.

Aposto que está mesmo, penso, mas me obrigo a manter a compostura. Sou uma ninja e estou avaliando meus oponentes com bastante calma e atenção, antes de atacar.

— A senhora aceita uma bebida? — pergunta o garçom para mim.

— Não, obrigada — respondo educadamente e espero ele se afastar antes de acrescentar: — Eu não vou gastar o dinheiro da Farrs aqui. Isso está totalmente errado. *Totalmente* — repito para dar ênfase, enquanto aponto para os drinques caros de cada um deles.

— O que foi? — pergunta Nicole sem entender.

— Errado? — pergunta tio Ned.

— Qual é o propósito disso tudo a não ser esbanjar dinheiro? — Olho nos olhos de cada um deles. — Não estamos fazendo absolutamente nada.

— Ah, é? — A expressão de tio Ned fica sombria. — Aqui estou eu, dispondo do meu tempo e dando alguns conselhos...

— O senhor ao menos sabe como estão as vendas? — interrompo tio Ned, olhando para Jake e Nicole em seguida. — Algum de vocês sabe? Mas aqui estão vocês, tomando drinques e comendo filés, se empanturrando de graça. Isso é um abuso, e eu não vou participar desse abuso.

— Mas que *porra* é essa? — pergunta Jake, olhando para mim. — O que deu em você?

— É esse namorado novo dela — diz Nicole, em um surto repentino de inspiração. — É isso que está acontecendo. Ele está virando a cabeça dela.

— Que namorado novo? — Jake se vira para Nicole.

— Sebastian sei-lá-o-quê. O cara que era chefe do Ryan, lembra? Ela está, tipo, praticamente morando com ele.

— Você está saindo com *aquele cara*? — pergunta Jake, sem acreditar. — O cara daquela empresa de investimentos?

— Isso não é relevante — respondo de forma direta. — E eu tenho outras coisas pra dizer.

As palavras estão pairando sobre a minha cabeça, em seus balões, como sempre, formando exatamente as frases que eu queria dizer. Vamos lá, Ninja Fixie. Coloque-as para fora. Diga tudo o que tem para dizer.

Respiro fundo e cometo o erro de olhar para Jake. Sua expressão está tão agressiva que, por um momento, aquela velha e conhecida sensação ameaça ressurgir. *Inadequada. Culpada. Inferior. Lixo.*

Mas preciso enfrentar esses sentimentos. Vamos lá, Fixie. *É agora.*

— Nicole, você vai ter que cancelar todas as suas aulas de yoga — declaro com firmeza. — Elas só causaram tumulto até agora e não trouxeram nenhum cliente novo pra loja, só tivemos problemas por causa delas. Isso tem que acabar. Ah, e vou trazer mais mercadorias pra loja, produtos que *eu* vou escolher.

*Plaft.*

— Tumulto? — pergunta Nicole, ofendida.

— Exatamente. Tumulto. E, Jake... Tenho uma pergunta pra você. — Eu me viro para ele, obrigando minha voz a se manter firme. — Por que você está pegando tantos empréstimos na Farrs e quando vai pagar o dinheiro que deve? E por que isso não foi mencionado na última reunião?

*Bum!*

Vejo um brilho de surpresa nos olhos de Jake, mas ele recupera seu ar presunçoso quase que imediatamente.

— É um empréstimo entre empresas — explica ele, falando meio arrastado, enquanto toma um gole do drinque. — Sério, Fixie. Você está fazendo uma tempestade em um copo de água.

— Eu não sabia que a gente podia pegar empréstimos — declara Nicole, com interesse. — Gostei disso.

— Nós não podemos! — Praticamente grito. — Por que você pegou esses empréstimos, Jake? — pergunto em um tom mais calmo e diplomático. — O que está acontecendo? Por que você não contou pra gente sobre o assunto? E por que fez isso pelas costas da mamãe?

Eu me debruço na mesa, tentando encontrar o homem que vi naquele dia. A pessoa que conversou comigo com respeito e carinho, que parecia um irmão de verdade.

Mas aquele Jake desapareceu. Este nem sequer olha nos meus olhos.

— Não está "acontecendo" nada — responde ele com sarcasmo forçado. — Houve um atraso na Ásia. É só uma questão de fluxo de caixa. — Ele está tentando dar a entender que não está preocupado, mas percebo que está segurando o cardápio com força e vejo uma veia latejando em sua testa. — Você é simplória, Fixie. Você *sabe* alguma coisa sobre importações e exportações? Não. Então escuta o que vou dizer... Não precisa se preocupar com nada disso. Agora, que tal fazermos o pedido?

— Ótima ideia — concorda tio Ned de forma enfática.

Será que eles só conseguem pensar nisso? Em comida? Minha tentativa de manter a calma evapora na hora. Vou partir para cima com todas as minhas forças.

— Vocês são uns aproveitadores! — exclamo. — Vocês só querem saber de aproveitar o dinheiro para ir a restaurantes caros. Bisteca? A... — Pego o cardápio para ver o preço. — ... trinta libras? Isso está saindo da empresa da nossa mãe, e não de um cofrinho!

— Estamos em um jantar de negócios! — exclama Jake.

— E você trata os negócios como piada — retruco. — Você não está nem aí pra loja! Quantas vezes você foi à loja desde que a mamãe viajou, tio Ned? Uma vez?

— Depois de tudo o que fiz por vocês! — ofega tio Ned, lívido. — Depois que o seu pai morreu...

— Ah, verdade. Você negociou o contrato de aluguel — eu o interrompo de forma taxativa. — Mas foi você mesmo que fez isso, tio Ned? Ou será que foi o Bob que resolveu tudo?

— Nunca fui tão ofendido em toda a minha vida! — A voz de tio Ned está trêmula de raiva. Ele coloca o drinque em cima da mesa e me fulmina com o olhar. — Eu não tenho obrigação de estar aqui, sabia? Estou abrindo mão do meu tempo livre porque sou uma pessoa caridosa e porque a sua mãe me pediu que fizesse isso porque toda família precisa de um "homem no comando"...

— Não a nossa — eu o interrompo. — A mamãe estava errada. Nós não precisamos de um "homem no comando" — digo, olhando para ele, determinada.

*Ploft.*

324

— Eu vou embora! — exclama tio Ned, com as veias do pescoço saltadas enquanto se levanta. — Não vou mais me sujeitar a isso. *Nunca* fui tão ofendido — resmunga, saindo do restaurante. — *Nunca* fui tão insultado.

— Nossa, Fixie — comenta Nicole, observando nosso tio ir embora. — Isso vai dar o que falar.

— Ótimo — respondo, sem me arrepender. — É exatamente isso que eu quero.

— Fixie, dá um tempo — pede Jake, parecendo irado. — Isso é uma vergonha! Não só pra você mas pra nós também.

— Não é, não. Eu só quero respostas. *Por que* você está pegando empréstimos tão altos com a Farrs? O que você está fazendo com esse dinheiro todo? Quando você vai pagar sua dívida? O que foi que você disse pra mamãe?

— Pelo amor de Deus, Fixie! — Jake está quase gritando, como se eu tivesse jogado água fervendo nele. — Por que você está obcecada com isso? A loja vai ser nossa um dia. Que diferença faz?

— Mamãe talvez queira vender a loja um dia! A Farrs é a aposentadoria dela! Temos que zelar por isso! — Eu me viro para Nicole. — *Você* sabia que o Jake estava pegando tanto dinheiro assim da loja?

— Não — responde ela, dando de ombros. — Tipo, isso é...

— Como eu já expliquei, trata-se de um empréstimo entre empresas — repete Jake em tom comedido e toma mais um gole da bebida. — É um procedimento corriqueiro.

— Mas por que você não procurou um banco? — insisto. — Por que precisa ficar saqueando a loja? Tipo, uma vez eu até entendo, mas *três* vezes?

Por um momento, parece que Jake vai me bater. No entanto, ele se controla e até consegue abrir um sorriso tenso, mas seus olhos estão fervendo de raiva.

— Você realmente não sabe de nada, não é. Pobre Fixie. Tão ingênua. Toma um drinque. Relaxa um pouco.

— Não, obrigada. Não vou beber nenhum drinque que custa os olhos da cara bancado pela nossa mãe. E eu não sou "pobre Fixie". Se você não falar direito comigo agora, eu vou embora. E eu ainda não acabei — acrescento, encarando meus irmãos. — Isso não acabou.

*Ploft. Plaft. Bum.*

Quando saio do restaurante, a adrenalina está correndo pelas minhas veias, e estou ofegante. Não sei bem o que pensar. Será que meu discurso surtiu algum efeito ou eu só ofendi tio Ned e fiz papel de boba? O que acabou de acontecer foi um sucesso ou um fiasco?

Fico parada na calçada por um tempo, o vento gelado açoitando meu rosto enquanto tento organizar o turbilhão de pensamentos que passa pela minha mente, pensando no que fazer em seguida. Voltar para a casa de Seb é o mais óbvio no momento. Comer alguma coisa. Relaxar. Eu consegui dizer tudo o que eu queria, o que mais posso fazer agora?

Mas, por algum motivo, não consigo me mexer. Então lentamente percebo que meus dedos estão tamborilando daquele jeito. Meus pés estão se mexendo: *um passo para a frente, um passo para trás, um passo para a frente, um passo para trás.*

Tem alguma coisa me incomodando. Mas o que será que está me incomodando?

É Jake, me dou conta, de repente. A expressão tensa dele. A veia saltada na testa. A raiva descomedida. O jeito que ele rebateu meus questionamentos.

Estou acostumada a ver Jake impaciente e meio sarcástico. Mas nunca o vi agindo como um leão encurralado. Ele parecia evasivo, nervoso. Então, entre os ataques de raiva, percebo que vislumbrei indícios de medo.

Sou tomada por uma sensação horrível. Penso um pouco, pego meu telefone e disco um número.

— Ah, oi! — falo, quando a pessoa atende. — É você, Leila?

\* \* \*

Quando Leila abre a porta, sinto meu coração dar um salto no peito. Ela parece desanimada e está com olheiras também.

— Oi, Leila! — Dou um abraço caloroso nela e tenho quase certeza de que ela perdeu peso. — Quanto tempo! Queria fazer as unhas.

— Achei que você fosse jantar com o Jakey? — comenta ela, parecendo ansiosa, olhando para um ponto atrás de mim, como se esperasse ver Jake também.

— Ah, eu resolvi deixar o povo lá. Você sabe como eles são. Seis garrafas de vinho pra cada um...

— Eu *disse* pro Jake parar de beber — comenta Leila, com a expressão ainda mais amarga, e sinto uma onda de pânico porque nada disso parece bom.

Eu a sigo até a sala de estar e fico imóvel ao ver uma parede vazia à minha frente com cabos saindo por quatro buracos.

— O que aconteceu com a TV? — pergunto, sem conseguir me controlar. — Vocês compraram uma nova?

As palavras escapam da minha boca e eu tenho um pressentimento horrível.

— Foi embora — responde Leila, depois de uma pausa. Ela pega uma tigela de plástico na mesinha de centro e aponta para o sofá. — Senta. Vou esquentar a água.

— Foi "embora"?

— Eles levaram embora. — Ela abre um sorriso, mas não me convence nem por um minuto. — Mas tudo bem. Vejo todas as minhas séries no laptop.

Sento-me bem devagar no sofá, olhando para a decoração elegante do apartamento de Jake, com muito couro, vidro e revistas chiques. Sempre achei que aquilo fosse o auge do sucesso. Agora, aquilo tudo parece meio... Perigoso.

Quando Leila se senta, dizendo para eu colocar as unhas de molho, eu a observo atentamente. Ela parece nervosa. Frágil. Não quero assustá-la com um monte de perguntas, mas preciso saber. *Preciso* saber.

— Leila — começo com bastante calma. — O Jake está passando por algum problema?

Por um longo tempo, ela não responde. Está massageando minhas mãos com movimentos rítmicos e o olhar distante. Então Leila olha para mim.

— Ah, Fixie — começa ela com a voz trêmula, e o que vejo em seus olhos arregalados me enche de medo. — É claro que está. Mas ele não admite. Nem toca no assunto. Só sei porque escuto algumas conversas. Eu perguntei pra ele "Jakey, o que está acontecendo?", mas ele ficou tão irritado... Pode colocar a mão direita na toalha? — pede ela, parecendo mais calma.

Quando ela começa a tirar minha cutícula, digo:

— Ele está pegando dinheiro da Farrs.

— Pegando dinheiro? — Leila arregala os olhos. — Roubando?

— Não, não. Ele não está roubando. São empréstimos. Mas não consigo entender por que ele precisa disso.

— Ele não está conseguindo pegar financiamento. — As mãos de Leila ficam trêmulas quando ela coloca meus dedos de volta na tigela. — Ele só fala disso, sobre conseguir financiamento. Pode colocar a outra mão na toalha?

— Mas eu achei que estava indo tudo bem. Pensei que ele estivesse importando diamantes sintéticos...

Leila se sobressalta na hora. Suas mãos ficam ainda mais trêmulas, e ela começa a piscar.

— Prefere cortar ou lixar? — pergunta ela, com a voz assustada.

— Hum... Tanto faz. Pode escolher.

Espero um pouco enquanto ela pega o kit para fazer as minhas unhas e arruma tudo cuidadosamente em cima da toalha, um item ao lado do outro, como se estivesse tentando colocar ordem no mundo. Por fim, seus olhos encontram os meus.

— Ele não sabe que eu sei disso — revela em um sussurro. — Mas esse lance dos diamantes era um golpe.

— Um *golpe?*

Leila faz que sim com a cabeça, e nós ficamos uma olhando para a outra. Minha mente está processando o que um golpe pode significar. Os danos. A humilhação.

— Ele perdeu... — Eu nem consigo dizer.

— Muito dinheiro — conclui ela, a voz parecendo não sair direito.

— Ele está bem encrencado, mas se recusa a aceitar isso. Não para de gastar dinheiro, nem de levar as pessoas pra almoçar só pra aparecer... — Os olhos dela ficam marejados, e eu a encaro, sem acreditar. — Ah, ainda nem escolhemos a cor que vamos usar. Tenho um esmalte novo em um tom de âmbar que vai ficar lindo em você.

Ela pega a caixa de esmaltes e vejo uma lágrima pingar na tampa.

— Ah, Leila... — Coloco a mão no braço dela, mas ela abre um sorriso radiante para mim.

— Ou lilás — sugere, abrindo a tampa. — Combinam com seus lindos olhos escuros. Ou vermelho clássico.

— Leila... — Aperto o braço dela. — Ele tem muita sorte de ter você.

— Ah, mas eu não faço nada — responde ela, dando uns tapinhas embaixo dos olhos para tentar conter as lágrimas. — Eu só faço as unhas das pessoas e fico na minha. Só isso. Faço unhas. Essa é a minha vida. Mas eu *entendo* disso — acrescenta ela, com um olhar apaixonado. — Eu sei como ganhar o meu dinheiro. Eu faço sua unha, você me paga. Faz sentido. Por outro lado, o que o Jakey faz...

— O *que* ele faz? — pergunto, porque isso é uma coisa que eu sempre quis saber. — Tipo, ele está fazendo o MBA, é claro...

— Ah, ele abandonou o curso há alguns meses. Disse que os professores não prestavam pra nada.

Eu deveria ficar chocada com essa notícia. Mas, por algum motivo, não fico. Não agora.

— Mas ele age como se ainda estivesse estudando. Minha mãe acha que ele ainda está tendo aulas. Todo mundo acha.

— Eu sei. — Leila morde o lábio. — Eu disse pra ele "Jakey, você tem que *contar* pra sua família".

Então ele largou o MBA, mas não se ofereceu para trabalhar por mais tempo na loja, penso em silêncio. E ainda pegou todos aqueles empréstimos.

— Então o que ele *faz* o dia todo? — insisto. — Como ele ganha tanto dinheiro?

— Ele ganhou muito dinheiro com a venda das calcinhas cor da pele — responde Leila, franzindo as sobrancelhas, ansiosa. — Foi um ótimo negócio. Era um produto de qualidade. Eu mesma uso! — acrescenta ela com certo entusiasmo. — Mas, desde então... — Ela fica em silêncio.

— Mas isso já tem dois anos. — Fico olhando para ela. — Ele não fechou mais nenhum negócio desde então? Eu achei...

Jake fala como se estivesse fechando um milhão de negócios, cada um mais lucrativo do que o outro. Sempre solta referências como "exportação" e "meu último empreendimento" e negócios "para fechar". Nós nunca questionamos nada, só ouvimos tudo, deslumbrados.

Leila não respondeu. Está ocupada analisando os vidros de esmalte.

— Leila? — pergunto, parecendo ligeiramente mais preocupada. — Ele não fechou mais nenhum negócio?

— Acho que não — responde, baixinho. — Ele só almoça com as pessoas. E é isso que eu não entendo. Como uma pessoa consegue ganhar dinheiro almoçando? — pergunta ela, perplexa. — Preciso enxergar um trabalho. — Ela dá umas batidinhas na bolsa de esmaltes. — Eu *gosto* de trabalhar. Me dá a mão direita de novo... — acrescenta, no tom que fala com as clientes.

Observo em silêncio enquanto ela lixa minhas unhas. A ação rítmica da lixa tem um efeito meio hipnotizante e calmante. É bastante tranquilizador. Para nós duas, eu acho.

— Eu sabia que ele andava meio estressado — digo, depois de um tempo. — Mas não fazia ideia de que...

— Jake guarda tudo pra ele — comenta Leila. — Não conta as coisas nem pra mim. Quer que todo mundo pense que ele é... — Ela faz uma pausa, pensando em como dizer aquilo da maneira correta. — Que ele é um vencedor. O dono do mundo.

— Eu achei que ele estivesse cansado por conta de muitos negócios.

— É o contrário! — exclama Leila, a voz trêmula entre um soluço e uma risada. — Ele não está fechando nada! Não tem renda! Nenhum dinheiro pra pagar a hipoteca!

— E mesmo assim você está com ele... — digo, sem conseguir me segurar.

Por um momento, Leila para de lixar minha unha e temo que eu a tenha ofendido. Mas, quando ela olha para mim, vejo apenas melancolia em seu rosto.

— Jake foi bom pra mim. Eu não vou abandoná-lo só porque... — Ela hesita por um momento, e o brilho em seus olhos se apagam ligeiramente. — Eu sei que algumas pessoas acham o Jakey muito... extravagante. Mas ele tem um lado muito sensível, sabia?

— Sei. — Balanço a cabeça, concordando.

— Jakey fala sobre a vida. Ele tem ideias interessantes, é uma pessoa divertida. Ele quer *fazer* coisas, entende? Alguns homens não querem fazer nada nem ir a lugar nenhum.

— Jake nunca teve esse tipo de problema — comento em tom irônico, e Leila sorri, enxuga os olhos e começa a lixar minhas unhas de novo.

Quando acaba de lixar as duas mãos, ela as seca e começa a passar a base.

— Já escolheu a cor? — pergunta ela, e eu aponto para o lilás.

— Ótima escolha! — exclama Leila, já abrindo o esmalte. Estamos tão mais calmas e tranquilas que quase não pergunto mais nada para não estragar o clima, mas preciso saber só mais uma coisa.

— Então... O que o Jake vai fazer agora?

Leila solta o ar devagar e olha para o vidro de esmalte, piscando.

— Arrumar dinheiro em algum lugar — responde ela, por fim.

— Eu disse para ele: "Jakey, você precisa arrumar um emprego! Um *emprego!*" Mas você sabe como ele é...

— E onde ele vai conseguir mais dinheiro?

Leila dá de ombros, como se estivesse completamente perdida. Ficamos em silêncio por um tempo porque... Sério, o que mais podemos dizer? Então, os olhos dela se iluminam.

— Posso colocar um brilho por cima do esmalte. Comprei um produto novo maravilhoso. Quer que eu te mostre?

Percebo que ela quer mudar de assunto. Suas mãos estão trêmulas ao pegar o vidro e seus olhos estão anuviados, então decido que já falamos demais sobre Jake.

— Vai ficar lindo — elogio da forma mais calorosa que consigo.

— Leila, você é maravilhosa.

E ela *é* maravilhosa mesmo. Quando estou voltando para casa de Seb mais tarde, fico olhando para minhas unhas lindas e cintilantes e penso "Eu deveria fazer isso toda semana".

Mas isso toma apenas cinco por cento do meu cérebro. O resto está ocupado se lembrando das palavras raivosas de Jake. E do olhar perdido de Leila. E da parede vazia com cabos saindo de buracos. Toda a adrenalina de antes desapareceu, me deixando mais exausta do que jamais me senti em toda a minha vida. Sinto-me pálida, abatida e esgotada.

Toco o interfone, Seb abre a porta e eu subo de elevador. Ele está me esperando com a porta aberta.

— E aí? Conseguiu? — pergunta ele na hora, com o rosto alegre e cheio de expectativa. — Virou a Ninja Fixie?

Fico olhando para ele, lembrando o que aconteceu no restaurante. Sim, eu fui assertiva. Disse tudo o que pensava. Eu fui a Ninja Fixie.

Mas isso parece tão pequeno agora diante de tudo o que o descobri sobre Jake.

— Sim! — respondo. — Acho que sim. O tio Ned ficou ofendido e foi embora.

— Muito bom! — Seb sorri. — Uma boa reunião de acionista sempre termina com alguém saindo indignado. Vem cá. Senta aqui comigo e tenta relaxar um pouco. Você parece cansada.

Ele me dá um beijo e eu entro no apartamento, tentando processar tudo o que aconteceu naquela noite.

— Ah, você nem imagina. Eu vi o Ryan.

— *Ryan?* — repete Seb, ficando tenso na hora, e instantaneamente eu me arrependo de ter contado isso a ele.

— Foi bem rápido — esclareço logo. — E eu *definitivamente* o coloquei em seu devido lugar.

— Que bom — diz Seb, depois de uma pausa. — Que bom ouvir isso. Então quer dizer que a noite foi boa?

Afundo na cadeira da pequena cozinha, sentindo meus últimos resquícios de energia evaporarem.

— Na verdade, não. Foi um horror.

Luto contra a vontade repentina de cair no choro. Acho que finalmente a ficha está caindo e estou começando a entrar em choque. Tanto pela forma agressiva como Jake me tratou como pela verdade que o comportamento dele esconde.

— Um *horror?* — Seb me entrega uma taça de vinho. — Por quê?

— Obrigada. É... Bem, é o Jake.

— O que tem o Jake?

Hesito por um momento, tomando um gole do vinho, tentando pensar no que dizer. Não posso simplesmente dar com a língua nos dentes que Jake está com dívidas. Leila confiou essa informação a mim, e ele é da família. Quem sabe as coisas não sejam tão ruins quanto ela pensa e... Bom, simplesmente não posso contar, nem mesmo para Seb.

— Ele está com alguns problemas — declaro, por fim. — Problemas no trabalho. E a situação é bem preocupante.

— Entendi. Mas isso é problema *dele*, não é? — diz Seb, cheio de dedos. — Não é problema seu.

— Mas envolve a minha mãe — revelo, desesperada. — Eu tenho que fazer alguma coisa, mas não sei o quê... — Passo as mãos no rosto. — Está tudo pior do que eu imaginava.

— Ah, querida. — Seb me lança um olhar ansioso por um momento, depois pega um prato na bancada. — Quer comer um *fudge*?

Fico olhando boquiaberta para os cubinhos de aparência deliciosa.

— Foi você que fez?

— Achei que talvez você fosse gostar de um docinho quando voltasse. Eu gosto de fazer *fudge* — revela ele, dando de ombros. — Eu faço desde que tinha 7 anos. É fácil.

Pego um pedacinho e o enfio na boca, então sinto uma explosão de felicidade. É doce, saboroso, um deleite.

— Obrigada — agradeço-lhe depois de alguns segundos mastigando. — Obrigada por fazer *fudge* pra mim.

— Bem, você salvou a minha vida — declara Seb, olhando para o protetor de copo meio para fora da minha sacola. — *Fudge* é o mínimo que posso fazer por você. Eu te devo muito.

Ele abre um sorriso brincalhão para mim, mas, dessa vez, não sorrio para ele. Não sei por que, mas, naquele momento, as palavras não me descem. Não consigo sorrir. Não consigo brincar. De repente, não acho mais o protetor de copo algo charmoso nem divertido, parece que virou uma prisão.

Termino de comer o pedaço de *fudge* e pergunto, sem olhar para ele:

— Nós vamos ficar nisso pra sempre?

— Nisso o quê? — Seb parece confuso.

— Nessa troca constante. Te devo uma pra lá, te devo uma pra cá. Você teria feito *fudge* pra mim se eu não tivesse salvado a sua vida?

— É claro que eu teria! — Seb dá uma risada meio chocada. — Foi só uma brincadeira.

— Bom, acho que cansei um pouco dessa brincadeira — digo, ainda olhando para a mesa. — Será que isso nunca vai acabar? Essa história de uma mão lavar a outra? Vamos ficar nesse vai e vem, tentando pagar uma dívida imaginária que precisamos quitar de qualquer forma?

Estou falando cada vez mais rápido e sinto meu rosto esquentar. Não estou conseguindo me controlar.

— Fixie. Do que você está falando?

— Eu não *sei* ao certo — respondo, me sentindo meio triste. — Mas gostaria que você tivesse dito simplesmente "fiz *fudge* pra você" e ponto.

— Acho que você está exagerando — comenta Seb com um tom de impaciência na voz. — Amigos fazem favores uns para os outros.

— Talvez sim, mas eles não ficam contando. Não fazem uma lista. Não botam tudo em uma planilha.

— Ninguém está botando nada em uma planilha! Pelo amor de Deus! — exclama Seb, zangado.

— E *isso* aqui é o quê? — Eu me levanto e pego o protetor de copo na minha bolsa, balançando-o no ar.

— Pelo amor de Deus! — Seb parece magoado. — Achei que a gente estivesse se *divertindo*.

— Eu também — respondo, com a voz trêmula. — Mas agora não acho mais.

— Por que *não*? — pergunta, quase com raiva.

— Porque eu quero amar você!

As palavras saem da minha boca antes que eu consiga parar para pensar no que estou falando. Quase falo "Não foi isso que eu quis dizer", mas isso seria mentira. Porque eu quis dizer isso mesmo. Então fico ali parada, ofegante, sentindo meu rosto queimar de vergonha.

— Eu também quero amar você — diz Seb depois de uma pausa que pareceu durar para sempre. — E qual é o problema disso?

Sinto meu estômago começar a se contrair dolorosamente. Nós nunca tínhamos usado a palavra "amor" em nossas conversas e agora nós dois estamos falando disso. Os olhos de Seb encontram os meus, cheios de carinho e atenção, e sei que essa é a minha deixa para correr para os braços dele e esquecer todo o resto... Mas não consigo. Preciso me explicar.

— Tem um problema nisso! — Balanço o pedaço de papelão. — O amor não é uma negociação! Não é o que você pode fazer pelo outro. — Olho para ele desejando desesperadamente que Seb me entenda. — O amor salda todas as dívidas.

— Mas então... Elas *acabaram*.

— Não acabaram! Mesmo que eu me livre disso... — Enfio o protetor de volta na minha sacola e aponto para minha cabeça. — Elas estão aqui!

Ficamos em silêncio por um tempo. O ar entre nós está carregado de tensão. Sinto que o amor está do outro lado de um muro invisível, e nenhum de nós dois sabe como atravessá-lo.

— O que você quer de mim, Fixie? — pergunta Seb por fim, parecendo um pouco cansado, e eu engulo em seco enquanto tento organizar os pensamentos.

— Eu queria que a gente pudesse voltar àquele café — respondo por fim. — E aí você diria para mim "Oi. Meu nome é Sebastian", e eu responderia "Oi. Eu sou a Fixie". E não haveria nenhum favor, nem recibos, nem nada disso.

— Entendi. — Seb dá de ombros. — Mas não dá pra voltar no tempo e fazer as coisas de forma diferente. Não é assim que funciona.

— Eu *sei*. — Fico meio irritada. — Foi só um comentário. Você perguntou...

— Come mais um pedaço de *fudge* — oferece Seb, em tom educado, mas um pouco afetado. — Sem nenhuma dívida ou obrigação de qualquer tipo.

— Valeu — respondo em tom igualmente sarcástico.

Ele estende o prato para mim e eu pego um pedaço. Ficamos em silêncio. Então, de repente, Seb respira fundo, parecendo perdido em pensamentos, e não consigo decifrar o que ele está sentindo.

— Você acha que o amor não é uma negociação? — pergunta ele.

— É isso que você está me dizendo? Então eu tenho uma pergunta pra você. Por que você fica correndo de um lado pro outro fazendo tanta coisa pela sua família?

— O quê? — Solto uma risada chocada. Não consigo acreditar no que acabei de ouvir. — Eu não faço isso.

— É por amor? — continua ele, me ignorando. — Ou é porque você sente que deve alguma coisa a eles? Ou é culpa? Porque essa é uma dívida tóxica e sem fim, e você precisa acabar com isso.

Ele está tocando em um ponto fraco meu, mas não vou admitir isso.

— Eu *não* faço tanto assim pela minha família.

Olho para ele com raiva.

— Tudo o que escuto é o que você pode fazer pela sua mãe, pela sua família e pelo negócio de vocês. Você trabalha mais do que qualquer um deles. É você que dá um jeito em todas as besteiras que eles fazem. Seu irmão está com problemas e você quer resolver tudo pra ele! Por que você tem que fazer isso? Deixa ele mesmo resolver!

Não consigo evitar, estou fervendo de raiva. Se as pessoas atacam a minha família, eu a defendo. Eu sou assim.

— Olha, você não ia entender — digo, entre os dentes.

— Só porque eu não tenho família? — rebate ele, também entre os dentes.

Estou chocada com a reação de Seb.

— Não! Claro que não! Eu só quis dizer... Nós somos muito próximos. Nós temos um lema...

— Eu sei — Seb me interrompe. — *Família em primeiro lugar.* Mas quando foi que eles colocaram *você* em primeiro lugar, Fixie?

Fico olhando para Seb, sentindo o rosto queimar. Sinto que ele está pegando cada um dos meus sentimentos mais disfarçados e dolorosos e jogando tudo na minha cara — e isso *dói*. Eu quero que ele *pare*.

— A minha família pode ser uma lembrança distante — continua Seb. — Mas, pelo que me lembro, amor não é agir como se você fosse um capacho. O amor pode ser duro. Às vezes, o amor *precisa* ser duro.

— Você acha que eu sou um *capacho*? — pergunto, meio ofegante.

— Não foi isso que eu disse. Mas acho que você precisa começar a pensar menos no que deve aos outros e mais no que deve a si mesma.

Sei que tudo o que ele está dizendo faz sentido. Mas, ao mesmo tempo, Seb está fazendo com que eu me sinta uma completa idiota. Uma otária. E eu não consigo suportar isso.

— Então o que você quer que eu faça? Que eu pare de me importar? — retruco.

— Não é isso! — responde ele, nervoso. — Mas você tem que cuidar de você. Você tem que ser forte e não deixar que eles façam você se sentir mal com você mesma. Tenta... Sei lá. Bloqueá-los.

— Ah, tá. — Não consigo impedir o fluxo de palavras hostis que saem da minha boca. — Fácil. É só bloquear a minha família. Do mesmo jeito que você bloqueou o seu irmão? Fechar a porta, girar a chave e virar a cara? Só porque você não está vendo uma lixeira cheia de garrafas vazias não significa que elas não estejam lá.

De repente um silêncio terrível cai entre nós. Seb parece ter sido nocauteado.

— Como você sabe o que tem no quarto? — pergunta ele, mas sua voz perdeu todo o ímpeto e até o volume.

— Desculpa. — Esfrego o rosto. — Eu... Eu peguei a chave. E olhei.

A atmosfera se desintegrou. Dou um passo em direção a ele, assumindo uma postura conciliadora, mas Seb não reage. O rosto dele está pálido, e sua expressão é de quem está distante, como se ele nem estivesse me vendo ali. Olho para o prato de *fudge* e penso que, se ele faz isso desde os 7 anos, provavelmente fazia junto com o irmão.

— Seb...

— Tudo bem — diz ele, olhando para mim, como se eu fosse uma completa estranha. — Está tudo bem. Sério.

— Não está, não.

— Está tudo bem — repete ele. — Não vamos mais falar disso.

A expressão em seu rosto está fechada, e sua voz perdeu todo o entusiasmo. Eu me sinto como se tivesse sido excomungada.

— Não olha assim pra mim — digo, na defensiva.

— Assim como?

— Como se eu tivesse tido a *intenção* de magoar você. Eu não *pretendia* magoar você.

— Você andou bisbilhotando o quarto do meu falecido irmão e não me falou nada. — O tom dele é implacável. — Qual *era* a sua intenção?

— Eu não estava bisbilhotando! — exclamo, horrorizada, embora uma vozinha na minha cabeça esteja sussurrando *"Foi exatamente isso que você fez. Você estava bisbilhotando"*. — Seb — começo a me explicar, tentando me conectar com ele de novo. — Sei que esse é um assunto muito delicado e que isso tudo foi horrível pra você, mas tenho certeza de que o James gostaria...

— Você não sabe de nada! — ele me interrompe, furioso, mas para de falar logo depois e retoma o controle. — Você não sabe nada sobre o James. Nada.

O olhar dele é tão hostil que meus olhos se enchem de lágrimas. Tive um dia infernal e vim para cá em busca de conforto, mas, em vez disso, acabei estragando tudo. Eu não devia ter invadido a privacidade de Seb. Não devia ter explodido. Mas será que ele não pode me perdoar?

— Parece que a gente não consegue dizer nada sem magoar o outro. Talvez seja melhor eu ir embora.

Quero desesperadamente que a expressão no rosto dele mude, que Seb me abrace e que nós possamos pedir desculpas centenas de vezes um para o outro e depois fazer as pazes de vez na cama.

Mas ele não faz isso. Fica em silêncio por um tempo e depois diz:

— Se você acha melhor...

Então eu pego minhas coisas com as mãos trêmulas e a respiração ofegante e vou embora.

Volto para casa em estado de choque, sentada no metrô, olhando para meu reflexo distorcido. Não consigo entender o que de fato aconteceu; como conseguimos chegar àquele ponto e acabar com tudo tão rápido. E é só quando entro em casa e vou para o meu quarto que enterro o rosto no travesseiro e começo a chorar.

# VINTE E TRÊS

Acordo com uma dor de cabeça de rachàr e apenas um pensamento: Seb. Preciso falar com ele.

A noite passada ainda está vívida na minha cabeça. Parece até que acabou de acontecer. Ainda não acredito que tudo saiu do controle do nada e tão rápido. Tenho de falar com ele, pedir desculpas. Temos de consertar as coisas.

Foi só uma briguinha, digo a mim mesma. Todo casal briga às vezes. Nós dois estávamos cansados e estressados e dissemos coisas que não queríamos dizer. Mas vamos dar um jeito nisso.

Pego o celular e mando uma mensagem para ele:

**Estamos bem?**

Eu me recosto no travesseiro de novo e fico olhando para o teto, tentando fazer minha dor de cabeça passar. Vi um livro no quarto de Nicole chamado *Meditação como um caminho para a cura...* mas o que fazer quando sua cabeça dói tanto que você não consegue nem meditar?

Tento visualizar uma praia, mas só consigo imaginar um lugar quente e seco, meio distópico, com areia branca, penhascos íngremes e um abutre tentando arrancar meus olhos enquanto grasna no meu ouvido. Então acabo me levantando, visto um roupão e desço para pegar uma aspirina. Decido que vou seguir *Remédios como um caminho para a cura*. Só por hoje. E estou no último degrau quando meu telefone vibra com uma mensagem, fazendo meu coração disparar de nervoso. É de Seb.

**Não sei. Estamos?**

Olho para a tela e sinto minha cabeça latejar. Não sei como responder. Se eu digitar "sim" vou soar complacente demais? Claro que não vou dizer "não". O que quero dizer é "Não sei. Estamos?". Mas vai parecer que estou copiando Seb.

Digo a mim mesma que o mais importante é que ele respondeu. Em menos de dois minutos. Então ele também está pensando em mim. Talvez o melhor a fazer seja não responder. Vou ligar para ele mais tarde, só preciso tomar uma aspirina antes...

Abro a porta da cozinha e quase morro de susto. Ryan está sentado à mesa, comendo cereal.

— O que *você* está fazendo aqui?

Eu me seguro na porta.

— Bom dia.

Ele abre um sorriso incrível, mas eu não acho nenhuma graça.

— O que você está *fazendo* aqui? — pergunto de novo. — O que... Como...

Será que eu enlouqueci de vez? Será que Ryan faz parte da minha distopia? Será que eu o conjurei para me torturar?

— Jake me deu uma chave. Disse que eu podia ficar no antigo quarto dele. — Ryan dá uma piscadinha sugestiva para mim. — Ele falou que você não estaria aqui... Caso contrário, eu teria feito uma visitinha.

— Você é nojento. — Eu o fulmino com o olhar. — Quero você fora daqui.

— Me dá um tempinho! — pede Ryan, apontando para seu café da manhã. — Ainda não terminei! Mas esse cereal é horroroso — diz, franzindo o nariz.

— É da Nicole. É cereal de espelta.

*Seu idiota,* quero acrescentar. *Será que não consegue ler o que está escrito na embalagem?* Mas isso seria iniciar uma conversa com ele, e não quero conversar com Ryan nunca mais na vida. Nunca mesmo.

— Espelta? — pergunta ele, absorto em pensamentos, abocanhando mais uma colherada. — Hum. Estranho.

— Vai embora — repito, séria. — Agora.

— Então... Como você está? — Ele se recosta na cadeira e deixa os olhos passearem pelo meu corpo de um jeito que teria me feito derreter como manteiga há um tempo. — Achei que você fosse me ligar.

*Ryan achou que eu fosse ligar para ele?* Abro a boca, já com seis respostas prontinhas na ponta da língua, mas paro. Não dê atenção a ele, Fixie. É isso que ele quer.

— Vai embora.

— Já estou indo! — Ele levanta as mãos, parecendo se divertir. — Mas faz um café pra mim antes?

Fazer café para ele? Esse cara está falando sério?

— Vai embora agora! Dê o fora daqui!

— Ah, peguei chiclete na sua bolsa — avisa ele, apontando para minha sacola pendurada em uma cadeira. — Você não se importa, né?

— *Vai embora!* — exclamo e agora estou lívida de raiva. Olho em volta, vejo uma vassoura encostada na parede e a pego. — Sai! Já! Daqui! — ordeno, começando a empurrá-lo com a vassoura, tentando fazê-lo ir embora. — Sai!

— Fixie, você é hilária — diz Ryan, finalmente se levantando. — Vejo você depois, querida.

*Querida?* Essa é a gota de água.

Levanto a vassoura como se ela fosse um taco e parto para cima dele com um grito de guerra que o faz pular de susto, então ele sai meio andando e meio correndo pelo corredor.

— Vai embora! — berro. — E nunca mais volte aqui! Você não é bem-vindo nessa casa!

— Você está gata, Fixie — elogia ele enquanto eu o enxoto pela porta. — Vou ligar pra você.

— Por favor, não faça isso. Nunca mais!

Bato a porta com força e me encosto nela, um pouco ofegante, então depois começo a rir quando me lembro da expressão no rosto de Ryan quando parti para cima dele. Ele ficou realmente assustado.

Por fim, volto para a cozinha, tomo minha aspirina e repasso todos os eventos de ontem à noite na minha cabeça. Leila chorando sobre o estojo de manicure. Tio Ned cuspindo de raiva. Morag, penso de repente. Ai, meu Deus. Preciso resolver a questão de Morag. E Jake... e será que a mamãe está bem?

Ainda estou sentada na cozinha, meio em transe, quando a porta abre e Jake entra. Não acredito. Isso só pode ser um sonho. Primeiro Ryan e agora Jake? Ele está impecavelmente vestido, como sempre, com um terno bem cortado e gravata, mas fico chocada ao me dar conta de sua expressão. Ele parece exausto, está pálido e parece estar com raiva do mundo.

— Cadê o Ryan? — pergunta ele.

— Foi embora. — Não vou admitir que expulsei Ryan, porque parece que Jake quer descontar a raiva em alguém, e esse alguém pode ser eu. — Então, se você quiser falar com ele...

— Eu não quero. — Jake me interrompe e caminha em direção à janela.

Fico olhando para meu irmão em silêncio. Noto que o corpo dele emana tensão e estresse. Ele passa a mão trêmula pelo cabelo e, então, se vira e olha para mim, e sei o que aquele olhar significa. Significa *você sabe*.

— Falei com a Leila ontem à noite — digo, para deixar tudo às claras.

Ele assente.

— Ela me contou.

— Jake...

— É tudo uma grande bobagem. É tudo uma... — Ele para de falar, está ofegante.

De repente, lembro-me dele, adolescente ainda, chutando uma lata pela rua, furioso com tudo e todos.

— Jake... — Fecho os olhos por um instante, tentando organizar meus pensamentos e me livrar do resquício da dor de cabeça. — Qual o tamanho do problema em que você se meteu?

Jake não responde logo de cara. Serve-se de um copo de água e toma tudo em uma golada, virando a cabeça para trás. Fico olhando para ele, hipnotizada pelo pomo de adão subindo e descendo e imaginando o que vai dizer em seguida.

— Você não precisa saber — responde, por fim.

— Talvez precise, sim! Jake, talvez esse seja o problema. Você não está dividindo as coisas com a gente! — As palavras se atropelam na minha boca no meu ímpeto de ajudá-lo. — Nós somos a sua família. Estamos aqui para apoiar você. Seja lá o que for, nós vamos te ajudar. Quem sabe você possa conversar com um especialista em dívida, ou um consultor...

— Eu não preciso de um *consultor* — diz ele, irritado, e eu mordo o lábio. — Eu preciso de *dinheiro*.

— Você parece exausto. Acho que o que você mais precisa é de uma noite de sono.

— Sono!

Ele dá uma risada curta e zangada, e vejo a veia latejar em sua testa de novo. Tudo o que eu falo faz Jake ficar ainda mais irritado, mas não consigo parar.

— Por que você não sobe e tira um cochilo? Eu preparo uma sopa pra você. E então a gente se senta e bola um plano.

Por uma fração de segundo, acho que ele talvez concorde em fazer isso. Vejo certo brilho de emoção em seus olhos e sinto que cheguei a algum lugar. Mas o brilho logo desaparece, suas defesas se erguem de novo e Jake começa a andar de um lado para o outro.

— Não preciso de sopa, nem de nenhum plano, nem de nada disso. Preciso é de grana. — Ele se vira para mim, com a expressão atenta e os olhos arregalados. — Então eis o que você vai fazer. Você vai procurar o seu namoradinho rico e vai arranjar uma grana pra mim. Ou um novo contato de negócios. Qualquer coisa.

— O quê? — Estou tão chocada que começo a rir. — Eu não posso fazer isso!

— Eu preciso que você faça isso.

— Jake, eu não posso.

— Eu preciso! Se eu não conseguir dinheiro rápido, estou ferrado.

Sinto uma onda de terror tomar conta de mim, e os corvos invadem minha mente, suas asas batendo com mais força do que nunca, mas eu me obrigo a não desmoronar. O amor às vezes é duro. Foi isso que Seb disse. Preciso bloqueá-lo.

— Deve haver outro jeito.

— Eu já *tentei* todos os outros jeitos. Você sabe do que todo empresário precisa, Fixie? De um pouco de sorte. De uma pitada de sorte. Bom, você vai procurar esse tal de Seb e vai conseguir uma pitada dessa sorte pra mim.

— Seb e eu brigamos ontem à noite. Nem sei se ainda estamos juntos.

— Mas ele não te deve uma? — retruca Jake na hora. — Você não salvou a vida dele ou sei lá o quê? A Leila me contou tudo — acrescenta ele, e eu me xingo mentalmente por ter dado com a língua nos dentes enquanto Leila aplicava a última camada de esmalte nas minhas unhas.

— Ele não é rico. Não chega nem perto disso. Ele administra dinheiro. Só isso. Seb não é um cara rico. Não é como os seus amigos milionários.

— Ele tem acesso ao dinheiro — argumenta Jake. — E conhece muita gente. E eu estou desesperado. — Ele se aproxima de mim, e nossos rostos ficam frente a frente. — *Família em primeiro lugar*, Fixie. Faz isso por mim. Ou você quer acabar com essa família?

— O que você quer dizer com "acabar com essa família"? — pergunto, horrorizada.

— Se você não fizer isso por mim, acabou — responde ele em tom cruel. — Nossa família vai ficar destruída. Você vai ficar só olhando enquanto seu irmão desmorona? Acha que vamos poder brincar de família feliz depois disso?

Ele se vira e eu ofego, sentindo minha cabeça girar. Estou à beira das lágrimas. Sei o que Seb disse: o amor pode ser duro. Mas eu não sou durona o suficiente. Não consigo bloquear a energia nem a agressividade de Jake.

Lembro-me de repente das palavras de minha mãe: "Só não perca a loja, Fixie. Nem deixe a família se desentender." E eu prometi isso para ela. Apontei para a mesa de jantar e respondi: "Quando você voltar, nós vamos nos sentar em volta daquela mesa ali pra comemorar. A loja vai estar muito bem e nós vamos estar muito felizes."

Uma onda de desespero toma conta de mim. Eu falhei em tudo. Morag está ameaçando ir embora. Os lucros estão caindo. E agora Jake vai acabar com a família. Vai colocar Nicole contra mim. Nossa mãe vai voltar no meio de uma guerra e vai ficar arrasada.

Não consigo ser durona. Não tão dura assim. Não consigo.

De qualquer forma, o que Jake realmente quer? Ele só quer que eu peça ajuda para Seb. Não é nada de mais.

— Tudo bem — concordo, por fim.

— O quê? Você vai falar com ele?

O rosto de Jake se ilumina.

Como resposta, pego meu celular e escrevo uma mensagem para Seb:

**Posso passar no escritório pra falar com você na hora do almoço?**

Recebo uma resposta quase que instantaneamente:

**Claro que pode!**

— Pronto, está feito — aviso, abaixando o aparelho. — Vou me encontrar com ele na hora do almoço.

— Isso! — exclama Jake, dando um soco no ar. — Fixie, você é demais.

— Não posso *prometer* nada — aviso, tentando deixar isso bem claro. — Não posso *prometer* nada. Tudo o que posso fazer é pedir ajuda e ele.

— Ah, ele vai te ajudar — declara Jake, parecendo confiante de novo. — Ele vai te ajudar.

Enquanto caminho até o trabalho, fico olhando para a mensagem de Seb, analisando-a. São só três palavrinhas — claro que pode! —, mas acho que elas dizem muito. Ele parece entusiasmado. Colocou até um ponto de exclamação, mesmo não sendo necessário. Ele não parece zangado. Ou será que... Está?

Tento imaginá-lo dizendo "claro que pode!" com cara de bravo, mas não consigo. Eu *acho* que ele quer me ver. Bom, espero que sim. E é claro que vamos ter de conversar sobre ontem à noite, e eu vou pedir desculpas por ter bisbilhotado o quarto do irmão dele. Sei que isso pode ser um pouco chato, mas vamos ficar bem.

Não vamos?

Por fim, guardo meu celular. Não posso mais ficar especulando o que ele quis dizer, isso está me deixando louca. Assim que entro na loja vejo Morag do outro lado. Ela está passando um sermão em Stacey — não consigo ouvir o que está falando, mas dá para ver que está apontando para um expositor —, e sinto uma onda repentina de amor por Morag. Ela está pensando em ir embora, mas ainda se preocupa com a loja. Ela se importa com a Farrs, eu sei que sim.

Ouço um barulhinho no meu bolso e pego o celular, pensando "Seb?", mas é uma mensagem da minha mãe:

**Que pena que não conseguimos nos falar, Fixie. Estou me sentindo bem melhor hoje. Espero que esteja tudo bem. Amo você. Beijos, mamãe.**

Olho para Morag, que está apontando para uma panela, e leio novamente as palavras da minha mãe: **Espero que esteja tudo bem.**

Eu também espero. De verdade.

Quando Morag termina o sermão, faço um gesto para chamar sua atenção e, quando ela se aproxima, digo:

— Morag, será que podemos conversar?

Eu a levo até o escritório dos fundos, minha cabeça está a mil. Não sei o que vou dizer a ela, nem por onde começar. Só sei que preciso conversar com ela urgentemente. Tenho de virar esse jogo.

— Morag... — começo, assim que nós duas nos sentamos, com a porta fechada, e a bebericamos nosso chá. — As coisas ficaram meio loucas desde que a minha mãe foi pra Espanha.

— Sim, querida — concorda Morag em tom sensato e direto. — Ficaram mesmo.

— Mas eu vou dar um jeito nisso. Vamos cancelar as aulas de yoga. O Clube do Bolo será uma prioridade, e vamos trazer as mercadorias de volta pra loja...

— Que bom. Porque isso é necessário.

— Quero focar no nosso negócio pela internet de novo. E precisamos de um grande impulso antes do Natal. Temos que virar esse jogo. Nós vamos *conseguir* virar esse jogo.

— Sim — diz Morag. — Acho que você consegue.

*Você.* Não *nós.*

Será que no fundo ela já nos deixou?

Ficamos em silêncio, e eu tomo um gole de chá, sem saber bem o que dizer em seguida. Morag é tão sensata, penso, ao olhar para suas mãos experientes com unhas pintadas com esmalte clarinho. Ela conhece os clientes, entende de compras, sabe apreçar. Era *ela* que deveria estar sentada à mesa esse tempo todo tomando as decisões junto comigo. Não Nicole, não Jake. Nem tio Ned.

— Morag, se conseguirmos convencê-la a continuar trabalhando aqui — ouço-me dizer —, gostaria que você fosse nossa diretora.

As palavras saem da minha boca antes que eu tenha tempo de considerá-las. Mas, no instante que eu as pronuncio, sei que são certas. Morag é quem faz esta loja ser o que é. Ela deveria ter voz aqui.

— *Diretora*? — Morag olha para mim, surpresa.

— Nós não valorizamos você o suficiente. E sinto muito por isso. Morag, por favor, fique.

— Ah, então isso é um suborno? — pergunta ela, na lata.

— Claro que não. — Nego vigorosamente com a cabeça. — Bom, não é essa a nossa intenção. É um reconhecimento. Por tudo o que você faz.

— Diretora — repete Morag devagar, como se estivesse se acostumando com a ideia. Então ela me encara com uma expressão desconfiada. — Sua mãe concordou com isso? Ela gosta de manter tudo em família, e eu não sou da família.

*Família em primeiro lugar*, penso de repente. *Família na porra do primeiro lugar.* Não vou dizer que meu pai estava errado, jamais direi uma coisa dessas, mas talvez eu esteja começando a enxergar a "família" de forma diferente. Família não se trata apenas das pessoas com quem você compartilha laços de sangue, e sim daqueles com quem você compartilha lealdade, amizade e respeito. Família são as pessoas que você ama.

— Você faz parte da família Farrs. E é isso que conta.

— Fixie, você não respondeu à minha pergunta — retruca ela, rispidamente, e eu penso *é por isso que precisamos dela: ela está sempre ligada.* — Sua mãe ao menos sabe que você me ofereceu isso?

— Não perguntei à minha mãe, mas nem preciso fazer isso. — Olho para Morag de forma decidida. — Tenho certeza de que ela vai concordar.

Nunca tive tanta certeza na vida. *Sei* que essa é a coisa certa a fazer. Minha mãe me deixou incumbida de proteger a loja, e é isso que estou fazendo.

— Bom, vou pensar no assunto — responde Morag, terminando seu chá. — Agora é melhor eu voltar pra loja.

E ela é tão calma, tão serena, tão impressionante, que eu volto para o caixa com os dedos cruzados, pensando: *por favor, fique. Fique, por favor.*

E acho que ela vai ficar.

Por algum motivo, recebemos um grupo de turistas japoneses naquela manhã procurando lembranças do Reino Unido. Morag, Stacey e eu vendemos 12 canecas, 16 capas de almofada e um calendário para eles, enquanto Greg tenta "falar japonês" usando frases que aprendeu lendo mangás. Mas os japoneses parecem não estar entendendo nada.

— O que você disse pra eles? — pergunto, assim que todos vão embora.

— Não tenho muita certeza. "Matar" provavelmente.

— "Matar"? — Fico olhando para Greg. — Você estava dizendo "matar" em japonês?

— Talvez não — responde, depois de pensar um pouco. — Talvez tenha sido "decapitar".

— *"Decapitar"?* — repito, horrorizada. — Você cumprimentou um grupo de clientes com a palavra *"decapitar"*?

— Eles não entenderam nada — comenta Stacey. — Só acharam que o Greg era um idiota. Como vai o seu namorado, Fixie? — pergunta ela sem nem respirar, piscando para mim.

— Ah — respondo, sem graça. — Ele está... Hum... É.

Stacey sempre consegue me pegar desprevenida. Evitando o olhar curioso dela — Greg também parece bastante interessado —, olho no relógio.

— Tudo bem — acrescento rapidamente. — Na verdade, eu tenho que ir. E acabei de criar uma nova regra — aviso, olhando para trás, enquanto pego meu casaco. — Qualquer um que disser "decapitado" pra um cliente será demitido.

— Isso é injusto — ouço Greg resmungando atrás de mim. — E se a palavra surgir numa conversa normal?

— Conversa normal? — pergunta Stacey, em tom de deboche. — Que tipo de doido você é, Greg? Eu nunca *disse* a palavra decapitado.

— Ué, você acabou de falar agora — argumenta ele, triunfante. — Você acabou de falar.

Sou obrigada a morder o lábio para não sorrir. Eles podem ser um pouco problemáticos... Mas eu amo a nossa equipe.

Seb e eu não chegamos a marcar um horário, então, quando saio da loja, mando uma mensagem para ele:

**Estou a caminho, está bem?**

Ele responde quase que imediatamente:

**Tudo bem.**

Escrevo outra mensagem: **Ótimo! Até daqui a pouco.** Hesito, pensando se devo mandar um beijo também quando outra mensagem aparece no meu celular. É de Seb de novo e, quando leio, sinto como se tivesse sido atingida por um raio.

**Por que você quer me encontrar?**

Fico tão desconcertada que paro no meio da calçada. Por que eu quero encontrar com ele?

*Por quê?*

Por alguns instantes, não sei como responder. O que ele quer dizer com isso? Será que não é óbvio o motivo de eu querer me encontrar com ele? Pedir a ele que ajude Jake é a menor das minhas preocupações. Eu quero ver Seb. Quero abraçá-lo. Quero pedir desculpas por ter passado dos limites ao entrar no quarto do irmão dele. Quero dizer a ele que *tentei* seguir seu conselho, que *tentei* ser dura com Jake, mas que às vezes não sou forte o bastante.

Eu quero Seb. Isso é tudo. Quero Seb.

Continuo andando, tentando clarear os pensamentos, tentando pensar no que responder e, então, vou ficando mais chateada. *Por que você quer me encontrar?* Isso não foi uma pergunta amigável. Não é uma pergunta para fazer as pazes. Será que ele *não* quer fazer as pazes comigo?

Assim que penso nisso, um medo repentino me atinge, e me sinto um pouco burra. Será que interpretei tudo errado? Será que supus...

Ai, meu Deus. Será que ele vê tudo diferente de mim?

Será que *acabou* tudo entre nós?

Só de pensar nisso, sinto uma dor insuportável me rasgar por dentro. Nós terminamos? É isso mesmo? Não podemos ter terminado. Eu preciso de Seb. Fecho os olhos, tentando respirar fundo, desejando que aquilo não seja verdade. Não pode ser. Isso não pode ser o que ele quer. Mas por que ele mandaria uma mensagem tão formal e distante assim?

Leio as palavras mais uma vez — **Por que você quer me encontrar?** —, e elas me machucam muito. Para onde foi toda a intimidade? Para onde foi todo o carinho? O que nós somos, sócios em um negócio?

Minha cabeça está latejando, e acho que vou começar a chorar se não me segurar. Mas não vou chorar. Sou a Ninja Fixie, sou durona. Se ele pode agir como um homem de negócios, eu posso agir como uma mulher de negócios.

Digito uma nova mensagem, meus polegares batendo na tela do celular com tanta força que acabo digitando errado, mas não me importo, tenho que colocar para fora um pouco da minha mágoa.

**Tenho um assunto de negócios pra discutir com você.**

Mando a mensagem e espero, prendendo a respiração. Duas pessoas podem mandar mensagens dolorosas. Duas pessoas podem agir de forma distante e formal. Um instante depois recebo a resposta: **Está bem.**

Fico olhando para as palavras, e elas são como uma facada no meu peito. Por que ele está agindo assim? Por que desistiu de nós? Tivemos uma discussão ontem à noite. Uma discussão. Casais discutem. Ele vai mesmo jogar tudo para o alto por causa de um erro idiota meu?

Fico relendo as mensagens no meu celular sem conseguir entender. Ele parecia normal esta manhã. Não exatamente animado, mas também não estava frio. Parecia que ele queria me ver.

Agora, porém, parece frio e distante e totalmente diferente do Seb que eu conheço. Não parece nada com o cara pelo qual estou apaixonada. O que aconteceu? Por que ele está assim?

Mas não tenho como responder a essas perguntas parada ali. Então me obrigo a seguir o caminho para ir encontrá-lo. Mas agora estou morrendo de medo disso.

Assim que entro no prédio, o próprio Seb me cumprimenta quando o elevador chega, e eu sei na hora: é pior do que eu esperava.

— Então — diz ele. — Oi.

Seb estende a mão para mim, mas não me beija. Ele está tenso. Os olhos, escuros e sombrios, e não estão fixos em mim. Aperto a mão dele, achando tudo aquilo surreal.

— Oi. Obrigada por me receber — digo.

— Sem problemas.

Ele me conduz até o escritório como se eu fosse uma estranha, perguntando educadamente se aceito um café. Durante todo o tempo, sua linguagem corporal está alerta: rígida e tensa, mantendo distância e se afastando de mim sempre que pode. E eu fico me perguntando "Será que isso é alguma pegadinha? Nós realmente vamos agir assim?". Mas não parece ser uma pegadinha, nem uma brincadeira.

Enquanto espero Seb voltar com o café, olho em volta. O escritório tem muito mais personalidade do que o apartamento dele. É tão mais aconchegante, com todos aqueles livros, as fotos e os tapetes coloridos.

De repente percebo: esta *é* a casa dele. Bom, então o apartamento dele é o quê?

Um limbo. A palavra brota na minha cabeça do nada. O apartamento dele é um limbo. Vazio e sem amor e meio que em estado de espera. Então, de repente, sou tomada por uma vontade desesperadora de conversar com ele sobre isso. Mas como posso abordar o assunto quando parecemos dois gatos prestes a se atacar?

Ele volta com duas xícaras de café e eu olho para seu rosto, na esperança de que talvez o clima esteja menos tenso, mas Seb parece ainda menos amigável do que antes.

— O que eu posso fazer por você? — pergunta, enquanto se senta, me deixando ainda mais magoada. Tudo bem. Se é isso que ele quer, é isso que ele vai ter.

— Estou aqui pra pedir um favor — respondo na lata. — Não é pra mim, é pra outra pessoa. É pra...

— Bom, acho que sei pra quem é.

Ele parece tão hostil que eu me encolho. Parece estar fervendo de raiva. Ódio, até. E tudo bem, eu *sei* que ele me disse para ser dura com Jake. E *sei* que estou fazendo o oposto do que ele sugeriu, já que vim até aqui pedir um favor para o meu irmão. Será que ele precisa mesmo ser tão duro comigo?

— Não espero que você entenda — digo.

— Não. Sinceramente, eu não entendo.

— Bem, acho que eu só não sou tão forte quanto você pensou que eu fosse — declaro, irritada. — Foi mal.

— Ah, você não precisa se desculpar. — O olhar dele é tão duro e implacável que eu recuo. — A vida é sua. Faça o que bem entender dela.

O que eu bem entender? Por que ele está *agindo* assim?

— Seb... — Olho para ele, meus olhos ardendo em lágrimas. — Olha só, sei que você está zangado. Sei que magoei você e peço desculpas por isso. Mas me deixa explicar por que estou aqui.

— *Sério?* — devolve ele com tanta raiva que eu respiro fundo, chocada. — Tenho uma ideia bem melhor, Fixie. Que tal se a gente não conversar e ir direto ao ponto? O que você quer? Dinheiro?

Fico olhando para ele, magoada. *Dinheiro?* Estou prestes a responder: *não seja bobo, eu só quero um conselho sobre como lidar com Jake ou talvez algum contato ou até mesmo um abraço para me consolar...* Quando percebo uma coisa: se a gente não se ama, por que estou hesitante?

— Bem, você me deve uma — respondo, cuspindo as palavras entre nós.

Na mesma hora, a expressão de Seb fica neutra, logo depois, um pouco assustada.

Durante alguns minutos, nenhum de nós fala nada. O ar parece carregado de tensão. Parece que estou no meio de um pesadelo e preciso acordar. Preciso começar de novo. Dizer outras coisas. Fazer as coisas tomarem um rumo diferente.

Mas não dá. A vida é assim.

— Verdade. Eu te devo uma — declara por fim, com uma voz que parece pertencer a outra pessoa. — Quanto? Espera. Vou pegar o talão de cheque.

Ele se levanta, sem olhar para mim, vai até um arquivo e abre uma das últimas gavetas. Observo tudo sem me mexer, me sentindo fraca de tanto sofrimento. Eu consegui o que queria. Então por que me sinto tão miserável?

Por que estou aqui? O que estou *fazendo*?

Estou tentando consertar as coisas, eu me lembro e recapitulo os fatos: Jake. Dívida. Família.

Só que, sentada aqui, os fatos parecem estar tomando um caminho diferente na minha cabeça. Estou processando as coisas de uma forma que não tinha me ocorrido antes. Suponha que Seb dê um monte de dinheiro a Jake. O que vai acontecer? O que eu terei conseguido? Ele vai acabar gastando essa grana em almoços caros e para falar um monte de bobagens sobre os "negócios" que está fazendo, e vamos voltar à estaca zero.

Enquanto Seb abre e fecha gavetas, eu me sinto tonta e confusa. Parece que tudo está saindo do controle. Não consigo lembrar por que achei que fosse uma boa ideia vir até aqui. Eu não tenho um plano. Não tenho nada. Só sei que destruí qualquer esperança de ficar com Seb.

Sinto uma angústia tão grande que deixo a cabeça cair entre as mãos. Pensamentos aleatórios passam pela minha mente em um fluxo tão intenso que não consigo acompanhar. *Família em primeiro lugar. O amor pode ser duro. Bloqueá-los.* Foi isso que Seb disse: *tenta bloqueá-los.* Mas como eu posso bloquear Jake? Ele disse que ia acabar com a família. E parecia estar falando sério. E eu amo a minha família, amo muito, apesar de tudo...

E, então, de repente entendo tudo.

Amor. Tudo é uma questão de amor.

Amor não é bloquear as pessoas, é justamente o contrário. Se você ama alguém, precisa se comprometer com essa pessoa. Você não tem de bloqueá-la, e sim *conversar* com ela.

Qual foi a última vez que Jake e eu tivemos uma conversa de verdade? E minha mãe e Jake? Ele não nos dá abertura. Ele nos afasta com seus carros elegantes e seu sotaque forçado; com suas mentiras e ameaças. Mas quem ele é por baixo de tudo aquilo?

Parece que minha cabeça vai explodir. Tudo está ficando muito claro agora. Meu amor por Jake não tem de diminuir, e sim *aumentar*. O amor de todos nós por ele. Meu. Da nossa mãe. Da Leila. Ele precisa de um tipo de amor incondicional, que signifique que a gente realmente vai ajudá-lo a se descobrir.

Amor duro. O mais duro de todos. O mais amoroso que existe.

— Tudo bem, então. — Ouço a voz de Seb e ergo a cabeça, então vejo que ele está sentado à mesa de trabalho. — Quanto eu te devo?

A claridade da janela ilumina os olhos dele, trazendo o brilho castanho-esverdeado de volta. Olho para seu rosto e penso *eu amo você*. Mas de que adianta?

— Nada — digo, pegando minha bolsa. — Na verdade, não preciso de dinheiro, no fim das contas. Nem de qualquer ajuda. Obrigada. Desculpa por incomodar você.

— Que reviravolta — comenta Seb, com o olhar inexpressivo.

— Verdade. Acabei de perceber uma coisa. E foi você que me ajudou a ver isso. — Minha voz começa a vacilar, e eu pigarreio. — Então... Obrigada.

— Ah, é? — O tom de Seb é de total indiferença.

— É. — A expressão dele é de puro desinteresse, mas eu me obrigo a continuar. — Quando falou sobre o amor ser duro, você fez com que eu percebesse, que, se você realmente ama alguém, não precisa simplesmente dar um monte de dinheiro a essa pessoa, e sim ajudá-la a se tornar quem ela deve ser. E *isso* é amor incondicional.

Olho para ele, desesperada para despertar alguma reação, afeição, *qualquer coisa*...

— Amor incondicional — repete Seb com uma voz estranha. Os olhos dele perdem totalmente o brilho, como se eu o tivesse atingido em cheio. — Bom, estou feliz por você ter chegado a essa conclusão sozinha. Mas o meu dia está cheio, então... — Ele empurra a cadeira para trás como se estivesse dando o encontro por encerrado.

Olho para ele, me sentindo sem ar. É isso então? Essa foi a reação dele?

— Por que você não está mais satisfeito? — As palavras saem da minha boca antes que eu consiga me controlar e, para meu horror, duas lágrimas escorrem pelo meu rosto. — Eu escutei! Segui o seu conselho!

— Estou muito satisfeito com isso. Estou muitíssimo satisfeito. Boa sorte com o seu projeto. Adeus — acrescenta ele, levantando-se, e, com as pernas bambas, eu faço o mesmo.

— Adeus — repito em tom de sarcasmo. — Foi bom conhecer você.

Saio com a cabeça zunindo e com os olhos marejados. Na saída, acho que vejo em uma estante o protetor de copo com a frase "Te devo uma" escrita — e sinto um aperto no peito.

Mas estou agitada demais para pensar em qualquer outra coisa que não seja o fato de Seb ter olhado para mim como se eu fosse uma estranha. Tudo piorou de uma hora para a outra, e eu simplesmente não entendo por quê.

## VINTE E QUATRO

Volto para a Farrs e encontro Jake me esperando do lado de fora, parecendo tenso como uma cobra prestes a dar o bote.

— Então? — pergunta ele, vindo ao meu encontro. — Conseguiu?

Respiro fundo, tentando controlar o nervosismo; tentando ignorar a revoada dos corvos. Amor incondicional, penso. Eu consigo fazer isso. Nós precisamos ter uma conversa honesta.

— Não consegui dinheiro nenhum pra você.

— Ótimo. — Jake se afasta de mim com uma expressão fatal. — Que maravilha!

— Não peguei — continuo, com a voz trêmula — porque você não pode pegar mais nenhum empréstimo. Isso só vai te causar mais problemas. Jake, você tem que mudar. — Eu me aproximo dele, encostado na fachada da loja, e olho amorosamente para seu rosto, tentando fazer com que ele olhe para mim. — Você não pode parar de levar as pessoas para almoços caros? Parar de ficar atrás desses negócios milionários que não estão dando certo e procurar um emprego? Um emprego de verdade? Será que você não seria mais feliz assim?

Paro de falar e olho para ele na esperança de que meu discurso vai fazê-lo ceder na hora. Mas eu fui uma grande idiota achando que ele ia me ouvir. Jake não parece transformado. Ele não exclama "Meu Deus, você está certa". Não me dá um abraço amoroso e diz "Valeu, maninha. Tudo está tão claro agora".

— Porra, Fixie. Vai se foder — diz ele e sai pisando duro.

Meu coração está disparado como o de um coelho assustado, e os corvos não param de bater as asas em minha mente. Uma parte de mim quer correr atrás do meu irmão e lhe pedir desculpas, até implorar pelo seu perdão, se for o caso. Mas a outra parte sabe que esse não é o caminho. Tenho de me manter firme. Esse é apenas o primeiro passo.

Espero até Jake virar a esquina, pego meu celular e escrevo uma mensagem:

**Oi, Leila. Podemos conversar? Beijos, Fixie.**

Envio a mensagem e respiro fundo, tentando abafar a voz de Jake nos meus ouvidos. Isso é tudo o que posso fazer no momento. Tenho outras coisas para pensar agora.

Passo o resto do dia fazendo planos para a Farrs. Planos que precisamos colocar em prática *imediatamente*. No fim do dia, fiz uma lista de promoções de Natal, descontos, eventos e vendas. Encomendei mais mercadorias. Fiz novos planos para a vitrine da loja. Não pedi a opinião de Jake, nem a de Nicole nem a de tio Ned. Tomei todas as decisões sozinha, pensando no que minha mãe faria e às vezes consultando Morag. Mais ninguém. Estou à frente dos negócios. Eu, Fixie.

Quando volto para casa, estou exausta e encontro Nicole encostada no batente da porta da cozinha, absorta no celular, como sempre.

— Ah! Oi, Fixie — Nicole me cumprimenta, levantando o olhar do aparelho. — Meu Deus, o Jake ficou *puto* com você ontem à noite.

— Eu sei. E eu não fiquei muito feliz com ele também. Então estamos quites.

Espero que ela comente mais alguma coisa sobre a noite passada, mas Nicole simplesmente olha para a tela do celular franzindo a testa.

— Estou tão estressada. — Ela solta um suspiro pesado. — Estou, tipo... Meus hormônios estão descompensados. Preciso conversar com alguém.

— Por que você está estressada? — pergunto, educadamente.

— É o Drew. Ele comprou uma passagem para o dia 23. E está, tipo, insistindo... Dizendo que eu *tenho* que ir pra Abu Dhabi. — Ela olha para mim. — Ele tipo *pagou* a passagem.

— E qual é o problema?

— Isso é tão passivo-agressivo! — Ela arregala os olhos. — Tão controlador! Ele sabe que estou estressada e faz uma coisa dessas! É tipo...

Ela vai baixando o tom de voz e falando com menos confiança, e eu perco a paciência.

— Achei que você estivesse estressada porque estava com saudade do seu marido. Ele comprou uma passagem de avião pra você ir encontrar com ele, então com certeza você deveria estar *menos* estressada agora, não é?

— Você não entende. — Nicole me fulmina com o olhar. — Meu Deus, estou morrendo de vontade de tomar um café. Faz um café pra mim, Fixie.

Conto até três e solto, com a voz firme:

— Por que você mesma não faz?

— O quê?

Nicole me encara com os olhos arregalados.

— Nós temos uma máquina de café. — Aponto para a máquina. — Você mesma pode fazer.

— Ah, mas você sabe que eu não sei mexer nela — responde Nicole imediatamente, como se estivesse repetindo alguma lei da natureza.

— Pois aprenda. Se quiser, posso te ensinar.

— Mas a minha cabeça não consegue lidar com essas coisas. É como se eu tivesse algum tipo de bloqueio mental, sabe? Ah, Fixie. Você é ótima com esse tipo de coisa.

Algo no tom preguiçoso, aéreo e meio autoritário dela me faz explodir:

— Para de dizer que sou ótima em coisas que você não quer fazer! — grito, e ela levanta a cabeça, surpresa. — Para de se fazer de burra pra que as pessoas façam tudo pra você!

— *O quê?*

Nicole está olhando para mim como se nunca tivesse escutado minha voz antes, ou sequer notado que eu era capaz de falar. O que talvez fosse verdade.

— É claro que você *pode* aprender a mexer na máquina de café! É claro que você *consegue*. Você foge de tudo, Nicole! Tudo! Até do seu próprio marido!

Merda. Isso escapuliu sem eu me dar conta.

— Do que você está *falando*? — Nicole cobre a boca com uma das mãos, e sinto meu rosto queimar.

Acho que fui longe demais, não?

Engulo em seco algumas vezes, a mente a mil por hora. Eu poderia retirar o que disse. Pedir desculpas. Parar a conversa por aqui. Mas não estou a fim de voltar atrás nem de pedir desculpas, muito menos de encerrar essa discussão. Talvez seja hora de agirmos como as irmãs que nossa mãe sempre quis que fôssemos. O tipo de irmã que sabe coisas significativas sobre a vida uma da outra.

— Eu sei que não é da minha conta — começo, mais calma agora. — Mas você nunca conversa com ele no telefone. Você parece não estar nem aí quando ele fica doente. E agora você não quer ir pra Abu Dhabi pra encontrar com ele. Nicole... Você *ama* mesmo o Drew?

Segue-se um silêncio pesado. O rosto bonito da minha irmã está virado para o outro lado, mas vejo que seus lábios estão contraídos.

Seus dedos estão remexendo nos enfeites do cinto e noto que as unhas dela estão roídas. Então, por fim, ela vira a cabeça e, para minha surpresa, seus olhos estão marejados.

— Eu não sei — responde ela com um sussurro. — Eu não sei. Eu simplesmente *não sei*.

— Tá — falo, tentando esconder o choque. — Bem... Você amava o Drew quando você se casou com ele?

— Eu *não sei*. — Nicole parece desesperada. — Achava que sim, mas talvez eu tenha cometido um grande erro. Não conta pra mamãe — pede Nicole e, de repente, ela parece ter 15 anos de novo, quando eu a vi perambulando com uma garrafa de vodca, e não consigo evitar o riso.

— Eu achei que você estivesse sofrendo de ansiedade de separação — argumento, e Nicole respira fundo, com raiva.

— Eu *estou* estressada — afirma ela, voltando a assumir a postura arrogante. — Se você quer saber, a minha professora de yoga está muito preocupada comigo.

Reviro os olhos. Nicole sempre leva tudo muito a sério. Mas, pelo menos, ela está parecendo ser um pouco mais verdadeira.

— Então qual é o problema? — pergunto, sem conseguir me segurar. — Você parecia tão feliz no dia do casamento.

— O casamento foi ótimo. — O olhar dela se suaviza com a lembrança. — E a lua de mel foi maravilhosa. Mas, depois, eu fiquei meio... Tipo... É só isso? Não tem mais nada pra planejar? Toda aquela animação de repente não existia mais. E tudo ficou tão... Sei lá... *Monótono*.

— Você não pensou em ir para Abu Dhabi com o Drew? Você não poderia ter se planejado pra isso? Por que você *não* foi com ele? Não vem me dizer que não há cursos de yoga lá.

— Eu entrei em pânico — admite Nicole depois de uma pausa. — Nós tivemos algumas brigas, e eu comecei a imaginar Drew e eu sozinhos em Abu Dhabi em um apartamento pago pela empresa... E se tudo desse errado? E se tivéssemos outra briga? Achei que seria mais fácil assim sabe? Achei que poderia ser... — Ela para de falar sem terminar a frase, como é seu estilo.

— Você achou que seria mais fácil evitar completamente o seu marido do que enfrentar algumas brigas. — Olho para ela. — Sim. Isso faz total sentido.

— Foi tudo muito estressante. Então eu pensei "Vou ficar aqui na Inglaterra e as coisas vão se ajeitar de um jeito ou de outro".

— Mas as coisas não se ajeitam se você simplesmente fugir dos problemas! — exclamo, sem acreditar no que estou ouvindo. — Todos os relacionamentos são estressantes! Todos os casais brigam! Você *ama* o seu marido?

Silêncio. Nicole enrola uma mecha de cabelo com um dos dedos e desvia o olhar.

— Às vezes acho que sim. Mas, em outras, olho pra ele e penso... — Ela faz uma careta expressiva. — Mas, tipo, eu não vejo o Drew há tanto tempo...

Espero minha irmã concluir o raciocínio... Então percebo que ela já disse o que pretendia. Até mesmo para os padrões de Nicole, essa resposta é bastante vaga.

— Nicole, você tem que ir pra Abu Dhabi — declaro com firmeza. — Assim talvez você consiga descobrir se ama o Drew ou não.

— É — responde ela, parecendo meio incerta. — Acho que sim.

— Você *tem* que ir. Vocês precisam passar um tempo juntos. Você tem que enfrentar isso. Caso contrário, você não tem como saber se quer continuar casada ou não.

— Talvez. Mas, e se eu chegar lá e...

Nicole para de falar, mas, dessa vez, sei o que ela quer dizer. Ela está pensando "E se eu perceber que eu não amo meu marido?". E ela parece bem assustada.

Para ser justa, eu também estaria assustada no lugar dela.

— Acho que você precisa considerar essa possibilidade — respondo com uma empatia que nunca senti antes pela minha irmã. — O que mais você poderia fazer? Você tinha algum plano?

— Eu não sei! Achei... — Ela hesita, roendo as unhas. — Achei que o Drew talvez pudesse conhecer alguém por lá e decidir tudo por mim.

A ideia é tão ridícula que eu caio na gargalhada.

Nicole olha para mim franzindo as sobrancelhas, como se não soubesse se deveria ficar ofendida ou não e, então, sorri. Eu dou um sorriso para ela também e sinto que, pela primeira vez na vida, nós nos conectamos. Nós duas sempre fomos como um circuito elétrico que nunca funcionou direito e estava prestes a ser jogado no lixo. Mas agora a lâmpada acendeu. Ainda existe uma esperança.

— Eu acho o Drew um cara muito legal — digo. — Mas isso é totalmente irrelevante. A questão é se ele é o cara *certo* pra você.

— Bom, você sabe, ou continuamos casados ou nos divorciamos — diz Nicole com um ar meio cômico. — É uma situação vantajosa nos dois casos — continua ela com um ar tão zombeteiro, e não consigo evitar um sorriso.

E, agora que estabelecemos essa sintonia, sinto que tenho de dizer tudo o que preciso muito rápido.

— Nicole, tem mais uma coisa que preciso dizer — começo. — É sobre outro assunto, mas é muito importante. Eu estava falando sério ontem à noite. As aulas de yoga *têm* que acabar. Precisamos entrar nos trilhos. Caso contrário, Morag vai pedir demissão e a Farrs vai falir. E nós vamos perder a casa e a mamãe nunca mais vai falar com a gente.

— Você é muito exagerada, Fixie — diz Nicole, revirando os olhos.

— Eu não estou exagerando. Estamos com problemas! O Bob me disse isso ontem.

Tudo bem, isso é mentira. Bob não disse exatamente que estávamos com problemas. Mas todo mundo respeita Bob, e não deu outra: Nicole parece assustada.

— Bob falou que estamos com problemas?

— Sim.

— Quais foram as palavras dele?

— Ele disse... — Cruzo os dedos atrás das costas. — Ele disse "Vocês estão com problemas". E isso é verdade. — Tento deixá-la impressionada com os fatos. — Nós basicamente metemos os pés pelas mãos na ausência da mamãe e precisamos dar um jeito nisso rápido.

— Eu não meti os pés pelas mãos — argumenta Nicole com seu jeito elegante de sempre. — Você já deu uma olhada no nosso Instagram? — Ela joga o cabelo para trás e olha para o próprio reflexo no vidro do armário. — Eu o *transformei*. — E é verdade. As fotos estão *incríveis*.

— Sim, mas são só fotos suas! — retruco, exasperada. — E os comentários são de pessoas convidando você pra sair.

— Isso aumentou o nosso número de seguidores — argumenta Nicole, mas ela assume uma postura defensiva e percebo que estou conseguindo fazê-la entender.

— Precisamos de um impulso nas vendas pro Natal. Tenho um monte de ideias, mas você precisa me ajudar. De forma prática. Na loja.

— Ah, eu não posso. — Não estou disponível. Eu vou para Abu Dhabi.

*É sério isso?*

— Você só vai no dia 23 de dezembro. — Lanço um olhar duro para ela. — Até lá, você está livre. E vai ajudar. E você vai fazer as coisas do meu jeito, está bem? Você deve isso à Farrs — acrescento enquanto ela arfa. — Você deve isso à mamãe e deve isso a *mim* também.

Nicole não fala nada por alguns instantes e fica olhando para mim. Eu a encaro, sem piscar, percebendo que aquela foi a primeira vez que fui firme com ela.

— *Está bem* — concorda ela por fim, suspirando. — Só que eu não vou arrumar as mercadorias. Minha professora de yoga disse que eu não posso levantar peso. Meus braços são muito finos.

— Vou manter isso em mente — respondo, olhando para cima. — E, agora... Essa é a nossa máquina de café, sua nova melhor amiga.

Ela me lança um olhar ressentido e caminha até a máquina de café com ar de dúvida.

— Isso é tão *complicado*.

— Verdade — concordo. — Mas e daí?

Nicole aperta um botão e toma um susto quando a luz acende. Depois ela se vira para mim com as sobrancelhas franzidas.

— Você mudou, Fixie.

— Sim — concordo com a cabeça. — Mudei mesmo.

— E como está o seu namorado novo? — pergunta ela, como se isso talvez explicasse tudo.

— Ele não é mais meu namorado — respondo, sem dar muitos detalhes. — Nós terminamos.

— Ah. — Nicole olha para mim com uma expressão simpática. — Que droga. Não durou muito.

— Não. — Dou de ombros.

Ficamos nos observando em silêncio, e sinto que temos mais em comum agora do que consigo me lembrar. Nós conhecemos dois caras, nos apaixonamos e tudo parecia funcionar perfeitamente bem, até não parecer mais.

Meus olhos começam a arder, minha garganta se fecha. Tento afastar as lágrimas, mas Nicole percebe. Ela fica olhando para mim sem falar nada até que, de repente, estende os braços. Por um instante, não entendo o que ela pretende fazer... Então me dou conta, sentindo minhas orelhas queimarem, e vou até ela, quase constrangida.

Ela me abraça, e deixo minhas lágrimas quentes escorrerem no ombro da minha irmã, então suspiro como se estivesse prendendo a respiração por muito tempo. Nem sei quanto tempo faz desde que ela me abraçou pela última vez. Nicole tem um cheiro bom, e os seus brincos tilintam enquanto ela acaricia as minhas costas.

— Faz um café para mim — pede ela quando nos afastamos. — Faz, vai.

— Não! — Não consigo evitar uma risada horrorizada. Minha voz ainda está chorosa. — Não vou fazer. Você tem que *aprender*!

Levo meia hora para ensinar a ela como fazer um café. Meu Deus, ela é frustrante. Seu cérebro parece parar de funcionar quando ela tem de fazer algo de que não gosta. Mas, no final, Nicole está segurando o café com leite e admirando-o, toda orgulhosa.

— Viu só? Agora só falta você aprender a desumidificar a torradeira.

— Desumidificar a torradeira? — repete ela, parecendo assustada, e eu mordo o lábio, rindo. Estou prestes a contar a ela que inventei isso para sacaneá-la, quando meu celular apita com uma mensagem.

**Oi. Jake está muito nervoso. O que aconteceu? Você pode conversar agora? Beijo, Leila.**

Imediatamente esqueço a máquina de café, Nicole e os problemas fáceis de resolver, como, por exemplo, limpar o espumador de leite... E todos os meus pensamentos se voltam para Jake. Vejo seus olhos frios e furiosos de hoje mais cedo e sinto meu estômago se contrair com o nervosismo.

Respondo para Leila:

**Ligo pra você em cinco minutos. Beijos.**

Envio a mensagem e olho para a tela, me sentindo apavorada. Eu sei o que deveria acontecer. E quero que isso aconteça, mas não vou conseguir fazer isso sozinha.

— Nicole — digo, por fim. — Tem mais uma coisa.

— O quê? — Ela está olhando para a máquina de café de novo. — Espera. Dá para fazer *macchiato* aqui?

— Preciso da sua ajuda com outra coisa. — Espero minha irmã se virar para mim antes de acrescentar: — Tem a ver com o Jake.

\* \* \*

Levamos dois dias para organizar tudo. Metade desse tempo foi só para explicar tudo a Nicole, que começou dizendo:

— Sério, Fixie? Você tem que se meter em *tudo*?

Mas então ela conversa com Leila e vê a parede cheia de fios onde antes havia uma TV. Depois, fazemos uma reunião com Bob no escritório nos fundos da loja e ele nos mostra as retiradas que Jake fez na empresa — e Nicole parece enfim arrancada de sua bolha.

— Mas *onde* ele gastou tudo isso? · — pergunta ela, olhando para as folhas impressas que Bob entregou. — Isso não pode ter ido embora no golpe — acrescenta Nicole, com uma careta, porque eu já tinha contado essa parte para ela.

— Você sabe... — Dou de ombros. — Coisas do Jake. Fazer contatos. Se você perguntar, ele vai dizer que está entretendo clientes ou prospectando algum negócio. Mas não dá pra ficar fazendo isso pra sempre. Uma hora você tem que fechar o negócio.

— E como a mamãe autorizou o primeiro empréstimo? — Nicole olha para Bob.

Bob olha em volta, como se quisesse se certificar de que ninguém mais estivesse ouvindo, e então toma um gole do café solúvel com açúcar. (Temos uma cafeteira, mas ele prefere o solúvel.)

— Então — começa ele em tom de desculpas. — Sua mãe sempre teve dificuldade pra negar qualquer coisa ao Jake. Ninguém é perfeito, e a fraqueza dela é essa. E ela sabe disso. Ela sempre diz "Ah, Bob, eu não devia fazer isso", mas não consegue evitar. A mãe de vocês já salvou o Jake várias vezes ao longo desses anos. Eu me perguntava se vocês sabiam disso — acrescenta ele, pegando um biscoito. — Mas acho que só agora esse assunto é de conhecimento geral.

Ela salvou Jake? Ela salvou *Jake*?

Fico olhando para Bob, minha cabeça trabalhando freneticamente. Eu me sinto um pouco fraca. Durante todo esse tempo, eu morria de vergonha porque *eu* tinha usado o dinheiro da nossa mãe, porque *eu* tinha falido. Jake fazia com que eu me sentisse culpada e inferior, se gabando de que ele havia feito tudo sozinho, sem ajuda de ninguém, que era um gênio nos negócios.

Só que ele não era nada disso, não é? Era tudo mentira.

Ou, pelo menos... Eu me interrompo por um instante, tentando me lembrar. Será que alguém me disse isso ou eu simplesmente presumi que fosse assim?

Espero sentir uma onda de fúria, raiva da minha mãe, mas isso não acontece. Não posso culpá-la por isso. O dinheiro é dela. Não posso nem sentir raiva de Jake. Eu só lamento por todo o tempo que perdi me comparando ao meu irmão. E como aquilo não fazia sentido nenhum.

— E quanto ao seu tio Ned, acho que o Jake o enganou direitinho — continua Bob, pensativo. — Acho que o Jake foi contando uma história mirabolante aqui e outra ali entre um drinque e outro, e Ned nem questionou. Mas a questão é, quando você fica responsável pelo dinheiro de alguém, precisa questionar as coisas. Não importa se corre o risco de alguém achar você burro. — Ele abre um sorriso, o que é bem raro. — Eu nunca tenho medo de fazer perguntas e parecer burro. Sempre penso "perguntar não ofende".

— Nunca achamos que você fosse burro, Bob — digo, tentando ser carinhosa. — Você é demais.

— Acho que você está exagerando — fala ele, constrangido. — Eu só faço o meu trabalho.

— Tudo bem, Fixie. Você está certa — declara Nicole, baixando os papéis. — Como *sempre*.

Ela sorri para mim e eu faço o mesmo e decido não mencionar a bagunça que ela deixou na cozinha hoje de manhã.

Na tarde seguinte, estamos prontos — às seis horas, estamos esperando na escada de Grosvenor Heights, nós três: Leila, Nicole e eu. Estamos em fila, sob as luzes da varanda elegante de entrada. Estou tremendo um pouco por conta do frio. E também pelo nervosismo.

Jake mandou uma mensagem para Leila dizendo que estava a caminho; acho que não deve demorar muito agora. Olho para as duas e vejo que o maxilar de Nicole está tenso. Leila parece aterrorizada. Pelo menos ela concordou em participar. Ela é mais forte do que parece.

Então, de repente, lá está ele, caminhando em direção ao prédio, olhando para o celular, e todas nós nos retesamos. Quando Jake nos vê, fica assustado e acelera o passo.

— O que aconteceu? — pergunta ele quando se aproxima. — Por que vocês estão aqui? Algum problema com a mamãe?

— Não — responde Nicole. — O problema é com você.

— O quê? — Jake olha para cada uma de nós, enquanto segura o celular. — Do que vocês estão falando?

Nicole e eu olhamos para Leila, e ela dá um passo para a frente, trêmula mas também confiante.

— Jakey, nós vamos nos mudar daqui. Vamos sair do apartamento. Não temos mais como bancar esse lugar.

Os olhos de Jake escurecem.

— Você só pode estar brincando. Ela está brincando. — Ele olha para mim e para Nicole. — Ela enlouqueceu, não é?

— Meu pai e eu colocamos uma televisão nova na parede — continua Leila, decidida. — Uma televisão barata, mas boa. O corretor vai trazer um casal pra ver o apartamento daqui a uma hora. E outros três amanhã. Ele disse que, se pedirmos o preço justo, venderemos rápido.

Jake está completamente chocado. Ele fica olhando para Leila sem entender e, depois, faz um esforço para voltar a si.

— Isso é bobagem — resmunga ele, passando por ela. — Com licença, posso entrar na minha casa agora?

— Eu troquei as fechaduras — avisa Leila, e Jake se vira para ela.

— Como é que é? — pergunta ele, em tom ameaçador.

— Eu troquei as fechaduras. Só pra deixar... Tudo bem claro.

— Você me trancou do lado de fora da minha própria casa? Você não *pode* fazer isso! — berra ele, explodindo, e parece que Leila vai desmaiar.

— Bom, ela fez exatamente isso — digo, abraçando Leila pelo ombro. — Jake, você não pode continuar vivendo dessa maneira.

— E o que vocês duas estão fazendo aqui? — Ele se vira para nós como um leão encurralado.

— Nós estamos aqui pra dar apoio moral — declara Nicole. — Se quiser ir rápido, vá sozinho... — acrescenta ela, sabiamente, olhando para mim. — Se quer ir longe, vá acompanhado.

Tenho quase certeza de que ela tirou essa citação de uma de suas almofadas, mas concordo com a cabeça. É que algumas dessas citações são realmente muito boas. Principalmente a do quadrinho de madeira que ela me deu de presente ontem, no qual está escrito: *você é mais forte do que imagina*. Tenho olhado muito para essas palavras — e elas *realmente* fazem com que eu me sinta mais forte.

— Jakey, você tem algum dinheiro pra receber? — pergunta Leila, retorcendo as mãos por causa do nervosismo. — Dinheiro *vivo*?

— Eu tenho... Tenho alguns negócios pra fechar — responde ele, soando meio vago. — Tem um cara em Northampton que vende vinho. Tem muita coisa pra sair...

— Não tem nada pra sair — Leila o interrompe, com tristeza. — Você não tem nada.

Uma sirene soa na rua ao lado e, por um momento, ninguém fala mais nada. Então, de repente, eu me pego pensando em Ryan. Jake é muito parecido com Ryan. É como se ele ainda estivesse tentando *ser* Ryan. Ele sempre agiu assim, desde que era adolescente. Os dois viviam rodeados de toda aquela notoriedade e arrogância. Foi Ryan quem fez Jake achar que viver como um milionário era normal. É claro que Jake sempre foi ambicioso, sempre quis ter dinheiro. Eu gostaria que ele nunca tivesse conhecido Ryan. Que nenhum de nós tivesse.

— Meu pai está esperando pra me levar pra casa — avisa Leila, erguendo o queixo. Suas pernas finas estão cobertas por uma calça jeans justa, e ela está usando botas de salto alto. As unhas são uma obra de arte cintilante. Ela parece tão digna que quero abraçá-la. —

As suas coisas estão na van. Meu pai disse que você será bem-vindo se quiser ficar com a gente por um tempo.

— Você pegou as minhas *coisas*? — Jake cambaleia, como se tivesse levado um soco.

— Nós vamos vender o apartamento, Jake — declara Leila, como se estivesse explicando algo básico para uma pessoa muito burra. — Eu tive que fazer isso.

— Tudo bem, filha? Tive que estacionar a van em outro lugar. Malditos guardas de trânsito. — Todos nós olhamos para o dono da voz grossa que se dirige a Leila. É o pai dela, Tony. Eu estive com ele algumas vezes. Ele é dono de uma construtora em Northwood. É um cara grande e forte com mãos calejadas e agora encara Jake, com seu terno elegante, de cima a baixo, sem conseguir disfarçar seu desprezo. Nem sei se eles se dão bem. — Se está com problemas, posso arrumar um emprego pra você no site — acrescenta ele em voz baixa. — Você não tem experiência, então seria o salário mínimo.

— Obrigada, pai — Leila lhe agradece, com os olhos fixos em Jake, e consigo ler a mensagem dela para ele: *agradeça ao meu pai.*

— Obrigado, Tony — Jake lhe agradece, parecendo sufocar com as próprias palavras.

— Bem, então vamos indo... — Tony caminha para a van e Leila dá uma corridinha atrás dele.

— Espera, pai. Eu já vou. Só um minuto. — Ela se vira para Jake de novo do alto de seu salto, o rosto delicado cheio de determinação, o que a deixa ainda mais bonita. — Vamos esperar na van por uns dez minutos, está bem? Você pode vir pra nossa casa... Ou podemos deixar as suas coisas em outro lugar. Mas, se você vier comigo, tem que querer. *Querer* mesmo, Jakey. Você e eu... — A voz dela falha. — Nós podemos construir uma vida juntos. A questão não é o que você pode comprar pra mim, se você é um herói ou se me leva a boates e restaurantes. O que importa pra mim é fazermos planos e aproveitarmos a vida juntos e... E sermos nós mesmos. Mas você tem que querer *construir* isso comigo, Jakey. — Ela aponta para ele e, depois, para ela, com dedos magros. — Você tem que querer construir alguma coisa comigo.

Ela para de falar e nós ficamos em silêncio. Então Leila se vira e segue o pai, que lhe oferece o braço, e juntos eles viram a esquina, enquanto resisto à tentação de gritar "Isso aí, Leila!".

Arrisco olhar para Jake e, na mesma hora, fico chocada com o que vejo. Ele parece doente. Ombros caídos, cabeça baixa e respiração ofegante. Por fim, levanta a cabeça e vejo que não está chorando, mas está prestes a começar.

— Vocês armaram pra mim, porra — reclama ele com a voz sufocada. — Minha própria *família*.

— E foi *exatamente* por esse motivo que armamos isso — respondo. — Porque *somos* uma família. Porque nos *importamos* com você.

Antes eu estava sempre em busca da bênção da aprovação de Jake. Mas agora estou sentindo um tipo diferente de bênção, uma convicção de que estou fazendo a coisa certa.

— Então o que você acha? Que eu devo trabalhar no site de uma *construtora*? — pergunta ele, parecendo magoado. — É isso que você pensa de mim?

— E qual é o problema em trabalhar no site de uma construtora? — pergunto, sentindo uma raiva repentina. — Quem você pensa que *é*? Jake, para de querer ser sofisticado. Tenha orgulho das suas origens. A Leila está certa. Você tem que querer ser quem você é. E você é Jake Farr. Sinta orgulho disso.

Jake fica olhando para o nada por um tempo como se não tivesse me ouvido.

— Sentir orgulho de ser Jake Farr — repete ele, por fim, com voz vazia. — Ter orgulho de quê? Eu não tenho nada.

Ele enterra a cabeça nas mãos, parecendo desolado, e tenho um vislumbre da minha própria tristeza quando o Bufê Farr faliu. O profundo pesar que eu sentia quando olhava para os aventais verdes embaixo da cama. Parecia que eu nunca mais seria feliz de novo.

Começo a pensar que eu talvez tenha tido sorte. Todos nós temos de enfrentar algum tipo de fracasso na vida, e eu passei pelo meu bem cedo. E me reergui. Aprendi que fracassar não significa que você *é* um fracasso, mas apenas que você é um ser humano.

— Você tem a Leila, que é uma pessoa *incrível*. Você tem a sua família. E você tem a Farrs. *Não* "O Empório Notting Hill". — Não consigo deixar a oportunidade de dar uma alfinetada escapar. — A Farrs.

Jake nem se mexe, e eu me agacho ao lado dele, tentando pensar de que outra forma posso consolá-lo.

— O papai sentia tanto orgulho de você, Jake — comento com voz bem mais suave agora. — Ele não ligava pra elegância, nem pra ternos de grife, muito menos pensava em ganhar mais dinheiro do que todo mundo. Você se lembra do que ele dizia? "Trabalhe honestamente durante o dia e durma o sono dos justos à noite."

— Eu não durmo direito há semanas — comenta Jake depois de uma pausa.

Ele vira a cabeça e, não sei se é a luz, mas acho que nunca o vi tão exausto.

— Ah, mas dormir é fundamental — declara Nicole na hora. — *Fundamental*. Tipo, eu não tenho dormido muito bem também e isso tem sido péssimo pra mim. Tenho alguns óleos essenciais. Posso te dar uns.

— Lá vem ela — comento com Jake. — Óleos essenciais. Isso vai curar tudo. — Tento deixar a conversa mais leve e acho que vejo um sorrisinho nos lábios dele. Bem pequeno. — Você vai conseguir pagar as suas dívidas agora? — pergunto, falando mais sério agora.

— Vou — responde Jake, afastando o olhar. — Vou, sim. Mas, depois que eu fizer isso, não vai sobrar nada pra investir. — Sinto que ele não suporta a ideia de discutir questões financeiras com a irmã caçula, mas se dá conta de que não tem escolha.

— Então as coisas não estão tão ruins assim. — Dou de ombros.
— Você só vai ficar devendo à Farrs e vai conseguir pagar os empréstimos rapidinho.

— Como? Como eu vou conseguir fazer isso?

— Trabalhando — respondo de forma simples.

Quando digo aquelas palavras, do nada me dou conta de uma coisa. Minha voz está firme. Minhas palavras são claras. E não há nenhuma revoada de corvos na minha cabeça.

Acho que eles foram embora.

# VINTE E CINCO

Jake ficou responsável por ser o Homem-Biscoito. Ele fica fantasiado do lado de fora da Farrs durante dez horas por dia, convidando os clientes para entrar:

— Venham, venham todos! Venham ver as casinhas de biscoito da Farrs! Ho, ho, ho!

E ainda distribui panfletos e amostras dos biscoitos de gengibre e cupons de desconto para os clientes.

Não era para ele fazer isso o dia todo — meu plano original era nos dividirmos em turnos. Mas, quando tentamos resolver isso na reunião de equipe, ninguém chegou a uma conclusão sobre os horários que queriam, e Jake de repente falou:

— Tudo bem, já chega. Eu vou ser o Homem-Biscoito. Fim de papo.

Todos ficamos olhando para ele e eu perguntei:

— O dia todo?

Então ele respondeu na lata:

— Melhor do que ficar na loja com vocês.

E, depois de um momento (quando tivemos certeza de que ele estava brincando), nós todos começamos a rir.

Agora que Jake estava mais relaxado, agora que não estava mais correndo atrás de milhões e apenas trabalhando na Farrs todos os dias, percebi que ele realmente é bem animado e engraçado. Ele e Stacey ficavam implicando um com o outro e Greg ficava insistindo para ele começar um grupo de artes marciais mistas, com apenas dois membros: ele e Jake. (Bob disse que não.)

— Então você basicamente quer me dar uma surra, Greg — falou Jake por fim, e Greg arregalou os olhos e disse que aquela era uma interpretação *completamente* equivocada das habilidades e da arte do MMA, então Jake deu uma piscadinha para mim.

E Jake acabou se revelando um ótimo Homem-Biscoito. Ele é melhor do que eu poderia ter imaginado: as casas de biscoito estão sumindo das prateleiras junto com todos os utensílios de cozinha para o Natal. Morag — nossa nova diretora — fez uma reunião comigo certa noite, e nós renovamos todo o estoque. Fizemos algumas apostas em produtos novos que sentimos que dariam certo na nossa loja — e o resultado foi melhor do que o esperado. As tigelas de massa de bolo decoradas com bonequinhos de biscoito de Natal esgotaram assim que foram para as prateleiras, e a versão de guirlanda natalina também vendeu muito bem. Na verdade, tivemos de fazer até uma lista de espera.

Já se passaram três semanas desde a avaliação sombria de Bob e até ele ficou surpreso quando apareceu na loja no sábado passado. A Farrs estava lotada. Jake estava gritando: "Compre sua casa de biscoito. Oferta: Leve três e pague duas." Nicole estava ajudando Morag com uma mesa decorada para crianças se entreterem enquanto os pais faziam compras. O som alegre de conversas e o ressoar de sininhos não parava. Até janeiro, não teremos como saber o resultado desse esforço, mas parece que as coisas estão indo bem. Muito bem mesmo.

Para ser justa, Nicole e Jake estão trabalhando muito. Oferecemos o máximo de eventos noturnos na loja que conseguimos, com temas e promoções diferentes. Tem sido exaustivo, e nós tivemos de estabelecer novas prioridades. A casa está uma zona, a cozinha vive bagunçada e nós não conseguimos nem *pensar* no nosso Natal ainda. Estamos um pouco esgotados... Mas está valendo a pena.

Jake até conseguiu ser educado com os clientes no nosso primeiro Evento da Terceira Idade. Ele pareceu realmente gostar de rever meu cliente adorável da caneca marrom, cujo nome é Stanley. Ele foi supercharmoso com Sheila *e* com a mãe dela, que tem 98 anos e falou para Jake umas seis vezes que ele era muito lindo. Ela contou a ele também que sempre quis namorar um rapaz mais jovem.

Morag parece mais feliz do que nunca — ela tem carta branca agora e está fazendo vários planos para o Ano-Novo. Eu também fiz alguns planos. Vou começar a dar aulas de culinária para clientes uma vez por mês no chamado do Clube do Jantar, para combinar com o Clube do Bolo. E já estou desenvolvendo o cardápio. Até cogitei voltar a oferecer serviços de bufê — para clientes, como um extra. Por que não, né? De repente, tudo parece possível.

Nesse meio-tempo, tiramos as fotos de Nicole do Instagram da Farrs e começamos a publicar fotos de clientes, bolos e — ideia minha — de produtos da Farrs espalhados por lugares curiosos de Londres. Colocamos um processador de alimentos em uma cabine telefônica e uma tábua de corte equilibrada no topo de uma caixa de correio vermelha, e Vanessa publicou uma foto de uma forma de gelatina em sua cadeira de juíza no tribunal.

Quando saio para levar uma xícara de chá para Jake, ele me cumprimenta dizendo:

— Cinco dias para o Natal! Ho! Ho! Ho!

Tivemos uma reunião com a equipe para decidir se "ho, ho, ho!" era adequado para o Homem-Biscoito, e Greg argumentou que estávamos infringindo as leis de direitos autorais, uma vez que essa risada pertence ao Papai Noel. Mas eu acho "ho, ho, ho!" bem alegre e festivo. E, atualmente, todo mundo acaba concordando com o que eu digo. (Então, Stacey quis entrar na brincadeira e achou uma fantasia de Mulher-Biscoito na internet. Ai, meu Deus. *Totalmente* indecente. Além de tudo, ela corre o risco de morrer de hipotermia do lado de fora, praticamente só de meia-calça e suspensórios.)

— Pra você, Biscoitinho. — Entrego a xícara de chá para Jake.

— *Homem*-Biscoito — Jake me corrige, como sempre faz, e reviro os olhos.

Acho "Homem-Biscoito" a coisa mais antinatal do mundo, mas, se ele quer ser o "Homem-Biscoito", que seja.

— Ah, a Leila mandou um recado — acrescenta ele. — Todos estão convidados pra uma festinha na véspera de Natal. Às seis horas da tarde. Cada um leva uma garrafa de vinho.

Um ano atrás, Jake nunca teria concordado com uma festa do tipo "cada um traz uma coisa". Ele ia querer algo grandioso, serviria champanhe e se gabaria dos canapés. Mas agora ele é outro homem. Meio reprimido, porém mais relaxado, como se não precisasse mais fingir. Seus olhos não estão mais tensos. Ele ri mais. Acho que o pai de Leila é meio grosso com Jake, que até já comentou que talvez fosse melhor se ele e Leila se mudassem para a nossa casa.

Mas eu acho isso ótimo. Acho que é exatamente esse tipo de lição de que Jake precisa agora.

— Maravilha — respondo. — Pode dizer pra Leila que eu vou.

— Ela falou que, se você quiser levar alguém... — Jake para de falar e me lança um olhar indagador.

— Não. — Eu me obrigo a sorrir. — Vou sozinha mesmo.

Não contei a Jake sobre Seb — a relação entre mim e meu irmão não mudou *tanto* assim. Mas, pela expressão no rosto dele, tenho certeza de que Leila lhe contou tudo.

Então ele sabe que eu e Seb estávamos namorando e que, sei lá por que, nós terminamos. Ele sabe que eu sofri. Mas não sabe que relembrei aqueles últimos dias na minha mente infinitas vezes, quase que obsessivamente, e que ainda assim não consegui entender como tudo desmoronou tão rápido.

O que foi que *aconteceu*? Em um instante, Seb e eu estávamos felizes, no minuto seguinte, começamos a gritar um com o outro, e depois não conseguíamos mais nem olhar na cara um do outro. Tudo isso aconteceu em um piscar de olhos. E, se eu pudesse voltar no tempo, se eu pudesse...

Não, digo a mim mesma, com raiva. Pare de pensar assim. Seb mesmo disse: *não dá pra voltar no tempo e fazer as coisas de forma diferente.*

Pego um pedaço de biscoito de gengibre no cesto de Jake e dou uma mordida nele, tentando me acalmar, mas não é fácil. Pensar em Seb e em como tudo poderia ter sido dói tanto que mal consigo respirar.

E é exatamente por isso que tento não pensar nesse assunto. Mas não consigo evitar.

Ele voltou com Briony. Eu não deveria ter ficado tão chocada com isso, mas fiquei. Descobri no Facebook há algumas semanas. Ela postou uma foto dos dois sorrindo para a câmera, e a legenda dizia: "Voltamos depois de uma pausa. Estamos bem agora!!"

Senti um aperto no coração.

Eu era uma pausa.

Eu não me sentia uma pausa. Eu era muito mais do que isso. Mas estava ali, preto no branco: *pausa*. E acho que é meio difícil eu dar de cara com Seb de novo — Londres é uma cidade grande —, então é isso. Fim. Nunca vou realmente saber por que nós terminamos. Nem como é possível ser a pessoa mais feliz do mundo ao lado de alguém e do nada se tornar a pessoa mais triste do universo.

— Fixie? — A voz de Jake interrompe meus pensamentos e percebo que meus olhos marejados estão me entregando.

— Ah, tá. Véspera de Natal. Vai ser divertido! — exclamo piscando para espantar as lágrimas, com a voz um pouco aguda. — Mas eu não comprei meus presentes de Natal ainda. Você está precisando de alguma coisa?

Nós conversamos mais um pouco, e eu volto para o brilho e o barulho familiares da loja. Morag acabou de encontrar um novo conjunto de piquenique, com estampa de narcisos, perfeito para a primavera, e nós estamos babando no catálogo e exclamando "Ai, que lindo!", "Olha esse", quando ouço uma voz alta e familiar:

— Será que alguém pode me atender?

Sinto um nó na garganta. Por um instante, nem consigo me mexer de tão horrorizada que fico. Então, lentamente, eu me viro, sabendo exatamente quem vou ver na minha frente.

É ela. A Brioche.

Ela está linda de morrer. Com uma blusa de gola rulê branca sob um colete de pele sintética e botas lustrosas de cano longo. A pele cintila com um bronzeado artificial, a calça jeans preta se ajusta perfeitamente ao corpo dela e seu cabelo brilha sob a luz.

— Ah, oi. Esqueci que essa loja é sua. — Ela olha para mim de cima a baixo, com satisfação.

Ela não esqueceu nada. Sei exatamente o que ela está fazendo. Está se vingando por causa do dia da patinação.

— Bem-vinda à Farrs — digo, me sentindo como um robô. — Em que posso ajudar?

— Ah, não sei exatamente — responde ela em tom casual. — Vou dar uma olhada em todas as coisinhas que você tem por aqui. Ainda nem *pensei* no Natal. Seb é um ótimo chef, e esse é o nosso primeiro Natal juntos, só nós dois... É muita pressão. — Ela solta uma risada alegre. — Seb é um doce. Ele fica dizendo que vai cozinhar tudo. É um anjo. — Ela olha fundo nos meus olhos. — Como você bem sabe.

Como eu bem sei. Será que ela está *tentando* me torturar? Bom, é claro que está.

— Stacey — chamo. Minha voz está rouca porque essa é uma situação muito complicada para mim. — Você poderia... Essa cliente precisa...

Mas minha voz não se sobressai no meio do burburinho, e Stacey nem se vira para olhar para mim.

— Então, eu *finalmente* vou me mudar pra casa dele — conta Briony, como se fôssemos amigas tomando café juntas. — Já não era sem tempo! Eu disse pra ele "Seb, nós somos um casal! Vamos nos *comportar* como um!". E ele concordou. Disse "Eu estive meio fora do ar nas últimas semanas. Não sei o que aconteceu". Então vamos pra Klosters depois do Natal, sabe? Acho que tudo voltou ao normal.

— Legal — consigo dizer.

Minha cabeça está latejando, como se eu estivesse prestes a vomitar, mas me obrigo a manter um sorriso no rosto.

— Oi, Lucia! — de repente Briony acena para uma garota que tenho certeza de que já vi por aqui. Ela tem o cabelo louro parecido com o de Briony e está usando um casaco azul-marinho. Elas se cumprimentam com um beijo no rosto, e Lucia balança sua cesta de compras toda feliz para a amiga.

— Estou ficando louca aqui — comenta ela. — Eu *amo* essa loja. Venho aqui pra comprar plástico-filme e saio com dez sacolas com um bando de coisas. Mas por que você marcou de me encontrar aqui? — pergunta ela, curiosa. — Eu só conheço a loja porque moro no bairro.

— Ah, eu ouvi falar sobre esse lugar — responde Briony, olhando para mim antes de se virar para a amiga.

— Se eu puder ajudar de alguma forma, é só avisar — digo, com um sorriso forçado e amigável, antes de me virar.

E eu sei que deveria me afastar das duas, mas não consigo me obrigar a fazer isso. Vou até um expositor perto de onde elas estão para arrumar os porta-ovos, que já estão perfeitamente organizados nas prateleiras, e fico ouvindo a conversa das delas.

— Você devia ter trazido o Seb — comenta Lucia, olhando para as bandejas. — Ele é um chef de mão-cheia, né? Você é *tão* sortuda.

— Ah, ele é *incrível* — gaba-se Briony. — Ele sempre leva o café na cama pra mim. Se continuar assim, vou acabar engordando.

Ela está falando bem mais alto do que o necessário, e sei que eu realmente deveria sair dali; preciso me preservar disso, mas minhas pernas não estão me obedecendo.

— Ah, espera até a sua academia ficar pronta — retruca Lucia. — Vocês dois vão ficar super em forma! Aliás, eu posso ir ajudar a tirar as coisas daquele quarto. A empresa de mudança vai chegar amanhã às dez horas, não é isso? Eles vão levar caixas?

Minha mão congela em um dos porta-ovos. *Empresa de mudança?* Eles finalmente vão desocupar o outro quarto? Briony conseguiu convencer Seb? Será que ela é mais sensível do que eu imaginava? Ela conseguiu mesmo o que eu não consegui? Não posso deixar de sentir uma pontada de inveja, e me envergonho disso. É ótimo Sebastian estar finalmente superando a morte do irmão, *não importa* quem conseguiu ajudá-lo.

— Ah, é — diz Briony, parecendo um pouco desconcertada. — É. Então, vamos dar uma olhada nas coisas? — Ela parece estar tentando sair dali, mas Lucia não repara.

— Pode ser — responde ela, distraída, olhando para uma bandeja. — Você já decidiu se vai querer uma esteira ou um elíptico no fim das contas? Porque eu fiquei sabendo que já tem um elíptico *novo*...

Enquanto escuto Lucia tagarelando, várias perguntas se passam pela minha cabeça. Como foi que Seb concordou em desocupar o quarto? Ele está bem? *Preciso* saber, mesmo que eu tenha de perguntar isso a Briony.

— Desculpa interromper. — Ouço-me dizer, virando-me para olhar para Briony. — Não pude evitar ouvir... O Seb está bem? Ele conseguiu superar... Tudo?

O olhar de surpresa no rosto de Lucia é impagável.

— Vocês duas se *conhecem*? — pergunta ela.

— Eu conheço o Seb — respondo rapidamente, e volto minha atenção para Briony. — Então, ele está... Ele está bem? Concordou em desocupar o quarto do irmão?

— Mas ele não sabe de nada, não é? — solta Lucia, parecendo surpresa. — Não é esse o objetivo? Ele entrar em casa e ver tudo arrumadinho?

— Ele não *sabe*? — repito, chocada.

O rosto de Briony está vermelho, mas o queixo dela continua empinado, parecendo me desafiar.

— O que mais eu posso fazer? — pergunta ela. — Aquele lugar é um perigo.

— Ele nunca vai fazer isso por conta própria — opina Lucia, como quem sabe tudo. — Briony está fazendo um favor a ele. Às vezes, é necessário ser cruel pra fazer o bem, sabia? Uma vez, precisei tirar três calças velhas do meu marido de casa — continua ela, em tom alegre. — Três calças! Eu *literalmente* enfiei as calças em um saco de lixo preto. Ele jamais teria se livrado delas sozinho.

Não consigo pensar numa resposta. Estou tremendo de desespero. Quero gritar: "Você acha isso minimamente parecido com o episódio das calças velhas do seu marido? Será que Briony contou pra você a *verdade* sobre o quarto?"

— Ele vai me agradecer no final — comenta Briony, ainda em tom de desafio. — Vai ser rápido, duro e chocante. Mas é o único jeito.

Estou em choque com a indiferença dela. Penso em Seb chegando à sua casa e encontrando o quarto do irmão vazio, sem nenhum aviso. Penso nele parado ali, seu rosto caloroso e sincero empalidecendo... e não consigo suportar. É como se eu mesma estivesse levando aquele choque repentino e intenso. Só que não vai ser repentino e intenso, vai ser doloroso e profundo e vai deixar marcas que nunca vão desaparecer.

E, agora, quando olho para o rosto bonito e egoísta de Briony, meus dedos começam a tamborilar como nunca fizeram antes. Meus pés estão se remexendo, e ouço um zunido em minha cabeça. Estou ficando tensa. Sei que isso não tem nada a ver com a minha vida. Sei que ele não está mais comigo. Sei que aquilo é problema deles. Mas não *consigo* ficar parada. Não *consigo*.

— Certo — consigo falar por fim, tentando soar despreocupada. — Tudo bem. Que bom pra você. Na verdade... Preciso dar uma saída agora. Desculpa, acabei de lembrar que eu tenho uma... Reunião. Fiquem à vontade. Stacey! — Dessa vez meu grito é agudo e alto, e ela se vira.

— Oi — diz ela, aproximando-se e olhando para Briony e Lucia de cima a baixo.

— Por favor, mostre a loja a essas clientes. Elas querem ver a loja toda. *A loja toda* mesmo — acrescento, para deixar bem claro. Percebo no olhar de Stacey que ela entendeu o recado.

— Claro. Vamos começar com a seção de cristais, que fica *lá* atrás... — diz ela, levando-as para os fundos da loja.

Pego meu casaco atrás do balcão onde fica o caixa, apanho minha bolsa e saio para o vento frio da rua, quase derrubando o Jake de biscoito.

— Jake — digo, ofegante. — Preciso dar uma saída. Você pode tomar conta da loja, por favor?

— Claro — concorda ele, parecendo assustado. — Pode ir. Faça o que tem que fazer. — Ele hesita antes de acrescentar: — Está tudo bem?

— Claro que está tudo bem. Por que não estaria? — retruco, e Jake olha para mim de um jeito estranho.

— Bom, você está chorando.

Eu estou *chorando*? Levo a mão ao rosto e sinto lágrimas quentes.

— Você me pegou. — Tento sorrir enquanto enxugo os olhos. — Não estou nada bem. Eu só tenho que... Tenho que fazer uma coisa.

Jake levanta a mão enluvada e aperta meu ombro com força.

— Vai fundo — diz ele.

Aceno para ele com a cabeça, agradecida, antes de me virar e sair correndo.

A ida até lá parece ser rápida e devagar ao mesmo tempo. Assim que chego ao escritório de Seb, quase vomito de tão nervosa que fico. Mas só de pensar em Briony atacando a parte mais sensível da vida dele fico mal, então respiro fundo e entro.

— Oi — digo à recepcionista sem preâmbulos. — Preciso falar com o Seb. É urgente.

Ela deve ter visto alguma coisa no meu rosto, porque hesita, mas logo se levanta e bate na porta dele e, em trinta segundos, Seb está na minha frente. Sinto minhas pernas ficarem bambas porque não consigo lidar com isso. Achei que conseguiria, mas estava enganada.

Eu meio que tinha esperança de olhar para ele e pensar "ele não é tudo isso", mas acontece justamente o contrário. Ele continua alto, forte e lindo como sempre, e aqueles olhos de floresta me encaram com cautela. Então o pensamento estranho que veio à minha mente no café retorna: *eu conheço você.*

Mas eu não o conheço de fato, não é? Senão eu saberia por que acabamos desse jeito, nos encontrando assim, como se fôssemos dois estranhos. Será que ele não sentia o mesmo que eu estava sentindo? Não sentiu a felicidade? O que aconteceu com a gente? O que *aconteceu?*

Estou mergulhada em um mar de angústia e perguntas... Mas, de alguma forma, me obrigo a me concentrar. Não posso continuar me torturando dessa forma. Ele está com Briony agora. Acabou. Fim. *Não dá pra voltar no tempo e fazer as coisas de forma diferente.*

De qualquer forma, não estou aqui por causa de nós dois. Estou aqui por ele.

— Oi, Seb — cumprimento-o com a voz trêmula, mas consigo continuar. — Tem uma coisa... Será que a gente pode conversar?

— Claro — concorda ele depois de uma pausa. — Entra.

Ele me leva para seu escritório, e eu me sento. Então ficamos em silêncio.

— Você está... Como você está? — pergunta Seb.

Pelo jeito que está sentado, todo empertigado, com as mãos apoiadas na mesa, percebo que o peguei desprevenido.

— Está tudo bem, obrigada. E você?

— Também. Está tudo bem.

— Que bom.

O ar entre nós está carregado de tensão. Nossas palavras estão carregadas de tensão. Não sei o que dizer, nem como agir. Não sei como abordar o assunto, mas tenho de falar — o tempo está passando como uma bomba-relógio —, então, no fim das contas, apenas digo:

— James.

— O quê? — Seb se sobressalta como se eu tivesse jogado água fervendo nele.

— Você... Você nunca me contou sobre o James.

Acho que, talvez, se Seb me falar um pouco sobre o irmão, eu tenha chance de abordar o assunto — mas acho que não está funcionando. A linguagem corporal dele muda na hora, e ele fica tenso.

— *Contar* o que sobre ele pra você? Por que eu deveria falar do meu irmão com você?

— Não! — Tento mudar a estratégia. — Verdade... Eu só queria... — Esfrego o nariz, tentando pensar no que dizer. — Você sempre disse que seguiu em frente e que aceitou a morte dele e que está em paz com isso.

— Exatamente — concorda Seb, num tom de voz forçadamente nivelado. — Isso é um assunto resolvido pra mim. O que você quer?

— Você falou que tirar as coisas dele no quarto não era nada de mais. Você disse que "só não teve tempo". Mas eu fiquei imaginando... — Engulo em seco algumas vezes. — Só fiquei pensando que... Acho que é uma coisa importante pra você, sim. Bom, se você precisar de ajuda, pode contar comigo. Isso é tudo. Foi isso que eu... Isso é tudo.

Paro de falar e fico em silêncio. Seb parece um vulcão prestes a entrar em erupção, e fico olhando para ele, desesperada e morrendo de medo do que está por vir.

— Você simplesmente não consegue deixar nada pra lá, não é? — explode ele por fim, cheio de raiva. — Você tem que resolver tudo. Meu Deus, está na cara por que você tem esse apelido! Não, eu *não* preciso de ajuda, muito obrigado. Eu sei que você sempre quis dar um jeito naquele quarto. Mas saiba que isso não é da sua conta, nem da conta de ninguém. Eu vou tirar as coisas do meu irmão de lá quando *eu* quiser, e vai ser do jeito que *eu* bem entender. Agora me deixa em paz.

Ele treme de raiva, e sua voz está trovejando pelo escritório. Acho a cena tão intimidadora que automaticamente me levanto. Sinto que minhas pernas não vão me sustentar, mas ele precisa saber. Ele precisa saber.

— Ela vai tirar as coisas do quarto — revelo, sentindo o desespero tomar conta de mim. — A Brioche. Ela vai montar uma academia de ginástica lá. Já até contratou uma empresa de mudança. Eles vão chegar amanhã às dez horas da manhã, e ela disse que vai se livrar de tudo.

Se antes Seb parecia um vulcão prestes a entrar em erupção, agora pode ser comparado a um poço. Um poço vazio. Oco.

— Não — diz ele, como se não tivesse entendido o que eu falei.

— Sim. Ela apareceu lá na loja hoje e me contou.

— Ela... Ela não faria uma coi... — Mas a voz dele está insegura. Seus olhos encontram os meus, toda aquela resistência desapareceu. Vejo o pânico começar a crescer no olhar dele. Um pânico quase infantil. E sinto as lágrimas queimarem meus olhos de novo. Será que ela não consegue *perceber*?

— Eu sei que você está com a Briony de novo — digo, antes de qualquer coisa, e aos trancos e barrancos, com o olhar fixo no tapete. — Eu sei que vocês são um casal feliz. Não estou tentando me meter entre vocês dois. De verdade. E você está certo, eu não devia me meter na sua vida. Estou sempre tentando resolver tudo, e esse é meu pior defeito... E eu peço desculpas. Mas não consegui suportar a ideia de saber que você ia voltar pra casa... — Engulo em seco, sem conseguir concluir a frase. — Eu só achei que você devia saber.

Finalmente me atrevo a olhar para ele, e vejo que Seb está olhando pela janela, com o maxilar contraído e uma expressão de horror no rosto.

— Sim — diz ele. E não sei o que ele quer dizer, mas não me atrevo a perguntar.

Ele abraça o próprio corpo, como se estivesse tentando se acalmar, e sinto uma vontade enorme de consolá-lo...

Mas não posso. Ele está com *outra* pessoa. Briony é a namorada dele. Eu sou só uma pausa.

Fico parada, minhas pernas parecem um pouco mais firmes, e olho para ele. Mal me atrevo a respirar, tentando adivinhar o que está se passando pela cabeça dele. Não estou com pressa. O tempo parece suspenso.

Por fim, ele se vira para mim, solta um profundo suspiro e passa a mão pelo cabelo. Então diz, com a voz meio incerta:

— Acho que talvez tenha chegado a hora de tirar as coisas do meu irmão do quarto. Hoje. Essa tarde.

Parece que fui atingida por um raio, tamanho meu choque, mas tento esconder.

— Ok — digo. — Claro. Você está... Certo. Que bom. É isso aí.

Ficamos em silêncio. Minhas mãos estão presas ao lado do corpo, minha mente é um turbilhão. Não posso — não *posso* mesmo — oferecer ajuda depois de tudo o que ele disse, não *posso* interferir...

Ai, meu Deus. Mas isso é maior do que eu. Não consigo me controlar.

— Você gostaria... — começo, meus pés se mexendo estranhamente sem sair do lugar. — Não, eu nem deveria... tipo... — Pigarreio. — Você gostaria de... Não — Paro de falar. — Desculpa.

— Sim, eu gostaria. Por favor. — A voz de Seb me surpreende, e ele olha para mim, seus olhos estão tão escuros e vulneráveis que eu ofego. — Por favor, eu gostaria muito.

Não conheci James, o irmão de Seb. E nunca vou conhecê-lo. Mas, sentados ali, nós dois juntos, no quarto dele, passando as coisas de um para outro, tentando classificar e organizar tudo, sinto que estou vislumbrando quem James foi. Ele era parecido com Seb, em alguns aspectos, mas tinha suas particularidades. Fazia *home office* e trabalhava como designer. Era muito talentoso. Pelo pouco que Seb conta sobre James, acho que ele podia ser bem rabugento quando algum trabalho não dava certo, mas tinha sempre as melhores piadas.

Tudo o que toco revela alguma coisa sobre ele. A letra sem capricho e não muito legível em lembretes escritos em post-its para ele mesmo. Os pacotes de jujuba guardados na última gaveta. Desenhos rabiscados no papel da impressora. Um retrato de Seb que me faz ofegar por ser tão sucinto e preciso.

— Você tem que ficar com isso — digo. — Deveria emoldurar.
— Seb concorda com a cabeça e coloca o retrato na pilha de coisas valiosas. Organizamos uma Pilha de Coisas Valiosas, que ele sabe que vai guardar (bilhetes, desenhos, o velho ursinho de pelúcia de James) e a Pilha de Lixo, para coisas que ele sabe que precisa jogar fora (meias, contas velhas, todas as garrafinhas vazias de água).

E tem as coisas que ele olha e não sabe o que fazer com elas. Percebo isso no rosto dele — só de *pensar* em ter de decidir o que fazer com aquelas coisas já é algo devastador. Então vamos colocar essas coisas em sacolas para que Seb possa reavaliá-las daqui a três meses e ver o que vai fazer com elas.

Foi isso que minha mãe fez. No decorrer dos meses, depois que meu pai morreu, ela avaliava um punhado de coisas. E, todas as vezes, ela chorava, mas se sentia um pouco mais forte. Não havia motivo para que ela apressasse as coisas. E Seb também não precisa ter pressa.

O resto do mundo deixou de existir. Tudo se resumia àquele quarto, que cheirava ao passado e tinha nuvens de poeira dançando no ar. Nós dois ficamos com os olhos marejados e tínhamos de pegar um lenço de papel de vez em quando. Seb foi o primeiro a perder o controle e cair em prantos assim que achou uma foto dele e de James que nunca tinha visto antes. Soltou um soluço profundo, de partir o coração, e se desculpou, então soluçou de novo. Aí as lágrimas começaram a escorrer pelo meu rosto, e eu também comecei a me desculpar. Então ele pediu desculpas por ter me feito chorar. Até que, por fim, coloquei a mão no braço dele e disse:

— Vamos parar de pedir desculpas?

E foi o que fizemos.

Eu me sento nos calcanhares e respiro fundo, passando a mão pelo cabelo.

— Acho que terminamos por aqui. Pelo menos, nós separamos tudo. Bom, menos as revistas...

— Humm. Acho que elas vão pra reciclagem.

— Ou você pode vendê-las. Tipo... Pra um sebo, quem sabe?

Não pergunto se ele vai cancelar as assinaturas. Tenho quase certeza de que sei a resposta.

— Precisamos de algumas sacolas ou alguma coisa do tipo — sugiro, olhando para as pilhas de coisas.

— Tem uma loja aqui na esquina que vende aquelas sacolas reutilizáveis.

— Ah, você devia ter ido à Farrs — digo automaticamente. — Nós temos uma coleção linda de sacolas reutilizáveis com uma estampa mais maravilhosa que a outra... — Paro de falar no mesmo instante e abro um sorriso tímido. — Desculpa. Não consigo parar de vender.

Seb sorri para mim também e, de repente, franze as sobrancelhas.

— Fixie — começa ele, como se tivesse acabado de se dar conta da situação. — Você já fez mais do que deveria. E você deve ter muita coisa pra fazer. Principalmente nessa época do ano.

— Que isso — digo. — Vamos comprar as sacolas. Depois eu vou embora.

Quando saímos do prédio, o ar gelado parece refrescante, e nós caminhamos lado a lado, como se fosse algo que fazemos todos os dias sem esforço.

— Bem... Obrigado por tudo. Valeu mesmo. O que você fez hoje foi muito mais do que eu poderia esperar.

— Não seja bobo. Eu queria fazer isso. Como... — Hesito antes de falar. — Como amiga.

— Como amiga — repete Seb depois de um tempo. — Isso.

Andamos por mais uns minutos até chegarmos a uma pequena galeria, decorada com luzes e enfeites natalinos. Um grupo de crianças está cantando músicas de Natal e resolvemos parar para ouvir. Depois de um tempo de lá-lá-lás, Seb pergunta, olhando fixamente para a frente:

— E como vai o amor incondicional?

Sinto meu estômago se revirar. Minha mente volta para o escritório dele; para aquela briga horrível que tivemos por causa do Jake. Será que *esse* é o problema? O fato de eu não ter desistido do meu irmão? Que ignorei o conselho dele e fiquei ao lado da minha família?

— Bem.

— Que bom — diz ele, mas sua voz está estrangulada e, quando olho para Seb, vejo que ele está se esforçando para não expressar nenhuma reação.

Sinto a tensão entre nós crescer novamente e preciso acabar com isso, porque o que aconteceu recentemente comigo e com a minha família foi muito bom. Foi *bom*.

— As pessoas são capazes de mudar, sabia? — declaro de forma um pouco mais emotiva do que pretendia, e vejo Seb contrair o maxilar, como se não quisesse ouvir isso. Mas, por fim, ele se vira para mim, com um brilho azul e cor-de-rosa no rosto, por conta das luzinhas de Natal.

— Tenho certeza de que sim. Fico feliz por você. — Uma emoção que não consigo entender domina seu rosto e, por um instante, os olhos dele parecem brilhar novamente. — Você é... Você é uma mulher e tanto.

Ele pega minhas mãos e aperta, e eu fico olhando para ele, sem conseguir respirar, então sinto meus olhos queimarem de novo. Não consigo evitar, estou perdida no olhar dele.

Quando a música para, todos ao redor começam a aplaudir, e nós dois somos conduzidos de volta à realidade.

— Então... — Seb abre um sorriso para mim e solta minhas mãos e, de repente, não consigo mais suportar ficar perto dele. Não consigo suportar ver aquele rosto generoso e corajoso, seus olhos de floresta, *tudo* nele... Sabendo que nada daquilo pode ser meu.

— Então — começo, com a voz um pouco rouca. — Na verdade, tenho que ir agora. Eu tenho que...

— Claro — concorda Seb na hora, num tom mais formal, dando um passo para trás, como se quisesse aumentar a distância entre nós. — Claro. Você já fez demais. Obrigado mesmo.

— Não foi nada.

— Foi muito. — Ele balança a cabeça. — Você... Acho que eu não tinha percebido... — Ele olha nos meus olhos. — Posso seguir em frente agora.

— Que bom. Isso era tudo o que eu queria. — Abro um sorriso radiante, tentando esconder todo o sofrimento que me atinge como um tsunami. — Boa sorte com tudo. Com a Briony, com a vida e... Com tudo.

Há um limite de tempo que você consegue manter um sorriso radiante no rosto para o amor da sua vida quando sabe que ele ama outra pessoa. Minha boca já está começando a tremer.

— Então... Tchau — despeço-me dele e, quando estou prestes a ir embora, Seb diz:

— Espera!

Olho para trás e ele está com a mão no bolso e, de certa forma, não fico nada surpresa quando ele pega o protetor de copo.

Dou um passo na direção dele e nós ficamos parados ali, na rua, olhando para aquele pedaço de papel. O primeiro registro "te devo uma". Está todo amassado, as palavras estão borradas e meio ilegíveis em alguns pontos onde derramamos vinho quando estávamos na cama. Então de repente eu me lembro de quando ele me entregou aquele pedaço de papel pela primeira vez.

— Que coisa boba. — Tento rir.

— Pois é. É mesmo. Porque, se eu fosse listar tudo o que te devo, poderia escrever um livro.

As palavras dele me pegam de surpresa e, por alguns segundos, não sei o que responder.

— Que nada — comento, por fim, tentando soar como se aquilo não fosse nada de mais, mas não consigo.

— Você sabe que sim.

— Bem... Eu também. — Minha garganta se fecha de repente. — Eu também te devo muito.

— Mas não estamos mais registrando nada.

— Não, não estamos.

Pego o protetor de copo da mão dele e olho para as palavras que escrevemos, sentindo pontadas de dor. Não consigo mais suportar aquilo. Então, num impulso, começo a rasgar aquele papelão. Uma vez, duas vezes. Preciso fazer força para rasgar o protetor — o papelão é mais resistente do que parece. Mas finalmente está em pedacinhos, então olho para Seb.

— Estamos quites — declaro, e Seb assente, com uma expressão tão triste que sinto vontade de chorar de novo, mas não posso.

— Quites — repete ele.

Olho para o rosto dele uma última vez. Respiro fundo como se estivesse prestes a mergulhar e vou embora, jogando os pedacinhos do protetor de copo em uma lata de lixo no caminho.

# VINTE E SEIS

Às vezes, a vida dá o que você precisa. E, às vezes, o que você não precisa. E o que eu realmente não preciso neste momento da minha vida é de Ryan Chalker — mas, assim que vejo a Farrs no meu campo de visão, noto que ele está parado na calçada, conversando com Jake.

Que ótimo. Que beleza...

Estou tão triste neste momento que mal consigo olhar para qualquer pessoa, quanto mais para ele. Mas não posso fugir, preciso ir para a loja. O que significa que vou ter de passar por ele, com queixo erguido e firme, torcendo para que meu rosto não esteja borrado pelas lágrimas, mas ao mesmo tempo pensando "Sim, sei que a minha cara está borrada, mas a minha cara é essa, então suma daqui".

Estou pronta para ouvir alguma gracinha dele, mas, para minha surpresa, quando eu me aproximo, vejo que ele está discutindo com Jake.

— Não vai rolar — diz meu irmão. — De jeito nenhum. Estou trabalhando. — Ele faz um gesto para a fantasia de Homem-Biscoito.

— Mas são só dois dias! — insiste Ryan. — Você pode tirar uma folga de dois dias. A passagem de avião é praticamente *de graça*, e nós vamos nos divertir. Você e eu, como nos velhos tempos. As bebidas são por minha conta — acrescenta, com uma piscadinha.

Ryan está insistindo como nunca o vi fazer antes e, por um instante, percebo que Jake está quase cedendo. Vejo quando ele fica balançado, tenho um vislumbre do velho apetite aparecendo em seu rosto.

Mas ele logo desaparece.

— Estou trabalhando — repete ele. — E não tenho dinheiro pra viajar pra Praga agora. Então, como eu disse, não vai rolar.

— Pelo amor de Deus, Jake! O que foi que aconteceu com você? Oi, Fixie. — Ryan me cumprimenta com a maior cara de pau do mundo, como se eu nunca o tivesse literalmente varrido da minha casa na última vez que nos vimos.

— Não aconteceu nada — responde Jake calmamente. — Mas a minha prioridade no momento é trabalhar.

— Trabalhar! — Ryan dá uma risada debochada que me faz encolher. — Vestido de Homem-Biscoito? Você sabe que isso é patético, não sabe?

Olho para Ryan, cheia de raiva. Como ele se *atreve* a vir até aqui insultar minha família?

— Será que não está na hora de voltar pra Hollywood, Ryan? — pergunto com a voz toda doce. — Será que o Tom Cruise não está esperando você pra almoçar no Nobu? — Ele me lança um olhar de raiva e eu o encaro da mesma forma. — Você está atrapalhando a passagem. Ou você entra e compra alguma coisa ou vai embora.

— É mesmo. Vai embora, Ryan — diz Jake. — Vai embora. Estamos cansados de você.

— Ah, é? Você está cansado de mim? — retruca Ryan na hora com outra gargalhada debochada.

— Estou — responde Jake na lata. — Estamos fartos de você.

Em silêncio, Ryan olha para Jake e, depois, para mim. Nunca tive tanta solidariedade pelo meu irmão. Vejo um brilho de incerteza nos olhos de Ryan enquanto ele nos analisa e, por um instante, sinto pena dele. Mas é só por um instante mesmo.

— Então vão se foder — rosna ele, por fim, indo embora.

— Feliz Natal! — exclama Jake para ele. — Espero que o Papai Noel seja muito bonzinho com você.

— Ah, o Papai Noel não vai ser nada bonzinho com ele — digo, tendo um acesso incontrolável de riso, o que faz com que eu libere um pouco da tensão de tanto sofrimento. — Fala sério! O Papai Noel vai levar um nabo e um pedaço de carvão pra ele.

— Ele não merece nem um nabo. Você se lembra do ano em que o papai botou um nabo na minha meia? — pergunta Jake de repente.

— Eu tinha uns 11 anos. Ele queria me dar um susto pra eu aprender uma lição. Os brinquedos estavam escondidos em um canto e eu não vi logo de cara. Então achei que só ia ganhar aquilo. Um nabo.

— Não me lembro disso. — Olho para ele, sem acreditar. — E você *aprendeu* a lição?

— Eu levei um susto, com certeza. — Jake sorri. — Quase tive um ataque do coração. Papai achou que isso me acalmaria um pouco. — Ele para de falar e, em seguida, acrescenta, com um brilho de tristeza nos olhos: — Mas acho que o nabo não foi o suficiente. Eu continuei sendo um garoto insuportável.

— Até que você não era tão ruim assim — digo, sem pensar.

— Ah, eu era, sim. Era desprezível. Lembra daquele dia que briguei com você por causa da sua apresentação? Aquilo foi golpe baixo. — Ele hesita. — Mas você já estava pensando em desistir, não é?

Estou tão surpresa que não consigo responder de imediato. *Pensando em desistir?* Será que, durante todo esse tempo, ele achava que eu queria desistir de patinar naquela época? Será que ele não faz ideia...? Meu peito está queimando com todas as coisas que eu poderia dizer agora, todas as acusações que eu poderia atirar na cara dele.

Mas... Por que eu faria isso? Já passou. Ficou para trás. De que vai adiantar? Vamos começar a contabilizar o que cada um fez ao outro no passado?

Por fim, consigo falar:

— Ah, você poderia ter sido *bem* pior.

Então Jake abre um de seus sorrisos, como se soubesse que ainda tem de se esforçar muito para se dar bem com a família. Ele se vira para olhar para a rua, onde ainda conseguimos ver Ryan.

— Ele é um babaca — declara, sem demonstrar remorso, e eu concordo com meu irmão.

— Mas você se livrou dele.

Ficamos em silêncio enquanto observamos Ryan sumir de vista. Ryan, que enganou com seu brilho e nos fez perder o rumo. Tenho certeza de que estamos imaginando a mesma coisa: como seria nossa vida se Ryan Chalker nunca tivesse feito parte dela?

Mas o que podemos fazer em relação aos nossos erros a não ser pensar "Não vou fazer isso de novo" e seguir em frente?

— Fico imaginando o que papai pensaria de nós... — comenta Jake, de repente, quebrando o silêncio. — Agora. Se pudesse nos ver.

O tom dele é casual, mas sua expressão está pensativa. Como se aquilo realmente fosse importante.

E é claro que é. Jake sempre se preocupou muito com o que nosso pai pensava dele, mesmo quando estava gritando com ele. Nós todos nos preocupávamos, na verdade.

— Espero que ele veja que estamos fazendo o melhor possível — digo, depois de pensar um pouco. Por impulso, olho para o céu e grito: — Pai, estamos fazendo o melhor que podemos, tá legal?

— Ele está falando: "Não estão, não. O estoque está uma zona. E o que aconteceu com as balinhas de alcaçuz?" — brinca Jake, e caio na risada.

— Tenho que ir — aviso. — O estoque *está* uma zona.

— Ah, a Hannah está aí. Veio fazer compras de Natal.

Sinto uma onda de amor por Hannah. Ela é a amiga mais leal do mundo. A família dela deve estar de saco cheio de ganhar mercadorias da Farrs, mas ela nos ajuda todo ano. Até reserva um dia em sua agenda para as compras de Natal na Farrs.

— Obrigada — digo, apertando o braço de Jake. — Não vai congelar de frio aqui, hein.

— Ah, eu estou bem — garante Jake, balançando os folhetos. — Venham todos! — recomeça ele, dando uma piscadinha para mim. — Casas de biscoito na Farrs! Enfeites de Natal na Farrs! Ho, ho, ho!

Entro na loja e encontro Hannah enchendo o cestinho com rolos de cerâmica decorados com bonecos de biscoito.

— Estou na lista de espera das tigelas de bolo — avisa ela, sem me cumprimentar. — Morag me disse que elas vão chegar amanhã.

Ela está radiante, mesmo que ainda não esteja grávida (vou ser a primeira a saber, depois da mãe dela e de Tim). Ela e Tim "começaram de novo" — palavras dela — e estão muito felizes. Hannah até jogou suas listas de afazeres fora.

Ou pelo menos guardou tudo em algum lugar secreto. Ela está um pouco mais reservada nesse quesito.

— Então... Onde você estava? Jake disse que você teve que sair correndo de repente.

Por um momento, não consigo responder. Vou contar tudo para ela, é claro que vou, mas não agora, não no meio dessa alegria natalina toda.

— Tive que fazer uma coisa. Estava com o Seb.

— *Seb*? — Os olhos dela se iluminam, me questionando, e eu rapidamente faço que não com a cabeça.

— Não. Não. Não é nada disso que você está pensando. Te conto tudo depois. Então, do que mais você precisa? — Obrigo-me a usar o tom feliz de vendedora de Natal.

Hannah começa me mostrando a lista no celular quando sinto uma batidinha no ombro.

— Fixie, você deixou isso cair. — É Jake, com sua fantasia de Homem-Biscoito, segurando meu cachecol.

— Ah, obrigada — agradeço-lhe, enrolando-o de novo no pescoço. — Acho que me distraí com o Ryan.

— *Ryan?* — pergunta Hannah, parecendo escandalizada. — Era ele lá fora? Bem que *achei* que o tinha visto, mas depois pensei "Não, não pode ser ele. Ele não se atreveria...".

— Ele não tem vergonha na cara — comento. — Nem um pouco.

— Ele é um babaca — concorda Jake com firmeza. — Ah, Fixie, eu me esqueci de te contar. Você não vai acreditar... Sabia que ele foi procurar o seu namorado pra pedir dinheiro?

— O quê? — pergunto, franzindo a testa, sem entender.

— Sabe, o tal do... Seb? Ryan foi até o escritório dele pra convencer o cara a investir em algum esquema desses aí. O cara que *demitiu* ele. Você acredita nisso?

— Que cara de pau! — exclama Hannah. — Sabe... Acho que ele tem um parafuso a menos. É a única explicação.

Sinto um zunido estranho na cabeça. Mas isso não faz o menor sentido. Ryan foi procurar Seb? Por que Seb não me contou nada?

— Espera aí — digo de forma brusca. Preciso entender o que está acontecendo. — Espera aí. Como é que é? O que foi que o Ryan fez? Quando foi isso?

— Há umas três semanas, acho — responde Jake, franzindo as sobrancelhas, pensativo. — Lembrei exatamente quando foi. Foi no dia seguinte ao que ele dormiu na casa da mamãe. Ele foi ao escritório cedinho. Queria que eu fosse também, mas eu disse que não tinha a menor chance de isso acontecer. Eu sabia que Seb ia expulsar o Ryan de lá.

Ryan foi procurar Seb. Mas Seb nunca me contou isso. Por quê?

Será que ele achou que eu já sabia?

Mas, por que...

Espere um pouco. Ai, meu Deus. Não. *Não.* A agressividade de Seb... Os olhos magoados...

Minha mente está fervilhando. As peças estão se encaixando, e o que vejo é desastroso. Ryan foi procurar Seb um pouco antes de mim. E pediu dinheiro a ele. Então Seb achou... Meu estômago se contrai de horror. Será que Seb pensou que quando apareci lá pedindo dinheiro era para *Ryan*?

Não. Ele *não poderia* achar que era.

Penso no olhar triste de Seb... A expressão dele agora há pouco quando me perguntou como o "amor incondicional" estava indo... E sinto vertigem. Seb acha que eu voltei com Ryan. Ele acha que eu amo Ryan. Consigo ouvir minha própria voz dizendo para ele "Se você realmente ama alguém, não precisa simplesmente dar um monte de dinheiro a essa pessoa, e sim ajudá-la a se tornar quem ela deve ser". Seb não faz ideia de que eu estava me referindo ao Jake. Não cheguei a contar para ele que Jake estava com dívidas. Então, ele achou...

Mas como ele poderia pensar que eu voltaria para Ryan? *Como?*

— Fixie, você está bem? — pergunta Hannah, olhando para mim.

— Eu... Acho que preciso de uma xícara de chá — respondo, me sentindo meio fraca.

— Você parece em estado de choque — declara Jake, sendo bem direto. — Acho melhor tomar um uísque.

— Vem comigo. — Hannah pega o meu braço e me leva até o escritório dos fundos. Nicole está lá abrindo uma caixa de enfeites de Natal e parece surpresa por nos ver. Hannah fecha a porta, liga a chaleira e diz: — Fixie, eu sei que você está chateada, e você não precisa contar tudo pra gente agora, mas...

— O protetor de copo. — Eu a interrompo, arfando, porque é naquele momento que entendo tudo. Foi *assim*.

Eu me lembro de ter visto o protetor de copo no escritório de Seb naquele dia horrível e não entendi direito como ele tinha ido parar lá. Pensei que ele estivesse na minha bolsa. E aquilo pareceu meio estranho.

Acabei deixando o assunto pra lá na época, porque achei que era um detalhe irrelevante. Mas, na verdade, era a chave para tudo. Ryan deve ter pegado o protetor e esfregado-o na cara de Seb. Só Deus sabe que mentiras ele contou — mas, seja lá o que for, ele convenceu Seb de que estávamos juntos de novo.

O sangue está pulsando nas minhas veias enquanto imagino Ryan, aquele mentiroso patológico, contando alguma história nojenta para Seb. Eu me lembro do tom tranquilo dele quando me disse "Ah, peguei chiclete na sua bolsa. Você não se importa, né?". Mas chiclete não foi a única coisa que ele pegou.

Ele é uma pessoa venenosa e horrível. Estou tremendo de raiva...

— Fixie? — Hannah se ajoelha na minha frente e segura minhas mãos. — Fixie, você está deixando a gente nervosa. O que foi que *aconteceu*?

Olho para o rosto familiar e gentil da minha amiga e não consigo me segurar. Sei que todo mundo está atarefado na loja, que só faltam cinco dias para o Natal, que eu deveria deixar isso de lado por ora, mas sinto algo me corroendo por dentro.

Então respiro fundo e conto tudo para ela e para Nicole. Começo lá do início, naquele primeiro encontro no café, embora elas já saibam boa parte da história. Porque, assim, sinto que estou no controle de *alguma coisa*, mesmo que seja da minha própria história.

Leva um tempo para eu contar toda a história, e elas ouvem meu relato no mais absoluto silêncio. Quando conto para elas minha teoria sobre Ryan, as duas exclamam:

— Não! — Demonstrando que estão igualmente horrorizadas.

Abro um sorriso apesar de tudo.

— Então o que você vai fazer agora? — pergunta Hannah, sempre prática e objetiva, já pegando uma caneta na bolsa.

— Conta tudo pra ele — sugere Nicole.

— Você *tem* que contar tudo pra ele — concorda Hannah.

— Você tem que procurar o Seb...

— E explicar que houve um mal-entendido...

— Mas ele está comprometido — digo, desesperada. — Ele está com outra pessoa! Eu não vou roubar o homem de outra mulher. Eu não faço isso. É a regra. É uma questão de sororidade.

Ficamos em silêncio enquanto tomo minha xícara de chá, que agora está morna, mas é reconfortante mesmo assim.

— Bem, e se a outra mulher for uma megera? — pergunta Hannah, por fim. — Porque, nesse caso, acho que a regra não se aplica.

— Ela não é uma megera. — Não acredito que estou defendendo a Brioche, mas vamos lá: — Bom, ela não é péssima. Ela faz o Seb rir e é inteligente, e eles esquiam juntos...

— Ah, *esquiam juntos?* — ironiza Hannah. — Fixie, você pode esquiar com qualquer pessoa! Você e Seb... Fixie, vocês têm uma coisa incrível. E você não pode simplesmente deixar isso acabar.

— Eu não sei.

Tento me imaginar ligando para Seb, tentando abordar o assunto... E na mesma hora fico desanimada. E se eu estiver errada? E se houver um milhão de outros motivos para que ele decidisse não ficar comigo?

— Preciso voltar ao trabalho. — Mudo de assunto. — Não é justo com os outros. As tardes de sexta-feira são sempre movimentadas.

— Tá bom — concorda Hannah, levantando-se. — Mas você *precisa* fazer alguma coisa.

— Quem sabe... — Mordo o lábio. — Não sei. Preciso pensar. Pensar muito.

— Tudo bem, quando voltar pra casa hoje à noite — diz Hannah —, tome um banho bem relaxante e pense nisso. — Ela faz uma pausa. — E aí você liga pra ele.

Coloco minha xícara em cima da mesa e me levanto. Naquele exato momento, meu celular vibra com uma mensagem, e meu coração se enche de esperança.

— É ele? — pergunta Nicole na hora.

— Olha logo! — exclama Hannah. — Aposto *qualquer coisa* que é ele.

— Eu tive uma premonição de que ele ia mandar uma mensagem. — Nicole balança a cabeça. — Tive essa sensação agora.

— Tenho *certeza* de que não é ele — digo, pegando o celular no bolso com dedos trêmulos. — Tenho *certeza* de que não é... Viu só? É da mamãe.

Clico na mensagem — e fico paralisada. Por um instante, esqueço Seb completamente. Estou olhando para as palavras na tela do meu celular sem acreditar. Não tenho certeza se consigo lidar com isso.

— O que foi? — pergunta Nicole. — O que ela disse?

Em silêncio, levanto o aparelho para que as duas possam ler a mensagem:

**Vou chegar pro Natal!! Doida pra ver vocês! Chego domingo de manhã pra almoçarmos juntos! Amo vocês.**
**Beijos, mamãe.**

— A casa — sussurra Nicole, horrorizada.

— A cozinha. — Engulo em seco.

— A loja.

E agora estamos com os olhos arregalados quando nos damos conta do que aquilo significa.

— *O Natal.*

# VINTE E SETE

Por volta das dez horas da manhã de domingo, eu tinha dormido aproximadamente duas horas e meia e estou ligada, estou ligada *mesmo*.

Quando voltamos para casa na sexta-feira à noite, fomos arrumar a bagunça. Todo mundo — eu, Nicole, Jake e Leila, que insistiu em trazer o aspirador portátil. Jake ficou responsável pelos banheiros — foi ele que se ofereceu —, e sou obrigada a tirar o chapéu para meu irmão. Fiquei responsável pela cozinha. Nicole começou a tirar a poeira e a passar aspirador de pó e *não* está falando o tempo todo "Eu não entendo essa máquina". (Ela abriu a boca quando perguntei "Você pode limpar a escada com o bico de sucção?". Mas fechou a boca rapidinho e eu a vi pesquisando no Google "bico de sucção".)

Sábado foi um dia importante para a loja. Fizemos dois eventos e tivemos uma grande movimentação de clientes o tempo todo. Só fechamos a loja às dez da noite, e depois insisti em fazer uma inspeção para ver se não havia lugares vazios ou expositores bagunçados e placas malfeitas.

Precisamos estar com tudo arrumado nesta tarde, mas, nesse meio-tempo, Morag vai abrir a loja, então estamos preparando o almoço.

Organizei o cardápio, Nicole fez as compras ontem e agora está picando os brócolis enquanto Jake quebra os biscoitos para a massa de *cheesecake* e Leila coloca a mesa. Jake deu a ideia de todos usarem os aventais verdes do Bufê Farr. *Sinto* que somos um time de verdade.

— Ok. — Coloco o cordeiro no forno. — Está tudo sob controle. A mesa está *linda*, Leila — elogio, espiando a sala de jantar pela cozinha.

— O espumante está gelado — avisa Jake, olhando na geladeira, e eu lanço um olhar carinhoso para meu irmão porque há pouco tempo ele jamais tomaria Cava.

É estranho, de um tempo para cá, passei a conhecer Jake cada vez melhor. Acho que nunca havia *conhecido* meu irmão direito, e vejo que somos bem parecidos. Nós dois somos firmes quando se trata da loja e temos ideias parecidas, grandiosas.

O que acho que sempre foi o caso, mas as ideias grandiosas de Jake antes só diziam respeito a ele mesmo.

— Então, o que ainda falta? — pergunto, consultando minha lista de afazeres. (Não é à toa que sou amiga de Hannah.) — Petiscos, ok. Cordeiro, no forno. Brócolis, quase lá, as batatas vão ficar prontas em... — Olho no celular. — Mamãe disse que chega em quarenta minutos. Tá, o que está faltando?

— Fixie. — Leila entra na cozinha e olha para mim meio ansiosa. — Por que você não se senta um pouco?

— Eu não preciso me sentar!

— Como você está se *sentindo*? — pergunta ela com delicadeza.

Nicole contou a situação com Seb para a família inteira. O que significa que, a cada cinco minutos, alguém me pergunta se estou bem ou o que vou fazer e se quero "conversar". O próprio Jake ontem à noite me perguntou se eu queria "conversar". E quando eu disse que não e lhe agradeci, ele começou a falar mal de Ryan, o que durou cerca de uma hora. Isso não me ajudou muito. Mas talvez tenha sido bom para ele.

Então, não. Não quero "conversar" e não *sei* o que vou fazer agora. Acabar com o relacionamento de Seb e Briony? Colocá-lo na berlinda e ver se ele me quer? Fazer todo tipo de pressuposições a respeito dele que podem muito bem estar erradas?

Só de pensar nisso, fico com dor de cabeça, com dor no coração, com dor no corpo todo. Então não vou pensar nisso agora, pelo menos não hoje. Vou fazer o retorno da mamãe para casa ser perfeito, é isso.

— O único problema é o café — comenta Nicole, olhando para a máquina. — Acabaram os grãos.

— Acabaram? — Fico olhando para ela. — Como é possível? Ontem estava pela metade.

— Sei lá. — Nicole dá de ombros daquele seu jeito vago. — Mas está dizendo aqui "encha a bandeja de grãos".

Pelo amor de Deus.

Vou até a máquina de café e olho para ela com impaciência. Tenho *certeza* de que ontem tinha café.

— Essa máquina é muito temperamental — comenta Nicole, acompanhando meu olhar. — Ela precisa de atenção, sabia? Deixa pra lá. O Café Allegro já está aberto. Alguém pode ir até lá comprar mais.

— Eu estou ocupado — diz Jake, olhando para a massa de *cheesecake*. — A Leila pode ir.

— Jakey, você sabe que bati com o dedão — comenta Leila, parecendo magoada. — Estou com o pé inchado.

— Nicole, vai você — digo, mas ela parece afrontada.

— Eu não posso ir! — exclama ela. — Vou conversar com o Drew daqui a pouco. Já está marcado. Meu Deus, Fixie. Por que você não vai? São só dez minutos a pé.

— Achei que você tivesse *mudado*. Tudo bem, eu vou.

— Toma um café por lá — sugere Nicole, tentando me acalmar. — Não tem pressa.

Então eu saio, com a bolsa balançando no ombro, indignada com meus irmãos. Por que eu que tenho que ir? Isso é a cara deles.

Mas, conforme vou andando, minha raiva se esvai e começo a me sentir feliz respirando ar puro; grata por parar um pouco. Foram dois dias bem intensos, e acordei esta manhã com o coração disparado. Não estou exatamente *nervosa* com a volta da minha mãe, mas...

Bem, talvez eu esteja nervosa. É que não quero que ela se decepcione com a gente.

Viro a esquina em direção ao Café Allegro, e meu coração dispara de novo — mas não é por causa da minha mãe. Vim até aqui algumas vezes para tomar café desde que Seb e eu terminamos e é sempre difícil. Agora estou começando a ficar impaciente comigo mesma. Será que vou me sentir assim *toda vez* que entrar no Café Allegro? Vou repassar cada segundo do dia em que nos conhecemos? O laptop... O teto caindo... O protetor de copo...

Isso é ridículo, digo a mim mesma, sendo firme, ao abrir a porta. Só preciso comprar grãos de café. Não vou nem *pensar* nele. Há algumas pessoas sentadas, tomando café, mas não tem fila, então sigo direto para o balcão. Peço o café e um cappuccino para viagem e me viro para ir embora.

E tudo parece girar.

Eu estou...

Isso é *real*?

Ele está sentado perto da janela, no mesmo lugar do dia em que nos conhecemos. Está trabalhando no computador. Tem um lugar vago na frente dele. Como se sentisse meus olhos fixos nele, Seb levanta a cabeça e eu vejo nos olhos dele tudo o que quero ver.

Não sei que magia o trouxe até aqui. Meu cérebro não está funcionando muito bem no momento; não consigo entender o que está acontecendo, mas ele está aqui. E os olhos de Seb estão dizendo que ele me ama.

Mal consigo respirar. Vou até a mesa vaga e me sento. Seb não tira mais os olhos do laptop e continua digitando, e eu olho pela janela, como se não o conhecesse.

*Não dá pra voltar no tempo e fazer as coisas de forma diferente.*

Bem, talvez dê, sim.

O celular de Seb vibra com uma chamada e eu o observo, atenta como um gato, enquanto ele o atende. Eu me sinto tão apreensiva e tensa que poderia gritar. Tenho de fazer tudo certo. *Temos* de fazer tudo certo.

— Ah! Oi, Fred. Sim, sou eu. — Seb fica apenas escutando o que a outra pessoa está falando por alguns segundos e então se levanta. — Com licença — pede dele educadamente. — Vou ali fora atender a essa ligação. Você poderia tomar conta do meu laptop?

— Claro — respondo baixinho. Observo enquanto ele passa pelas mesas, voltando a atenção para a ligação e dizendo: — Valeu, cara. Tudo certo.

Ele sai do café exatamente como fez no primeiro dia, e eu tomo um gole do meu cappuccino, mas não consigo sentir o gosto. Todos os meus sentidos estão em alerta. Foi nesse momento que o teto caiu, mas agora não há perigo — vi os homens consertando o teto no mês passado. Então está diferente. Tudo está diferente.

E agora Seb está voltando para o café, e eu não estou agarrada ao laptop dele, sentindo a água escorrer pelo meu corpo — o computador está em segurança em cima da mesa. Mas ele para antes de chegar à mesa e olha nos meus olhos como se algo sísmico tivesse acontecido.

Ou talvez esteja acontecendo.

— Oi — diz ele. — Meu nome é Sebastian.

— Oi. Eu sou a Fixie.

— Obrigado por tomar conta do meu laptop.

E é nesse momento que ele deveria dizer "te devo uma" e nós seguiríamos pelo caminho inexorável que levaria aos gritos e à nossa separação — mas, dessa vez, ninguém diz nada. A única coisa que sinto é o olhar caloroso, amoroso e meio questionador dele.

— De nada — digo, e Seb assente com a cabeça.

Sinto que nós dois suspiramos.

Nós conseguimos. Fizemos tudo diferente.

— Posso te oferecer um café? — pergunta ele, ainda em um tom supereducado. — Um chá? Ou um suco?

— Na verdade, eu tenho que ir embora — respondo, lembrando-me do meu roteiro. — Tenho um almoço de família e preciso voltar... — A expressão no rosto de Seb fica triste e eu o deixo sofrer um *pouquinho* antes de acrescentar, com um sorriso: — Quer vir comigo?

Minha mãe está com uma aparência incrível. Tipo, incrível mesmo. Ela está bronzeada e em forma e está usando um suéter vermelho novo e brincos de pérola pendurados nas orelhas. Ela emana um ar renovado a cada passo. Está cheia de energia. Nós corremos para encontrá-la no táxi, e ela nos abraça e solta um gritinho animado, então, levamos a bagagem dela para dentro enquanto mamãe nos conta sobre o Natal na Espanha e que tia Karen estava planejando servir lagosta.

— Eu ia ficar — conta ela. — Ia mesmo. Mas sabem o que aconteceu? Certa noite eu estava assistindo ao filme *Natal branco* e me bateu uma coisa! Meus olhos ficaram marejados, eu olhei para a tia de vocês e ela perguntou "Você vai voltar pra casa, não vai?". E eu só disse "Ah, Karen". Então comprei a passagem no dia seguinte porque eu simplesmente não ia conseguir passar o Natal tão longe assim de casa, não ia mesmo. Eu *precisava* estar aqui com vocês. Jake, Nicole, Fixie, e Leila, é claro, e... — Seus olhos pousam em Seb, como se ela o estivesse vendo pela primeira vez. Bem, na verdade, era a primeira vez mesmo.

— Ah — eu me apresso a dizer. — Hum... Esse é o Seb.

— Seb! — exclama minha mãe, como se soubesse o nome dele o tempo todo e só tivesse esquecido. — Ah, que maravilha estar de volta. E vocês estão ótimos, e a casa está adorável.

Ela pegou um pouco da alegria de viver de tia Karen, percebo enquanto seguimos para a cozinha. E isso é ótimo.

— Você está com fome? — pergunto.

— Quer um café? — pergunta Nicole. — Sei fazer *macchiato*, *latte*, *flat white*...

— Vou abrir a Cava — diz Jake, decidido. — Hoje é um dia especial.

— Um dia muito especial — comenta Seb, me puxando para ficarmos um pouco para trás. Os lábios dele roçam nos meus rapidamente, e ele sussurra no meu ouvido: — Estou morrendo de vontade de você.

— E eu sinto uma onda de desejo.

— Mais tarde — respondo, com um sorriso.

Ficamos nos encarando em silêncio por um tempo. Sinto seus olhos de floresta me envolverem e não consigo me desgrudar dele — até que um barulho na cozinha faz com que a gente tenha um sobressalto.

— Vamos — digo, com a voz um pouco rouca. — Melhor nos juntarmos aos outros.

Quando entramos na cozinha, vejo Leila cutucando Nicole, toda animada — e sinto meu desejo por Seb ser substituído pela esperança de que elas não vão me fazer passar tanta vergonha assim durante o almoço. Leila já me deixou super sem graça quando gritou assim que nos viu chegando: "São eles! Eles estão juntos! Eee!"

Então, quando entramos, descobri o que tinha acontecido. Não foi nenhuma mágica. Nicole e Hannah fizeram Seb ir para o Café Allegro. Elas entraram em contato com ele na sexta-feira à noite, sem eu saber, e lhe explicaram algumas coisas. Parece que Hannah marcou uma videoconferência para discutir o assunto, o que é *a cara* dela. Parece que chegou a perguntar na lata "E *por que* você voltou com a Briony?", e Seb respondeu "Melhor ficar com o diabo que você já conhece", e Hannah retrucou "Não! Você está errado!", como se ele fosse um estagiário dela.

Eu gostaria de ter participado da videoconferência.

Foi ideia de Hannah armar o encontro de hoje e foi Nicole quem pensou em esvaziar a máquina de café. Desde quando ela se tornou uma pessoa tão *prática*?

— Vocês precisam de ajuda? — pergunto, meio eufórica. — A gente só estava...

— Nós sabemos — responde Leila, dando uma risadinha. A expressão dela muda. — Fixie, deixa eu... — Ela ajeita meu cabelo rapidamente, dando uns tapinhas e virando uma mecha para outro lado, depois abre um sorriso doce para mim. — Prontinho. Bem melhor agora!

— Como vai o Drew? — pergunta minha mãe enquanto Jake serve o espumante, e Nicole fica um pouco vermelha.

— Na verdade, mãe, preciso te contar uma coisa. Não vou passar o Natal aqui. Vou pra Abu Dhabi visitar o Drew. Meu voo é amanhã.

Minha mãe examina Nicole atentamente, como se estivesse procurando algum problema, mas na hora sua expressão se suaviza.

— Que ótima ideia, minha filha — comenta ela. — Ótima ideia, querida.

— Aqui, mãe. Um brinde a você — propõe Jake, erguendo a taça. — Bem-vinda de volta!

Todos nós tomamos um gole.

— Um brinde a *vocês*, meus amores. A todos vocês. Vocês se saíram muito bem, mantendo a casa impecável e cuidando de todo o resto. A loja parece estar indo muito bem! Morag me mandou fotos de você vestido de Homem-Biscoito, Jake. — Ela abre um sorriso para ele. — E foi uma ótima ideia criar atividades pra crianças...

— As vendas não estão nada mal — declaro, ansiosa. — As vendas da semana passada foram maiores do que as do mesmo período do ano passado.

Ontem pedi ao Bob que fizesse relatórios das últimas vendas, e ele sorriu ao me entregar os registros. Deu um sorriso de verdade.

— Mãe — começo, um pouco nervosa, porque preciso dizer isso logo. — Tenho que te contar uma coisa. Eu promovi a Morag a diretora.

Eu estava reunindo coragem para contar isso à minha mãe, mas primeiro ela ficou doente, depois eu acabei me distraindo, aí então achei que pessoalmente seria melhor. Mas agora mudei de ideia. Estou achando que pessoalmente é *pior*. Teria sido melhor se eu tivesse mandado um e-mail para ela ontem de madrugada.

— Eu sei, querida. — Minha mãe dá um tapinha na minha mão. — Você fez a coisa certa. Eu devia ter feito isso há muito tempo. Vocês trouxeram novas ideias pra loja. Todos vocês — acrescenta ela, olhando para nós. — Eu devia ter viajado há anos! E o tio Ned ajudou? — pergunta com ar inocente, e segue-se um silêncio carregado que parece prestes a explodir.

Estou morrendo de vontade de contar tudo para ela. Quero que ela saiba a verdade sobre tio Ned... E sobre Bob... E todo o resto. Na verdade, quero que ela se torne a Mãe Ninja e que se livre de tio Ned para sempre.

Mas não agora. Isso pode ficar para outro dia.

— Um brinde à Farrs! — exclama Jake, levantando a taça, ignorando completamente a pergunta dela.

Nós bebemos novamente e Seb diz:

— A melhor loja da Europa!

— E um brinde a você, Jake — diz minha mãe, olhando para meu irmão. — Você foi ótimo como chefe da família no meu lugar. Conseguiu manter todo mundo unido e assumiu a responsabilidade quando a loja precisou de você... — Ela para de falar quando Jake coloca a mão em seu braço.

— Eu adoraria ganhar os créditos por isso — começa ele, com a fala arrastada de sempre. — Mas eu adquiri esse hábito irritante de ser sempre sincero. E a verdade é que foi... Foi a Fixie que fez isso.

Todos ficamos em silêncio. E eu olho para meu irmão, sem conseguir acreditar no que estou ouvindo.

— Fixie? — Minha mãe parece surpresa.

— Fixie foi a chefe da família na sua ausência — continua Jake. — Várias coisas aconteceram... E... Bem, a Fixie resolveu tudo.

— Verdade — concorda Nicole. — Fixie foi a chefe da família e resolveu todos os problemas pra gente. Ela é quem manda.

— Acho que seria mandona a palavra — corrige-a Jake, e Leila dá um risinho.

— Humm. Entendi. — Mamãe olha para nós três como se estivesse nos avaliando. — Bem... Um brinde à Fixie então!

— À Fixie! — Jake ergue a taça. — Por tudo.

Ele olha nos meus olhos, sério, e eu concordo com a cabeça, sem conseguir dizer nada.

— Fixie! — Nicole balança a cabeça e levanta a taça dela também. — Mandou bem!

— Vocês me conhecem — digo, por fim conseguindo falar. — Tenho sempre que consertar as coisas. Esse é o meu defeito... — Paro de falar quando vejo Seb fazendo que não com a cabeça, os olhos calorosos e cheios de amor.

— É o seu ponto forte — declara ele. — É o que faz você ser quem você é. Nunca pare de consertar as coisas.

— Nós *precisamos* que você conserte as coisas! — concorda Nicole. — Menos a máquina de café — acrescenta ela, depois de pensar um pouco. — Eu posso cuidar disso.

— À Fixie — diz Leila, ansiosa, e Seb ergue sua taça, de mãos dadas comigo.

— À Fixie — diz ele. — À Fixie Farr.

— Bem... — começo, ainda meio vermelha. — Muito obrigada e... E... Vamos almoçar agora.

Minha mãe vai lavar as mãos e nós voltamos ao modo equipe de bufê e, em poucos minutos, estamos servindo cordeiro com batatas assadas e brócolis acompanhado do pão favorito da minha mãe.

— Espera aí — peço, enquanto minha mãe se senta e Jake começa a servir o vinho. — Espera. Não temos cadeiras o suficiente. Ué... — Olho em volta, confusa, e percebo que é porque Seb está aqui. Temos um convidado extra.

— Por que você não se senta naquela cadeira? — pergunta Seb, apontando para a cadeira vazia do meu pai, e eu fico tensa na hora.

— Não, nós nunca usamos aquela cadeira. Era do meu pai. Mas tudo bem, posso pegar uma cadeira na cozinha.

— Acho que você devia se sentar nela — sugere Nicole, de repente, e eu fico boquiaberta, olhando para ela, surpresa por minha irmã sequer ter sugerido uma coisa dessas. — Por que não? Você não se importaria, não é, mãe?

Então todos nós olhamos da cadeira do papai para nossa mãe. Percebo que ela está pensativa, observando para todos à sua volta enquanto os brincos balançam. Quase consigo ler seus pensamentos: *tudo mudou.*

— Claro que não me importo — responde ela, com toda a calma.

— Acho que já chegou a hora de começarmos a usar essa cadeira de novo. Fixie, querida, pode se sentar.

— Mas...

Não consigo acreditar. A cadeira do nosso pai? A cadeira na cabeceira da mesa. Eu?

— Vai lá — reforça Jake, indicando a cadeira com a cabeça. — Senta lá logo ou eu vou pegar esse lugar. Sério, você merece — acrescenta ele num tom mais gentil.

— Vou colocar o lugar que está faltando — decide Leila rapidamente. — Só vai levar um segundo.

Enquanto Nicole passa a travessa de brócolis pela mesa e Seb serve o vinho, sigo em direção à cadeira grande e pesada. Quando eu a puxo, lembro-me de meu pai nessa cadeira, emanando autoridade. Então, por um instante, penso "Não posso ocupar essa cadeira, eu não mereço...", mas ergo a cabeça e meu olhar encontra o de Seb. Ele dá um aceno discreto para mim e de repente me lembro das palavras que ele me disse no momento de raiva. *Você precisa começar a pensar menos no que deve aos outros e mais no que deve a si mesma.*

Ele até podia estar com raiva, mas estava certo.

Devo isso a mim mesma. Devo mesmo. Devo isso a mim.

Eu me sento na cadeira e a puxo com mais confiança. Desdobro o guardanapo que Leila colocou na mesa para mim com um sorriso de agradecimento. E, enquanto observo aqueles rostos que tanto amo, sinto certo contentamento. Nós não somos sofisticados, nem cheios da grana. Não temos todas as respostas do mundo, nem sabemos exatamente aonde vamos chegar. Mas, mesmo assim, vamos ficar bem, toda a família. Nós vamos ficar bem.

# AGRADECIMENTOS

Eu devo a tantas, tantas pessoas.

A Francesca, da Transworld; a Kara e Susan, da Penguin Random House, em Nova York, e a todos os meus maravilhosos editores no mundo inteiro.

A Julia e Becky, Jess, Debbie e Sharon e a todo o incrível time Kinsella, com um agradecimento especial para Richard Ogle.

A minhas incansáveis agentes Araminta, Marina, Kim, Nicki e Sam e a todos da LAW e ILA.

A meus amigos escritores pelos coquetéis e sábios conselhos — principalmente a Jojo, Jenny, Lisa, Kirsty, Linda, Joanna, Tom e à Diretoria.

Aos donos e à equipe da Harts of Stur, uma fabulosa loja de família onde eu faço compras regularmente e que serviu como inspiração para criar a minha loja de família: a Farrs.

À minha família — devo zilhões a vocês.

E, por fim, ao americano desconhecido que me pediu que ficasse de olho no laptop dele uma vez, fazendo minha imaginação, instantaneamente, começar a trabalhar...

Eu definitivamente te devo uma.

Este livro foi composto na tipografia Palatino
LT Std, em corpo 11/16, e impresso em
papel off-white no Sistema Cameron da
Divisão Gráfica da Distribuidora Record.